筆墨背後的故事

胡適 著

的故事

胡適的中國章回小說考證

文學史實交融 × 細緻文本分析 × 多角度的考證

連接古代文學與現代讀者的對話橋梁！

釐清文學與史實的微妙關係，揭示作品背後的歷史與文化

打開中國文學的大門，探索其中的深奧之處！

目錄

第四篇 《三國志演義》考證

第五篇 《三俠五義》考證

第六篇 《官場現形記》考證

第七篇 《兒女英雄傳》考證

第八篇 《海上花列傳》考證

第九篇 《鏡花緣》考證

第十篇 《老殘遊記》考證

第十一篇 《醒世姻緣傳》考證

第一篇
《水滸傳》考證

《水滸傳》考證

一

　　我的朋友汪原放用新式標點符號把《水滸傳》重新點讀一遍，由上海亞東圖書館排印出版。這是用新標點來翻印舊書的第一次。我可預料汪君這部書將來一定會成為新式標點符號的實用教本，他在教育上的效能一定比教育部頒行的新式標點符號原案還要大得多。汪君對於這書校讀的細心，費的工夫之多，這都是我深知道並且深佩服的；我想這都是讀者容易看得出的，不用我細說了。

　　這部書有一層大長處，就是把金聖歎的評和序都刪去了。

　　金聖歎是十七世紀的一個大怪傑，他能在那個時代大膽宣言，說《水滸》與《史記》、《國策》有同等的文學價值，說施耐庵、董解元與莊周、屈原、司馬遷、杜甫在文學史上占同等的位置，說「天下之文章無有出《水滸》右者，天下之格物君子無有出施耐庵先生右者」！這是何等眼光！何等膽氣！又如他的序裡的一段：「夫古人之才，世不相沿，人不相及：莊周有莊周之才，屈平有屈平之才，降而至於施耐庵有施耐庵之才，董解元有董解元之才。」這種文學眼光，在古人中很不可多得。又如他對他的兒子說：「汝今年始十歲，便以此書（《水滸》）相授者，非過有所寵愛，或者教汝之道當如是也。……人生十歲，耳目漸吐，如日在東，光明發揮。如此書，吾即欲禁汝不見，亦豈可得？今知不可相禁，而反出其舊所批釋脫然授之汝手。」這種見解，在今日還要嚇倒許多老先生與少先生，何況三百年前呢？

　　但是金聖歎究竟是明末的人。那時代是「選家」最風行的時代；我們讀呂用晦的文集，還可想見當時的時文大選家在文人界占的地位（參

看《儒林外史》）。金聖歎用了當時「選家」評文的眼光來逐句批評《水滸》，遂把一部《水滸》凌遲碎砍，成了一部「十七世紀眉批夾注的白話文範」！例如聖歎最得意的批評是指出景陽岡一段連寫十八次「哨棒」，紫石街一段連寫十四次「簾子」和三十八次「笑」。聖歎說這是「草蛇灰線法」！這種機械的文評正是八股選家的流毒，讀了不但沒有益處，並且養成一種八股式的文學觀念，是很有害的。

這部新本《水滸》的好處就在把文法的結構與章法的分段來代替那八股選家的機械的批評。即如第五回瓦棺寺一段：

智深走到面前那和尚吃了一驚

金聖歎批道：「寫突如其來，只用二筆，兩邊聲勢都有。」

跳起身來便道請師兄坐同吃一盞智深提著禪杖道你這兩個如何把寺來廢了那和尚便道師兄請坐聽小僧

聖歎批道：「其語未畢。」

智深睜著眼道你說你說

聖歎批道：「四字氣忿如見。」

說在先敝寺⋯⋯

聖歎批道：「說字與上『聽小僧』本是接著成句，智深氣忿忿在一邊

夾著『你說你說』耳。章法奇絕，從古未有。」

現在用新標點符號寫出來便成：

智深走到面前，那和尚吃了一驚，跳起身來便道：「請師兄坐，同吃一盞。」智深提著禪杖道：「你這兩個如何把寺廢了！」那和尚便道：「師兄請坐，聽小僧——」智深睜著眼道：「你說！你說！」「——說：在先敝寺……」

這樣點讀，便成一片整段的文章，我們不用加什麼恭維施耐庵的評語，讀者自然懂得一切忿怒的聲口和插入的氣話；自然覺得這是很能摹神的敘事；並且覺得這是敘事應有的句法，並不是施耐庵有意要作「章法奇絕，從古未有」的文章。

金聖歎的《水滸》評，不但有八股選家氣，還有理學先生氣。

聖歎生在明朝末年，正當「清議」與「威權」爭勝的時代，東南士氣正盛，雖受了許多摧殘，終不曾到降服的地步。聖歎後來為了主持清議以至於殺身，他自然是一個贊成清議派的人。故他序《水滸》第一回道：

一部大書七十回將寫一百八人……而先寫高俅者，蓋不寫高俅便寫一百八人，則是亂自下生也。不寫一百八人先寫高俅，則是亂自上作也。……高俅來而王進去矣。王進者，何人也？不墜父業，善養母志，蓋孝子也。……橫求之四海，豎求之百年，而不一得之。不一得之而忽然有之，則當尊之，榮之，長跽事之，——必欲罵之，打之，至於殺之，因逼去之，是何為也？王進去而一百八人來矣。則是高俅來而一百八人來矣。

王進去後，更有史進。史者史也。……記一百八人之事而亦居然謂之史也，何居？從來庶人之議皆史也。庶人則何敢議也？庶人不敢議也。庶人不敢議而又議，何也？天下有道，然後庶人不議也。今則庶人議矣。何用知天下無道？日，王進去而高俅來矣。

這一段大概不能算是穿鑿附會。《水滸傳》的著者著書自然有點用意，正如楔子一回中說的，「且住！若真個太平無事，今日開書演義，又說著些什麼？」他開篇先寫一個人人厭惡不肯收留的高俅，從高俅寫到王進，再寫到史進，再寫到一百八人，他著書的意思自然很明白。金聖歎說他要寫「亂自上生」，大概是很不錯的。聖歎說：「從來庶人之議皆史也」，這一句話很可代表明末清議的精神。黃梨洲的《明夷待訪錄》說：

東漢大學三萬人，危言深論，不隱豪強，公卿避其貶議。宋諸生伏闕捶鼓，請起李綱。三代遺風唯此猶為相近。使當日之在朝廷者，以其所非是為非是，將見盜賊奸邪慴心於正氣霜雪之下，君安而國可保也。

這種精神是十七世紀的一種特色，黃梨洲與金聖歎都是這種清議運動的代表，故都有這種議論。

但是金聖歎《水滸》評的大毛病也正在這個「史」字上。中國人心裡的「史」總脫不了《春秋》筆法「寓褒貶，別善惡」的流毒。金聖歎把《春秋》的「微言大義」用到《水滸》上去，故有許多極迂腐的議論。他以為《水滸傳》對於宋江，處處用《春秋》筆法責備他。如第二十一回，宋江殺了閻婆惜之後，逃難出門，臨行時「拜辭了父親，只見宋太公灑淚不已，又分付道，你兩個前程萬里，休得煩惱」。這本是隨便寫父子離別，並無深意。金聖歎卻說：

無人處卻寫太公灑淚；有人處便寫宋江大哭；冷眼看破，冷筆寫成。普天下讀書人慎勿謂《水滸》無皮裡陽秋也。

下文宋江弟兄「分付大小莊客，早晚殷勤服侍太公；休教飯食有缺」。這也是無深意的敘述。聖歎偏要說：

人亦有言，「養兒防老」。寫宋江分付莊客服侍太公，亦皮裡陽秋之筆也。

這種穿鑿的議論實在是文學的障礙。《水滸傳》寫宋江，並沒有責備的意思。看他在三十五回寫宋江冒險回家奔喪，在四十一回寫宋江再冒險回家搬取老父，何必又在這裡用曲筆寫宋江的不孝呢？

又如五十三回寫宋江破高唐州後，「先傳下將令，休得傷害百姓，一面出榜安民，秋毫無犯」。這是照例的刻板文章，有何深意？聖歎偏要說：

如此言，所謂仁義之師也。今強盜而忽用仁義之師，是強盜之權術也。強盜之權術而又書之者，所以深嘆當時之官軍反不能然也。彼三家村學究不知作史筆法，而遽因此等語過許強盜真有仁義不亦怪哉？

這種無中生有的主觀見解，真正冤枉煞古人！聖歎常罵三家村學究不懂得「作史筆法」，卻不知聖歎正為懂得作史筆法太多了，所以他的迂腐比三家村學究的更可厭！

這部新本的《水滸》把聖歎的總評和夾評一齊刪去，使讀書的人直接去看《水滸傳》，不必去看金聖歎腦子裡懸想出來的《水滸》的「作史

筆法」；使讀書的人自己去研究《水滸》的文學，不必去管十七世紀八股選家的什麼「背面鋪粉法」和什麼「橫雲斷山法」！

二

我既不贊成金聖歎的《水滸》評，我既主張讓讀書的人自己直接去研究《水滸傳》的文學，我現在又拿什麼話來做《水滸傳》的新序呢？

我最恨中國史家說的什麼「作史筆法」，但我卻有點「歷史癖」；我又最恨人家咬文嚼字的評文，但我卻又有點「考據癖」！因為我不幸有點歷史癖，故我無論研究什麼東西，總喜歡研究他的歷史。因為我又不幸有點考據癖，故我常常愛做一點半新不舊的考據。現在我有了這個機會替《水滸傳》做一篇新序，我的兩種老毛病——歷史癖與考據癖——不知不覺的又發作了。

我想《水滸傳》是一部奇書，在中國文學占的地位比《左傳》、《史記》還要重大得多；這部書很當得起一個閻若璩來替他做一番考證的功夫，很當得起一個王念孫來替他做一番訓詁的功夫。我雖然夠不上做這種大事業——只好讓將來的學者去做——但我也想努一努力，替將來的「《水滸傳》專門家」開闢一個新方向，開啟一條新道路。

簡單一句話，我想替《水滸傳》做一點歷史的考據。

《水滸傳》不是青天白日裡從半空中掉下來的，《水滸傳》乃是從南宋初年（西曆十二世紀初年）到明朝中葉（十五世紀末年）這四百年的「梁山泊故事」的結晶。——我先把這句武斷的話丟在這裡，以下的兩萬字便是這一句話的說明和引證。

我且先說元朝以前的《水滸》故事。

《宋史》二十二，徽宗宣和三年（西曆一一二一）的本紀說：

淮南盜宋江等犯淮陽軍，遣將討捕，又犯京東、江北，入楚海州界。命知州張叔夜招降之。

又《宋史》三百五十一：

宋江寇京東，侯蒙上書言：「江以三十六人橫行齊魏，官軍數萬無敢抗者，其才必過人。今清溪盜起，不若赦江，使討方臘以自贖。」

又《宋史》三百五十三：

宋江起河溯，轉略十郡，官軍莫敢攖其鋒。聲言將至〔海州〕，張叔夜使間者覘所向，賊徑趨海瀕，劫鉅舟十餘，載鹵獲。於是募死士，得千人，設伏近城，而出輕兵距海誘之戰，先匿壯卒海旁，伺兵合，舉火焚其舟。賊聞之，皆無鬥志。伏兵乘之，擒其副賊。江乃降。

這三條史料可以證明，宋江等三十六人都是歷史的人物，是北宋末年的大盜。「以三十六人橫行齊魏，官軍數萬無敢抗者」——看這些話可見宋江等在當時的威名。這種威名傳播遠近，留傳在民間，越傳越神奇，遂成一種「梁山泊神話」。我們看宋末遺民龔聖與作宋江三十六人讚的自序說：

宋江事見於街談巷語，不足採著。雖有高如、李嵩輩傳寫，士大夫亦不見黜，余年少時壯其人，欲存之畫贊，以未見信書載事實，不敢輕為。及異時見《東郡事略》載侍郎侯蒙傳，有書一篇，陳制賊之計云：「宋江以三十六人橫行河朔、京東，官軍數萬無敢抗者，其才必有過人。

不若赦過招降，使討方臘，以此自贖，或可平東南之亂。」余然後知江
輩真有聞於時者。……

——周密《癸辛雜識續集》上

我們看這段話，可見（1）南宋民間有一種「宋江故事」流行於「街
談巷語」之中；（2）宋元之際已有高如、李嵩一班文人「傳寫」這種故
事，使「士大夫亦不見黜」；（3）那種故事一定是一種「英雄傳奇」，故
龔聖與「少年時壯其人，欲存之畫贊」。

這種故事的發生與流傳久遠，決非無因。大概有幾種原因：（1）宋
江等確有可以流傳民間的事跡與威名；（2）南宋偏安，中原失陷在異族
手裡，故當時人有想望英雄的心理；（3）南宋政治腐敗，奸臣暴政使百
姓怨恨，北方在異族統治之下受的痛苦更深，故南北民間都養成一種痛
恨惡政治惡官吏的心理，由這種心理上生出崇拜草澤英雄的心理。

這種流傳民間的「宋江故事」便是《水滸傳》的遠祖。我們看《宣
和遺事》便可看見一部縮影的「《水滸》故事」。《宣和遺事》記梁山泊好
漢的事，共分六段：

（1）楊志、李進義（後來作盧俊義）、林沖、王雄（後來作楊雄）、
花榮、柴進、張青、徐寧、李應、穆橫、關勝、孫立等十二個押送「花
石綱」的制使，結義為兄弟。後來楊志在潁州阻雪，缺少旅費，將一口
寶刀出賣，遇著一個惡少，口角廝爭。楊志殺了那人，判決配衛州軍
城。路上被李進義、林沖等十一人救出去，同上太行山落草。

（2）北京留守梁師寶差縣尉馬安國押送十萬貫的金珠珍寶上京，
為蔡太師上壽，路上被晁蓋、吳加亮、劉唐、秦明、阮進、阮通、阮小
七、燕青等八人用麻藥醉倒，搶去生日禮物。

（3）「生辰綱」的案子，因酒桶上有「酒海花家」的字樣，追究到晁

蓋等八人。幸得鄆城縣押司宋江報信與晁蓋等，使他們連夜逃走。這八人連結了楊志等十二人，同上梁山泊落草為寇。

（4）晁蓋感激宋江的恩義，使劉唐帶金釵去酬謝他。宋江把金釵交給娼妓閻婆惜收了，不料被閻婆惜得知來歷，那婦人本與吳偉往來，現在更不避宋江。宋江怒起，殺了他們，題反詩在壁上，出門跑了。

（5）官兵來捉宋江，宋江躲在九天玄女廟裡。官兵退後，香案上一聲響亮，忽有一本天書，上寫著三十六人姓名。這三十六人，除上文已見二十人之外，有杜千、張岑、索超、董平都已先上梁山泊了；宋江又帶了朱全、雷橫、李逵、戴宗、李海等人上山。那時晁蓋已死，吳加亮與李進義為首領。宋江帶了天書上山，吳加亮等遂共推宋江為首領。此外還有公孫勝、張順、武松、呼延綽、魯智深、史進、石秀等人，共成三十六員。（宋江為帥不在天書內。）

（6）宋江等既滿三十六人之數，「朝廷無其奈何」，只出得榜招安。後有張叔夜「招誘宋江和那三十六人歸順宋朝，各受武功大夫誥敕，分注諸路巡檢使去也。因此三路之寇悉得平定，後遣宋江收方臘有功，封節度使」。

《宣和遺事》一書，近人因書裡的「惇」字缺筆作「惇」字；故定為宋時的刻本。這種考據法用在那「俗文偽字彌望皆是」的民間刻本上去，自然不很適用，不能算是充分的證據。但書中記宋徽宗、欽宗二帝被虜後的事，記載得非常詳細，顯然是種族之痛最深時的產物。書中採用的材料大都是南宋人的筆記和小說，採的詩也沒有劉後村以後的詩。故我們可以斷定《宣和遺事》記的梁山泊三十六人的故事一定是南宋時代民間通行的小說。

周密（宋末人，元武帝時還在）的《癸辛雜識》載有龔聖與的三十六人讚。三十六人的姓名大致與《宣和遺事》相同，只有吳加亮改

作吳用，李進義改作盧俊義，阮進改為阮小二，李海改為李俊，王雄改為楊雄：這都與《水滸傳》更接近了。此外周密記的，少了公孫勝、林沖、張岑、杜千四人，換上宋江、解珍、解寶、張橫四人，（《宣和遺事》有張橫，又寫作李橫，但不在天書三十六人之數。）也更與《水滸》接近了。

龔聖與的三十六人讚裡全無事實，只在那些「綽號」的字面上做文章，故沒有考據材料的價值。但他那篇自序卻極有價值。序的上半——引見上文——可以證明宋元之際有李嵩、高如等人「傳寫」梁山泊故事，可見當時除《宣和遺事》之外一定還有許多更詳細的水滸故事。序的下半很稱讚宋江，說他「識性超卓，有過人者」；又說：

盜跖與江，與之「盜」名而不辭，躬履「盜」跡而不諱者也。豈若世之亂臣賊子畏影而自走，所為近在一身而其禍未嘗不流四海？

這明明是說「奸人政客不如強盜」了！再看他那些讚的口氣，都有希望草澤英雄出來重扶宋室的意思。如九文龍史進讚：「龍數肖九，汝有九文，盍從東皇，駕五色雲！」如小李廣花榮讚：「中心慕漢，奪馬而歸；汝能慕廣，何憂數奇？」這都是當時宋遺民的故國之思的表現。又看周密的跋語：

此皆群盜之靡耳，聖與既各為之贊，又從而序論之，何哉？太史公序游俠而進奸雄，不免後世之譏。然其首著勝、廣於列傳，且為項羽作本紀，其意亦深矣。識者當能辨之。

這是老實希望當時的草澤英雄出來推翻異族政府的話。這便是元朝「《水滸》故事」所以非常發達的原因。後來長江南北各處的群雄起兵，不上二十年，遂把人類有歷史以來最強橫的民族的帝國打破，遂恢復漢族的中國。這裡面雖有許多原因，但我們讀了龔聖與、周密的議論，可以知道水滸故事的發達與傳播也許是漢族光復的一個重要原因哩。

三

元朝水滸故事非常發達，這是萬無可疑的事。元曲裡的許多水滸戲便是鐵證。但我們細細研究元曲裡的水滸戲，又可以斷定元朝的水滸故事絕不是現在的《水滸傳》；又可以斷定那時代絕不能產生現在的《水滸傳》。

元朝戲曲裡演述梁山泊好漢的故事的，也不知有多少種。依我們所知，至少有下列各種：

1. 高文秀的 ●《黑旋風雙獻功》（《錄鬼簿》作《雙獻頭》）

2. 又《黑旋風喬教學》

3. 又《黑旋風借屍還魂》

4. 又《黑旋風鬥雞會》

5. 又《黑旋風詩酒麗春園》

6. 又《黑旋風窮風月》

7. 又《黑旋風大鬧牡丹園》

8. 又《黑旋風敷演劉耍和》〔(4) 至 (8) 五種《涵虛子》皆無「黑旋風」三字，今據暖紅室新刻的鐘嗣成《錄鬼簿》為準。〕

9. 楊顯之的《黑旋風喬斷案》

10. 康進之的 ●《梁山泊黑旋風負荊》

11. 又《黑旋風老收心》

12. 紅字李二的《板踏兒黑旋風》（《涵虛子》無下三字）

13. 又《折擔兒武松打虎》

14. 又《病楊雄》

15. 李文蔚的 ●《同樂院燕青博魚》（《錄鬼簿》上三字作「報冤臺」，「博」字作「撲」，今據《元曲選》。）

16. 又《燕青射雁》

17. 李致遠的 ●《都孔目風雨還牢末》

18. 無名氏的 ●《爭報恩三虎下山》

19. 又《張順水裡報怨》

以上關於梁山泊好漢的戲目十九種，是參考《元曲選》、《涵虛子》（《元曲選》卷首附錄的）和《錄鬼簿》（原書有序，年代為至順元年，當西曆一三三〇年；又有題詞，年代為至正庚子，當西曆一三六〇年。）三部書輯成的。不幸這十九種中，只有那加「●」的五種現在還儲存在臧晉叔的《元曲選》裡（下文詳說），其餘十四種現在都不傳了。

但我們從這些戲名裡，也就可以推知許多事實出來：第一，元人戲劇裡的李逵（黑旋風）一定不是《水滸傳》裡的李逵。細看這個李逵，他居然能「喬教學」，能「喬斷案」，能「窮風月」，能玩「詩酒麗春園」！這可見當時的李逵一定是一個很滑稽的腳色，略像蕭士比亞[1]戲劇裡的佛斯大夫（Falstaff）——有時在戰場上嚇人，有時在脂粉隊裡使人笑死。至於「借屍還魂」，「敷演劉耍和」，「大鬧牡丹園」，「老收心」等等事，更是《水滸傳》的李逵所沒有的了。第二，元曲裡的燕青，也不是後來《水滸傳》的燕青：「博魚」和「射雁」，都不是《水滸傳》的事實。（《水滸》有燕青射鵲一事，或是受了「射雁」的暗示的。）第三，《水滸》只有病關索楊雄並沒有「病楊雄」的話，可見元曲的楊雄也和《水滸》的楊雄不同。

現在我們再看那五本儲存的梁山泊戲，更可看出元曲的梁山泊好漢和《水滸傳》的梁山泊好漢大不相同的地方了。我們先敘這五本戲的內容：

（1）《黑旋風雙獻功》講宋江的朋友孫孔目帶了妻子郭念兒上泰安神州去燒香，因路上有強盜，故來問宋江借一個護臂的人。李逵自請要去，宋江就派他去。郭念兒和一個白衙內有奸，約好了在路上一家店裡相會，各唱一句暗號，一同逃走了。孫孔目丟了妻子，到衙門裡告狀，不料反被監在牢裡。李逵扮做莊家呆後生，買通牢子，進監送飯，用蒙汗藥醉倒牢子，救出孫孔目；又扮做祗候，偷進衙門，殺了白衙內和郭念兒，帶了兩顆人頭上山獻功。

（2）《李逵負荊》講梁山泊附近一個杏花莊上，有一個賣酒的王林，他有一女名叫滿堂嬌。一日，有匪人宋剛和魯智恩，假冒宋江和魯智深的名字，到王林酒店裡，搶去滿堂嬌。那日李逵酒醉了，也來王林家，問知此事，心頭大怒，趕上梁山泊，和宋江、魯智深大鬧。後來他們三人立下軍令狀，下山到王林家，叫王林自己質對。王林才知道他女兒不是宋江們搶去的。李逵慚愧，負荊上山請罪，宋江令他下山把宋剛、魯智恩捉來將功贖罪。

（3）《燕青博魚》講梁山泊第十五個領袖燕青因誤了限期，被宋江杖責六十，氣壞了兩隻眼睛，下山求醫，遇著捲毛虎燕順把兩眼醫好，兩人結為弟兄。燕順在家因為與哥哥燕和嫂嫂王臘梅不和，一氣跑了。燕和夫妻有一天在同樂院遊春，恰好燕青因無錢使用在那裡博魚。燕和愛燕青氣力大，認他做兄弟，帶回家同住。王臘梅與楊衙內有奸，被燕青撞破。楊衙內倚仗威勢，反誣害燕和、燕青持刀殺人，把他們收在監裡。燕青劫牢走出，追兵趕來，幸遇燕順搭救，捉了姦夫淫婦，同上梁山泊。

（4）《還牢末》講史進、劉唐在東平府做都頭。宋江派李逵下山請他們入夥，李逵在路上打死了人，捉到官，幸虧李孔目救護，定為誤傷人命，免了死罪。李逵感恩，送了一對扁金環給李孔目。不料李孔目的妾蕭娥與趙令史有奸，拿了金環到官出首，說李孔目私通強盜問成死罪。劉唐與李孔目有舊仇，故極力虐待他，甚至於收受蕭娥的銀子，把李孔目吊死。李孔目死而復生，恰好李逵趕到，用宋江的書信招安了劉唐、史進，救了李孔目，殺了姦夫淫婦，一同上山。

（5）《爭報恩》講關勝、徐寧、花榮三個人先後下山打探軍情。濟州通判趙士謙帶了家眷上任，因道路難行，把家眷留在權家店，自己先上任。他的正妻李千嬌是很賢德的，他的妾王臘梅與丁都管有奸。這一天，關勝因無盤纏在權家店賣狗肉，因口角打倒丁都管，李千嬌出來看，見關勝英雄，認他做兄弟。關勝走後，徐寧晚間也到權家店，在趙通判的家眷住屋的稍房裡偷睡，撞破丁都管和王臘梅的姦情，被他們認做賊，幸得李千嬌見徐寧英雄，認他做兄弟，放他走了。又一天晚間，李千嬌在花園裡燒香，恰好花榮躲在園裡；聽見李千嬌燒第三炷香「願天下好男子休遭羅網之災」，花榮心裡感動，向前相見。李千嬌見他英雄，也認他做兄弟。不料此時丁都管和王臘梅走過門外，聽見花榮說話，遂把趙通判喊來。趙通判推門進來，花榮拔刀逃出，砍傷他的臂膊。王臘梅咬定李千嬌有奸，告到官衙，問成死罪。關勝、徐寧、花榮三人得信，趕下山來，劫了法場，救了李千嬌，殺了姦夫淫婦，使趙通判夫妻和合。

我們研究這五本戲，可得兩個大結論：

第一，元朝的梁山泊好漢戲都有一種很通行的「梁山泊故事」作共同的底本，我們可看這五本戲共同的梁山泊背景：

（1）《雙獻功》裡的宋江說：「某姓宋，名江，字公明，綽號及時雨

者是也。幼年曾為鄆城縣把筆司吏，因帶酒殺了閻婆惜，被告到官，脊杖六十，迭配江州牢城。因打此梁山經過，有我八拜交的哥哥晁蓋知某有難，領嘍囉下山，將解人打死，救某上山，就讓我坐第二把交椅。哥哥晁蓋三打祝家莊身亡，眾兄弟拜某為領袖。某聚三十六大夥，七十二小夥，半垓來嘍囉。塞名水滸，泊號梁山；縱橫河港一千條，四下方圓八百里；東連大海，西接濟陽，南通鉅野、金鄉，北靠青、齊、兗、鄆。……」

（2）《李逵負荊》裡的宋江自白有「杏黃旗上七個字：替天行道救生民」的話。其餘略同上。又王林也說：「你山上領袖都是替天行道的好漢。……老漢在這裡多虧了領袖哥哥照顧老漢。」

（3）《燕青博魚》裡，宋江自白與《雙獻功》大略相同，但有「人號順天呼保義」的話，又敘殺閻婆惜事也更詳細：有「因帶酒殺了閻婆惜，一腳踢翻燭臺，延燒了官房」一事。又說「晁蓋三打祝家莊，中箭身亡」。

（4）《還牢末》裡，宋江自敘有「我平日度量寬洪，但有不得已的好漢，見了我時，便助他些錢物，因此天下人都叫我做及時雨宋公明」的話。其餘與《雙獻功》略同，但無「三十六大夥，七十二小夥」的話。

（5）《爭報恩》裡，宋江自敘詞：「只因誤殺閻婆惜，逃出鄆州城，占下了八百里梁山泊，搭造起百十座水兵營。忠義堂高搠杏旗一面，上寫著『替天行道宋公明』。聚義的三十六個英雄漢，哪一個不應天上惡魔星？」這一段只說三十六人，又有「應天上惡魔星」的話，與《宣和遺事》說的天書相同。

看這五條，可知元曲裡的梁山泊大致相同，大概同是根據於一種人人皆知的「梁山泊故事」。這時代的「梁山泊故事」有可以推知的幾點：

（1）宋江的歷史，小節細目雖互有詳略的不同，但大綱已漸漸固定，成為人人皆知的故事。

（2）《宣和遺事》的三十六人，到元朝漸漸變成了「三十六大夥，七十二小夥」，已加到百零八人了。

（3）梁山泊的聲勢越傳越張大，到元朝時便成了「縱橫河港，一千條，四下方圓八百里」的「水滸」了。

（4）最重要的一點是元朝的梁山泊強盜漸漸變成了「仁義」的英雄。元初龔聖與自序作讚的意思，有「將使一歸於正，義勇不相戾，此詩人忠厚之心也」的話，那不過是希望的話。他稱讚宋江等，只能說他們「名號既不僭侈，名稱儼然，猶循故轍」；這是說他們老老實實的做「盜賊」，不敢稱王稱帝。龔聖與又說宋江等「與之盜名而不辭，躬履盜跡而不諱」。到了後來，梁山泊漸漸變成了「替天行道救生民」的忠義堂了！這一變化非同小可。把「替天行道救生民」的招牌送給梁山泊，這是水滸故事的一大變化，既可表示元朝民間的心理，又暗中規定了後來《水滸傳》的性質。

這是元曲裡共同的梁山泊背景。

第二，元曲演梁山泊故事，雖有一個共同的背景，但這個共同之點只限於那粗枝大葉的梁山泊略史。此外，那些好漢的個人歷史、性情、事業，當時還沒有個固定的本子，故當時的戲曲家可以自由想像，自由描寫。上條寫的是「同」，這條寫的是「異」。我們看他們的「異」處，方才懂得當時文學家的創造力。懂得當時文學家創造力的薄弱，方才可以了解《水滸傳》著者的創造力的偉大無比。

我們可先看元曲家創造出來的李逵。李逵在《宣和遺事》裡並沒有什麼描寫，後來不知怎樣竟成了元曲裡最時髦的一個角色！上文記的十九種元曲裡，竟有十二種是用黑旋風做主角的，《還牢末》一名《李山兒生死報恩人》，也可算是李逵的戲。高文秀一個人編了八本李逵的戲，可謂「黑旋風專門家」了！大概李逵這個「角色」大半是高文秀的想像力創造出來的，正如 Falstaff 是蕭士比亞創造出來的。高文秀寫李逵的形狀道：

　　我這裡見客人將禮數迎，把我這兩隻手插定。哥也，他見我這威凜凜的身似碑亭，他可慣聽我這莽壯聲？唬他一個痴賺，唬得他荊棘律的膽顫心驚！

　　又說：

　　你這般茜紅巾，腥衲襖，干紅搭膊，腿繃護膝，八答麻鞋，恰便似那煙燻的子路，黑染的金剛。休道是白日裡，夜晚間揣摸著你呵，也不是個好人。

　　又寫他的性情道：

　　我從來個路見不平，愛與人當道撅坑。我喝一喝，骨都都海波騰！撼一撼，赤力力山岳崩！但惱著我黑臉的爹爹，和他做場的歹鬥，翻過來落可便吊盤的煎餅！

　　但高文秀的《雙獻功》裡的李逵，實在太精細了，不像那鹵莽粗豪的黑漢。看他一見李孔目的妻子便知他不是「兒女夫妻」，看他假扮莊家後生，送飯進監；看他偷下蒙汗藥，麻倒牢子；看他假扮祗候，混進官衙：這豈是那鹵莽粗疏的黑旋風嗎？至於康進之的《李逵負荊》，寫李逵醉倒時情狀，竟是一個細膩風流的詞人了！你聽李逵唱：

　　飲興難酬，醉魂依舊。尋村酒，恰問罷王留。王留道，兀那裡人家有！可正是清明時候，卻言風雨替花愁。和風漸起，暮雨初收。俺則見楊柳半藏沽酒市，桃花深映釣魚舟。更和這碧粼粼春水波紋縐，有往來

社燕，遠近沙鷗。

（人道我梁山泊無有景緻，俺打那廝的嘴！）

俺這裡霧鎖著青山秀，煙罩定綠楊洲。（那桃樹上一個黃鶯兒將那桃花瓣兒滔呵，滔呵，滔的下來，落在水中，——是好看也！我曾聽的誰說來？我試想咱。……哦！想起來了也！俺學究哥哥道來。）他道是輕薄桃花逐水流。（俺綽起這桃花瓣兒來，我試看咱。好紅紅的桃花瓣兒！〔笑科〕你看我好黑指頭也！）恰便是粉襯的這胭脂透！（可惜了你這瓣兒！俺放你趁那一般的瓣兒去！我與你趕，與你趕！貪趕桃花瓣兒。）早來到這草橋店垂楊的渡口。（不中，則怕誤了俺哥哥的將令。我索回去也。……）待不吃呵，又被這酒旗兒將我來相迤逗。他，他，他舞東風在曲律桿頭！

這一段，寫的何嘗不美？但這可是那殺人不眨眼的黑旋風的心理嗎？

我們看高文秀與康進之的李逵，便可知道當時的戲曲家對於梁山泊好漢的性情人格的描寫還沒有到固定的時候，還在極自由的時代：你造你的李逵，他造他的李逵；你造一本李逵《喬教學》，他便造一本李逵《喬斷案》；你形容李逵的精細機警，他描寫李逵的細膩風流。這是人物描寫一方面的互異處。

再看這些好漢的歷史與事業。這十三本李逵戲的事實，上不依《宣和遺事》，下不合《水滸傳》，上文已說過了。再看李文蔚寫燕青是梁山泊第十五個領袖，他占的地位很重要，《宣和遺事》說燕青是劫「生辰綱」的八人之一，他的位置自然應該不低。後來《水滸傳》裡把燕青派作盧俊義的家人，便完全不同了。燕青下山遇著燕順弟兄，大概也是自由想像出來的事實。李文蔚寫燕順也比《水滸傳》裡的燕順重要得多。

最可怪的是《還牢末》裡寫的劉唐和史進兩人。《水滸傳》寫史進最早，寫他的為人也極可愛。《還牢末》寫史進是東平府的一個都頭，毫無可取的技能；寫宋江招安史進乃在晁蓋身死之後，也和《水滸》不同。劉唐在《宣和遺事》裡是劫「生辰綱」的八人之一，與《水滸》相同。《還牢末》裡的劉唐竟是一個挾私怨謀害好人的小人，還比不上《水滸傳》的董超、薛霸！蕭娥送了劉唐兩錠銀子，要他把李孔目吊死，劉唐答應了；蕭娥走後，劉唐自言自語道：

> 要活的難，要死的可容易。那李孔目如今是我手裡物事，搓的圓，捏的區。拚得將他盆吊死了，一來，賺他幾個銀子使用；二來，也償了我平生心願。我且吃杯酒去，再來下手，不為遲哩。

這種寫法，可見當時的戲曲家敘述梁山泊好漢的事跡，大可隨意構造；並且可見這些文人對於梁山泊上人物都還沒有一貫的，明白的見解。

以上我們研究元曲裡的水滸戲，可得四條結論：

（1）元朝是「水滸故事」發達的時代。這八九十年中，產上了無數「水滸故事」。

（2）元朝的「水滸故事」的中心部分——宋江上山的歷史，山寨的組織和性質——大致都相同。

（3）除了那一部分之外，元朝的水滸故事還正在自由創造的時代：各位好漢的歷史可以自由捏造，他們的性情品格的描寫也極自由。

（4）元朝文人對於梁山泊好漢的見解很淺薄平庸，他們描寫人物的本領很薄弱。

從這四條上，我們又可得兩條總結論：

（甲）元朝只有一個雛形的水滸故事和一些草創的水滸人物，但沒有

《水滸傳》。

（乙）元朝文學家的文學技術，程度很幼稚，絕不能產生我們現有的《水滸傳》。

（附註）我從前也看錯了元人的文學在中國文學史上的位置。近年我研究元代的文學，才知道元人的文學程度實在很幼稚，才知道元代只是白話文學的草創時代，絕不是白話文學的成人時代。即如關漢卿、馬致遠兩位最大的元代文豪，他們的文學技術與文學意境都脫不了「幼稚」的批評。故我近年深信《水滸》、《西遊》、《三國》都不是元代的產物。這是文學史上一大問題，此處不能細說，我將來別有專論。

---

[1] 蕭士比亞：今通譯莎士比亞。

四

以上是研究從南宋到元末的水滸故事。我們既然斷定元朝還沒有《水滸傳》也做不出《水滸傳》，那麼，《水滸傳》究竟是什麼時代的什麼人做的呢？

《水滸傳》究竟是誰做的？這個問題至今無人能夠下一個確定的答案。明人郎瑛《七修類稿》說：「《三國》、《宋江》二書乃杭人羅貫中所編。」但郎氏又說他曾見一本，上刻「錢塘施耐庵」作的。清人周亮工《書影》說：「《水滸傳》相傳為洪武初越人羅貫中作，又傳為元人施耐庵作。田叔禾《西湖遊覽志》又云，此書出宋人筆。近日金聖歎自七十回之後，斷為羅貫中所續，極口詆羅，復偽為施序於前，此書遂為施有矣。」田叔禾即田汝成，是嘉靖五年的進士。他說《水滸傳》是宋人做

的，這話自然不值得一駁。郎瑛死於嘉靖末年，那時還無人斷定《水滸》的作者是誰。周亮工生於萬曆四十年（一六一二），死於康熙十一年（一六七二），正與金聖歎同時。他說，《水滸》前七十回斷為施耐庵的是從金聖歎起的；聖歎以前，或說施，或說羅，還沒有人下一種斷定。

聖歎刪去七十回以後，斷為羅貫中的，聖歎自說是根據「古本」。我們現在須先研究聖歎評本以前《水滸傳》有些什麼本子。

明人沈德符的《野獲編》說：「武定侯郭勛，在世宗朝，號好文多藝。今新安所刻《水滸傳》善本，即其家所傳，前有汪大函序，託名天都外臣者。」周亮工《書影》又說：「故老傳聞，羅氏《水滸傳》一百回，各以妖異語冠其首，嘉靖時，郭武定重刻其書削去致語，獨存本傳。」據此，嘉靖郭本是《水滸傳》的第一次「善本」，是有一百回的。

再看李贄的《忠義水滸傳序》：

《水滸傳》者，發憤之作也。……施羅二公身在元，心在宋，雖生元日，實憤宋事。是故憤二帝之北狩，則稱大破遼以洩其憤；憤南渡之苟安，則稱滅方臘以洩其憤。敢問洩憤者誰乎？則前日嘯聚水滸之強人也，欲不謂之忠義，不可也。是故施羅二公傳《水滸》，而復以忠義名其傳焉。……宋公明者，身居水滸之中，心在朝廷之上，一意招安，專圖報國，卒致於犯大難，成大功，服毒自縊，同死而不辭。……最後南征方臘百單八人者陣亡已過半矣。又智深坐化於六和，燕青涕泣而辭主，二童就計於混江。……

——《焚書》卷三

李贄是嘉靖、萬曆時代的人，與郭武定刻《水滸傳》的時候相去很近，他這篇序說的《水滸傳》一定是郭本《水滸》。我們看了這篇序，可

以斷定明代的《水滸傳》是有一百回的；是有招安以後，「破遼」，「平方臘」，「宋江服毒自盡」，「魯智深坐化」等事的；我們又可以知道明朝嘉靖、萬曆時代的人也不能斷定《水滸傳》是施耐庵做的，還是羅貫中做的。

到了金聖歎，他方才把前七十回定為施耐庵的《水滸》，又把七十回以後，招安平方臘等事，都定為羅貫中續做的《續水滸傳》。聖歎批第七十回說：「後世乃復削去此節，盛誇招安，務令罪歸朝廷而功歸強盜，甚且至於袞然以忠義二字冠其端，抑何其好犯上作亂至於如是之甚也！」據此可見明代所傳的《忠義水滸傳》是沒有盧俊義的一夢的。聖歎斷定《水滸》只有七十回，而罵羅貫中為狗尾續貂。他說：「古本《水滸》，如此，俗本妄肆改竄，真所謂愚而好自用也。」我們對於他這個斷定，可有兩種態度：（1）可信金聖歎確有一種古本；（2）不信他得有古本，並且疑心他自己假託古本，「妄肆竄改」，稱真本為俗本，自己的改本為古本。

第一種假設——認金聖歎真有古本作校改的底子——自然是很難證實的。我的朋友錢玄同先生說：「金聖歎實在喜歡亂改古書。近人劉世珩校刊關、王原本《西廂》，我拿來和金批本一對，竟變成兩部書。……以此例彼，則《水滸》經老金批校，實有點難信了。」錢先生希望得著一部明版的《水滸》，拿來考證《水滸》的真相。據我個人看來，即使我們得著一部明版《水滸》，至多也不過是嘉靖朝郭武定的一百回本，就是金聖歎指為「俗本」的，究竟我們還無從斷定金聖歎有無「真古本」。但第二種假設——金聖歎假託古本，竄改原本——更不能充分成立。金聖歎若要竄改《水滸》，盡可自由刪改，並沒有假託古本的必要。他武斷《西廂》的後四折為續作，並沒有假託古本的必要。他武斷《西廂》的後四折為續作，並沒有假託古本，又何必假託一部古本的《水滸傳》呢？大

概文學的技術進步時，後人對於前人的文章往往有不能滿意的地方。元人做戲曲是匆匆忙忙的做了應戲臺上之用的，故元曲實在多有太潦草、太疏忽的地方，難怪明人往往大加修飾，大加竄改。況且元曲刻本在當時本來極不完備：最下的本子僅有曲文，無有科白，如日本西京帝國大學影印的《元曲三十種》；稍好的本子雖有科白，但不完全，如「付末上見外云云了」，「旦引徠上，外分付云云了」，如董授經君影印的《十段錦》；最完好的本子如減晉叔的《元曲選》，大概都是已經明朝人大加補足修飾的了。此項曲本，既非「聖賢經傳」，並且實有修改的必要，故我們可以斷定現在所有的元曲，除了西京的三十種之外，沒有一種不曾經明人修改的。《西廂》的改竄，並不起於金聖歎，到聖歎時《西廂》已不知修改了多少次了。

周憲王、王世貞、徐渭都有改本，遠在聖歎之前，這是我們知道的。比如李漁改《琵琶記》的《描容》一出，未必沒有勝過原作的地方。我們現在看見劉刻的《西廂》原本與金評本不同，就疑心全是聖歎改了的，這未免太冤枉聖歎了。在明朝文人中，聖歎要算是最小心的人。他有武斷的毛病，他又有錯評的毛病。但他有一種長處，就是不敢抹殺原本。即以《西廂》而論，他不知道元人戲曲的見解遠不如明末人的高超，故他武斷後四出為後人續的。這是他的大錯。但他終不因此就把後四出都刪去了，這是他的謹慎處。他評《水滸傳》也是如此。我在第一節已指出了他的武斷和誤解的毛病。但明朝人改小說戲曲向來沒有假託古本的必要。況且聖歎引據古本不但用在百回本與七十回本之爭，又用在無數字句小不同的地方。以聖歎的才氣，改竄一兩個字，改換一兩句，何須假託什麼古本？他改《左傳》的句讀，尚且不須依傍古人，何況《水滸傳》呢？因此我們可假定他確有一種七十回的《水滸》本子。

我對於「《水滸》是誰做的？」這個問題，頗曾虛心研究，雖不能說

有了最滿意的解決，但我卻有點意見，比較的可算得這個問題的一個可用的答案。我的答案是：

（1）金聖歎沒有假託古本的必要，他用的底本大概是一種七十回的本子。

（2）明朝有三種《水滸傳》：第一種是一百回本，第二種是七十回本，第三種又是一百回本。

（3）第一種一百回本是原本，七十回本是改本。後來又有人用七十回本來刪改百回本的原本，遂成一種新百回本。

（4）一百回本的原本是明初人做的，也許是羅貫中做的。羅貫中是元末明初的人，涵虛子記的元曲裡有他的《龍虎風雲會》雜劇。

（5）七十回本是明朝中葉的人重做的，也許是施耐庵做的。

（6）施耐庵不知是什麼人，但絕不是元朝人。也許是明朝文人的假名，並沒有這個人。

這六條假設，我且一一解說於下：

（1）金聖歎沒有假託古本的必要，上文已說過了，我們可以承認聖歎家藏的本子是一種七十回本。

（2）明朝有三種《水滸傳》。第一種是《水滸》的原本，是一百回的。周亮工說：「故老傳聞，羅氏《水滸傳》一百回，各以妖異語冠其首」，即是此本。第二種是七十回本，大概金聖歎的「貫華堂古本」即是此本。第三種是一百回本，是有招安以後的「征四寇」等事的，亦名《忠義水滸傳》。李贄的序可為證。周亮工又說，「嘉靖時，郭武定重刻其書，削其致語，獨存本傳」，當即是此本。（詳見下條）

（3）第一種百回本是《水滸傳》的原本。我細細研究元朝到明初的

人做的關於梁山泊好漢的故事與戲曲，敢斷定明朝初年絕不能產生現有七十回本的《水滸傳》。自從《宣和遺事》到周憲王，這二百多年中，至少有三十種關於梁山泊的書，其中儲存到於今的，約有十種。照這十種左右的書看來，那時代文學的見解、意境、技術，沒有一樣不是在草創的時期的，沒有一樣不是在幼稚的時期的。且不論元人做的關於水滸的戲曲。周憲王死在明開國後七十年，他做雜劇該在建文、永樂的時代，總算「晚」了。但他的《豹子和尚自還俗》與《黑旋風仗義疏財》兩種雜劇，固然遠勝於元曲裡《還牢末》與《爭報恩》等等水滸戲，但還是很缺乏超脫的意境和文學的技術。（這兩種，現在董授經君刻的《雜劇十段錦》內。）故我覺得周亮工說的「故老傳聞，羅氏《水滸傳》一百回，各以妖異語冠其首」的話，大概是可以相信的。周氏又說，「嘉靖時，郭武定重刻其書，削其致語，獨存本傳」。大概這種一百回本的《水滸傳》原本一定是很幼稚的。

但我們又可以知道《水滸傳》的原本是有招安以後的事的。何以見得呢？因為這種見解和宋元至明初的梁山泊故事最相接近。我們可舉幾個例。《宣和遺事》說：「那三十六人歸順宋朝，各受武功大夫誥敕，分注諸路巡檢使去也。因此三路之寇悉得平定。後遣宋江收方臘有功，封節度使。」元代宋遺民周密與龔聖與論宋江三十六人也都希望草澤英雄為國家出力。不但宋元人如此。明初周憲王的《黑旋風仗義疏財》雜劇（大概是改正元人的原本的）也說張叔夜出榜招安，宋江弟兄受了招安，做了巡檢，隨張叔夜征方臘，李逵生擒方臘。這戲中有一個很可注意：

（李撇古）今日聞得朝廷出榜招安正欲上山報知眾位首領自首出來替國家出力，為官受祿，不想途次遇見。不知兩位哥哥怎生主意？

（李逵）俺山中快樂，風高放火，月黑殺人，論秤分金銀，換套穿衣

服；千自由，百自在，可不強似這小官受人的氣！俺們怎肯受這招安也？

（李撇古）你兩個哥哥差見了。……你這三十六個好漢都是有本事有膽量的，平日以忠義為主。何不因這機會出來首官，與官裡出些氣力，南征北討，得了功勞，做個大官，……不強似你在牛皮帳裡每日殺人，又不安穩，那賊名兒幾時脫得？

這雖是帝室貴族的話，但這種話與上文引的宋元人的《水滸》見解是很一致的。因此我們可以知道《水滸》的百回本原本一定有招安以後的事（看下文論《征四寇》一段）。

這是第一種百回本，可叫做原百回本。我們又知道明朝嘉靖以後最通行的《水滸傳》是「《忠義水滸傳》」，也是一種有招安以後事的百回本。這是無可疑的。據周亮工說，這個百回本是郭武定刪改那每回「各以妖異語冠其首」的原本而成的。這話大概可信。沈德符《野獲編》稱郭本為「《水滸》善本」，便是一證。這一種可叫做新百回本。

大概讀者都可以承認這兩種百回本是有的了。現在難解決的問題就是那七十回本的時代。

有人說，那七十回本是金聖歎假託的，其實並無此本。

這一說，我已討論過了，我以為金聖歎無假託古本的必要，他確有一種七十回本。

又有人說，近人沈子培曾見明刻的《水滸傳》，和聖歎批本多不相同，可見現在的七十回本《水滸傳》是聖歎竄改百回本而成的；若不是聖歎刪改的，一定是明朝末年人刪改的。依這一說，七十回本應該在新百回本之後。

這一說，我也不相信。我想《水滸傳》被聖歎刪改的小地方，大概不免。但我想聖歎在前七十回大概沒有什麼大竄改的地方。聖歎既然根

據他的「古本」來刪去了七十回以後的《水滸》，又根據「古本」來改正了許多地方（五十回以後更多）——他既然處處拿「古本」作根據，他必不會有了大竄改而不引據「古本」。況且那時代通行的《水滸傳》是新百回本的《忠義水滸傳》，若聖歎大改了前七十回，豈不是容易被人看出？況且周亮工與聖歎同時，也只說「近日金聖歎自七十回之後斷為羅貫中所續，極口詆羅」，且不說聖歎有大竄改之處。如此看來，可見聖歎對於新百回本的前七十回，除了他註明古本與俗本不同之處之外，大概沒有什麼大竄改的地方。

我且舉一個證據。雁宕山樵的《水滸後傳》是清初做的，那時聖歎評本還不曾很通行，故他依據的《水滸傳》還是百回本的《忠義水滸傳》。這書屢次提到「前傳」的事，凡是七十回以前的事，沒有一處不與聖歎評本相符。最明白的例如說燕青是天巧星，如說阮小七是天敗星，位在第三十一，如說李俊在石碣天文上位次在二十六，如說史進位列天罡星數，都與聖歎本毫無差異。（此書證據極多，我不能遍舉了。）可見石碣天文以前的《忠義水滸傳》與聖歎的七十回本沒有大不同的地方。

我們雖不曾見《忠義水滸傳》是什麼樣子的，但我們可以推知坊間現行的續《水滸傳》——又名《征四寇》，不是《蕩寇志》；《蕩寇志》是道光年間人做的——一定與原百回本和新百回本都有很重要的關係。這部《征四寇》確是一部古書，很可考出原百回本和《忠義水滸傳》後面小半部是個什麼樣子。(1) 李贄《忠義水滸傳》序記的事實，如大破遼，滅方臘，宋江服毒，南征方臘時百八人陣亡過半，智深坐化於六和，燕青涕泣而辭主，二童就計於混江，都是《征四寇》裡的事實。(2)《征四寇》裡有李逵在壽張縣坐衙斷案一段事（第三回），當是根據元曲《黑旋風喬斷案》的；又有李逵在劉太公莊上捉假宋江負荊請罪的事（第二回），是從元曲《李逵負荊》脫胎出來的；又有《燕青射雁》的事（第

十七回），當是從元曲《燕青射雁》出來的；又有李逵在井裡通到鬥雞村，遇著仙翁的事（二十五回），當是依據元曲《黑旋風鬥雞會》的。看這些事實，可見《征四寇》和元曲的《水滸》戲很接近。（3）最重要的是《征四寇》敘東京八十萬禁軍教頭王慶遭高俅陷害，迭配淮西，後來造反稱王的事（二十九至三十一回）。這個王慶明明是《水滸傳》今本裡的王進。王慶是「四寇」之一；四寇是遼、田虎、王慶、方臘；「四寇」之名來源很早，《宣和遺事》說宋江等平定「三路之寇」，後來又收方臘，可見「四寇」之說起於《宣和遺事》。但李贄作序時，只說「大破遼」與「滅方臘」兩事；清初人做的《水滸後傳》屢說「征服大遼，剿除方臘」，但無一次說到田虎、王慶的事。可見新百回本已無四寇，僅有二寇。我研究新百回本刪去二寇的原因，忽然明白《征四寇》這部書乃是原百回本的下半部。《征四寇》現存四十九回，與聖歎說的三十回不合。我試刪去征田虎及征王慶的二十回，恰存二十九回；第一回之前顯然還有硬刪去的一回；合起來恰是三十回。田虎一大段不知為什麼刪去，但我看王慶一段的刪去明是因為王慶已變了王進，移在全書的第一回，故此一大段不能存在。這是《征四寇》為原百回本的剩餘的第一證據。（4）《征四寇》每回之前有一首荒謬不通的詩，《周亮工》說的「各以妖異語冠其首」，大概即根本於此。這是第二證據。（5）《征四寇》的文學的技術和見解，確與元朝人的文學的技術和見解相像。更可斷定這書是原百回本的一部分。若新百回本還是這樣幼稚，絕不能得晚明那班名士（如李贄、袁宏道等）那樣欽佩。這是第三證據。

以上我主張：

（1）新百回本的前七十回與今本七十回沒有什麼大不同的地方；

（2）新百回本的後三十回確與原百回本的後半部大不同，可見新百回本確已經過一回大改竄了。新百回本是嘉靖時代刻的，郎瑛著書也

在嘉靖年間，他已見有施、羅兩本。況且李贄在萬曆時作《水滸序》又混稱「施、羅兩公」。若七十回本出在明末，李贄決沒有合稱施、羅的必要。因此我想嘉靖時初刻的新百回本已是兩種本子合起來的：一種是七十回本，一種是原百回本的後半。因為這新百回本（《忠義水滸傳》）是兩種本子合起來的，故嘉靖以後人混稱施、羅兩公，故金聖歎敢斷定七十回以前為施本，七十回以後為羅本。

　　因此，我假定七十回本是嘉靖郭本以前的改本。大概明朝中葉時期，——當弘治、正德的時候，——文學的見解與技術都有進步，故不滿意於那幼稚的《水滸》百回原本。況且那時又是個人主義的文學發達時代。李夢陽、康海、王九思、祝允明、唐寅一班人都是不滿意於政府的，都是不滿意於當時社會的。故我推想七十回本是弘治、正德時代的出產品。這書大概略本那原百回本，重新改做一番，刪去招安後的事；一切人物的描寫，事實的敘述，大概都有許多更改原本之處。如王慶改為王進，移在全書之首，又寫他始終不肯落草，便是一例。若原百回本果是像《征四寇》那樣幼稚，這七十回本簡直不是改本，竟可稱是創作了。

　　這個七十回本是明朝第二種《水滸傳》。我們推想此書初出時必定不能使多數讀者領會，當時人大概以為這七十回是一種不完全的本子，郭勛是一個貴族，又是一個奸臣，故更不喜歡這七十回本。因此，我猜想，郭刻的百回的「《水滸》善本」大概是用這七十回本來修改原百回本的：七十回以前是依七十回本改的，七十回以後是嘉靖時人改的。這個新百回本是第三種《水滸傳》本子。

　　（3）這第三種本子——新百回本——是合兩種本子而成的，前七十回全採七十回本，後三十回大概也遠勝原百回本的末五十回，所以能風行一世。但這兩種本子的內容與技術是不同的，前七十回是有意重新改

做的，後三十回是用原百回本的下半改了湊數的，故明眼的人都知道前七十回是一部，後三十回又是一部。不但上文說的李贄混稱羅、施二公是一證據。還有清初的《水滸後傳》的「讀法」上說「前傳之前七十回中，回目用大鬧字者凡十」。現查《水滸傳》的回目果有十次用「大鬧」字，但都在四十五回以前。既在四十五回以前，何故說「前七十回」呢？這可見分《水滸》為兩部的，不止金聖歎一人了。

（4）如果百回本的原本是如周亮工說的那樣幼稚，或是像《征四寇》那樣幼稚，我們可以斷定是元末明初的著作。周亮工說羅貫中是洪武時代的人，大概羅貫中到明末初期還活著。前人既多說《水滸》是羅貫中做的，我們也不妨假定這百回本的原本是他做的。

（5）七十回本一定是明末中葉的人刪改的，這一層我已在上文（3）條裡說過了。嘉靖時郎瑛曾見有一本《水滸傳》，是「錢塘施耐庵」做的。可惜郎瑛不曾說這一本是一百回，還是七十回。或者這一本七十回的即是郎瑛看見的施耐庵本。我想：若施本不是七十回本，何以聖歎不說百回本是施本而七十回本是羅本呢？

（6）我們雖然假定七十回本為施耐庵本，但究竟不知施耐庵是誰。據我的淺薄學問，元明兩朝沒有可以考證施耐庵的材料。我可以斷定的是：①施耐庵絕不是宋元兩朝人；②他絕不是明朝初年的人：因為這三個時代不會產出這七十回本的《水滸傳》；③從文學進化的觀點看起來，這部《水滸傳》，這個施耐庵，應該產生在周憲王的雜劇與《金瓶梅》之間。──但是何以明朝的人都把施耐庵看作宋、元的人呢？（田汝成、李贄、金聖歎、周亮工等人都如此。）這個問題極有研究的價值。清初出了一部《後水滸傳》，是接著百回本做下去的。（此書敘宋江服毒之後，剩下的三十幾個水滸英雄，出來幫助宋軍抵禦金兵，但無成功，混江龍李俊同一班弟兄，渡海至暹羅國，創下李氏王朝。）這書是一個明末遺

民雁宕山樵陳沈做的（據沈登瀛《南潯備志》；參看《蕩寇記》前鏡水湖邊老漁的跋語），但他託名「古宋遺民」。我因此推想那七十回本《水滸傳》的著者刪去了原百回本招安以後的事，把「《忠義水滸傳》」變成了「純粹草澤英雄的《水滸傳》」，一定有點深意，一定很觸犯當時的忌諱，故不得不託名於別人。「施耐庵」大概是「烏有先生」、「亡是公」一流的人，是一個假託的名字。明朝文人受禍的最多。高啟、楊基、張羽、徐賁、王行、孫賁、王蒙，都不得好死。弘治、正德之間，李夢陽四次下獄；康海、王敬夫、唐寅都廢黜終身。我們看了這些事，便可明白《水滸傳》著者所以必須用假名的緣故了。明朝一代的文學要算《水滸傳》的理想最激烈，故這書的著者自己隱諱也最深。書中說的故事又是宋代的故事，又和許多宋、元的小說戲曲有關係，故當時的人或疑施耐庵為宋人，或疑為元人，卻不知道宋元時代絕不能產生這樣一部奇書。

我們既不能考出《水滸傳》的著者究竟是誰，正不妨仍舊認「施耐庵」為七十回本《水滸傳》的著者，──但我們須要記得，「施耐庵」是明朝中葉的一個文學大家的假名！

總結上文的研究，我們可把南宋到明朝中葉的《水滸》材料作一個淵源表如下：

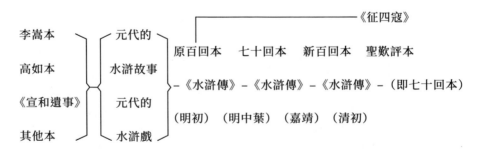

五

自從金聖歎把「施耐庵」的七十回本從《忠義水滸傳》裡重新分出來，到於今已近三百年了（聖歎自序在崇禎十四年）。這三百年中，七十回本居然成為《水滸傳》的定本。平心而論，七十回本得享這點光榮，是很應該的。我們現在且替這七十回本做一個分析。

七十回本除「楔子」一回不計外，共分十大段：

第一段——第一至第十一回。這一大段只有楊志的歷史（「做到殿司制使官，因道君皇帝蓋萬歲山，差一般十個制使去太湖邊搬運花石綱赴京交納。不料灑家……失陷了花石綱，不能回京。」）是根據於《宣和遺事》的，其餘都是創造出來的。這一大段先寫八十萬禁軍教頭王進被高俅趕走了。王進即是《征四寇》裡的王慶，不在百八人之數；施耐庵把他從下半部直提到第一回來，又改名王進，可見他的著書用意。王進之後，接寫一個可愛的少年史進，始終不肯落草，但終不能不上少華山去；又寫魯達為了仗義救人，犯下死罪，被逼做和尚，再被逼做強盜；又寫林沖被高俅父子陷害，逼上梁山。林沖在《宣和遺事》裡是押送「花石綱」的十二個制使之一；但在龔聖與的三十六人讚裡卻沒有他的名字，元曲裡也不提起他，大概元朝的水滸故事不見得把他當作重要人物。《水滸傳》卻極力描寫林沖，風雪山神廟一段更是能感動人的好文章。林沖之後接寫楊志。楊志在窮困之中不肯落草，後來受官府冤屈，窮得出賣寶刀，以致犯罪受杖，迭配大名府。（賣刀也是《宣和遺事》中有的，但在潁州，《水滸傳》改在京城，是有意的。）這一段連寫五個不肯做強盜的好漢，他的命意自然是要把英雄落草的罪名歸到貪官汙吏身上去。故這第一段可算是《水滸傳》的「開宗明義」的部分。

第二段——第十二至第二十一回。這一大段寫「生辰綱」的始末，

是《水滸傳》全域性的一大關鍵。《宣和遺事》也記有五花營堤上劫取生辰綱的事，也說是宋江報信，使晁蓋等逃走；也說到劉唐送禮謝宋江，以致宋江殺閻婆惜。《水滸傳》用這個舊輪廓，加上無數瑣細節目，寫得特別有趣味。這一段從雷橫捉劉唐起，寫七星聚義，寫智取生辰綱，寫楊志、魯智深落草，寫宋江私放晁蓋，寫林沖火並梁山泊，寫劉唐送禮酬謝宋江，寫宋江怒殺閻婆惜，直寫到宋江投奔柴進避難，與武松結拜做兄弟。《水滸》裡的中心人物——須知盧俊義、呼延灼、關勝等人不是《水滸》的中心人物——都在這裡了。

第三段——第二十二回到第三十一回。這一大段可說是武松的傳。《涵虛子》與《錄鬼簿》都記有紅字李二的《武松打虎》一本戲曲。紅字李二是教坊劉耍和的女婿，劉耍和已被高文秀編入曲裡，而《錄鬼簿》說高文秀早死，可見紅字李二的武松戲一定遠在《錄鬼簿》成書之前，——約在元朝的中葉。可見十四世紀初年已有一種武松打虎的故事。《水滸傳》根據這種故事，加上新的創造的想像力，從打虎寫到殺嫂，從殺嫂寫到孟州通打蔣門神，從蔣門神寫到鴛鴦樓、娛蚣嶺，便成了《水滸傳》中最精彩的一大部分。

第四段——第三十一回到第三十四回。這一小段是勉強插入的文章。《宣和遺事》有花榮和秦明等人，無法加入，故寫清風山、清風寨、對影山等一段，把這一班人送上梁山泊去。

第五段——第三十五回到第四十一回。這一大段也是《水滸傳》中很重要的文字，從宋江奔喪回家，迭配江州起，寫江州遇戴宗、李逵，寫潯陽江宋江題反詩，寫梁山泊好漢大鬧江州，直寫到宋江入夥後又偷回家中，遇著官兵追趕，躲在玄女廟裡，得受三卷天書。江州一大段完全是《水滸傳》的著者創造出來的。《宣和遺事》沒有宋江到江州配所的話，元曲也只說他迭配江州，路過梁山泊，被晁蓋搭救上山。《水滸傳》

造出江州一大段，不但寫李逵的性情品格，並且把宋江的野心大志都寫出來。若沒有這一段，宋江便真成了一個「虛名」了。天書一事，《宣和遺事》裡也有，但那裡的天書除了三十六人的姓名，只有詩四句：「破國因山木，兵刀用水工；一朝充將領，海內聳威風。」《水滸傳》不寫天書的內容，又把這四句詩改作京師的童謠：「耗國因家木，刀兵點水工。縱橫三十六，播亂在山東。」（見三十八回）這不但可見《宣和遺事》和《水滸》的關係，又可見後來文學的見解和手段的進化。

第六段——第四十二回至第四十五回。這一段寫公孫勝下山取母親，引起了李逵下山取母，又引起了戴宗下山尋公孫勝，路上引出楊雄、石秀的一段。《水滸傳》到了大鬧江州以後便沒有什麼很精彩的地方。這一段中寫石秀的一節比較是要算很好的了。

第七段——第四十六回寫到第四十九回。這一段寫宋江三打祝家莊。在元曲裡，三打祝家莊是晁蓋的事。

第八段——第五十回至第五十三回。寫雷橫、朱仝、柴進三個人的事。

第九段——第五十四回至第五十九回。這一大段和第四段相像，也是插進去做一個結束的。《宣和遺事》有呼延灼、徐寧等人，《水滸傳》前半部又把許多好漢分散在二龍山、少華山、桃花山等處了，故有這一大段，先寫呼延灼征討梁山泊，次請出一個徐寧，次寫呼延灼兵敗逃到青州，慕容知府請他收服桃花山、二龍山、白虎山；次寫少華山與芒碭山：遂把這五山的好漢一齊送上梁山泊去。

第十段——第五十九回至第七十回。這一大段是七十回本《水滸傳》的最後部分，先寫晁蓋打曾頭市中箭身亡，次寫盧俊義一段，次寫關勝，次寫破大名府，次寫曾頭市報仇，次寫東平府收董平，東昌府收張清，最後寫石碣天書作結。《宣和遺事》裡，盧俊義是梁山泊上最初的

第二名領袖，《水滸傳》前面不曾寫他，把他留在最後，無法可以描寫，故只好把擒史文恭的大功勞讓給他。後來結起帳來，一百零八人中還有董平和張清沒有加入，這兩人又都是《宣和遺事》裡有名字的，故又加上東平、東昌兩件事。算算還少一個，只好拉上一個獸醫皇甫端！這真是《水滸傳》的「強弩之末」了！

　　這是《水滸傳》的大規模。我們拿歷史的眼光來看這個大規模，可得兩種感想。

　　第一，我們拿宋元時代那些幼稚的梁山泊故事，來比較這部《水滸傳》，我們不能不佩服「施耐庵」的大匠精神與大匠本領；我們不能不承認這四百年中白話文學的進步很可驚異！元以前的，我們現在且不談。當元人的雜劇盛行時，許多戲曲家從各方面蒐集編曲的材料，於是有高文秀等人採用民間盛行的梁山泊故事，各人隨自己的眼光才力，發揮水滸的一方面，或創造一種人物，如高文秀的黑旋風，如李文蔚的燕青之類；有時幾個文人各自發揮一個好漢的一片面，如高文秀髮揮李逵的一片面，楊顯之、康進之、紅字李二又各各發揮李逵的一片面。但這些都是一個故事的自然演化，又都是散漫的，片面的，沒有計劃的，沒有組織的發展。後來這類的材料越積越多了，不能不有一種貫通綜合的總編，於是元末明初有《水滸傳》百回之作。但這個草創的《水滸傳》原本，如二節所說，是很淺陋幼稚的。這種淺陋幼稚的證據，我們還可以在《征四寇》裡尋出許多。然而這《水滸傳》原本居然把三百年來的水滸故事貫通起來，用宋元以來的梁山泊故事做一個大綱，把民間和戲臺上的「三十六大夥，七十二小夥」的種種故事作一些子目，造成一部草創的大小說，總算是很難得的了。到了明朝中葉，「施耐庵」又用這個原百回本作底本，加上高超的新見解，加上四百年來逐漸成熟的文學技術，加上他自己的偉大創造力，把那草創的山寨推翻，把那些僵硬無生

氣的水滸人物一齊毀去；於是重興水滸，再造梁山，畫出十來個永不磨滅的英雄人物，造成一部永不會磨滅的奇書。這部七十回的《水滸傳》不但是集四百年來水滸故事的大成，並且是中國白話文學完全成立的一個大紀元。這是我的第一感想。

第二，施耐庵的《水滸傳》是四百年文學進化的產兒，但《水滸傳》的短處也就吃虧在這一點，倘使施耐庵當時能把那歷史的梁山泊故事完全丟在腦背後，倘使他能忘了那「三十六大夥，七十二小夥」的故事，倘使他用全副精神來單寫魯智深、林沖、武松、宋江、李逵、石秀等七八個人，他這部書一定特別有精彩，一定特別有價值。可惜他終不能完全衝破那歷史遺傳的水滸輪廓，可惜他總捨不得那一百零八人。但是一個人的文學技能是有限的，絕不能在一部書裡創造一百零八個活人物。因此，他不能不東湊一段，西補一塊，勉強把一百零八人「擠」上梁山去！鬧江州以前，施耐庵確能放手創造，看他寫武松一個人便占了全書七分之一，所以能有精彩。到了宋江以後，全書已去七分之四，還有那四百年傳下的「三打祝家莊」的故事沒有寫，（明以前的水滸故事，都把三打祝家莊放在宋江上山之前。）還有那故事相傳坐第二把交椅的盧俊義和關勝、呼延灼、徐寧、燕青等人沒有等。於是施耐庵不能不雜湊了，不能不潦草了，不能不敷衍了。最明顯的例是寫盧俊義的一大段。這一段硬把一個坐在家裡享福的盧俊義拉上山去，已是很笨拙了；又寫他信李固而疑燕青，聽信了一個算命先生的妖言便去燒香解災，竟成了一個糊塗漢了，還算得什麼豪傑？至於吳用設的詭計，使盧俊義自己在壁上寫下反詩，更是淺陋可笑。還有燕青在宋元的水滸故事裡本是一個很重的人物，施耐庵在前六十回竟把他忘了，故不能不勉強把他捉來送給盧俊義做一個家人！此外如打大名府時，宋江忽然生背疽，於是又拉出一個安道全來；又如全書完了，又拉出一個皇甫端來，這種雜湊

的寫法，實在幼稚得很。推求這種缺點的原因，我們不能不承認施耐庵吃虧在於不敢拋棄那四百年遺傳下來的水滸舊輪廓。這是很可惜的事。後來《金瓶梅》只寫幾個人，便能始終貫徹，沒有一種敷衍雜湊的弊病了。

我這兩種感想是從文學的技術上著想的。至於見解和理想一方面，我本不願多說話，因為我主張讀者自己虛心去看《水滸傳》，不必先懷著一些主觀的成見。但我有一個根本觀念，要想借《水滸傳》作一個具體的例來說明，並想貢獻給愛讀《水滸傳》的諸君，做我這篇長序的結論。

我承認金聖歎確是懂得《水滸》的第一大段，他評前十一回，都無大錯。他在第一回批道：

為此書者之胸中，吾不知其有何等冤苦，而必設言一百八人，而又遠託之於水涯。……今一百八人而有其人，殆不止於伯夷、太公居海避紂之志矣。

這個見解是不錯的。但他在「讀法」裡又說：

大凡讀書先要曉得作書之人是何等心胸。如《史記》須是太史公一肚皮宿怨發揮出來。……《水滸傳》卻不然。施耐庵本無一肚皮宿怨要發揮出來，只是飽暖無事，又值心閒，不免伸紙弄筆，尋個題目，寫出自家許多錦心繡口。故其是非皆不謬於聖人。

這是很誤人的見解。一面說他「不知其胸中有何等冤苦」，一面又說他「只是飽暖無事，又值心閒，不免伸紙弄筆」，這不是絕大的矛盾嗎？一面說「不止於居海避紂之志」——老實說就是反抗政府！——一面又

說「其是非皆不謬於聖人」，這又不是絕大的矛盾嗎？《水滸傳》絕不是「飽暖無事，又值心閒」的人做得出來的書。「飽暖無事，又值心閒」的人只能做詩鐘，做八股，做死文章，——絕不肯來做《水滸傳》。聖歎最愛談「作史筆法」，他卻不幸沒有歷史的眼光，他不知道《水滸》的故事乃是四百年來老百姓與文人發揮一肚皮宿怨的地方。宋、元人借這故事發揮他們的宿怨，故把一座強盜山寨變成替天行道的機關。明初人借他發揮宿怨，故寫宋江等平四寇立大功之後反被政府陷害謀死。明朝中葉的人——所謂施耐庵——借他發揮他的一肚皮宿怨，故削去招安以後的事，做成一部純粹反抗政府的書。

這部七十回的《水滸傳》處處「褒」強盜，處處「貶」官府。這是看《水滸》的人，人人都能得著的感想。聖歎何以獨不能得著這個普遍的感想呢？這又是歷史上的關係了。聖歎生在流賊遍天下的時代，眼見張獻忠、李自成一班強盜流毒全國，故他覺得強盜是不能提倡的，是應該「口誅筆伐」的。聖歎是一個絕頂聰明的人，故能賞識《水滸傳》。但文學家金聖歎究竟被《春秋》筆法家金聖歎誤了。他賞識《水滸傳》的文學，但他誤解了《水滸傳》的用意。他不知道七十回本刪去招安以後事正是特別反抗政府，他看錯了，以為七十回本既不贊成招安，便是深惡宋江等一班人。所以他處處深求《水滸傳》的「皮裡陽秋」，處處把施耐庵恭維宋江之處都解作痛罵宋江。這是他的根本大錯。

換句話說，金聖歎對於《水滸》的見解與做《蕩寇志》的俞仲華對於《水滸》的見解是很相同的。俞仲華生當嘉慶、道光的時代，洪秀全雖未起來，盜賊已遍地皆是，故他認定「既是忠義便不做強盜，既做強盜必不算忠義」的宗旨，做成他的《結水滸傳》，——即《蕩寇志》——要使「天下後世深明盜賊忠義之辨，絲毫不容假借！」（看《蕩寇志》諸序。俞仲華死於道光己酉。明年洪秀全起事。）俞仲華的父兄都經過匪

亂，故他有「孰知羅貫中之害至於此極耶」的話。他極佩服聖歎，尊為「聖歎先生」，其實這都是因為遭際有相同處的緣故。

聖歎自序在崇禎十四年，正當流賊最猖獗的時候，故他的評本努力要證明《水滸傳》「把宋江深惡痛絕，使人見之真有狗彘不食之恨」。但《水滸傳》寫的一班強盜確是可愛可敬，聖歎絕不能使我們相信《水滸傳》深惡痛絕魯智深、武松、林沖一班人，故聖歎只能說「《水滸傳》獨惡宋江，亦是殲厥渠魁之意，其餘便饒恕了」。好一個強辯的金聖歎！豈但「饒恕」，簡直是崇拜！

聖歎又親見明末的流賊偽降官兵，後復叛去，遂不可收拾。所以他對於《宋史》侯蒙請赦宋江使討方臘的事，大不滿意，故極力駁他，說他「一語有八失」。所以他又極力表彰那沒有招安以後事的七十回本。其實這都是時代的影響。雁宕山樵當明亡之後，流賊已不成問題，當時的問題乃是國亡的原因和亡國遺民的慘痛等等問題，故雁宕山樵的《水滸後傳》極力寫宋南渡前後那班奸臣誤國的罪狀；寫燕青冒險到金兵營裡把青子黃柑獻給道君皇帝；寫王鐵杖刺殺王黼、楊戩、梁師成三個奸臣；寫燕青、李應等把高俅、蔡京、童貫等邀到營裡，大開宴會，數說他們誤國的罪惡，然後把他們殺了；寫金兵擄掠平民，勒索贖金；寫無恥奸民，裝做金兵模樣，幫助仇敵來敲吸同胞的脂髓。這更可見時代的影響了。

這種種不同的時代發生種種不同的文學見解，也發生種種不同的文學作物——這便是我要貢獻給大家的一個根本的文學觀念。《水滸傳》上下七八百年的歷史便是這個觀念的具體的例證。不懂得南宋的時代，便不懂得宋江等三十六人的故事何以發生。不懂得宋、元之際的時代，便不懂得水滸故事何以發達變化。不懂得元朝一代發生的那麼多的水滸故事，便不懂得明初何以產生《水滸傳》。不懂得元明之際的文學史，便不

懂得明初的《水滸傳》何以那樣幼稚。不讀《明史》的功臣傳，便不懂得明初的《水滸傳》何以於固有的招安的事之外又加上宋江等有功被讒遭害和李俊、燕青見機遠遁等事。不讀《明史》的《文苑傳》，不懂得明朝中葉的文學進化的程度，便不懂得七十回本的《水滸傳》的價值。不懂得明末流賊的大亂，便不懂得金聖歎的《水滸》見解何以那樣迂腐。不懂得明末清初的歷史，便不懂得雁宕山樵的《水滸後傳》。不懂得嘉靖、道光間的遍地匪亂，便不懂得俞仲華的《蕩寇志》。——這叫做歷史進化的文學觀念。

　　　　　　　　　　　　　　九，七，二七，　晨二時脫稿

《水滸傳》後考

去年七月裡我做了一篇《〈水滸傳〉考證》，提出了幾個假定的結論：

（1）元朝只有一個雛形的水滸故事和一些草創的水滸人物，但沒有《水滸傳》（亞東初版本頁一。一二八）。

（2）元朝文學家的文學技術還在幼稚的時代，絕不能產生我們現在有的《水滸傳》（頁二八一三四）。

（3）明朝初年有一部《水滸傳》出現，這部書還是很幼稚的。我們叫它做「原百回本《水滸傳》」（頁四二—四九）。

（4）明朝中葉——約當弘治、正德的時代（西曆一五〇〇上下）——另有一種《水滸傳》出現。這部書止有七十回（連楔子七十一回），是用那「原百回本」來重新改造過的，大致與我們現有的金聖歎本相同。這一本，我們叫它做「七十回本《水滸傳》」（頁四五—五二）。

（5）到了明嘉靖朝，武定侯郭勛刻出一部定本《水滸傳》來。這部書是有一百回的。前七十回全採「七十回本」，後三十回是刪改「原百回本」後半的四五十回而成的。「原百回本」的後半有征田虎、征王慶兩大部分，郭本把這兩部分都刪去了。這個本子，我們叫它做「新百回本」，或叫做「郭本」（頁四五—五一）。

（6）明朝最通行的《水滸傳》，大概都是這個「新百回本」。後來李贄評點的《忠義水滸傳》也是這個「郭本」。直到明末，金聖歎說他家貫華堂藏有七十回的古本《水滸傳》，他用這個七十回本來校改「新百回本」，定前七十回為施耐庵做的，七十回以下為羅貫中續的。有些人不信金聖歎有七十回的古本，但我覺得他沒有假託古本的必要，故我假定他有一種七十回本作底本。他雖有小刪改的地方，但這個七十回本的大體

必與那新百回本《忠義水滸傳》的前七十回相差不遠，因為我假設那新百回本的前七十回是全採那明朝中葉的七十回本的（頁三五—五二）。

（7）我不信金聖歎說七十回以後為羅貫中所續的話。我假定原百回本為明初的出產品，羅貫中既是明初的人，也許即是這原百回本的著者。但施耐庵大概是一個文人的假名，也許即是那七十回本的著者的假名（頁五一—五四）。

這是我十個月以前考證《水滸傳》的幾條假設的結論。我在這十八月之中先後收得許多關於《水滸》的新材料，有些可以糾正我的假設，有些可以證實我的結論。故我趁這部新式標點的《水滸》再版的機會，把這些新材料整理出個頭緒來，作成這篇後考。

我去年做《考證》時，只曾見到幾種七十回本的《水滸》，其餘的版本我都不曾見到。現在我收到的《水滸》版本有下列的各種：

（1）李卓吾批點《忠義水滸傳》百回本的第一回至第十回。此書為日本岡島璞加訓點之本，刻於享保十三年（西曆一七二八），是用明刻本精刻的。此書僅刻成二十回，第十一回至第二十回刻於寶歷九年，但更不易得。這十回是我的朋友青木正兒先生送我的。

（2）百回本《忠義水滸傳》的日本譯本。岡島璞譯，日本明治四十年東京共同出版株式會社印行，大正二年再版。明刻百回本《忠義水滸傳》現已不可得，日本內閣文庫藏有一部，此外我竟不知道有第二本了。岡島譯本可以使我們考見《忠義水滸傳》的內容，故可寶貴。

（3）百十五回本《忠義水滸傳》。此本與《三國演義》合刻，每頁分上下兩截，上截為《水滸》，下截為《三國》，合稱《英雄譜》。坊間今改稱《漢宋奇書》。我買得兩種，一種首頁有「省城福文堂藏板」字樣，我疑心這是福建刻本。此書原本是大字本，有鈴木豹軒先生的藏本可參考；但我買到的兩種都是翻刻的小本，裡面的《三國志》已改用毛宗崗

評本了。但卷首有熊飛的序，自述合刻《英雄譜》的理由，中有「東望而三經略之魄尚震，西望而兩開府之魂未招；飛鳥尚自知時，贄婦猶勤國恤」的話，可見初刻時大概在明崇禎末年。

（4）百二十四回本《水滸傳》。首頁刻「光緒己卯新鐫，大道堂藏版」。有乾隆丙午年古杭枚簡侯的序。後附有雁宕山樵的《水滸後傳》，首頁有「姑蘇原版」的篆文圖章。大概這書是在江蘇刻的。《後傳》版本頗佳，但那百二十四回的《前傳》版本很壞。

此外，還有兩種版本，我自己雖不曾見到，幸蒙青木正兒先生替我抄得回目與序例。

（5）百十回本的《忠義水滸傳》（日本京都帝國大學鈴木豹軒先生藏）。這也是一種「英雄譜」本，內容與百十五回本略同，合刻的《三國志》還是「李卓吾評本」。鈴木先生藏的這一本上有原藏此書的中國商人的跋，有康熙十二年至十八年的年月，可見此書刻於明末或清初，大概即是百十五回本的底本。

（6）百二十回本《忠義水滸傳全書》（日本京都府立圖書館藏）。這是一種明刻本，有楊定見序，自稱為「事卓吾先生」之人，大概這書刻於天啟、崇禎年間。這書有「發凡」十一條，說明增加二十回的緣起。這書增加的二十回雖然也是記田虎、王慶兩寇事的，但依回目看來，與上文（3）、（4）、（5）三種本子很有不同的地方。

我現在且把《水滸》各種本子綜合的內容，分作六大部分，再把各本的有無詳略分開註明：

第一部分，自張天師祈禳瘟疫，到梁山泊發現石碣天文——即今本《水滸傳》七十一回全部。

（1）百回本自第一回到第七十一回，內容同，文字略有小差異，多一些駢句與韻語。七十一回無盧俊義的一夢。

（2）百二十回本自第一回到第七十一回，與百回本同。也無盧俊義的夢。

（3）百十回本自第一回到第六十一回，內容同，文字略有刪節之處。回數雖有並省，事實並未刪減。發現石碣後，也無盧俊義的夢。

（4）百十五回本自第一回到第六十六回，內容同，文字與百十回本略同，回數比百十回本稍多，但事實相同。也無盧俊義的夢。

（5）百二十四回本自第一回至第七十回，內容同，但文字刪節太多了，有時竟不成文理。也無盧俊義的夢。

第二部分，自宋江、柴進等上東京看燈，到梁山泊全夥受招安——即今《征四寇》的第一回到第十一回。

（1）百回本自第七十二回到八十二回，內容同。

（2）百二十回本自第七十二回到八十二回，內容同。

（3）百十回本自第六十二回到第七十二回，內容同。

（4）百十五回本自第六十七回至七十七回，內容同。

（5）百二十四回本自第七十一回至八十一回，內容同。

第三部分，自宋江等奉詔征遼，到征遼凱旋時——即今《征四寇》的第十二回到十七回。

（1）百回本自第八十三回到九十回，比《征四寇》多兩回，但事實略同。

（2）百二十回本自第八十三回到九十回，與百回本同，但第九十回改「雙林渡燕青射雁」為「雙林鎮燕青遇故」。

（3）百十回本自第七十三回到第八十回，——內缺第七十五回——內容與《征四寇》同。

（4）百十五回本自第七十八回到八十三回，內容同《征四寇》。

（5）百二十四回本自第八十二回到九十回，回目加多，文字更簡，

但事實無大差異。

第四部分,自宋江奉詔征田虎,到宋江平了田虎回京──即今《征四寇》第十八回到二十八回。

(1)百回本,無。

(2)百二十回本自第九十一回到一百回。回目與《征四寇》全不同。事實有些相同的,例如瓊英匹配張清,花和尚解脫緣纏井,喬道清作法,都是《征四寇》裡有的事。也有許多事實大不同,例如此書有陳瓘的事,但《征四寇》不曾提起他。

(3)百十回本自第八十一回到九十一回,全同《征四寇》。

(4)百十五回本自第八十四回到九十四回,全同《征四寇》。

(5)百二十四回本自第九十一回到一百零一回,同《征四寇》。

第五部分,自追敘「高俅恩報柳世雄」起,到宋江討平王慶回京──即今《征四寇》的第二十九回到四十回。

(1)百回本,無。

(2)百二十回本自第百零一回到百十回,回目與《征四寇》全不同。事實與人物有同有異,寫王慶一生與各本大不同。

(3)百十回本自第九十二回到百零一回,事實全同《征四寇》,但回目減少兩回。

(4)百十五回本自第九十五回到百零六回,回目與事實全同《征四寇》。

(5)百二十四回本自第百零二回到百十四回,回目多一回,事實全同《征四寇》。

第六部分,自宋江請征方臘,到宋江、李逵、吳用、花榮死後,宋徽宗夢遊梁山泊──即《征四寇》的第四十一回到四十九回。

(1)百回本自第九十回的下半到一百回,與《征四寇》相同。

（2）百二十回本自第百十回的下半到百二十回，與《征四寇》相同。

（3）百十回本自第百零一回的下半到百十回，與《征四寇》相同。

（4）百十五回本自第百零六回下半到百十五回，與《征四寇》相同。

（5）百二十四回本自第百十四回的下半到百二十四回，與《征四寇》相同。

這個內容的分析之中，最可注意的約有幾點：

第一，今本七十一回的《水滸傳》，各本都有，並且內容相同。這一層可以證實我的假設：「新百回本的前七十回與今本七十回沒有什麼大不相同的地方。」

第二，《忠義水滸傳》（新百回本）第七十一回以後，果然沒有田虎與王慶的兩大部分。我在《考證》裡（頁四八）說新百回本已無四寇，僅有二寇，這個假設也有證明瞭。

第三，我在《考證》裡（頁四八）說：「《征四寇》這部書乃是原百回本的下半部。《征四寇》現存四十九回，與聖歎說的三十回不合。我試刪去征田虎及征王慶的二十回，恰存二十九回；第一回之前顯然還有硬刪去的一回，合起來恰是三十回。」這個推算現在得了無數證據，最重要的證據是百廿回本的發凡十一條中有一條說：「郭武定本，即舊本，移置閻婆惜事甚善。其於寇中去王、田而加遼國，猶是小說家照應之法，不知大手筆者正不爾爾，如本內王進開章而不復收繳，此所以異諸小說而為小說之聖也歟！」這一條明說王、田兩寇是刪去的，遼國一部分是添入的。刪王、田一層可以證實我的假設，添遼國一層可以糾正我的考證。原本是有王、田、方三寇（與宋江為四寇）而沒有征遼這一部分的。

第四，看上文引的百廿回本的發凡，可知新百回本有和原本《水滸傳》不同的許多地方：

（1）閻婆事曾經「移置」；（2）加入征遼一段；（3）刪去田虎一段；

（4）又刪去王慶一段；（5）發凡又說，「古本有羅氏致語，相傳燈花婆婆等事，既不可復見。」這又可印證周亮工《書影》說的「故老傳聞，羅氏《水滸傳》一百回，各以妖異語冠其首；嘉靖時郭武定重刻其書，削其致語，獨存本傳」的話是可信的。我去年誤認《征四寇》每回前面的詩句即是周氏說的妖異語（頁四八），那是錯了（《「致語」考》見後）。羅氏原本的致語當刻百廿回本時已不可復見。但《書影》與百廿回本發凡說的話都可以幫助我的兩個假設：「原百回本是很幼稚的」，「原百回本與新百回本大不相同」。

第五，百廿回本的發凡又說：「忠義者，事君處友之善物也。不忠不義，其人雖生，已朽；其言雖美，弗傳。此一百八人者，忠義之聚於山林者也；此百廿回者，忠義之見於筆墨者也。失之於正史，求之於稗官；失之於衣冠，求之於草野。蓋欲以動君子而使小人亦不得藉以行其私。故李氏復加『忠義』二字，有以也夫！」這樣看來，「忠義」二字是李贄加上去的了。但我們細看《忠義水滸傳》的刻本與譯本，再細看百廿回本的發凡，可以推知《忠義水滸傳》是用郭武定本做底本的；雖另加「忠義」二字，雖加評點（評語甚短，又甚少），但這個本與郭本可算是一個本子。

第六，新百回本的內容我們現在既已知道了，我們從此就可以斷定《征四寇》與其他各本的田虎、王慶兩大段是原百回本留剩下來的。原百回本雖已不可見，但我們看這兩大段便知《水滸傳》的原本的見解與技術實在不高明。我且舉例為證。百十五回本第九十五回寫高俅要報答柳世雄的舊恩，喚提調官張斌曰：

此人是吾恩人，欲與一好差職，代我處置。

張斌稟曰：

只有一個，是十萬禁軍教頭王慶，少四個月便出職。原日因六國差開使臣張來勒我朝廷槍手出試，鬥敵勝負。做了六國賞罰文字，若勝便不來侵中國；若輸與六國，那時每年納六國歲幣。這六國是九子國、都與國、龍馳國、菭泊國、野馬國、新建國。卻得王慶取了軍令狀，就金殿下與「六國強」比槍，被王慶刺死。止有四個月滿，便升總管。太尉要報恩人，只要王慶肯讓，便好。

這種鄙陋的見解，與今本《水滸》寫八十萬禁軍教頭王進一段相比，真有天地的懸隔了。我在考證裡（頁四八，又五五）說王進即是原本的王慶，我現在細看各本記王慶得罪高俅的一段，覺得我那個假設是不錯的。即如今在《水滸》第一回寫高俅被開封尹逐出東京之後，來淮西臨淮州投奔柳世權，後來大赦之後，柳世權寫信把高俅薦給東京開生藥鋪的董將士。這個臨淮州的柳世權即是原本的靈壁縣的柳世雄。臨淮舊治即在明朝的靈壁縣；大概原本作靈壁縣，「施耐庵」嫌他不古，故改為臨淮州。「施耐庵」把王慶提前八十回，改為王進，又把靈壁縣的柳世雄也提前八十回，改為臨淮州的柳世權。王慶的事本無歷史的根據，六國比武的話更鄙陋無據，故被全刪了。田虎的事實也無歷史的根據，故也被全刪了。方臘是有歷史的根據的，故方臘一大段仍保留不刪。明朝的邊患與宋朝略同，都在東北境上，故新百回本加入征遼一大段，以補那刪去的王、田兩寇。況且征遼班師時，魯智深與宋江等同上五臺山參拜智真長老，並不曾提及山西有亂事。原本說田虎之亂起於山西沁州，占據河北郡縣，都在今山西境內，離五臺山很近。故田虎一大段的地理與事實都和征遼一大段不能並立。這大概也是田虎所以刪去的一個原因。

第七，但百廿回本的發凡裡還有一段話最可注意。他說：

古本有羅氏「致語」，相傳燈花婆婆等事，既不可復見，乃後人有因
四大寇之拘而酌損之者，有嫌一百廿回之繁而淘汰之者，皆失。

這幾句話很重要，因為我們從此可以知道李贄評本以前已有一種
百二十回本，是我們現在知道的百二十回本的祖宗。這種百二十回本大
概是前九十回採用郭本，加入原本的王、田二寇，後十回仍用郭本，遂
成百二十回了。大概前七十一回已經在改作時放大了，拉長了，故後來
無論如何不能恢復百回之舊，郭本所以不能不刪二寇，這也是一個原因；
其餘各本凡不刪二寇的，無論如何刪節，總不能不在百十回以外，也是
為了這個緣故。

總結起來，我們可以說：

（1）前七十一回，自從郭武定本（新百回本）出來之後，便不曾經
過大改動了。文字上的小修正是有的。例如郭本第一回之前有一篇很短
的「引首」，專寫宋朝開基以至嘉祐三年，底下才是第一回「張天師祈禳
瘟疫，洪太尉誤走妖魔」；今七十回本把「引首」併入第一回，合稱「楔
子」。照文字看來，這種歸併與修改恐怕是郭本以後的事，也許是金聖
歎做的，因為除了金聖歎本之外，沒有別本是這樣分合的。這是較大的
修正。此外，郭本第七十一回發見石碣天文之後便是「梁山泊英雄排坐
次」，坐次排定後即是大聚義的宣誓，宣誓後接寫重陽大宴，宋江表示希
望朝廷招安之意，武松、李逵都不滿意，宋江憤怒殺李逵，經諸將力勸
始救了他。此下便是山下捉得萊州解燈上京的人，宋江因此想上東京遊
玩。各本都有萊州解燈人一段（《征四寇》誤刪此段），但都沒有盧俊義
的夢。只有七十回本是有這個夢的。這是最重要的異點。

（2）第二部分——自上東京看燈到招安——各本都有。這一大段之中，有黑旋風喬捉鬼、雙獻頭、喬坐衙等事，都是元曲裡很幼稚的故事，大概這些還是原百回本的遺留物。但這一大段裡有「燕青月夜遇道君」一節，寫得頗好。大概這一大段有潦草因襲的部分，也有用氣力改作的部分。自從郭武定本出來之後，這一大段也就不曾有什麼大改動了。

（3）第三部分——征遼至凱旋——是郭武定本加入的。這一大段之中，寫征遼的幾次戰事實在平常得很。五臺山見智真長老的一節，我疑心是原百回本征田虎的末段，因為田虎在山西作戰，故亂平後魯智深與宋江乘便往遊五臺山。郭武定本既刪田虎的一大段，故把五臺山參禪的一節留下，作為征遼班師時的事。這一部分自從郭本加入以後，也就無人敢刪去了。

（4）第四部分與第五部分——田虎與王慶兩寇——是原百回本有的，郭本始刪去，至百二十回本又恢復回來；百十回本，百十五回本，百二十四回本也都恢復回來。這兩部分的敘述實在沒有文學的價值，但他們的僥倖存留下來也可使我們考見原百回的性質，可以給我們一種比較的材料。最可注意的一點是這兩部分的文字有兩種大不同的本子：一種是百二十回本，一種是百十回本，百十五回本，《征四寇》本，與百二十四回本。百二十回本是用原百回本的材料重新做過的。何以知道是用原材料呢？因為這裡面的事實如緣纏井一節，即是元曲《黑旋風鬥雞會》的故事，是一證；有許多人物——如瓊英、鄔梨、喬道清、龔端、段家——皆與各本相同，是二證。何以知是重新做過的呢？因為百二十回本寫王慶的事實與各本都不同。各本的回目如下：

高俅恩報柳世雄，王慶被陷配淮西。
王慶遇龔十五郎，滿村嫌黃達鬧場。
王慶打死張太尉，夜走永州遇李傑。

快活林王慶使棒，段三娘招贅王慶。

百二十回本的回目如下：

謀墳地陰險產逆，踏春陽嬌豔生奸。
王慶因奸吃官司，龔端被打師軍犯。
張管營因妾弟喪身，范節級為表兄醫臉。
段家莊重招新女婿，房山寨雙併舊強人。

　　這裡面第四回的回目雖不同，事實卻相同，那前三回竟完全不同。大概百二十回本的編纂人也知道「高俅恩報柳世雄」一回的人物事實顯然和王進一回的人物事實有重複的嫌疑，故他重造出一種王慶故事，把王慶寫成一個壞強盜的樣子。這是百二十回本重新做過的最大證據。此外還有一個證據：百回本的第九十回是「雙林渡燕青射雁」（即《征四寇》的第十七回），百二十回本把這一件事分作兩回，改九十回為「雙林鎮燕青遇故」，後面接入田虎、王慶的二十回至百十回方才是「燕青雙林渡射雁」。這種穿鑿的痕跡更明顯了。

　　百十回本，百十五回本，百二十四回本，《征四寇》本，這四種本子的田虎、王慶兩部分，好像是用原百回本的原文，雖不免有小改動，但改動的地方大概不多。

　　（5）第六部分——平方臘一段與盧俊義、宋江等被毒死一段——是郭武定本有的，後來各本也差不多全採郭本，不敢大改動。平方臘一段平常得很，大概是依據原百回本的。出征方臘之前的一段（百回本的第九十回）寫宋江等破遼回京，李逵、燕青偷進城去遊玩，在一家勾欄裡聽得一個人說書，說的是《三國志》關雲長刮骨療毒的故事。《三國志》的初次

成書也是在明朝初年，這又可見《水滸》的改定必在《三國志》之後了。

平定方臘以後的一段，寫魯智深之死，寫燕青之去，寫宋江之死，寫徽宗夢遊梁山泊，都頗有文學意味，可算《忠義水滸傳》後三十回中最精彩的部分。這一段寫宋江之死一節最好：

> 宋江自飲御酒之後，覺得心腹疼痛，想被下藥在酒裡，急令人打聽，……已知中了奸計，乃嘆曰：「我自幼學儒，長而通吏，不幸失身於罪人，並不曾行半點欺心之事。今日天子聽信奸佞，賜我藥酒。我死不爭，只有李逵見在潤州，他若聞知朝廷行此意，必去嘯聚山林，把我等一世忠義壞了。」連夜差人往潤州喚取李逵刻日到楚州。……李逵直到楚州拜見，宋江曰：「特請你來商議一件大事。」李逵曰：「什麼大事？」宋江曰：「你且飲酒。」宋江請進後廳款待，李逵吃了半晌酒食。宋江曰：「賢弟，我聽得朝廷差人送藥酒來賜與我吃。如死，卻是怎的好？」李逵大叫：「反了罷！」宋江曰：「軍馬都沒了，兄弟等又各分散，如何反得成？」李逵曰：「我鎮江有三千軍馬，哥哥楚州軍馬盡點起來，再上梁山泊，強在這裡受氣！」宋江曰：「兄弟，你休怪我。前日朝廷差天使賜藥酒與我服了。我死後恐你造反，壞了我忠義之名，因此請你來相見一面，酒中已與你慢藥服了。
>
> 回至潤州必死。你死之後，可來楚州南門外蓼兒窪，和你陰魂相聚。」言訖，淚如雨下。李逵亦垂淚曰：「生時服侍哥哥，死了也只是哥哥部下一個小鬼。」言畢，便覺身子有些沉重，灑淚拜別下船。回到潤州，果然藥發。李逵將死，吩咐從人：「將我靈柩去楚州南門外蓼兒窪與哥哥一處埋葬。」從人不負其言，扶柩而往，……葬於宋江墓側。

這種見解明明是對於明初殺害功臣有感而發的。因為這是一種真的感慨，故那種幼稚的原本《水滸傳》裡也曾有這樣哀艷的文章。

大概《水滸》的末段是依據原百回本的舊本的，改動的地方很少。
郭刻本的篇末有詩云：

由來義氣包天地，只在人心方寸間。
罡煞廟前秋日淨，英魂常伴月光寒。

又詩云：

梁山寒日淡無輝，忠義堂深畫漏遲。
孤塚有人薦蘋藻，六陵無淚溼冠衣。⋯⋯

但《征四寇》本，百十五回本，百二十四回本，都沒有這兩首詩，
都另有兩首詩，大概是原本有的。其一首云：

莫把行藏怨老天，韓彭當日亦堪憐。
一心報國摧鋒日，百戰擒遼破臘年。
煞曜罡星今已矣，佞臣賊子尚依然！
早知鴆毒埋黃壤，學取煙波泛釣船。

這裡我圈出的五句，很可表現當日做書的人的感慨。最可注意的是
這幾種本子通篇沒有批評，篇末卻有兩條評語：

評：公明一腔忠義，宋家以鴆飲報之。昔人云，「高鳥盡，良弓藏；
狡兔死，走狗烹。」千古名言！
又評：閱此須閱《南華・齊物》等篇，始澆胸中塊壘。

第一條評明是點出「學取煙波泛釣船」的意思。《水滸》末段寫燕青辭主而去，李俊遠走海外，都只是這個意思。燕青一段很有可研究之點，我先引百十五回本（百二十四回本與《征四寇》本皆同）這一段：

燕青來見盧俊義曰：「小人蒙主人恩德，今日成名，就請主人回去，尋個僻靜去處，以終天年。未知如何？」盧俊義曰：「我今日功成名顯，正當衣錦還鄉封妻蔭子之時，卻尋個沒結果！」燕青笑曰：「小人此去，正有結果。恐主人此去無結果。豈不聞韓信立十大功勞，只落得未央宮前斬首？」盧俊義不聽，燕青又曰：「今日不聽，恐悔之晚矣。……」拜了四拜，收拾一擔金銀，竟不知投何處去。

燕青還有留別宋江的一封書，書中附詩一首：

情願自將官誥納，不求富貴不求榮。
身邊自有君王赦，淡飯黃齏過此生。

那封書和那首詩都被郭本改了，改的詩是：

雁序分飛自可驚，還納官誥不求榮。
身邊自有君王赦，灑脫風塵過此生。

這樣一改，雖然更「文」了，但結句遠不如原文。那封信也是如此。大概原本雖然幼稚，有時頗有他的樸素的好處。我們拿百十五回本，《征四寇》本，百二十回本的末段和郭本的末段比較之後，就不能不認那三種本子為原文而郭本的末段為改本了。

　　以上所說，大概可以使我們知道原百回本與新百回本的內容了，又可以知道明朝末年那許多百十回以上的《水滸》本子所以發生的原故了。但我假設的那個明朝中葉的七十回本究竟有沒有，這個問題卻不曾多得那些新材料的幫助。我們雖已能證實「郭本《水滸傳》的前七十一回與金聖歎本大體相同」，但我們還不能確定，(1) 嘉靖朝的郭武定本以前，是否真有一個七十一回本，(2) 郭本的前七十一回是否真用一種七十回本修改原百回本的。

　　我疑心這個本子雖然未必像金聖歎本那樣高明，但原百回本與郭本之間，很像曾有一個七十回本。

　　我的疑心，除了去年我說的理由之外，還有三個新的根據：

　　(1) 明人胡應麟（萬曆四年舉人）的《莊嶽委談》卷下有一段云：楊用修（一四八八──一五五九）《詞品》云：「《甕天脞語》載宋江潛至李師師家，題一詞於壁云：

　　天南地北，問乾坤何處可容狂客？借得山東煙水寨，來買鳳城春色。翠袖圍香，鮫綃籠玉，一笑千金值！神仙體態，薄倖如何銷得？

　　想蘆葉灘頭，蓼花汀畔，皓月空凝碧。六六雁行連八九，只待金雞訊息。義膽包天，忠肝蓋地，四海無人識。閒愁萬種，醉鄉一夜頭白！

　　小詞盛於宋，而劇賊亦工如此。」案此即《水滸》詞，楊謂《甕天》，或有別據。第以江嘗入洛，則太憒憒也。楊慎在《明史》裡有「書無所不覽」之稱，又有「明世記誦之博，著作之富，推慎為第一」的榮譽。他引的這詞，見於郭本《水滸傳》的第七十二回。我們看他在《詞品》裡引《甕天脞語》，好像他並不知道此詞見於《水滸》。難道他不曾見到《水滸》嗎？他是正德六年的狀元，嘉靖三年讁成到雲南，以後他就沒

有離開雲南、四川兩省。郭本《水滸傳》是嘉靖時刻的，刻時楊慎已謫成了，故楊慎未見郭本是無疑的。我疑心楊慎那時見的《水滸》是一種沒有後三十回的七十回本，故此詞不在內。他的時代與我去年猜的「弘治、正德之間」，也很相符。這是我的一個根據。

（2）我還可以舉一個內證。七十回本的第四回寫魯智深大鬧五臺山之後，智真長老送他上東京大相國寺去，臨別時，智真長老說：

> 我夜來看了，贈汝四句偈言，你可終身受用……遇林而起，遇山而富，遇州而遷，遇江而止。

第三句，《忠義水滸傳》作「遇州而興」，百十五回本與百二十四回本作「遇水而興」。餘三句各本皆同。這四句「終身受用」的偈言在那七十回本裡自然不發生問題，因為魯智深自從二龍山並上梁山見宋江之後，遂沒有什麼可記的事了。但郭本以後，魯智深還有擒方臘的大功，這四句偈言遂不能「終身受用」了。所以後來五臺山參禪一回又添出「逢夏而擒，遇臘而執，聽潮而圓，見信而寂」四句，也是「終身受用」的！我因此疑心「遇林而起……遇江而止」四句是七十回本獨有的，故不提到招安以後的事。後來嘉靖時郭本採用七十回本，也不曾刪去。不然，這「終身受用」的偈言何以不提到七十一回以後的終身大事呢？我們看清初人做的《虎囊彈傳奇》中《醉打山門》一出寫智真長老的偈言便不用前四句而用後四句，可見從前也有人覺得前四句不夠做魯智深的終身偈語的。這也是我疑心嘉靖以前有一種七十回本的一個根據。

（3）但是最大的根據仍舊是前七十回與後三十回的內容。前七十回的見解與技術都遠勝於後三十回。田虎、王慶兩部分的幼稚，我們可不必談了。就單論《忠義水滸傳》的後三十回罷。這三十回之中，我在

上文已說過，只有末段最好，此外只有燕青月夜遇道君一段也還可讀，其餘的部分實在都平常得很。那特別加入的征遼一部分，既無歷史的根據，又無出色的寫法，實在沒有什麼價值。那因襲的方臘一部分更平凡了。這兩部分還比不上前七十回中第四十六回以下的庸劣部分，更不消說那鬧江州以前的精彩部分了。很可注意的是李逵喬坐衙、雙獻頭，燕青射雁等等自元曲遺傳下來的幾椿故事，都是七插八湊地硬拉進去的零碎小節，都是很幼稚的作品。更可注意的是柴進簪花入禁院時看見皇帝親筆寫的四大寇姓名：宋江、田虎、王慶、方臘。前七十回裡從無一字提起田虎、王慶、方臘三人的事，此時忽然出現。這一層最可以使我們推想前七十一回是一種單獨結構的本子，與那特別注重招安以後宋江等立功受讒害的原百回本完全是兩種獨立的作品。因此，我疑心嘉靖以前曾有這個七十回本，這個本子是把原百回本前面的大半部完全拆毀了重做的，有一部分——王進的事——是取材於後半部王慶的事的。這部七十回本的《水滸傳》在當時已能有代替那幼稚的原百回本的勢力，故那有「燈花婆婆」一類的致語的原本很早就被打倒了。看百二十回本發凡，我們可以知道那有致語的古本早已「不可復見」。但嘉靖以前也許還有別種本子採用七十回的改本而儲存原本後半部的，略如百十回本與百十五回本的樣子。至嘉靖時，方才有那加遼國而刪田虎、王慶的百回本出現。這個新百回本的前七十一回是全用這七十回本的，因為這七十回本改造得太好了，故後來的一切本子都不能不用他。又因原本的後半部還被儲存著，而且後半部也有一點精彩動人的地方，故這新百回本又把原本後半的一部分收入，刪去王、田，加入遼國，湊成一百回。但我們要注意：遼國一段，至多不過八回（百十五回本只有六回），王、田二寇的兩段卻有二十回。何以減掉二十回，加入八回，郭本仍舊有一百回呢？這豈不明明指出那前七十一回是用原本的前五十幾回來放大了重新

做過的嗎？因為原本的五十幾回被這個無名的「施耐庵」拉長成七十一回了，郭刻本要守那百回的舊回數，故不能不刪去田、王二寇，但刪二十回又不是百回了，故不能不加入遼國的十八回。依我們的觀察，前七十回的文章與後三十回的文章既不像一個人做的，我們就不能不假定那前七十一回原是嘉靖以前的一種單獨作品，後來被郭刻本收入——或用他來改原本的前五十幾回，這是我所以假定這個七十回本的最大理由。

我們現在可以修正我去年做的《水滸》淵源表（五四）如下：

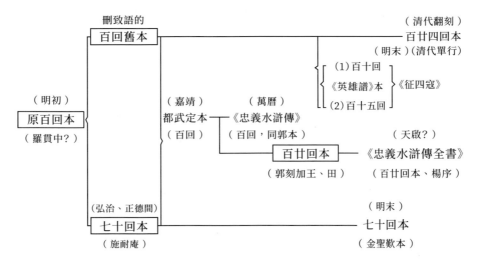

以上是我的《水滸傳後考》。這十個月以來發現的新材料居然證實了我的幾個大膽的假設，這自然是我歡喜的。但我更歡喜的，是我假定的那些結論之中有幾個誤點，現在有了新材料的幫助，居然都得著有價值的糾正。此外自然還不免有別的誤點，我很希望國中與國外愛讀《水滸》的人，都肯隨時指出我的錯誤，隨時蒐集關於《水滸》的新材料，幫助這個《水滸》問題的解決。我最感謝我的朋友青木正兒先生，他把我搜求《水滸》材料的事看作他自己的事一樣，他對於《水滸》的熱心，真使我十分感激。如果中國愛讀《水滸》的人都能像青木先生那樣熱心，

這個《水滸》問題不日就可以解決了。

青木先生又借給我第一卷第五期《藝文》雜誌（明治四十三年四月），內有日本京都帝國大學狩野直喜先生的《〈水滸傳〉與支那戲曲》一篇。狩野先生用的材料——從《宣和遺事》到元明的戲曲——差不多完全與我用的材料相同。他的結論是：「或者在大《水滸傳》之前，恐怕還有許多小《水滸傳》，漸漸積聚起來，後來成為像現在這種《水滸傳》。……我們根據這種理由，一定要把現在的《水滸傳》出現的時代移後。」這個結論也和我的《〈水滸傳〉考證》的結論相同。這種不約而同的印證使我非常高興。因為這種印證可以使我們特別覺悟：如果我們能打破遺傳的成見，能放棄主觀的我見，能處處尊重物觀的證據，我們一定可以得到相同的結論。

我為了這部《水滸傳》，做了四五萬字的考證，我知道一定有人笑我太不愛惜精神與時間了。但我自己覺得，我在《水滸傳》上面花費了這點精力與日力是很值得的。我曾說過：

做學問的人當看自己性之所近，挑選選所要做的學問；挑選定之後，當存一個「為真理而求真理」的態度。……學問是平等的。發明一個字的古義，與發現一顆恆星，都是一大功績。

——《新潮》二卷一號， 頁五六

我這幾篇小說考證裡的結論，也許都是錯的，但我自信我這一點研究的態度是絕不會錯的。

十，六，一一， 作於北京鐘鼓寺

附錄 「致語」考

　　《考證》引周亮工《書影》云：「故老傳聞，羅氏《水滸傳》一百回，各以妖異語冠其首。嘉靖時，郭武定重刻其書，削其致語，獨存本傳。」這段中「致語」二字初版皆誤作「敘語」。我怕讀者因此誤解這兩個字，故除在再版裡更正外，另做這篇《「致語」考》。

　　致語即是致辭，舊名「樂語」，又名「念語」。《宋文鑒》第一百三十二卷全載「樂語」，中有：

　　宋祁《教坊致語》一套；

　　王珪《教坊致語》一套；

　　元絳《集英殿秋宴教坊致語》一套；

　　蘇軾《集英殿秋宴教坊致語》一套；

　　以上皆皇帝大宴時的「致語」。又有

　　歐陽修《會老堂致語》一篇（《宋文鑒》）；

　　陸遊《徐稚山慶八十樂語》一篇，《致語》二篇（皆見《渭南文集》四十二）；

　　以上皆私家大宴時的「致語」。陸遊還有《天申節致語》三篇，也是皇帝大宴時用的。此外宋人文集中還有一些致語。

　　《宋史·樂志》（一四二）記教坊隊舞之制，共分兩部：一為小兒隊，一為女弟子隊。每逢皇帝春秋聖節三大宴時，儀節分十九步：

　　第一，皇帝升坐，宰相進酒，庭中吹觱篥，以眾樂和之。賜群臣酒，皆就坐。宰相飲，作《傾杯樂》；百官飲，作《三臺》。

　　第二，皇帝再舉酒，群臣立於席後，樂以歌起。

第三，皇帝舉酒，如第二之制，以次進食。

第四，百戲皆作。

第五，皇帝舉酒。

第六，樂工緻辭，繼以詩一章，謂之口號，皆述德美及中外蹈詠之情。初致辭，群臣皆起聽，辭畢再拜。

第七，合奏大麴。

第八，皇帝舉酒，殿上獨彈琵琶。

第九，小兒隊舞，亦致辭以述德美。

第十，雜劇，罷，皇帝起更衣。

第十一，皇帝再坐，舉酒，殿上獨吹笙。

第十二，蹴鞠。

第十三，皇帝舉酒，殿上獨彈箏。

第十四，女弟子隊舞，亦致辭如小兒隊。

第十五，雜劇。

第十六，皇帝舉酒。

第十七，奏《鼓吹曲》，或用《法曲》，或用《龜茲》。

第十八，皇帝舉酒，食罷。

第十九，用角抵，宴畢。

這裡面，第六、第九、第十四，都有「致語」一篇；此外，第七、第十、第十五，也都有稍短的引子。這些致語都是當時的詞臣代作的。

這樣看來，「致語」本是舞隊奏舞以前的頌辭。皇帝大宴與私家會宴，凡用樂舞的都有致語。後來大概不但樂舞有致語，就是說平話的也有一種致語。這種小說的致語大概是用四六句調或是韻文的。百二十回本的發凡說：

古本有羅氏致語，相傳「燈花婆婆」等事，既不可復見。

「燈花婆婆」是什麼東西呢？王國維先生的《戲曲考原》（《國粹學報》第五十期）有一段說：

錢曾《也是園書目》戲曲類中，除雜劇套數外，尚有宋人詞話十餘種。其目為《燈花婆婆》、《種瓜張老》、《紫羅蓋頭》、《女報冤》……凡十二種。其書雖不存，然云「詞」，則有曲；云「話」，則有白。其題目或似套數，或似雜劇，要之必與董解元絃索《西廂》相似。

據此看來，《燈花婆婆》等到清朝初年還存在。王先生以為這種「詞話」是有曲有白的。但《燈花婆婆》既是古本《水滸》的「致語」，大概未必有「曲」。錢曾把這些作品歸在「宋人詞話」，「宋人」一層自然是錯的了，「詞話」的詞字大概是平話一類的書詞，未必是「曲」。故我以為這十二種詞話大概多是說書的引子，與詞曲無關。後來明朝的小說，如《今古奇觀》，每篇正文之前往往用一件別的事作一個引子，大概這種散文的引子又是那《燈花婆婆》的致語的進化了。

百二十回本《忠義水滸傳》序

一　《水滸》版本出現的小史

這三百年來，大家都讀慣了金聖歎的七十一回本《水滸傳》，很少人知道《水滸傳》的許多古本了。《水滸傳》古本的研究只是這十年內的事。十年之中，居然有許多古本出現，這是最可喜的事。

十年前（民國九年七月）我開始做《〈水滸傳〉考證》的時候，我只有金聖歎的七十一回本和坊間通行而學者輕視的《征四寇》。那時候，我雖然參考了不少的旁證，我的許多結論都只可算是一些很大膽的假設，因為當時的證據實在太少了（《胡適文存》初排本卷三，頁八一一——一四六）。

但我的《〈水滸傳〉考證》引起了一些學者的注意，遂開了搜求《水滸傳》版本的風氣。我的《考證》出版後十個月之內，我便收到了這些版本：

（1）李卓吾批點《忠義水滸傳》百回本的第一回到第十回，日本岡島璞翻明刻本。（一七二八年刻）

（2）《忠義水滸傳》百回本的日文譯本，岡島璞譯。（一九　七年排印）

（3）《忠義水滸傳》百十五回本，與《三國志演義》合刻，名為《英雄譜》，坊間名為《漢宋奇書》。（有熊飛的序，似初刻在崇禎末年）

（4）百二十回本《水滸傳》。（光緒己卯，即一八七九年，大道堂藏版，有乾隆丙午年的序）

此外我還知道兩種版本：

（5）百十回本《忠義水滸傳》，也是與《三國志》合刻的《英雄譜》本。（日本鈴木虎雄先生藏）

（6）百二十回本《忠義水滸傳》，明刻本。

（日本京都府立圖書館藏，有楊定見序）

這兩種我當時雖未見，卻蒙日本學者青木正兒先生把他們的回目和序例都抄錄了寄給我。

我有了這六種版本作根據，遂又作了一篇《〈水滸傳〉後考》（《胡適文存》初排本卷三，頁一四七——一八四）。這是民國十年六月的事。

民國十二年左右，我知道有三四部百二十回本《忠義水滸傳全書》出現，涵芬樓得了一部，我自己得了一部，還有別人收著這本子的。後來北京孔德學校收著一部精刻本，圖畫精緻可愛。

民國十三年，李玄伯先生的侄兒興秋在北京冷攤上得著一部百回本《忠義水滸傳》。據玄伯說（《重刊〈忠義水滸傳〉序》）：

觀其墨色紙色，的是明本。且第一冊圖上每有新安刻工姓名，尤足證明即郭英（適按，當作郭勛。）在嘉靖年間刻於新安者。明代《水滸》面目，遂得重睹。

我不曾見到興秋先生的原本，但此書既名《忠義水滸傳》，似非郭武定的舊本，因為我們從百二十回本的發凡上知道「忠義」二字是李卓吾加上去的。新安刻工姓名，算不得證據，因為近幾百年的刻圖工人，要

算徽州工人為最精，至今還有刻墨印的專業。故我們只能認李先生的百回本是李卓吾的《忠義水滸傳》的一種本子。（玄伯的本子沒有「引首」一段，只從張天師祈禳起，與日本翻刻的李卓吾本稍不同，不知是否偶闕這幾頁。）

玄伯先生於民國十四年把這部百回本標點排印出來，於是國中遂有百回本的重印本。（北京錫拉衚衕一號李宅發行，裝五冊，價二元七角。）

前年商務印書館把涵芬樓所藏的百二十回本《水滸傳》也排印出來，因為我的序遲遲不能交卷，遂延到今年方才出版。

總計近年所出的《水滸傳》版本，共有下列各種：

甲　七十一回本（金聖歎本）

乙　《征四寇》本（亞東圖書館《水滸續集》本）

丙　百十五回本（《英雄譜》本）

丁　百十回本（《英雄譜》本）（鈴木虎雄藏）

戊　百二十四回本（胡適藏）

己　李卓吾《忠義水滸傳》百回本

　　（1）李玄伯排印本

　　（2）日本岡島璞翻刻前二十回本

　　（3）日本岡島璞譯本

庚　《忠義水滸全書》百二十回本

二　十年來關於《水滸傳》演變的考證

十年前我研究《水滸傳》演變的歷史，得著一些假設的結論，大致如下：

（1）南宋到元朝之間，民間有種種的宋江三十六人的故事。有《宣和遺事》和龔聖與的三十六人讚為證。

（2）元朝有許多《水滸》故事，但沒有《水滸傳》。有許多元人雜劇可證。

（3）明初有一部《水滸傳》出現，這部書還是很幼稚的。我們叫它作「原百回本《水滸傳》」。這部書也許是羅貫中做的。

（4）明朝中葉，約當弘治正德時代，另有一種七十回本《水滸傳》出現。我假定這部書是用「原百回本」來重新改造過的，大致與現行的金聖歎本相同。這部書也許是「施耐庵」作的，但「施耐庵」似是改作《水滸傳》者的託名。

（5）到了明嘉靖朝，武定侯郭勛家裡傳出一部定本《水滸傳》來，有新安刻本，共一百回，我們叫它作「百回郭本」。我假定這部書的前七十一回全採「七十回本」。後三十回是刪改「原百回本」的後半部的。「原百回本」後半有「征田虎」和「征王慶」的兩大部分，郭本都刪去了，卻加入了「征遼國」一大段。據說舊本有「致語」，郭本也刪去了。據說郭本還把閻婆事「移置」一番。這幾點都是「百二十回本」的發凡裡指出的郭本與舊本的不同之點。（郭本已不可得，我們只知道李卓吾的百回本。）

（6）明朝晚年有楊定見、袁無涯編刻的百二十回本《忠義水滸全書》出現。此本全採李卓吾百回本，而加入「征田虎」、「征王慶」兩大段；但這兩段都是改作之文，事實與回目皆與別本（《征四寇》，百十五回本，百十回本，百二十四回本。）絕不相同；王慶的故事改變更大。

（7）到金聖歎才有七十一回本出現，沒有招安和以後的事，卻多盧俊義的一場夢，其他各本都沒有這場夢。

（8）七十一回本通行之後，百回本與其他各本都漸漸稀少，於是書坊中人把舊本《水滸傳》後半部印出單行，名為《征四寇》。我認《征四寇》是「原百回本」的後半，至少其中征田虎、王慶的兩部分是「原百

回本」留剩下來的。

這是我九年十年前的見解的大致。當時《水滸》版本的研究還在草創的時期，最重要的百回本和百二十回本，我都不曾見到，故我的結論不免有錯誤。最大的錯誤是我假定明朝中葉有一部七十回本的《水滸傳》（《胡適文存》初排本卷三，頁一七一——一七六）。但我舉出的理由終不能叫大家心服；而我這一種假設卻影響到其餘的結論，使我對於《水滸傳》演變的歷史不能有徹底的了解。

六七年來，修正我的主張的，有魯迅先生、李玄伯先生、俞平伯先生。

魯迅先生的主張是：

原本《水滸傳》今不可得。……現存之《水滸傳》，則所知者有六本，而最要者四。

一曰一百十五回本《忠義水滸傳》，前署「東原羅貫中編輯」，明崇禎末與《三國演義》合刻為《英雄譜》，單行本未見。……文詞寒拙，體制紛紜，中間詩歌亦多鄙俗，甚似草創初就，未加潤色者。雖非原本，蓋近之矣。……又有一百十回之《忠義水滸傳》，亦《英雄譜》本。……別有一百二十回之《水滸傳》，文詞脫略，往往難讀，亦此類。

二曰一百回本《忠義水滸傳》，……武定侯郭勛家所傳之本，……今未見。別有本，亦一百回，有李贄序及批點，殆即出郭氏本，而改題為「施耐庵集撰，羅貫中纂修」。……文辭乃大有增刪，幾乎改觀，除去惡詩，增益馴語，描寫亦愈入細微。如述林沖雪中行沽一節，即多於百十五回本者至一倍餘。

三曰百二十回本《忠義水滸全書》，亦題「施耐庵集撰，羅貫中纂修」。……全書自首至受招安，事略全同百十五回本；破遼小異，且少詩

詞，平田虎、王慶，則並事略亦異。而收方臘又悉同。文詞與百回本幾無別，特於字句稍有更定。……詩詞又較多，則為刊時增入。……

發凡云：「古本有羅氏致語，相傳燈花婆婆等事，既不可復見，乃後人有因『四大寇』之拘而酌損之者，有嫌一百廿回之繁而淘汰之者，皆失。郭武定本即舊本移置閻婆事，甚善。其於寇中去王、田而加遼國，猶是小家照應之法，不知大手筆者正不爾爾。」是知《水滸》有古本百回，當時「既不可復見」；又有舊本，似百二十回，中有「四大寇」，蓋謂王、田、方及宋江，即柴進見於白屏風上御書者。郭氏本始破其拘，削王、田而加遼國，成百回；《水滸全書》又增王、田，仍存遼國，復為百二十回。……然破遼故事，慮亦非始作於明。宋代外敵憑陵，國政弛廢，轉思草澤，蓋亦人情，故或造野語以自慰；復多異說，不能合符；於是後之小說既以取捨不同而紛歧，所取者又以話本非一而違異。田虎、王慶在百回本與百二十回本，名同而文迥別，殆亦由此而已。唯其後討平方臘，則各本悉同，因疑在郭本所據舊本之前，當又有別本，即以平方臘接招安之後，如《宣和遺事》所記者，……然而證信尚缺，未能定也。

總上五本觀之，知現存之《水滸傳》實有兩種：其一簡略，
其一繁縟。胡應麟（《筆叢》四十一）云：

「余二十年前所見《水滸傳》本，尚極足尋味。十數載來，為閩中坊賈刊落，止錄事實，中間遊詞餘韻神情寄寓處一概刪之，遂不堪覆瓿。複數十年，無原本印證，此書將永廢。」

應麟所見本，今莫知如何。若百十五回簡本，則成就殆當先於繁本，以其用字造句，與繁本每有差違，倘是刪存，無煩改作也。……

四曰七十回本《水滸傳》。……為金人瑞字聖歎所傳，自云得古本，止七十回，於宋江受天書之後，即以盧俊義夢全夥被縛於嵇叔夜終。……

其書與百二十回本之前七十回無甚異，唯刊去駢語特多；百廿回本發凡
有「舊本去詩詞之繁累」語，頗似聖歎真得古本。然文中有因刪去詩詞
而語氣遂稍參差者，則所據殆仍是百回本耳。……

——《中國小說史略》，頁一四一——一四八

魯迅先生之說，很細密周到，我很佩服，故值得詳細徵引。他的主
張，簡單說來，約有幾點：

（1）《水滸》古本有兩種，其原百回本在晚明已不可復見，但還有一
種百二十回的舊本，中有「四大寇」，謂王、田、方及宋江。

（2）也許還有一種古本，招安之後即接敘征方臘。

（3）這些古本的真相已不可考，但百十五回本的文字「雖非原本，
蓋近之矣」。

（4）一百回的郭刻本與李卓吾本，刪田虎、王慶兩大段，而加遼
國。文字大有增刪，幾乎改觀，描寫也更細密。

（5）一百二十回本的文字，與百回本幾乎無分別，加入改作的田
虎、王慶兩大段，仍儲存征遼一大段。

（6）總而言之，《水滸傳》有繁本與簡本兩大類：百十五回本，
百十回本，與百二十四回本，屬於簡本；百回本與百二十回本，屬於繁
本。明人胡應麟（生一五五一，死在一六○○以後）以為簡本是後起
的，是閩中坊賈刊落繁本的結果。魯迅先生則以為簡本近於古本，繁本
是後人修改擴大的。

（7）七十回本是金聖歎依據百回本而截去後三十回的，為《水滸傳》
最晚出的本子。

俞平伯先生的《論〈水滸傳〉七十回古本的有無》（《小說月報》

十九卷四號，頁五〇五—五〇八），即採用魯迅先生的主張，不承認有七十回古本。魯迅先生曾說：

又簡本撰人止題羅貫中，……比郭氏本出，始著耐庵，因疑施乃演為繁本者之託名，當是後起，非古本所有。

平伯承認此說，列為下表：

簡本百回	羅貫中
繁本百回	施耐庵　羅貫中
金本七十一回	施耐庵

平伯又指出聖歎七十一回本的特點，除掉偽作施耐庵序之外，只多了第七十一回的盧俊義的一場惡夢，平伯以為這一夢是聖歎添入的。他說：

依適之《後考》的說法，……是各本均無此夢也。適之以為聖歎曾有的古本，豈不成為孤本乎？

李玄伯先生（宗侗）重印百回本《水滸傳》時，做了一篇很有價值的《讀〈水滸傳〉記》，其中第一節是「《水滸》故事的演變」，很有獨到的見解。玄伯先生說，《水滸》故事的演變，可分四個時期：

第一個時期，先有口傳的故事，不久即變成筆記的水滸故事。這時期約當北宋末年以至南宋末年。玄伯說：

這種傳說當然是沒有系統的，在京東的注意梁山濼，在京西的注意太行山，在兩浙的注意平方臘。並且各地還有他所喜愛的中心英雄。

這還是《水滸》故事口傳的時期。這時期的經過不甚久，因為南宋

時已經有了筆記的《水滸》故事了。

玄伯引龔聖與的《宋江三十六人讚序》和《宣和遺事》為證。他說：

但是那時的記載，……只是短篇的。這種本子現時固然佚失了，我卻有幾個間接的證據。

（一）現在《水滸傳》內，常在一段大節目之後加一句「這個喚作……」，如……「這個喚做《智取生辰綱》」。大約以前有段短篇作品喚作《智取生辰綱》，所以結成長篇以後，還留了這麼一句。

（二）宋江等在梁山，忽然敘寫他們去打華州，似乎非常的無道理。但是我們要明白了初一步的水滸是短篇的，是無系統的，就可明白了這無道理的理由。上邊我說過，梁山左近有梁山的水滸故事，京西有京西的水滸故事。龔聖與的讚有四處「太行」字樣，足可證說宋江等起於京西的，在當時頗盛行。華州事即京西故事之一。後人想綜合京東京西各種為一長篇，想將宋江從京東搬到京西，只好牽出史進被陷，……以作線索了。

玄伯又說：

這些短篇水滸故事，是與元代的雜劇同時或稍前的。元曲的水滸劇即取材於這些篇。因為他們的傳說，作者，產地的不同，所以內容常異，雜劇內人物的性格也因取材的不同而不一致。

第二個時期，約在元明之間，「許多的短篇筆記，連貫成了長篇，截成一回一回的，變作章回體的長篇水滸故事」。玄伯很大膽地假定當時至

少有所謂「《水滸》四傳」：

第一傳的事跡，約等於百回本的第一回至第八十回所包含的，就是從誤走妖魔起，至招安止。

第二傳是百回本的第八十回至第九十回，平遼一段。

第三傳是百回本所無，征田虎、王慶一段。

第四傳是百回本第九十回至一百回，平方臘一段。

為什麼說水滸四傳，而不說一傳呢？重要的理由是四傳內的事跡互相衝突。在短篇的時候，各種故事的產生地點不同，流傳不同，互相衝突的地方在所不免。如果當時就直接的成為一傳，……自應刪去衝突字句，前後照應。現在所以不如此者，恰因是經過四傳分立的階級，在合成一傳則衝突者，在四傳各身固不必皆衝突也。玄伯舉了幾條證據，第一條即是我十年前指出王進即是王慶的化身。(《〈水滸傳〉考證》，頁一二五，《後考》頁一五九——一六一) 玄伯不信我的主張，他的解釋是「兩傳或者同一藍本」。第二條是我九年前指出智真和尚兩次送給魯智深的四句終身偈語，前後不同，我疑心前四句是七十回本所獨有。(《後考》頁一七三——一七四) 玄伯說：「以前大約相傳有智真長老贈四句言語的這回事，兩傳皆竊仿罷了。」第三條證據是前傳的蓼兒窪是梁山泊的一部分，而方臘傳裡卻把蓼兒窪認為楚州南門外的一塊地方。

玄伯又說：

即以文體而論，四傳亦不甚相同，且所用地名，亦多古今的分別，皆足證明各傳非一人一時之所集，更足證各傳整合時的先後。前傳及征方臘傳，征二寇傳較老，征遼傳次之。征方臘傳所用宋代地名最多。……前傳經後人修改處較多。……

第三時期，約在明代，「即將《水滸》長篇故事或二傳，或三傳，或四傳，合成更長篇的《水滸傳》。百回本即合三傳（前傳，征遼，征方臘。）而成，百二十回本即合四傳而成者。……因為他們是分開的，自成一段，所以合二傳，三傳，四傳，皆無不成」。

第四時期，即清初以後，「田、王、征遼、方臘三傳皆被刪去，前傳亦被刪去七十一回以後的事跡，加了盧俊義的一夢，變作現行的七十回本。這種變化，完全是獨出心裁。他雖假託古本，這個古本卻似並未存在過」。

李玄伯先生之說，有很大膽的假設，有很細密的推論，我也很佩服，所以也詳細摘抄在這裡。

三　我的意見

玄伯先生的四期說，我最贊成他的第一時期。他指出最初的《水滸》故事是短篇的，沒有系統的，不一致的，並且各地有各地最喜歡的英雄。玄伯是第一個人發現這種「地方性」，可以解決許多困難。元人雜劇裡的《水滸》故事，便是從這種有地方性的短篇來的。

但玄伯說的第二時期，我卻不敢完全贊同。他假定最早的長篇《水滸》故事曾經過所謂「四傳」的過渡時期。他說：

如果當時就直接的成為一傳，……自應刪去衝突字句，前後照應。……

這個理由，我認為不充分。百回本是結合成一傳的了，前後並不衝突，衝突的字句都刪去了。百十五回本和百二十四回本也是結成一傳的，其中便有前後衝突的地方，如既有王進被高俅陷害，又有王慶被高

俅陷害；既有高俅投奔柳世權，又有高俅投奔柳世雄。可見衝突字句的有無，全靠改編的人的本事高低，並不關曾否經過四傳的階級。

況且四傳之說，本身就很難成立。第一傳從開篇說到招安，還可成一傳。第二傳單說征遼，第三傳單記征田虎、王慶，第四傳單記征方臘，似乎都不能單獨存在罷？如果真有這三傳，他們也不過是三種短篇與《智取生辰綱》、《大鬧江州》有什麼分別？既是獨立的短篇，便應該屬於玄伯所謂第一時期，不應該別立所謂第二時期了。故「四傳」之說，我認為大可不必有，遠不如魯迅先生的「話本不同」說，可以免除更多的困難。

魯迅與玄伯都主張一種「多元的」說法。魯迅說：

後之小說，既以取捨不同而紛歧，所取者，又以話本不同而違異。這是說《水滸傳》原本有各種「話本不同」，他假定有百回古本，有述四大寇的百二十回本，又有招安之後直接平方臘之別本，又有破遼的故事，其來源也許在明以前。——這便是四種或三種長篇古本了。這個多元的長篇全傳說，似乎比玄伯的「四傳」說滿意得多。

大概最早的長篇，頗近於魯迅先生假定的招安以後直接平方臘的本子，既無遼國，也無王慶、田虎。這個本子可叫做「X」本。

玄伯先生也認前傳與征方臘傳用的地名最為近古。不但如此，征遼與征田虎、王慶三次戰事都沒有損失一個水滸英雄，只有征方臘一役損失過三分之二。這可見征方臘一段成立在先，後人插入的部分若有陣亡的英雄，便須大大地改動原本了。為免除麻煩起見，插入的三大段只好保全一百零八人，一個不叫陣亡。這是一種證據。征田虎、王慶時收的降將，如馬靈、喬道清之流，在征方臘一役都用不著了。這也可見征方臘一段是最早的，本來沒有這些人，故不能把他們安插進去。這又是一種證據。

這個「X」本，也許就是羅貫中的原本。

後來便有人誤讀《宣和遺事》裡的「三路之寇」一句話，硬加入田虎、王慶兩大段，便成了一種更長的本子，也許真有百二十回之多。這個本子可叫做「Y」本。

後來又有一種本子出來，沒有王慶、田虎兩大段，卻插入了征遼國的一大段。這個本子可叫做「Z」本。魯迅先生疑心征遼的故事起於明以前，也許在南宋時。玄伯先生則以為征遼的一段最晚出。我想玄伯的話，似乎最近事實。

這三種古本的回數，現在已不可考了。大概「X」本不足百回，「Y」本大概在百回以外，「Z」本大概不過百回。

到了明朝嘉靖時代，武定侯郭勛家裡傳出一部《水滸傳》，有新安刻本，有汪太函（道昆）的序，託名「天都外臣」。（此據《野獲編》）王道昆，字伯玉，嘉靖二十六年（一五四七）進士，與王世貞齊名，是當時的一個大文學家。他是徽州人，此本又刻在徽州，也許汪道昆即是這個本子的編著者。當時武定侯郭勛喜歡刻書，故此本假託為郭家所傳。郭勛死在嘉靖二十八年（一五四九），也許此本刻出時，他已死了，故更容易假託。其時士大夫還不敢公然出名著作白話小說，故此本假託於「施耐庵」。這個本子，因為號稱郭勛所傳，故我們也稱為「郭本」。

近見鄧之誠先生的《骨董瑣記》卷三有云：

> 聞繆藝風丈云：光緒初葉，曾以白金八兩得郭本於廠肆，書本闊大，至一尺五六寸，內赤髮鬼尚作尺八腿，雙槍將作一直撞云。
>
> ——頁二二

繆先生死後，他的藏書多流傳在外，但這部郭本《水滸傳》至今無人提及，不知流落在何方了。百二十回本的發凡說：

郭武定本，即舊本，移置閻婆事甚善，其於寇中去王、田而加遼國，猶是小家照應之法，不知大手筆者正不爾爾。如本內王進開章而不復收繳，此所以異於諸小說，而為小說之聖也歟！

又說：

舊本去詩詞之煩蕪，……頗直截清明。

又說：

訂文音字，舊本亦具有功力，然淆訛舛駁處尚多。

總以上所說，郭本可知之點如下：

（1）王進開章，與今所見各本同；

（2）移置閻婆事，不知如何移置法；

（3）去王慶、田虎二段；

（4）加遼國一段；

（5）刪去詩詞；

（6）有訂文音字之功；

（7）據繆荃孫所見，書本闊大，其中雙槍將作一直撞，還儲存《宣和遺事》的舊樣子；赤髮鬼作尺八腿，則和龔聖與《宋江三十六人讚》相同。

我們關於郭本，所知不過如此。

胡應麟說：

余二十年前所見《水滸傳》本，尚極足尋味。十數載來，為閩中坊

賈刊落，止錄事實，中間遊詞餘韻神情寄寓處，一概刪之，遂不堪覆瓿。後數十年，無原本印證，此書將永廢。

胡應麟生於一五五一年（據王世貞《石羊生傳》），當嘉靖三十年。他的死年不可考，他的文集（《少室山房類稿》，有《四庫全書》本，有《續金華叢書》本。）裡無萬曆庚子（一六○○）以後的文字，他死時大概年約五十歲。他說的「二十年前所見《水滸傳》本」，當是他少年時，約當隆慶、萬曆之間，當西曆一五七二年左右。他所見的本子，正是新安刻的所謂郭本。他說那種本子「尚極足尋味」，中間多有「遊詞餘韻神情寄寓處」，更證以上文所引「王進開章」的話，我們可以斷定郭本的文字必定和李贄批點的《忠義水滸傳》百回本相差不遠。

李贄（卓吾）死在萬曆三十年（一六○二），年七十六。今世所傳《忠義水滸傳》，大概出於李贄死後。因為他愛批點雜書，故坊賈翻刻《水滸傳》，也就借重這一位身死牢獄而名譽更大的名人。日本岡島璞翻刻的《忠義水滸傳》，有李贄的《讀〈忠義水滸傳〉序》一篇。此序雖收在《焚書》及《李氏文集》，但《焚書》與《文集》皆是李贄死後的輯本，不足為據。此如《三國演義》之有金聖歎的「外書」，似是書坊選家的假託。若李氏批點本《水滸傳》出在一六○○年以前，胡應麟藏書最多，又很推崇《水滸傳》，不應該不見此本。故我疑心李氏批點本是一六○○年以後刻印的，大概去李氏之死不很久，約當一六○五年左右。大概郭本流傳不多，而閩中坊賈刪節的本子卻很盛行，當時文學家如胡應麟之流，都曾感覺惋惜，於是坊賈有刻郭本的必要，遂假託於李贄批點之本。試看岡島璞翻刻本所儲存的李贄批語，與百二十回本的批語，差不多沒有一個字相同的。如第二回，兩本各有十幾條眉批，但只有一條相同，兩本同是所謂李贄批點本，而有這樣的大不同，故我們可以斷定兩

本同是假託於李贄的。

這種李氏百回本，大概是根據於郭本的，故我們可以從這種本子上推論郭本的性質。

郭本似是用已有的「X」、「Y」、「Z」等本子來重新改造過的。「X」本的事跡大略，似乎全採用了。「Y」本的田虎、王慶兩大段，太幼稚了，太荒唐了，實在沒有採用的價值。但郭本的改作者卻看中了王慶被高俅陷害的一小段，所以他把這一段提出來，把王慶改作了王進，柳世雄改作了柳世權，把稱王割據的王慶改作了一個神龍見首不見尾的孝子，把一段無意識的故事改作了一段最悲哀動人又最深刻的《水滸》開篇。此外，王慶和田虎的兩大段便全刪去了。

郭本雖根據「X」、「Y」等本子，但其中創作的成分必然很多。這位改作者（施耐庵或汪道昆）起手確想用全副精力做一部偉大的小說，很想放手去做，不受舊材料的拘束，故起首的四十回（從王進寫到大鬧江州），真是絕妙的文字。這四十回可以完全算是創作的文字，是《水滸傳》最精彩的部分。但作者到了四十回以後，氣力漸漸不加了，漸漸地回到舊材料裡去，草草地把一百零八人都擠進來，草草地招安他們，草草地送他們出去征方臘。這些部分都遠不如前四十回的精彩了。七十回以下更潦草得厲害，把元曲裡許多幼稚的《水滸》故事，如李逵喬坐衙、李逵負荊、燕青射雁等等，都穿插進去。拼來湊去，還湊不滿一百回。王慶、田虎兩段既全刪了，只好把「Z」本中篇幅較短的征遼國一段故事加進去。

故郭本和所謂李卓吾批點的百回本《水滸傳》，是用「X」本事跡的全部而大加改造，加上「Z」本的征遼故事，又加上從「Y」本借來重新改造過的王進與高俅的故事作為開篇，但完全刪除了王慶、田虎兩大部分。

但據胡應麟所說，十六世紀的晚年，閩中坊賈刻有刪節本的《水滸傳》（其說引見上文）。鄧之誠先生《骨董瑣記》卷三引金壇王氏《小品》說：

此書每回前各有楔子，今俱不傳。予見建陽書坊中所刻諸書，節縮紙板，求其易售，諸書多被刊削。此書亦建陽書坊翻刻時刪落者。

每回前各有楔子，是不可能的事；此與周亮工《書影》所說「一百回各以妖異語引其首」，同是以訛傳訛，後文我另有討論。王彥泓所記建陽書坊刪削《水滸》事，可與胡應麟所記互相印證，同是當時人士的記載。此種刪節的《水滸傳》，我們現在所見的，有百十五回本，有百二十四回本；雖未見而知道的，有百十回本。這些本子都比李卓吾批點本簡略得多。魯迅先生稱這些本子為「簡本」，但他不信百十五回本就是胡應麟說的閩中坊賈刪節本。他以為百十五回簡本「文詞塞拙，體制紛紜，中間詩歌亦多鄙俗，甚似草創初就，未加潤色者。雖非原本，蓋近之矣」。魯迅主張百十五回簡本的成就「殆當先於繁本」。他的理由是：「以其用字造句，與繁本每有差違，倘是刪存，無煩改作也。」

魯迅先生所舉的理由，頗不能使我心服。他論金聖歎七十回本時，曾說：

然文中有因刪去詩詞而語氣遂參差者，則所據殆仍是百回本耳。

這可見「倘是刪存，無煩改作」之說不能完全成立。再試看我所得的百二十四回本刪節更屬害了，但改作之處更多。如魯迅所引林沖雪中行沽的一段：

在百回本（日本翻明本）有六百零一字（百二十回本同）
在百十五回本有二百四十八字
在百二十四回本只有一百四十一字

可見百二十四回本是刪節最甚的本子，然而這個本子也有很分明的改作之處。如林沖在天王堂遇著酒生兒李小二，小二夫妻在酒店裡偷聽得陸虞候同管營差撥的陰謀，他們報告林沖，勸他注意，林沖因此帶了刀，每日上街去尋他的仇人，以後才是接管草料場的文章。這一大段在百回本和百二十回本裡都有二千字之多，在百十五回本裡也有一千一百多字。但在百二十四回本裡，李小二夫妻同他們的酒店都沒有了。只說有一天，一個酒保來請管營與差撥吃酒，他們到了店裡，見兩個軍官打扮的人，自稱陸謙、富安，把高太尉的書信給管營與差撥看了，他們定下計策，分手而去。全文只有三百五十多個字。故若添上李小二夫妻的故事，須有一千一百到二千字；若刪了他們，改造一番，三百多字便夠用了。這可見刪節也往往正有改作的必要，故魯迅先生「刪存無煩改作」之說不能證明百十五回本之近於古本，也不能證明此種簡本成於百回繁本之先。俞平伯先生也主張此說，同一錯誤。

今日市上最風行的每頁插圖的節本小說多種，專為小孩子和下流社會做的，俗名「畫書」。每頁上圖畫差不多占全頁，圖畫上方印著四五十個字的本文，其中有《水滸傳》、《西遊記》、《薛仁貴征東》等等，刪節之處最多，有時因刪節上的需要，往往改動原文，以便刪節。看了這些本子，便知「刪存無煩改作」之說是不能成立的。

故我主張，百十回本和百二十四回本等簡本大概都是胡應麟所說的坊賈刪節本：其中從誤走妖魔到招安後征遼的部分，和後文征方臘到卷末，都是刪節百回郭本的；其中間插入征田虎、王慶的部分，是採用百回郭本以前的舊本（上文叫做「Y」本）的。加入這兩大段，又不曾刪去征遼一段，便不止百回了。故有百十回到百二十四回的參差。

外面通行的《征四寇》，即是從這坊賈刪節本出來的。我從前認《征四寇》是從「原百回本」出來的，那是我的誤解。

四　論百二十回本

這種有田虎、王慶兩段的刪節本《水滸傳》，自然比那些精刻的郭本、李本流行更廣，於是一般讀者總覺得百回本少了田、王兩寇，像是一部不完全的《水滸傳》。所以不久便有百二十回本出現，即是現在的商務印書館翻印的「繡像評點《忠義水滸全書》」。因為大家感覺百回本的不完全，故這部書叫做「全書」。

這部百二十回本又叫做「新鐫李氏藏本《忠義水滸全書》」，卷首有「楚人鳳裡楊定見」的小引，自稱是「事卓吾先生」的，又說「先生而名益尊，道益廣，書益播傳；即片犢單詞留向人間者，靡不珍為瑤草，儼然欲傾宇內」。李贄死在萬曆三十年，此書之刻，當在崇禎初期，去明亡不很遠了。

楊序又說，他在吳中，遇著袁無涯，遂取李贄「所批定《水滸傳》」付無涯。大概楊定見是改造百二十回本的人，袁無涯是出錢刻印這書的人，可惜都不可考了。

此本有「發凡」十條，其中頗多可供考證的材料，故我在《水滸傳後考》裡，魯迅先生在《中國小說史略》裡，往往徵引「發凡」的話。但十年以來，新材料稍稍出現，可以證明「發凡」中的話有很不可信之處，如第六條說：

> 古本有羅氏致語，相傳「燈花婆婆」等事，既不可復見；乃後人有因四大寇之拘而酌損之者，有嫌一百廿回之繁而淘汰之者，皆失。

這些話，十年來我們都信以為真，故我同魯迅先生都信古本《水滸》有羅氏致語，有相傳「燈花婆婆」等事，魯迅又相信古本真有百二十回

本。我現在看來，這些話都沒有多大根據，楊定見並不曾見「古本」，他說「古本」怎樣怎樣，大概都是信口開河，假託一個古本，作為他的百二十回改造本的根據而已。

羅氏致語之說，除此本「發凡」之外，還有周亮工《書影》說的：

故老傳聞，羅氏《水滸傳》一百回，各以妖異語冠其首。嘉靖時，郭武定重刻其書，削其致語，猶存本傳。

又《王氏小品》也說：

此書每回前各有楔子，今俱不傳。

這都是以訛傳訛的話。每回前各有妖異的致語，這是不可能的事。《水滸傳》的前面有「洪太尉誤走妖魔」的一段，這便是《水滸傳》的「致語」。全書只有這一段「妖異語」的致語，別沒有什麼「燈花婆婆」等事。「燈花婆婆」的故事乃是《平妖傳》的致語，其書現存，可以參證。這是因為《水滸傳》和《平妖傳》相傳都是羅貫中做的，兩書各有一段妖異的致語，後來有人記錯了，遂說「燈花婆婆」的故事是古本《水滸傳》的致語。後來的人更張大其詞，遂說一百回各有妖異的致語了。（參看胡適《宋人話本八種序》，頁一一四，又頁二七—三十。）

至於古本有百二十回之說，也是「託古改制」的話頭，不足憑信。大概古本不止一種，上文所考，「X」本無征遼及王、田二寇，必沒有一百回；「Y」本有王、田而無遼國；「Z」本有遼國而無王、田，大概至多不過在百回上下，都沒有百二十回之多。坊間的刪節本，始合王、田二寇與遼國為一書，文字被刪節了，事實卻增多了，故有超過百十回的本子。楊定見改造王、田二寇，文字增加不少，成為百二十回本，所以要假託古本有百二十回，以抬高其書；其實他所謂「古本」，不過是建陽

書坊的刪節本罷了。

　　百二十回本的大貢獻在於完全改造舊本的田虎、王慶兩大寇。原有的田虎、王慶兩部分是很幼稚的，我們看《征四寇》或百十五回本，都可以知道這兩部分沒有文學的價值。郭本與李卓吾本都刪去這兩部分，大概是因為這些部分太不像樣了，不值得儲存。況且王慶的故事既然提出來改作了王進，後面若還保留王慶，重複矛盾的痕跡就太明顯了，所以更有刪除的必要。後來楊定見要想保留田虎、王慶兩大段，卻也感覺這兩段非大大地改作過，不能儲存。於是楊定見便大膽把舊有的田虎、王慶兩段完全改作了。田虎一段，百十五回本和百二十回本的回目可以列為比較表如下：

	百十五回本		百二十回本
(84)	宿太尉保舉宋江 盧俊義分兵征討	(91)	宋公明兵渡黃河 盧俊義賺城黑夜
(85)	盛提轄舉義投降 元仲良憤激出家	(92)	振軍威小李廣神箭 打蓋郡智多星密籌
(86)	眾英雄大會唐斌 瓊英郡主配張清	(93)	李逵夢鬧天池 宋江兵分兩路
(87)	公孫勝訪羅真人 沒羽箭智伏道清	(94)	關勝義降三將 李逵莽陷眾人
(88)	宋江兵會蘇林嶺 孫安大戰白虎關	(95)	宋公明忠感後土 喬道清術敗宋兵
(89)	魏州城宋江祭諸將 石羊關孫安擒勇士	(96)	幻魔君術窘五龍山 入雲龍兵圍百谷嶺
(90)	盧俊義計攻獅子關 段景住暗認玉欄樓	(97)	陳瓘諫官升安撫 瓊英處女做先鋒
(91)	宋江夢中朝大聖 李逵異境遇仙翁	(98)	張清緣配瓊英 吳用計鴆鄔梨
(92)	道清法迷五千兵 宋江義釋十八將	(99)	花和尚解脫緣纏井 混江龍水灌太原城
(93)	卞祥賣陣平河北 宋江得勝轉東京	(100)	張清瓊英雙建功 陳瓘宋江同奏捷

　　舊本寫征田虎一役，全無條理，只是無數瑣碎的戰陣而已。改本認定幾個關鍵的人物，如喬道清、孫安、瓊英郡主，用他們作中心，刪去了許多不相干的小戰陣，故比舊本精密得多多。舊本又有許多不近情理的地方，改本也都設法矯正了。試舉張清匹配瓊英的故事作例。舊本中此事也頗占重要的地位，但張清所以去假投降者，不過是要搭救被喬道清捉去的四將而已。改本看定張清、瓊英的故事可作為破田虎的關鍵，故在第九三回即在李逵的夢裡說出神人授與的「要夷田虎族，須諧瓊矢鏃」十個字，又加入張清夢中被神人引去教授瓊英飛石的神話，這便是把這段姻緣提作田虎故事的中心部分了。這是一不同。

　　舊本既說瓊英是烏利國舅的女兒，後文喬道清又說她是「田虎親妹」，這種矛盾是很明顯的。況且無論她是田虎的親妹或表妹，她的背叛田虎，總於她的人格有點損失，至於張清買通醫士，毒死她的親父，也未免太殘忍。改本認清了此二點，故不但說瓊英「原非鄔梨親生的」，並且說田虎是殺她的父母的仇人。這樣一來，瓊英的背叛，變成了替父母報仇，毒死鄔梨也只是報仇，瓊英的身分便抬高多了。這是二不同。

　　舊本寫張清配合瓊英，完全是一種軍事策略，毫無情義可說。改本借安道全口中說出張清夢中見了瓊英，醒來「痴想成疾」；後來瓊英在陣上飛石連打宋將多人，張清聽說趕到陣前，要認那女先鋒，那邊她早已收兵回去了，張清只得「立刻悵望」。這很像受了當時風行的《牡丹亭》故事的影響，但也抬高張清的身分不少。這是三不同。

　　這一個故事的改作，很可以表示楊定見改本用力的方向與成績。此外如喬道清，如孫安，性格描寫上都很有進步。田虎部下的將領中有王慶，有范全，都和下文王慶故事中的王慶、范全重複了，所以改本把這些人都刪去了。這些地方都是進步。

　　王慶的故事改造更多。這是因為這裡的材料比較更容易改造。田

虎一段，只有征田虎的事，而沒有田虎本人的歷史。百十五回本敘田虎的歷史，只有寥寥一百個字。百二十回本稍稍擴大了一點，也只有四百二十字。王慶個人的故事，在百十五回裡，便占了四回之多，足足有一萬三千多字。材料既多，改造也比較容易了。

不但如此，上文我曾指出王慶故事的原本太像王進的故事了，這分明是百回本《水滸傳》的改造者（施耐庵？）把王慶的故事提出來，改成了《水滸傳》的開篇，剩下的糟粕便完全拋棄了。百二十回本的改造者也看到了這一點，故他要儲存王慶的故事，便不能不根本改造這一大段的故事。

原本的王慶故事的大綱如下：

（1）高俅未遇時，流落在靈壁縣，曾受軍中都頭柳世雄的恩惠。

（2）高俅做殿前太尉時，柳世雄已升指揮使，來見高俅。高俅要報他的大恩，叫八十萬禁軍教頭王慶把他該升補的總管之職讓給柳世雄。

（3）高俅教王慶比武時讓柳世雄一槍。王慶心中不願，比槍時把柳世雄的牙齒打落。

（4）高俅懷恨，要替柳世雄報仇，親自到十三營點名，王慶遲到，訴說家中有香桌香爐飛動進門的怪事，他打碎香桌，閃了臂膊，贖藥調治，誤了點名。高俅判他捏造妖言，不遵節制，斥去官職，杖二十，刺配淮西李州牢城營安置。這是王慶故事的第一段，是他刺配淮西的原因。這段故事有幾點和王進故事相像：①兩個故事同說高俅貧賤時流落淮西；②高俅的恩人柳世雄，在王進故事裡作柳世權，明明是一個人；③王慶、王進同是八十萬禁軍教頭，明明是一個人的化身；④王慶、王進同因點名不到，得罪高俅。因為這些太相像之點，這兩個故事不能同時存在，故百回本索性把王慶故事刪了，故百二十回本決定把這個故事完全改作。

這一段的改本的大綱是：

（1）王慶不是八十萬禁軍教頭，只是開封府的一個副排軍，是一個賭錢宿娼的無賴。

（2）王慶在艮嶽見到蔡攸的兒媳婦，是童貫的侄女，小名喚作嬌秀。他們彼此留情，就勾搭上了。

（3）一日，王慶醉後把嬌秀的事洩漏出去，風聲傳到童貫耳朵裡。童貫大怒，想尋罪過擺布他。

（4）他在家乘涼，一條板凳忽然四腳走動，走進門來。王慶喝聲「奇怪！」一腳踢去，用力太猛，閃了脅肋，動彈不得。

（5）王慶因腰痛誤了點名，被開封府府尹屈打成招，定了個捏造妖言，謀為不軌的死罪。後來童貫、蔡京怕外面的議論，教府尹速將王慶刺配遠惡軍州。於是王慶便被刺配到陝州牢城。

這裡面高俅不見了，柳世雄也不見了，八十萬禁軍教頭換成了一個副排軍，於是舊本的困難都解決了。

王慶故事的第二段，在舊本裡，大略如下：

（1）王慶在路上因盤費用盡，便在路口鎮使棒乞錢。遇著龔端，送他銀子作路費，並且給他介紹信，去投奔他的兄弟龔正。

（2）他到了四路鎮龔正店裡，龔正請眾鄰舍來，請王慶使一回棒，請眾人各幫一貫錢，共聚得五百貫錢。

（3）不幸被黃達出來攔阻，要和王慶比棒，王慶贏了他，卻結下了冤仇。

（4）王慶到了李州牢城，把五百貫錢上下使用，管營教他去管天王堂，每日燒香掃地。

（5）王慶因比棒打傷了本州兵馬提轄張世開的妻弟龐元，結下了冤仇。張世開要替龐元報仇，把王慶調去當差，尋事叫他賠錢吃棒，預備

要打他九百九十九棒。

（6）王慶吃苦不過，把張世開打死，逃出李州，在吳太公莊上教武藝。又逃到龔正莊上，被黃達叫破，王慶把黃達打死，又逃到鎮陽城去投奔他的姨兄范全。

（7）王慶在快活林使樸刀槍棒，打倒了段五虎，又打敗了段三娘，段三娘便嫁了他。

（8）恰好龐元在本地做巡檢，王慶記念舊仇，把他殺了，同段三娘逃上紅桃山做強盜。

（9）王慶故事中處處寫一個賣卦的金劍先生李傑；李傑邀了龔正弟兄來助王慶；王慶請他做軍師，定下制度，占了秦州，王慶稱秦王。

這段故事，人物太多，頭緒紛繁，描寫的技術也很幼稚。百二十回本的改作者決心把這個故事整理一番，遂變成了這個新樣子：

（1）王慶刺配陝州，路過新安縣，打傷了使棒的龐元，結識了龔端、龔正弟兄。龔氏弟兄與黃達尋仇，王慶打傷了黃達，在龔家村住了十餘日，龔正送他到陝州，上下使用了銀錢，管營張世開把王慶發在單身房內，自在出入。

（2）後來張世開忽然把他喚去做買辦，不但叫他天天賠錢，還時時尋事打他，前後計打了他三百餘棒。王慶後來在棒瘡醫生處打聽得張世開的小夫人便是龐元的姐姐，又知道張世開有意擺布他，代龐元報仇。王慶夜間偷進管營內室，偷聽得張世開與龐元陰謀，要在棒下結果他的性命，一時怒起，遂殺了張、龐二人，越城逃走了。

（3）他逃到房州，躲在表兄范全家中，用藥銷去了臉上的金印。有一天，段家莊的段氏弟兄接了個粉頭，搭戲臺唱戲，王慶也去看熱鬧，在戲臺下賭博，和段氏弟兄爭鬥，又打敗了段三娘。次日，段太公叫金劍先生、李助去做媒，把段三娘嫁給他。成親之夜，忽有人報到，說新

安縣的黃達打聽得王慶的蹤跡，報告房州州尹，就要來捉人了。

（4）李助給他們出主意，教他們反上房山去做強盜。後來他們打破房州，聲勢浩大，打破附近南豐、荊南各地。王慶自稱楚王，在南豐城中建造宮殿，占了八座軍州，做了草頭天子。這樣大改革，人物與事實雖然大致採用原本，而內容完全變了，地理也完全改換了，描寫也變細密了，事跡與人物也集中了。

百二十回本作序的楊定見自稱「楚人」，他知道河南、湖北、江西一帶的地理，故把王慶故事原本的地理完全改變了。舊本的王慶故事說王慶占據「秦州」，稱「秦王」。書中可考的地名，如梁州、洮陽、秦州，皆在陝西、甘肅兩省。這便不是「淮西」了！楊定見是湖北人，故把王慶的區域改在河南西南，湖北全境，及江西的建昌一角。（看本書百五回，頁四七—四八）所以王慶不能稱「秦王」了，便改成了「楚王」。舊本的賣卦李傑是洮西人，此本也改為「荊南李助」，這也是楊定見認同鄉的一證。

原本中的地名，如「天王堂」，和林沖故事的天王堂重複了，如「快活林」，和武松故事的快活林重複了，改本中都一概刪改了，這也算一種進步。

改本把王慶早年故事集中在新安、陝州、房州三處，把龔端、龔正放在一處，把李傑的幾次賣卦刪成一次，把張世開和管營相公並作一個人，把龐元和張世開並在一塊被殺，把吳太公等等無關重要的人都刪了。——這都是整理集中的本事，都勝於原本。

原本的王慶故事顯然分作兩截：王慶得罪高俅以至稱王的歷史，自成一截。宋江征王慶的事，又自成一截。這兩截各不相謀，兩截中的人物也毫不相干，前截的人物如李傑、段氏兄妹、龔氏弟兄，皆不見於後截。這一點可證明李玄伯先生假定的短篇的《水滸》故事。大概王慶的歷史一截，只是一種短篇王慶故事，本沒有下文宋江征討的結局。這個王慶本是一條好漢，可以改作梁山上的一個弟兄，也可以改作《水滸》

開篇而不上梁山的王進，也可以改作與宋江等人並立的一寇。後來舊本的一種便把他改作四寇之一，又硬添上宋江征王慶的一段事。百回本的作者便把他改作王進，開篇而不結束。百十五回等本把這兩種辦法併入一部《水滸傳》，便鬧出種種矛盾和不照應的話來了。楊定見看出了這裡面的種種短處，於是重新改作一番，把李助（李傑）、段二、段五、段三娘、龔端等人，都插入後截宋江征討的一段裡，使這個故事前後照應。這是百二十回本的大進步。

　　至於描寫的進步，更是百二十回本遠勝舊本之處。百十五回本敘王慶的歷史只有一萬三千字；百二十回本把事跡歸併集中了，而描寫卻更詳細了，故字數加至二萬字。試舉幾條例子。如李傑第一次賣卦，百十五回本只有一百六十個字的記載，百二十回本便加到八百字的描寫。其中有這樣細膩的文字：

　　……王慶接了卦錢，對著炎炎的那輪紅日，彎腰唱喏；卻是疼痛，彎腰不下，好似那八九十歲老兒，硬著腰半揖半拱的兜了一兜，仰面立著禱告。……

　　李助搖著一把竹骨摺疊油紙扇。……王慶對著李助坐地，當不的那油紙扇兒的柿漆臭，把皁羅衫袖兒掩著鼻，聽他。

　　　　　　　　　　　　　　　　　　　　——百二回頁，十二—十三

　　又如寫定山堡、段家莊的戲臺下的情形：

　　那時粉頭還未上臺，臺下四面有三四十隻桌子，都有人圍擠著在那裡擲骰賭錢。那擲骰的名兒非止一端，乃是六風兒，五么子，火燎毛，朱窩兒。

又有那掂錢的，蹲踞在地上，共有二十餘簇人。那掂錢的名兒也不止一端，乃是渾沌兒，三背間，八叉兒。

那些擲骰的在那裡呼麼喝六，掂錢的在那裡喚字叫背；或夾笑帶罵，或認真廝打。那輸了的，脫衣典裳，褪巾剝襪，也要去翻本。……那贏的，意氣揚揚，東擺西搖，南闖北趂的尋酒頭兒再做；身邊便袋裡，搭膊裡，衣袖裡，都是銀錢；到後來捉本算帳，原來贏不多；贏的都被把捎的，放囊的，拈了頭兒去。……

——百四回，頁三三

這樣細密的描寫，都是舊本的王慶故事裡沒有的。

舊本於征王慶的一段之中，忽然插入「宋公明夜遊玩景，吳學究帷幄談兵」一回，前半宋江和盧俊義、吳用、喬道清諸人各言其志，後半吳用背誦《武侯新書》，全是文言的，迂腐的可厭。百二十回本把這一回全刪去了。但征討王慶的戰事，無論如何徹底改造，總不見怎樣出色；不過比舊本稍勝而已。

我在上文舉的這些例子，大概可以表示百二十回本的性質了。百一二十回本的改作者，大概就是作序的楚人楊定見，他想把田虎、王慶兩部分提高，要使這兩段可以和其他的部分相稱，故極力修改田虎故事；又發憤改造王慶故事，避免了舊本裡所有和百回本重複或矛盾之處，改正了地理上的錯誤，刪除了一切潦草的，幼稚的記載（如王慶與六國使臣比槍），提高了書中主要人物的性格（如張清、瓊英等），統一了本書對王慶一群人的見解，（王慶在舊本裡並不算小人，此本始放手把他寫成一個無賴。）並且抬高了人物描寫的技術。——這是百二十回本的用意和成績。

但《水滸傳》的前半部實在太好了，其他的各部分都趕不上。最末

的部分，——平方臘班師以後，——還有幾段很感動人的文字；如寫魯智深之死，燕青之去，宋江之死，徽宗之夢，都還有點文學的意味。百回本裡的征遼一段，實在是百回本的最弱部分，毫沒有精彩。碣石天文以後，征遼以前，那一長段也無甚精彩。征方臘的部分也不很高明。至於田虎、王慶兩大段，無論是舊本，或百二十回的改本，總不能叫人完全滿意。

　　如果《水滸傳》單是一部通俗演義書，那麼，百二十回的改本已可算是很成功的了。但《水滸傳》在明朝晚年已成了文人共同欣賞讚歎的一部文學作品，故其中各部分的優劣，很容易引起文人的注意。後來刪削《水滸傳》七十回以下的人，即是最崇拜《水滸傳》的金聖歎。聖歎曾說：

　　天下之文章無出《水滸》右者！

　　他刪去《水滸》的後半部，正是因為他最愛《水滸》，所以不忍見《水滸》受「狗尾續貂」的恥辱。

　　也許還有時代上的原因。我曾說：

　　聖歎生在流賊遍天下的時代，眼見張獻忠、李自成一班強盜流毒全國，故他覺得強盜是不可提倡的，是應該口誅筆伐的。……聖歎又親見明末的流賊偽降官兵，後復叛去，遂不可收拾，所以他對於《宋史》侯蒙請赦宋江使討方臘的事，大不滿意，極力駁他，說他「一語有八失」；所以他又極力表章那沒有招安以後事的七十回本。

　　　　　　　　　　　　　　　　　　　　　——《〈水滸傳〉考證》

金聖歎的文學眼光能認識《水滸》七十回以下的文筆遠不如前半部，他的時代背景又使他不能贊成招安強盜的政策，所以他大膽地把七十回以下的文字全刪了，又加上盧俊義的一個夢，很明顯地教人知道強盜滅絕之後天下方得太平。這便是聖歎的七十一回本產生的原因。

聖歎的辯才是無敵的，他的筆鋒是最能動人的。他在當日有才子之名，他的被殺又是當日震動全國的一件大慘案。他死後名譽更大，在小說批評界，他的權威直推翻了王世貞、李贄、鐘惺等等有名的批評家。那部假託「聖歎外書」的《三國演義》尚且風行三百年之久，何況這部真正的聖歎評本的七十回本《水滸傳》呢？無怪乎三百年來，我們只知道七十回本，而忘記了其他種種版本的存在了。

我們很感謝李玄伯先生，使我們得見百回本的真相；我們現在也很感謝商務印書館，使許多讀者得見百二十回本的真相，我個人很感謝商務印書館要我作序，使我有機會把這十年來考證《水滸》的公案結一筆總帳。萬一將來還有真郭本出現的一天，我們對於《水滸傳》的歷史的種種假設的結論，就可以得著更有力的證實了。

一九二九，六，二十三

《水滸續集兩種》序

一

　　這部《水滸續集》是合兩種書做成的。一部是摘取百十五回本《水滸傳》的第六十六回以後，是為《征四寇》。一部是清初陳忱做的《水滸後傳》。我們的本意是要翻印《水滸後傳》；但後傳是接著百回本《忠義水滸傳》做的，不能直接現行的七十回本。因此，我們就不能不先印行石碣發見以後的半部故事：這是《征四寇》翻印的第一個原因。《征四寇》一書，外間止有石印的劣本。這部書確是百十五回本的後半部；我們現在既知道百十五回本裡不但儲存了百回本裡征遼和征方臘的兩大部分，並且還儲存了最古本裡征田虎和征王慶的兩大部分。那麼，這部《征四寇》確也有儲存流通的價值了。這是翻印《征四寇》的第二個原因。百十五回（《英雄譜》）本的《水滸傳》有許多地方用詩詞或駢文來描寫風景和軍容，──例如此本第三十五回以內寫江上風景的《一尊紅》（頁四），和三十六回寫淮西水軍一段（頁四），──都是今本《征四寇》所沒有的。這種平話的套頭還可以考見百十五回本之古，所以我們用百十五回本來校補《征四寇》，弄出這個比較完善的《征四寇》來。這是翻印《征四寇》的第三個原因。

　　但《征四寇》的部分，除了他的史料價值之外，卻也有他自身的文學價值。我在《水滸傳後考》裡曾引了燕青辭主一段（《文存》三，頁一七八），和宋江之死一段（《文存》三，頁一六七）。現在我且引魯智深圓寂一段：

　　卻說魯智深、武松在六和寺中安歇。是夜智深忽聽江潮聲響，起來持了禪杖搶出來。眾僧驚問其故，智深曰，「灑家聽得戰鼓響，俺要出去廝

殺。」眾僧笑曰，「師父錯聽了，此是錢塘江上潮信響。」智深便問，「怎的叫做潮信？」眾僧推窗，指著潮頭，對智深說曰，「這潮信日夜兩番來。今朝是八月十五日，子時潮來。因不失信，謂之潮信。」魯智深看了，大悟曰，「俺師父智真長老曾囑咐俺四句偈曰，『逢夏而擒』，前日捉了夏侯成；『遇臘而執』，俺生擒方臘；『聽潮而圓，見信而寂』，俺想應了此言。」便問眾，如何是圓寂。眾僧曰，「佛門中圓寂便是死。」智深笑道，「既死是圓寂，灑家今當圓寂，與我燒桶湯來，灑家沐浴。」眾僧即去燒桶湯來。智深洗沐，換一身淨衣，令軍校去報宋江，「來看灑家」。又寫了數句偈語，去法堂焚起真香，在禪椅上，左腳踏右腳，自然而化。

及宋江引眾領袖來看時，智深在禪椅上不動了。看其偈曰：

平生不修善果，只愛殺人放火。忽地頓開金枷，這裡扯斷玉鎖。錢塘江信潮來，今日方知是我。

這種寫法，自不是俗手之筆。又在末回寫宋徽宗在李師師家中飲酒，醉後入夢，夢遊梁山泊一段：

上皇到忠義堂前下馬。上皇坐定，見階下拜伏者許多人。上皇猶豫不定。宋江向前垂淚啟奏曰，「臣等不曾抗拒天兵，素秉忠義。自從陛下招安，南征北討，兄弟十中損八。臣蒙陛下命守楚州，到任以來，陛下賜以藥酒，與巨服訖。臣死無怨，但恐李逵知而懷恨，輒生異心，臣亦與藥酒飲死。吳用、花榮亦忠義而皆來，在臣塚上俱各自縊身死。……申告陛下，始終無異，乞陛下聖鑒。」

上皇聽了大驚，曰，「寡人親差天使，御筆印封黃酒。不知何人換了藥酒賜卿。……卿等有此冤屈，何不詣九重深處，顯告寡人？」

宋江正待啟奏，忽見李逵手把雙斧，厲聲叫日，「無道昏君，聽信四個賊臣，屈壞我們性命！今日既見，正好報仇！」說罷，輪起雙斧，徑奔上皇。天子吃這一驚，忽然覺來，乃是一夢。睜開雙眼，見燈燭熒煌，李師師猶然未寢。

這種地方都帶有文學意味。

《征四寇》的內容可分六大段：

(1) 梁山泊受招安的經過，──第一回至第十一回。

(2) 征遼，──第十二回至第十七回。

(3) 征田虎，──第十八回至第二十八回。

(4) 征王慶，──第二十九回至第四十回。

(5) 征方臘，──第四十一回至第四十七回。

(6) 結束，──末二回。

關於這幾部分的考證與批評，我在前兩篇《水滸傳考證》裡已約略說過了（看《文存》三，頁一二四──一二六；又三，一五七──一七一）。我希望讀者特別注意此書中寫王慶和柳世雄和高俅的關係一大段，用這一段來比較今本《水滸》第一回寫高俅、王進、柳世雄的關係的一段（看《文存》三，一五九──一六一）。這種比較是很有益的，不但可以看出今本《水滸》的技術上的優點，還可以明瞭《征四寇》在「《水滸》演進史」上的位置。

我在《水滸傳後考》裡曾略述百二十回本《水滸傳》的價值，並且指出百廿回本寫田虎、王慶的部分，和百十五回本有大不相同的地方（《文存》三，頁一六四──一六六）。現在百十五回本已在這裡儲存了。今年上海涵芬樓收買到百廿回本的《水滸傳》，前有「發凡」十一條，有楊定見序，與日本京都府立圖書館所藏本相同。聽說此書不久也要排印出版。從此百十五回本與百二十回本都重在人間流通了，研究《水滸傳》的人又可添許多比較參證的材料了。

二

　　《水滸後傳》四十卷，原稱「古宋遺民著，雁宕山樵評」。俞樾據沈登瀛《南潯備志》，考定此書是雁宕山樵陳忱做的。今年承顧頡剛先生代我在汪日禎《南潯鎮志》裡尋出許多關於陳忱的材料，竟使我可以做陳忱的略傳了。

　　《南潯鎮志》卷十二，頁二十二上云：

　　陳忱，字遐心，號雁蕩山樵。其先自長興遷潯，閱數傳至忱（《研志居瑣錄》）。讀書晦藏，以賣卜自給（《范志》）。究心經史，稗編野乘無不貫穿（《董志》）。好作詩文，鄉薦紳咸推重之。惜貧老以終，詩文雜著俱散佚不傳。

——《瑣錄》

　　這部志的體裁最好，傳記材料俱註明出處。《研志居瑣錄》是范穎通的，《董志》是乾隆五十一年董肇鏜的《南潯鎮志》，《范志》是道光二十年范來庚續修的。

　　在《著述》一門裡，有

　　陳忱《雁宕雜著》（佚）
　　《雁宕詩集》二卷（未見）

汪氏注云：

按《范志》，忱又有《讀史隨筆》。考……順治中，秀水又有一陳忱，字用宜，甲午副貢，著《誠齋詩集》，不出戶庭，錄《讀史隨筆》、《同姓名錄》諸書。……《范志》因以致誤。……

《中國人名大辭典》一〇七二頁上說：

陳忱，清秀水人，字遐心，有《讀史隨筆》。

這也是把南潯的陳忱和秀水的陳忱混作一個人了。

《汪志》卷三十，頁十七，又云：

潯人所撰，……彈詞則有陳忱《續廿一史彈詞》，曲本則有陳忱《痴世界》，……演義則有……陳忱《後水滸》。此類舊志不免闌入，今悉不載。

據此看來，陳忱做的通俗文學頗不少，可惜現在只剩這部《後水滸》了。《後水滸》開篇有趙宋一代史事的長歌一首，還可以考見他的《二十一史彈詞》的一部分。

《汪志》卷三十五，為《志餘》，也有幾段關於他的話：

《南潯備志》陳雁宕忱，前明遺老，韓純玉《近詩兼逸集》以「身名俱隱」稱之。生平著述並佚。唯《後水滸》一書，乃遊戲之作，託宋遺民刊行。

　　這就是俞樾所根據的話。《後水滸》絕不是「遊戲之作」，乃是很沉痛地寄託他亡國之思、種族之感的書。當時禁網很密，此種書不能不借「古宋遺民」的名字。今本《水滸後傳》裡還有幾處可以看見到者有意託古的痕跡。第一是雁宕山樵的序末尾寫「萬曆戊申秋杪」。萬曆戊申（一六〇八）在明亡之前三十五年；這明明是有意遮掩亡國之痛的。第二，是原書有「論略」六十多條，末云：「遺民不知何許人。以時考之，當去施羅之世未遠，或與之同時，不相為下，亦未可知。元人以填詞小說為事，當時風氣如此。」這竟是把此書的著作人硬裝在元朝去了。第三，「論略」末又云：「此稿近三百年無一知者。聞向藏括蒼民家，又遭傖父改竄，幾不可句讀。餘懸重價，久而得之。……」著者本是湖州南潯人，既自稱雁宕山樵，又把此書的來源推到「括蒼民家」去，使人不可捉摸。我們看他這樣有心避禍，更可以明白他著書的本旨了。

　　《汪志》卷三十六引沈彤《震澤縣誌》云：

　　國初吾邑（震澤）之高蹈而能文者，相率為驚隱詩社，四方同志咸集。今見於葉桓奏詩稿與其他可考者，苕上……陳忱雁宕，……玉峰歸莊玄恭，顧炎武寧人……同邑吳炎赤溟，……王錫闡兆敏，潘檉章力田。……（原文列舉四十餘人，今僅舉其稍知名者六人為例。）於時定亂已四五年；跡其始起，蓋在順治庚寅。（七年，西一六五　　，明亡後七年）。諸君以故國遺民，絕意仕進，相與遁跡林泉，優遊文酒；角巾方袍，時往來於五湖三泖之間。……其後史案株連，同社有罹法者，社集遂散（此指潘、吳史案）。

　　這一段可見陳忱是明末遺民，絕意不仕清朝的。他的朋友多是這一類的亡國遺民。這一層很可解釋他託名「古宋遺民」的意思了。

　　顧剛從《汪志》裡輯得陳忱的遺詩三首：

明陳忱敬夫。（顧剛案，據此，可知其字為敬夫。）

移居西村二首

　　流離憐杜老，還僦瀼西居，

　　水作孤村抱，門開煙柳疏。

　　裹沙移藥草，帶雨負殘書。

　　世故雖多舛，南薰且晏如。

　　溪上雲林合，茅茨落照邊。

　　奇情負山水，雜興託園田。

　　老去詩真誤，貧來家屢遷。

　　苕西清絕處，棲逸在何年？

　　過長生塔院，訪沈雲樵、徐松之，兼呈此山師

　　寺門鬆動影離離，縱目西郊欲雪時。

　　故國棲遲遺老在，新亭慷慨幾人知？

　　愁深失計三年別，亂極猶談一日詩。

　　雖是支公超物外，歲寒堂裡亦低眉。

　　這詩裡的此山和尚也是一個遺老，原姓周，名簝，字澹城；他本是一個秀才，明亡後便做了和尚。長生塔院是他為他的師父明聞募建的，遺民黃周星題歲寒堂匾額（《汪志》卷十五）。黃周星字九煙，明朝遺臣，流寓在南潯，康熙間投水死。黃周星和呂留良（晚村）往來最密，晚村的《東莊詩存》裡有許多贈他的詩。內有《寄黃九煙》一詩首句云：

「聞道新修諧俗書，文章賣買價何如？」自注云：「時在杭，為坊人著稗官書。」可見當時那一班遺民常常替書坊編小說書為餬口計。這部《水滸後傳》也許是陳忱當時替書坊編的。

陳忱的生卒年月，現已不可考了。他的自序假託於一六〇八，而他們的詩社起於一六五〇；我們也可以假定他生於萬曆中葉，約當一五九〇；死於康熙初年，約當一六七〇，年約八十歲。鄭成功據臺灣在一六六〇。《水滸後傳》寫的暹羅，似暗指鄭氏的臺灣，故我們假定陳忱死在康熙時。

三

《水滸後傳》裡的人物，除了幾個後一輩的少年英雄之外，都是《前傳》裡剩餘的人物。《後傳》的領袖是混江龍李俊。《忠義水滸傳》第九十九回曾說宋江征方臘回來，到了蘇州，李俊詐稱風疾不起；宋江行後，李俊和童威、童猛三人自來尋費保等；他們到榆柳莊上，把家財賣了，造了大船，多貯鹽米，開出太倉港，入海，到外國去。後來李俊做了暹羅國王，童威等俱做官人（此據日本譯本）。這就是《後傳》裡李俊做暹羅王的故事的根據。《後傳》因為《前傳》有這樣的一段故事，故不能不認李俊為主要人物，既認了一個潯陽江上的漁戶作主要人物，自不能不極力描寫他一番。《後傳》第九回裡寫李俊「不通文墨，識見卻是暗合」，這便是古人描寫劉邦、石勒的方法了。

但《後傳》的主要人物究竟還要算浪子燕青。凡是《後傳》裡最重要的事業，差不多全是燕青的主謀，所以後來在暹羅國裡李俊做了國王，柴進做了丞相，燕青便做了副丞相；燕青是奴僕出身，故首相不能不讓給門閥光榮的柴進；然而燕青卻特別加封文成侯，特賜「忠貞濟美」的金印，這又可見到者對燕青的偏愛了。本來在《前傳》裡，燕青已立

了大功，運動李師師，運動徽宗，以成招安之局，都是他的成績。末段
征方臘回來，燕青獨能看透功成身退之旨，飄然遠遁，留詩別宋江道：

> 情願自將官誥納，不求富貴不求榮。
> 身邊自有君王赦，淡飯黃齏過此生。

這種地方，都可見百回本的著者早已極力描摹燕青的才能和人格；
《後傳》裡燕青地位之高也是很自然的。

《水滸後傳》是一部洩憤之書：這是著者自己在《論略》裡說過的。
他說：

> 《後傳》為洩憤之書：憤宋江之忠義而見鴆於奸黨，故復聚餘人而救
> 駕立功，開基創業；憤六賊之誤國，而加之以流貶誅戮；憤諸貴幸之全
> 身遠害，而特表草野孤臣重圍冒險；憤官宦之嚼民飽壑，而故使其傾倒
> 宦囊，倍償民利。

這是著者自己對於此書的意見。我們看他舉出的四件事，第四事散
見各回，不便詳舉；第一事在第三十七八回，第二事在第二十七回，第
三事在第二十四回。這都是著者寄託最深、精神最貫注的地方，我們可
以特別提出來，以表示這書的真價值。

（一）救國勤王的運動《後傳》描寫北宋滅亡時的情形，處處都是
借題發洩著者的亡國隱痛。第七回先寫趙良嗣獻計，聯合金國，夾攻遼
國；第十五回寫此策之實行，寫燕雲的收復；第十九回寫宋朝納張珏之
降，與金國開釁，金兵大舉征宋。在第十九回裡，徽宗傳位於太子，改
元靖康；呼延灼父子隨梁方平出兵防黃河；次回寫汪豹內應，獻了隘

口，呼延灼父子被困，金人長驅渡河。第二十二回裡，金兵進圍汴京。第二十三回寫姚平仲之敗，郭京法術不靈，汴京破了，二帝被擄，康王即位於南京。

以上寫北宋的滅亡，雖然略加穿插，大體都不違背歷史的事實。第二十五回寫金人立劉豫為齊帝，大刀關勝不肯降金，劉豫要將他斬首，幸得燕青用計救了他。此事也有歷史的根據。《金史·劉豫傳》說：

關勝者，濟南驍將，屢出城拒敵。豫殺勝出降。

又《宋史·劉豫傳》說：

劉豫懲前忿，遂蓄反謀，殺其將關勝，率百姓降金。百姓不從，豫縋城納款。

又王象春《齊音》云：

金兵薄濟南，守將關勝善用大刀，屢戰兀朮。金人賄劉豫，誘勝殺之。（此據梁學昌《庭立記聞》上，頁二十五引。原書未見。但梁氏說，「是勝未嘗降金也，《宋史》誤。」今按《宋史》並未言關勝降金，不誤。）

第二十六回寫飲馬川的好漢李應、燕青等大破劉猊的金兵。大勝之後，他們決議「去投宗留守，共建功業，完我弟兄們一生心事」。他們南行時，在黃河渡口，同著叛臣汪豹和金國大將烏祿的大兵，打了一仗，殺敗金兵，生擒汪豹，用亂箭把他射死。但宗澤已嘔血死了，兀朮南下，汴京再陷，飲馬川的豪傑無處可投奔，只好上登雲山去落草，暫作安頓。

　　《後傳》寫這班梁山泊舊人屢次想出來勤王救國，雖多是懸空造出的事實，但也不能說是完全沒有根據。關勝之死於國事，是正史上有記載的。當時人心思宋，大河南北，豪傑並起，收拾敗殘之局，以待國家大兵，──這是宗澤、岳飛諸人所常提及的事。直到二三十年後，山東尚有耿京、辛棄疾南歸的事。所以我們可以說《水滸後傳》所說勤王的豪傑，雖出於虛造，卻也可代表當時的人心。

　　眾豪傑後來都到暹羅去了，但他們終不忘故國，第三十七回特寫宋高宗在牡蠣灘上被金兵困住，李俊、燕青等領水師，攻破阿黑麻的兵，救了高宗。這一段故事全是虛造的，但著者似乎有意造出此段故事來表現他心裡的希望。那時明永曆帝流離南中，鄭成功出沒海上，難怪當日的遺民有牡蠣灘救駕，暹羅國酬勳的希望了。

　　（二）誅殺奸臣的快事，金兵圍汴京時，欽宗用當時的公論，貶逐一班奸臣。《水滸後傳》為省事起見，把這班貶逐的奸臣分作兩組。王黼、楊戩、梁師成為一組，押赴播州。李綱與開封府尹聶昌商議，派勇士王鐵杖跟他們去，到雍丘驛，晚上把他們都刺死了（第二十二回）。這事也有根據。《宋史·王黼傳》云：

　　　金兵入汴，黼不俟命，載其孥以東。詔貶為崇信軍節度副使，籍其家。吳敏、李綱請誅黼，事下開封尹聶山。山方挾宿怨，遣武士躧及於雍丘南輔固村，戕之民家，取其首以獻。帝以初即位，難於誅大臣，託言為盜所殺。

　　楊戩死於宣和三年，死時還贈太師吳國公。梁師成貶為彰化軍節度副使，開封府吏護至貶所，在路上把他縊死了，以暴死奏聞，詔籍其家。這件事似乎也是聶山乾的。陳忱把這三人湊在一起，把那善終的楊

戳也夾在裡面，好叫讀者快意。

　　還有那蔡京、蔡攸、童貫、高俅的一組的結局，卻全是陳忱想像出來的了。按《宋史》蔡京貶儋州，行至潭州病死，年八十。蔡攸貶逐後，詔遣使者隨所至誅之。高俅得善終，事見宋人筆記。童貫竄英州，未至，詔數他十大罪，命監察御史張微追至南雄，誅之，函首赴闕，梟於都市。陳忱卻把這四個人合在一組，叫蔡京主張改裝從小路往貶所去。不料行到了中牟縣，被燕青遇見了。燕青走來對李應眾人說道：「偶然遇著四位大貴人，須擺個盛筵席待他。」

　　這個盛筵席果然擺好了。

　　酒過三巡，蔡京、高俅舉目觀看，卻不認得。……又飲夠多時，李應道：「太祖皇帝一條桿棒打盡四百軍州，賺得萬里江山，傳之列聖。道君皇帝初登寶位，即拜太師為首相，……怎麼一旦汴京失守，二帝蒙塵，兩河盡皆陷沒，萬姓俱受災殃？是誰之過？」

　　蔡京等聽了，跼蹐不安，想道：「請我們吃酒，怎說出這大帽子的話來！」面面相覷，無言可答，起身告別。

　　李應道：「雖然簡褻，賤名還未通得，怎好就去？」喚取大杯斟上酒，親捧至蔡京面前，說道：「太師休得驚慌。某非別人，乃是梁山泊義士宋江部下撲天雕李應便是。承太師見愛，收捕濟州獄中；幸得救出，在飲馬川屯聚，殺敗金兵；今領士卒去投宗留守，以佐中興。不意今日相逢，請奉一杯。」……蔡京等驚得魂飛魄散，推辭不飲，只要起身。李應笑道：「我等弟兄都要奉敬一杯。且請寬坐。」

接著便是王進和柴進起來數高俅的罪狀。裴宣起來，舞劍作歌，歌曰：

皇天降禍兮，地裂天崩。
二帝遠狩兮，凜凜雪冰。
奸臣播弄兮，四海離心。
今夕殄滅兮，浩氣一伸！

押差官起來告辭，樊瑞圓睜怪眼，倒豎虎鬚道：

你這什麼乾鳥，也來講話！我老爺們是天不怕地不怕的。這四個奸賊，不要說把我一百單八個弟兄弄得五星四散，你只看那錦繡般江山都被他弄壞，遍天豺虎，滿地屍骸，二百年相傳的大宋，瓦敗冰消，成什麼世界！今日仇人相見，分外眼睜！⋯⋯你這乾鳥，若再開口，先砍下你這顆狗頭！

底下便是一段很莊嚴沉痛的文字：

李應叫把筵席搬開，打掃乾淨，擺設香案，焚起一爐香，率領眾人望南拜了太祖武皇帝在天之靈，望北拜了二帝，就像啟奏一般，齊聲道：「臣李應等為國除奸，上報聖祖列宗，下消天下臣民積憤。」都行五拜三叩頭禮。禮畢，抬過一張桌子，喚請出牌位來供在上面，卻是宋公明，盧俊義，李逵，林沖，楊志的五人名號。點了香燭，眾好漢一同拜了四拜，說道：「宋公明哥哥與眾位英魂在上：今夜拿得蔡京、高俅、童貫、蔡攸四個奸賊在此。生前受他謀害，今日特為伸冤。望乞照鑒！」
蔡京等四人盡皆跪下，哀求道：「某等自知其罪；但奉聖旨，去到儋

州，甘受國法。望眾好漢饒恕。」

李應道：「……你今日討饒，當初你饒得我們過嗎？……只是石勒說得好：王衍諸人，要不可加以鋒刃。前日東京破了，有人在太廟裡看見太祖誓碑：『大臣有罪，勿加刑戮』，載在第三條。我今凜遵祖訓，也不加兵刃，只叫你們嘗鴆酒滋味罷！」

喚手下斟上四大碗。蔡京、高俅、童貫、蔡攸滿眼流淚，顫篤速的，再不肯接。李應把手一揮，只聽天崩地裂，發了三聲大砲；四五千人齊聲吶喊，如震山搖嶽。兩個伏事一個，扯著耳朵，把鴆酒灌下。

不消半刻，那蔡京等四人七竅流血，死於地下。

……李應叫把屍骸拖出城外，任從鳥啄狼餐。

這一大段「中牟縣除奸」的文章，在第二流小說裡是絕無而僅有的。這都因為著者抱亡國的隱痛，深恨明末的貪官汙吏，故作這種借題洩憤的文章。他的感情的真摯遂不自由地提高了這部書的文學價值了。

（三）黃柑青子之獻，這一段是《水滸後傳》裡最感動人的文章。徽欽二帝被擄之後，楊林、戴宗要回到飲馬川去了，燕青不肯走，說，「還有一段心事要完」。次早燕青扮做通事模樣，拿出一個藤絲織就紫漆小盒兒，口上封固了，不知什麼東西在裡面，要楊林捧著，往北而去。他走進金兵大營裡去，楊林見了那大營的軍容，不覺寒抖不定；燕青神色自若，居然騙得守兵的允許，進去朝見道君皇帝。

道君皇帝一時想不起，問：「卿現居何職？」燕青道：「臣是草野布衣；當年元宵佳節，萬歲幸李師師家，臣得供奉，昧死陳情；蒙賜御筆，赦本身之罪，龍札猶存。」遂向身邊錦袋中取出一幅恩詔，墨跡猶香，雙手呈上。

　　道君皇帝看了，猛然想著，道：「元來卿是梁山泊宋江部下。可惜宋江忠義之士，多建大功；虜一時不明，為奸臣矇蔽，致令沉鬱而亡。朕甚悼惜。若得還宮，說與當今皇帝知道，重加褒封立廟，子孫世襲顯爵。」

　　燕青謝恩，喚楊林捧過盒盤，又奏道：「微臣仰觀聖顏，已為萬幸。獻上青子百枚，黃柑十顆，取苦盡甘來的佳讖，少展一點芹曝之意。」

　　齊眉獻上，上皇身邊止有一個老內監，接來啟了封蓋，道君皇帝便取一枚青子納在口中，說道：「連日朕心緒不寧，口內

　　甚苦；得此佳品，可以解煩。」嘆口氣道：「朝內文武官僚世受國恩，拖金曳紫；一朝變起，盡皆保惜性命，眷戀妻子，誰肯來這裡省視！不料卿這般忠義！可見天下賢才傑士原不在近臣勛戚中！朕失於簡用，以致於此。遠來安慰，實感朕心。」命內監取過筆硯，將手中一柄金鑲玉玨白紈扇兒，吊著一枚海南香雕螭龍小墜，放在紅氈之上，寫一首詩道：

　　笳鼓聲中藉毳茵，普天僅見一忠臣。

　　若然青子能回味，大賚黃柑慶萬春！

　　寫罷，落個款道：「教主道君皇帝御書」。就賜與燕青道：「與卿便面。」燕青伏地謝恩。

　　上皇又喚內監分一半青子黃柑：「你拿去賜與當今皇帝，說是一個草野忠臣燕青所獻的。」

　　……

　　兩個取路回來，離金營已遠，楊林伸著舌頭道：「嚇死人！早知這個所在，也不同你來。虧你有這膽量！……我們平日在山寨，長罵他（皇帝）無道。今日見這般景象，連我也要落下眼淚來。」

　　這一大段文章，真當得「哀豔」二字的評語！古來多少歷史小說，無此好文章；古來寫亡國之痛的，無此好文章；古來寫皇帝末路的，無此好文章！

　　《水滸後傳》在坊間傳本甚少，精刻本更不易得；但這部書裡確有幾段很精彩的文字，要算是十七世紀的一部好小說。這就是我們現今重新印行這部書的微意了。

十二，十二，二十

第二篇
《紅樓夢》考證

《紅樓夢》考證（改定稿）

一

　　《紅樓夢》的考證是不容易做的，一來因為材料太少，二來因為向來研究這部書的人都走錯了道路。他們怎樣走錯了道路呢？他們不去搜求那些可以考定《紅樓夢》的著者、時代、版本等的材料，卻去收羅許多不相干的零碎史事來附會《紅樓夢》裡的情節。他們並不曾做《紅樓夢》的考證，其實只做了許多《紅樓夢》的附會！這種附會的「紅學」又可分作幾派：

　　第一派說《紅樓夢》「全為清世祖與董鄂妃而作，兼及當時的諸名王奇女。」他們說董鄂妃即是秦淮名妓董小宛，本是當時名士冒闢疆的妾，後來被清兵奪去，送到北京，得了清世祖的寵愛，封為貴妃。後來董妃夭死，清世祖哀痛得很，遂跑到五臺山去做和尚去了。依這一派的話，冒闢疆與他的朋友們說的董小宛之死，都是假的；清史上說的清世祖在位十八年而死，也是假的。這一派說《紅樓夢》裡的賈寶玉即是清世祖，林黛玉即是董妃。「世祖臨宇十八年，寶玉便十九歲出家；世祖自肇祖以來為第七代，寶玉便言『一子成佛，七祖昇天』，又恰中第七名舉人；世祖諡『章』，寶玉便諡『文妙』，文章兩字可暗射。」「小宛名白，故黛玉名黛，粉白黛綠之意也。小宛是蘇州人，黛玉也是蘇州人，小宛在如皋，黛玉亦在揚州。小宛來自鹽官，黛玉來自巡鹽御史之署。小宛入宮，年已二十有七；黛玉入京，年只十三餘，恰得小宛之半。……小宛遊金山時，人以為江妃踏波而上，故黛玉號『瀟湘妃子』，實從『江妃』二字得來。」（以上引的話均見王夢阮先生的《〈紅樓夢〉索隱》的《提要》）

　　這一派的代表是王夢阮先生的《〈紅樓夢〉索隱》。這一派的根本錯

誤已被孟蓴蓀先生的《董小宛考》（附在《蔡孑民》先生的《石頭記索隱》之後。頁一三一以下）用精密的方法一一證明瞭。孟先生在這篇《董小宛考》裡證明董小宛生於明天啟四年甲子，故清世祖生時，小宛已十五歲了；順治元年，世祖方七歲，小宛已二十一歲了；順治八年正月二日，小宛死年二十八歲，而清世祖那時還是一個十四歲的小孩子。小宛比清世祖年長一倍，斷無入宮邀寵之理。孟先生引據了許多書，按年分別，證據非常完備，方法也很細密。那種無稽的附會，如何當得起孟先生的摧破呢？例如《〈紅樓夢〉索隱》說：

> 漁洋山人題冒闢疆妾圓玉、女羅畫三首之二末句云：「洛川森森神人隔，空費陳王八門才」，亦為小琬而作。圓玉者，琬也；玉旁加以宛轉之義，故曰圓玉。女歲，羅敷女也。均有深意。神人之隔，又與死別不同矣。
>
> ——《提要》頁十二

孟先生在《董小宛考》裡引了清初的許多詩人的詩來證明冒闢疆的妾並不止小宛一人；女羅姓蔡，名含，很能畫蒼松墨鳳；圓玉當是金曉珠，名玥，崑山人，能畫人物。曉珠最愛畫洛神（汪舟次有曉珠手臨洛神圖卷跋，吳薗次有乞曉珠畫洛神啟），故漁洋山人詩有「洛川森森神人隔」的話。我們若懂得孟先生與王夢阮先生兩人用的方法的區別，便知道考證與附會的絕對不相同了。

《〈紅樓夢〉索隱》一書，有了《董小宛考》的辨正，我本可以不再批評他了。但這書中還有許多絕無道理的附會，孟先生都不及指摘出來。如他說：「曹雪芹為世家子，其成書當在乾嘉時代。書中明言南巡四次，是指高宗時事，在嘉慶時聽作可知。……意者此書但經雪芹修改，當初創造另自有人。……揣其成書亦當在康熙中葉。……至乾隆朝，事

多忌諱，檔案類多修改。《紅樓》一書，內廷索閱，將為禁本。雪芹先生勢不得已，乃為一再修訂，俾愈隱而愈不失其真。」（《提要》頁五—六）但他在第十六回鳳姐提起南巡接駕一段話的下面，又注道：「此作者自言也。聖祖二次南巡，即駐蹕雪芹之父曹寅鹽署中，雪芹以童年召對，故有此筆。」下面趙嬤嬤說甄家接駕四次一段的下面，又注道：「聖祖南巡四次，此言接駕四次，特明為乾隆時事。」我們看這三段「索隱」，可以看出許多錯誤。（1）第十六回明說二三十年前的「太祖皇帝」南巡時的幾次接駕；趙嬤嬤年長，故「親眼看見」。我們如何能指定前者為康熙時的南巡而後者為乾隆時的南巡呢？（2）康熙帝二次南巡在二十八年（西曆一六八九），到四十二年曹寅才做兩淮巡鹽御史。《索隱》說康熙帝二次南巡駐蹕曹寅鹽院署，是錯的。（3）《索隱》說康熙帝二次南巡時，「曹雪芹以童年召對」；又說雪芹成書在嘉慶時。嘉慶元年（西曆一七九六），上距康熙二十八年，已隔百零七年了。曹雪芹成書時，他可不是一百二三十歲了嗎？（4）《索隱》說《紅樓夢》成書在乾嘉時代，又說是在嘉慶時所作：這一說最謬。《紅樓夢》在乾隆時已風行，有當時版本可證（詳考見後文）。況且袁枚在《隨園詩話》裡曾提起曹雪芹的《紅樓夢》；袁枚死於嘉慶二年，詩話之作更早得多，如何能提到嘉慶時所作的《紅樓夢》呢？

　　第二派說《紅樓夢》是清康熙朝的政治小說。這一派可用蔡子民先生的《〈石頭記〉索隱》作代表。蔡先生說：

　　《石頭記》……作者持民族主義甚摯。書中本事在弔明之亡，揭清之失，而尤於漢族名士仕清者寓痛惜之意。當時既慮觸文網，又欲別開生面，特於本事之上，加以數層幛幕，使讀者有「橫看成嶺側成峰」之狀況。（《〈石頭記〉索隱》頁一）書中「紅」字多隱「朱」字。朱者，明也，漢也。

寶玉有「愛紅」之癖，言以滿人而愛漢族文化也；好吃人口上胭脂，言拾漢人唾餘也。……當時清帝雖躬修文學，且創開博學鴻詞科，實專以寵絡漢人，初不願滿人漸染漢俗，其後雍、乾諸朝亦時時申誡之。故第十九回襲人勸寶玉道：「再不許吃人嘴上擦的胭脂了，與那愛紅的毛病兒。」又黛玉見寶玉腮上血漬，詢知為淘澄胭脂膏子所濺，謂為「帶出幌子，吹到舅舅耳裡，又大家不乾淨惹氣」皆此意。寶玉在大觀園所居曰怡紅院，即愛紅之義。所謂曹雪芹於悼紅軒中增刪本書，則吊明之義也。……

——頁三—四

書中女子多指漢人，男子多指滿人。不但「女子是水作的骨肉，男人是泥作的骨肉」與「漢」字「滿」字有關係也；中國古代哲學以陰陽二字說明一切對待之事物，《易》坤卦象傳曰，「道地也，妻道也，臣道也」，是以夫妻君臣分配於陰陽也。《石頭記》即用其義。第三十一回，……翠縷說：「知道了！姑娘（史湘雲）是陽，我就是陰。……人家說主子為陽，奴才為陰。我連這個大道理也不懂得！」……清制，對於君主，滿人自稱奴才，漢人自稱臣。臣與奴才，並無二義。以民族之對待言之，征服者為主，被服者為奴。本書以男女影滿漢，以此。

——頁九—十

這些是蔡先生的根本主張。以後便是「闡證本事」了。依他的見解，下面這些人是可考的：

（1）賈寶玉，偽朝之帝系也；寶玉者，傳國璽之義也，即指胤礽。（康熙帝的太子，後被廢。）（頁十一—二十二）

（2）《石頭記》敘巧姐事，似亦指胤礽，巧字與礽字形相似也。……

（頁二十三—二十五）

（3）林黛玉影朱竹垞（朱彝尊）也。絳珠，影其氏也。居瀟湘館，影其竹垞之號也。……（頁二十五—二十七）

（4）薛寶釵，高江村（高士奇）也。薛者，雪也。林和靖詩，「雪滿山中高士臥，月明林下美人來。」用薛字以影江村之姓名（高士奇）也。……（頁二十八—四十二）

（5）探春影徐健庵也。健庵名乾學，乾卦作「三」，故曰三姑娘。健庵以進士第三人及第，通稱探花，故名探春。……（頁四十二—四十七）

（6）王熙鳳影余國柱也。王即柱字偏旁之省，國字俗寫作「國」，故熙鳳之夫曰璉，言二王字相連也。……（頁四十七—六十一）

（7）史湘雲，陳其年也。其年又號迦陵。史湘雲佩金麒麟，當是「其」字「陵」字之借音。氏以史者，其年嘗以翰林院檢討纂修《明史》也。……（頁六十一—七十一）

（8）妙玉，姜西溟（姜宸英）也。姜為少女，以妙代之。《詩》曰，「美如玉」、「美如英」。玉字所以代英字也。（從徐柳泉說）……（頁七十二—八十七）

（9）惜春，嚴蓀友也。……（頁八十七—九十一）

（10）寶琴，冒闢疆也。……（頁九十一—九十五）

（11）劉姥姥，湯潛庵（湯斌）也。……（頁九五——一一〇）

蔡先生這部書的方法是：每舉一人，必先舉他的事實，然後引《紅樓夢》中情節來配合。我這篇文裡，篇幅有限，不能表示他的引書之多和用心之勤：這是我很抱歉的。但我總覺得蔡先生這麼多的心力都是白白的浪費了，因為我總覺得他這部書到底還只是一種很牽強的附會。我記得從前有個燈謎，用杜詩「無邊落木蕭蕭下」來打一個「日」字。這個謎，除了做謎的人自己，是沒有人猜得中的。因為做謎的人先想著南

北朝的齊和梁兩朝都是姓蕭的；其次，把「蕭蕭下」的「蕭蕭」解作兩個姓蕭的朝代；其次，二蕭的下面是那姓陳的陳朝。想著了「陳」字，然後把偏旁去掉（無邊）；再把「東」字裡的「木」字去掉（落木）。剩下的「日」字，才是謎底！你若不能繞這許多彎子，休想猜謎！假使做《紅樓夢》的人當日真個用王熙鳳來影余國柱，真個想著「王即柱字偏旁之省，國字俗寫作国，故熙鳳之夫日璉，言二王字相連也」，——假使他真如此思想，他豈不真成了一個大笨伯了嗎？他費了那麼大氣力，到底只做了「国」字和「柱」字的一小部分；還有這兩個字的其餘部分和那最重要的「余」字，都不曾做到「謎面」裡去！這樣做的謎，可不是笨謎嗎？用麒麟來影「其年」的其，「迦陵」的陵；由三姑娘來影「乾學」的乾：假使真有這種影射法，都是同樣的笨謎！假使一部《紅樓夢》真是一串這麼樣的笨謎，那就真不值得猜了！

我且再舉一條例來說明這種「索隱」（猜謎）法的無益。蔡先生引鬫若木先生的話，說劉姥姥即是湯潛庵：

潛庵受業於孫夏峰（孫奇逢，清初的理學家），凡十年。夏峰之學本以象山（陸九淵）、陽明（王守仁）為宗。《石頭記》，「劉姥姥之女婿曰王狗兒，狗兒之父曰王成。其祖上曾與鳳姐之祖，王夫人之父認識，因貪王家勢利，便連了宗」。似指此。

其實《紅樓夢》裡的王家既不是專指王陽明的學派，此處似不應該忽然用王家代表王學。況且從湯斌想到孫奇逢，從孫奇逢想到王陽明學派，再從陽明學派想到王夫人一家，又從王家想到王狗兒的祖上，又從王狗兒轉到他的丈母劉姥姥，——這個謎可不是比那「無邊落木蕭蕭下」的謎還更難猜嗎？蔡先生又說《石頭記》第三十九回劉姥姥說的「抽柴」

一段故事是影湯斌毀五通祠的事；劉姥姥的外孫板兒影的是湯斌買的一部《廿一史》；他的外孫女青兒影的是湯斌每天吃韭菜。這種附會已是很滑稽的了。最妙的是第六回鳳姐給劉姥姥二十兩銀子，蔡先生說這是影湯斌死後徐乾學賻送的二十金；又第四十二回鳳姐又送姥姥八兩銀子，蔡先生說這是影湯斌死後唯遺俸銀八兩。這八兩有了下落了，那二十兩也有了下落；但第四十二回王夫人還送了劉姥姥兩包銀子，每包五十兩，共是一百兩；這一百兩可就沒有下落了！因為湯斌一生的事實沒有一件可恰合這一百兩銀子的，所以這一百兩雖然比那二十八兩更重要，到底沒有「索隱」的價值！這種完全任意的去取，實在沒有道理，故我說蔡先生的《〈石頭記〉索隱》也還是一種很牽強的附會。

第三派的《紅樓夢》附會家，雖然略有小小的不同，大致都主張《紅樓夢》記的是納蘭成德的事。成德後改名性德，字容若，是康熙朝宰相明珠的兒子。陳康祺的《郎潛紀聞二筆》（即《燕下鄉脞錄》）卷五說：

先師徐柳泉先生云：「小說《紅樓夢》一書即記故相明珠家事；金釵十二，皆納蘭侍衛（成德官侍衛）所奉為上客者也。寶釵影高澹人，妙玉即影西溟（姜宸英）。……」徐先生言之甚詳，惜余不盡記憶。

又俞樾的《小浮梅閒話》（《曲園雜纂》三十八）說：

《紅樓夢》一書，世傳為明珠之子而作。……明珠子名成德，字容若。《通志堂經解》每一種有納蘭成德容若序，即其人也。恭讀乾隆五十一年二月二十九日上諭：「成德於康熙十一年壬子科中式舉人，十二年癸醜科中式進士，年甫十六歲。」（適按此諭不見於《東華錄》，但載於《通志堂經解》之首）然則其中舉人止十五歲，於書中所述頗合也。

錢靜方先生的《紅樓夢考》（附在《石頭記索隱》之後，頁一二一——一三〇）也頗有贊成這種主張的傾向。錢先生說：

是書力寫寶黛痴情。黛玉不知所指何人。寶玉固全書之主角，即納蘭侍御也。使侍御而非深於情者，則焉得有此情影？余讀《飲水詞鈔》，不獨於賓從間得訴合之歡，而尤於閨房內致纏綿之意。即黛玉葬花一段，亦從其詞中脫卸而出。是黛玉雖影他人，亦實影侍御之德配也。

這一派的主張，依我看來，也沒有可靠的根據，也只是一種很牽強的附會。①納蘭成德生於順治十一年（西曆一六五四），死於康熙二十四年（一六八五），年三十一歲。他死時，他的父親明珠正在極盛的時代（大學士加太子太傅，不久又晉太子太師），我們如何可說那眼見賈府興亡的寶玉是指他呢？②俞樾引乾隆五十一年上諭說成德中舉人時止十五歲，其實連那上諭都是錯的。成德生於順治十一年；康熙壬子，他中舉人時，年十八；明年癸醜，他中進士，年十九。徐乾學做的《墓誌銘》與韓菼做的《神道碑》，都如此說。乾隆帝因為硬要否認《通志堂經解》的許多序是成德做的，故說他中進士時年止十六歲（也許成德應試時故意減少三歲，而乾隆帝但依據履歷上的年歲）。無論如何，我們不可用寶玉中舉的年歲來附會成德。若寶玉中舉的年歲可以附會成德，我們也可以用成德中進士和殿試的年歲來證明寶玉不是成德了！③至於錢先生說的納蘭成德的夫人即是黛玉，似乎更不能成立。成德原配盧氏，為兩廣總督興祖之女，續配官氏，生二子一女。盧氏早死，故《飲水詞》中有幾首悼亡的詞。錢先生引他的悼亡詞來附會黛玉，其實這種悼亡的詩詞，在中國舊文學裡，何止幾千首？況且大致都是千篇一律的東西。若幾首悼亡詞可以附會林黛玉，林黛玉真要成「人盡可夫」了！④至於

徐柳泉說的大觀園裡十二金釵都是納蘭成德所奉為上客的一班名士，這種附會法與《〈石頭記〉索隱》的方法有同樣的危險。即如徐柳泉說妙玉影姜宸英，那麼，黛玉何以不可附會姜宸英？晴雯何以不能附會姜宸英？又如他說寶釵影高士奇，那麼，襲人也可以影高士奇了，鳳姐更可以影高士奇了。我們試讀姜宸英祭納蘭成德的文：

> 兄一見我，怪我落落；轉亦以此，賞我標格。……數兄知我，其端非一。我常箕踞，對客欠伸，兄不余傲，知我任真。我時嫚罵，無問高爵，兄不余狂，知余疾惡。激昂論事，眼睜舌橋，兄為抵掌，助之叫號。有時對酒，雪涕悲歌，謂余失志，孤憤則那？彼何人斯，實應且憎，余色拒之，兄閒固肩。

妙玉可當得這種交情嗎？這可不更像黛玉嗎？我們又試讀郭琇參劾高士奇的奏疏：

> ……久之，羽翼既多，遂自立門戶。……凡督撫藩臬道府廳縣以及在內之大小卿員，皆王鴻緒等為之居停哄騙而夤緣照管者，饋至成千累萬；即不屬黨護者，亦有常例，名之曰平安錢。然而人之肯為賄賂者，蓋士奇供奉日久，勢焰日張，人皆謂之門路真，而士奇遂自忘乎其為撞騙，亦居之不疑，曰，我之門路真。……以覓館餬口之窮儒，而今忽為數百萬之富翁。試問金從何來？無非取給於各官。然官從何來？非侵國帑，即剝民膏。夫以國帑民膏而填無厭之谿壑，是士奇等真國之蠹而民之賊也。……
>
> ——《清史館本傳》，《耆獻類徵》六十

寶釵可當得這種罪名嗎？這可不更像鳳姐嗎？我舉這些例的用意是說明這種附會完全是主觀的、任意的、最靠不住的、最無益的。錢靜方先生說得好：「要之，《紅樓》一書，空中樓閣。作者第由其興會所至，隨手拈來，初無成意。即或有心影射，爾不過若即若離，輕描淡寫，如畫師所繪之百像圖，類似者固多，苟細按之，終覺貌是而神非也。」

二

我現在要忠告諸位愛讀《紅樓夢》的人：「我們若想真正了解《紅樓夢》，必須先打破這種種牽強附會的《紅樓夢》謎學！」

其實做《紅樓夢》的考證，盡可以不用那種附會的法子。我們只需根據可靠的版本與可靠的材料，考定這書的著者究竟是誰，著者的事跡家世，著書的時代，這書曾有何種不同的本子，這些本子的來歷如何。這些問題乃是《紅樓夢》考證的正當範圍。

我們先從「著者」一個問題下手。

本書第一回說這書原稿是空空道人從一塊石頭上抄寫下來的，故名《石頭記》；後來空空道人改名情僧，遂改《石頭記》為《情僧錄》；東魯孔梅溪題為《風月寶鑒》；「後因曹雪芹於悼紅軒中，披閱十載，增刪五次，纂成目錄，分出章回，又題曰《金陵十二釵》，並題一絕，即此便是《石頭記》的緣起。」詩云：

滿紙荒唐言，一把辛酸淚。

都云作者痴，誰解其中味？

第百二十回又提起曹雪芹傳授此書的緣由。大概「石頭」與空空道人等名目都是曹雪芹假託的緣起，故當時的人多認這書是曹雪芹做的。

袁枚的《隨園詩話》卷二中有一條說：

康熙間，曹練亭（練當作棟）為江寧織造，每出擁八騶，必攜書一本，觀玩不輟。人問：「公何好學？」曰：「非也。我非地方官而百姓見我必起立，我心不安，故藉此遮目耳。」素與江寧太守陳鵬年不相中，及陳獲罪，乃密疏薦陳。人以此重之。

其子雪芹撰《紅樓夢》一書，備記風月繁華之盛。中有所謂大觀園者，即余之隨園也。明我齋讀而羨之（坊間刻本無此七字）。當時紅樓中有某校書尤豔，我齋題云：（此四字坊間刻本作「雪芹贈云」，今據原刻木改正。）

病容憔悴勝桃花，午汗潮回熱轉加；

猶恐意中人看出，強言今日較差些。

威儀棣棣若山河，應把風流奪綺羅，

不似小家拘束態，笑時偏少默時多。

我們現在所有的關於《紅樓夢》的旁證材料，要算這一條為最早。近人徵引此條，每不全錄；他們對於此條的重要，也多不曾完全懂得。這一條記載的重要，凡有幾點：

（1）我們因此知道乾隆時的文人承認《紅樓夢》是曹雪芹做的。

（2）此條說曹雪芹是曹棟亭的兒子。（又《隨園詩話》卷十六也說「雪芹者，曹練亭織造之嗣君也」。）但此說實是錯的，說詳後。

（3）此條說大觀園即是後來的隨園。

俞樾在《小浮梅閒話》裡曾引此條的一小部分，又加一注，說：

納蘭容若《飲水詞集》有《滿江紅》詞，為曹子清題其先人之所構棟亭，即雪芹也。

俞樾說曹子清即雪芹，是大謬的。曹子清即是曹楝亭，即曹寅。

我們先考曹寅是誰。吳修的《昭代名人尺牘小傳》卷十二說：

曹寅，字子清，號楝亭，奉天人，官通政司使，江寧織造。校刊古
書甚精，有揚州局刻《五韻》、《楝亭十二和》盛行於世。著《楝亭詩鈔》。

《揚州畫舫錄》卷二說：

曹寅，字子清，號楝亭，滿洲人，官兩淮鹽院。工詩詞，善書，著
有《楝亭詩集》。刊祕書十二種，為《梅宛》、《聲畫集》、《法書考》、《琴
史》、《墨經》、《硯箋》、《劉後山（當作《劉後村》）千家詩》、《禁扁》、
《釣磯立談》、《都城紀勝》、《糖霜譜》、《錄鬼簿》。今之儀徵余園門榜
「江天傳舍」四字，是所書也。

這兩條可以參看。又韓菼的《有懷堂文稿》裡有《楝亭記》一篇說：

荔軒曹使君性至孝。自其先人董三服，官江寧，於署中手植楝樹一
株，絕愛之，為亭其間，嘗憩息於斯。後十餘年，使君適自蘇移節，如
先生之任，則亭頗壞，為新其材，加堊焉，而亭復完。……

據此可知曹寅又字荔軒，又可知《飲水詞》中的楝亭的歷史。

最詳細的記載是章學誠的《丙辰札記》。

曹寅為兩淮巡鹽御史，刻古書凡十五種，世稱「曹楝亭本」是也。
康熙四十三年，四十五年，四十七年，四十九年，間年

一任，與同旗李煦互相番代。李於四十四年，四十六年，四十八年，與曹互代；五十年，五十一年，五十二年，五十五年，五十六年，又連任，較曹用事為久矣。然曹至今為學士大夫所稱，而李無聞焉。

不幸章學誠說的那「至今為學士大夫所稱」的曹寅，竟不曾留下一篇傳記給我們做考證的材料，《耆獻類徵》與《碑傳集》都沒有曹寅的碑傳。只有宋和的《陳鵬年傳》（《耆獻類徵》卷一六四，頁十八以下）有一段重要的紀事：

乙酉（康熙四十四年），上南巡。（此康熙帝第五次南巡）。總督集有司議供張，欲於丁糧耗加三分。有司皆懾服，唯唯。獨鵬年（江寧知府陳鵬年）不服，否否。總督怏怏，議雖寢，則欲抉去鵬年矣。

無何，車駕由龍潭幸江寧。行宮草創（按此指龍潭之行宮），欲抉去之者因以是激上怒。時故庶人（按此即康熙帝的太子胤礽，至四十七年被廢）從幸，更怒，欲殺鵬年。車駕至江寧，駐蹕織造府。一日，織造幼子嬉而過於庭，上以其無知也，曰，「兒知江寧有好官乎？」曰，「知有陳鵬年。」時有致政大學士張英來朝，上……使人問鵬年，英稱其賢。而英則庶人之所傅，上乃謂庶人曰，「爾師傅賢之，如何殺之？」庶人猶欲殺之。

織造曹寅免冠叩頭，為鵬年請。當是時，蘇州織造李某伏寅後，為寅[女連]（[女連]字不見於字書，似有兒女親家的意思），見寅血被額，恐觸上怒，陰曳其衣，警之。寅怒而顧之曰，「云何也？」復叩頭，階有聲，竟得請。出巡撫宋犖逆之曰，「君不愧朱雲折檻矣！」

又我的朋友顧頡剛在《江南通志》裡查出江寧織造的官如下表：

康熙二年至二十三年	曹璽
康熙二十三年至三十一年	桑格
康熙三十一年至五十二年	曹寅
康熙五十二年至五十四年	曹顒
康熙五十四年至雍正六年	曹頫
雍正六年以後	隋赫德

又蘇州織造的職官如下表：

康熙二十九年至三十二年	曹寅
康熙三十二年至六十一年	李煦

這兩表的重要，我們可以分開來說：

（1）曹璽，字元璧，是曹寅的父親。顧頡剛引《上元江寧兩縣誌》道：「織局繁劇，璽至，積弊一清。陛見，陳江南吏治極詳，賜蟒服，加一品，御書『敬慎』匾額。卒於位，子寅。」

（2）因此可知曹寅當康熙二十九年至三十二年時，做蘇州織造；三十一年至三十二年，他兼任江寧織造；三十二年以後，他專任江寧織造二十年。

（3）康熙帝六次南巡的時代，可與上兩表參看：

康熙二三	一次南巡	曹璽為蘇州織造
康熙二八	二次南巡	
康熙三八	三次南巡	曹寅為江寧織造
康熙四二	四次南巡	同上
康熙四四	五次南巡	同上
康熙四六	六次南巡	同上

（4）顧頡剛又考得「康熙南巡，除第一次到南京駐蹕將軍署外，餘五次均把織造署當行宮」。這五次之中，曹寅當了四次接駕的差。又《振綺堂叢書》內有《聖駕五幸江南恭錄》一卷，記康熙四十四年的第五次南巡，寫曹寅既在南京接駕，又以巡鹽御史的資格趕到揚州接駕；又記曹寅進貢的禮物及康熙帝迴鑾時賞他通政使司通政使的事，甚詳細，可以參看。

（5）曹頫與曹頔都是曹寅的兒子。曹寅的《楝亭詩鈔別集》有郭振基序，內說「待公函丈有年，今公子繼任織部，又辱世講」。是曹頫之為曹寅兒子，已無可疑。曹頔大概是曹寅的兄弟（說詳下）。

又《四庫全書提要》譜錄類食譜之屬存目裡有一條說：

《居常飲饌錄》一卷（編修程晉芳家藏本）

國朝曹寅撰。寅字子清，號楝亭，鑲藍旗漢軍。康熙中，巡視兩淮鹽政，加通政司銜。是編以前代所傳飲膳之法匯成一編：一曰，宋王灼《糖霜譜》；二三曰，宋東溪遁叟《粥品》及《粉麵品》；四曰，元倪瓚《泉史》；五曰，元海濱逸叟《制脯鮓法》；六曰，明王叔承《釀錄》；七曰，明釋智舷《茗籤》，八九曰，明灌畦老叟《蔬香譜》及《制蔬品法》。中間《糖霜譜》，寅已刻入所輯《楝亭十種》；其他亦頗散見於《說郛》諸書云。

又《提要》別集類存目裡有一條：

《楝亭詩鈔》五卷，附《詞鈔》一卷（江蘇巡撫採進本）。

國朝曹寅撰。寅有《居常飲饌錄》，已著錄。其詩一刻於揚州，計盈千首；再刻於儀徵，則寅自汰其舊刻，而吳尚中開雕於東園者。此本即儀徵刻也。其詩出入於白居易、蘇軾之間。

《提要》說曹家是鑲藍旗人，這是錯的。《八旗氏族通譜》有曹錫遠一系，說他家是正白旗人，當據以改正。但我們因《四庫提要》提起曹寅的詩集，故後來居然尋著他的全集，計《楝亭詩鈔》八卷，《文鈔》一卷，《詞鈔》一卷，《詩別集》四卷，《詞別集》一卷（天津公園圖

書館藏）。從他的集子裡，我們得知他生於順治十五年戊戌（一六五八）九月七日，他死時大概在康熙五十一年（一七一二）的下半年，那時他五十五歲。他的詩頗有好的，在八旗的詩人之中，他自然要算一個大家了。（他的詩在鐵保輯的《八旗人詩鈔》——改名《熙朝雅頌集》——裡，占一全卷的地位。）當時的文學大家，如朱彝尊、姜宸英等，都為《楝亭詩鈔》作序。

以上關於曹寅的事實，總結起來，可以得幾個結論：

（1）曹寅是八旗的世家，幾代都在江南做官。他的父親曹璽做了二十一年的江寧織造；曹寅自己做了四年的蘇州織造，做了二十一年的江寧織造，同時又兼做了四次的兩淮巡鹽御史。他死後，他的兒子曹顒接著做了三年的江寧職造，他的兒子曹頫接下去做了十三年的江寧織造。他家祖孫三代四個人總共做了五十八年的江寧織造。這個織造真成了他家的「世職」了。

（2）當康熙帝南巡時，他家曾辦過四次以上的接駕的差。

（3）曹寅會寫字會做詩詞，有詩詞集行世；他在揚州曾管領《全唐詩》的刻印，揚州的詩局歸他管理甚久；他自己又刻有二十幾種精刻的書。（除上舉各書外，尚有《周易本義》、《施愚山集》等；朱彝尊的《曝書亭集》也是曹寅捐資倡刻的，刻未完而死）他家中藏書極多，精本有三千二百八十七種之多（見他的《楝亭書目》，京師圖書館有鈔本），可見他的家庭富有文學美術的環境。

（4）他生於順治十五年，死於康熙五十一年。（一六五八——一七一二）

以上是曹寅的略傳與他的家世。曹寅究竟是曹雪芹的什麼人呢？袁枚在《隨園詩話》裡說曹雪芹是曹寅的兒子。這一百多年以來，大家多相信這話，連我在這篇《考證》的初稿裡也信了這話。現在我們知道曹

雪芹不是曹寅的兒子，乃是他的孫子。最初改正這個大錯的是楊鍾羲先生。楊先生編有《八旗文經》六十卷，又著有《雪橋詩話》三編，是一個最熟悉八旗文獻掌故的人。他在《雪橋詩話續集》卷六，頁二三，說：

> 敬亭（清宗室敦誠字敬亭）……嘗為《琵琶亭傳奇》一折，曹雪芹（霑）題句有云：「白傳詩靈應喜甚，定教蠻素鬼排場。」雪芹為楝亭通政孫，平生為詩，大概如此，竟坎坷以終。敬亭挽雪芹詩有「牛鬼遺文悲李賀，鹿車荷鍤葬劉伶」之句。

這一條使我們知道三個要點：

（一）曹雪芹名霑。

（二）曹雪芹不是曹寅的兒子，是他的孫子。（《中國人名大辭典》頁九九〇作「名霑，寅子，似是根據《雪橋詩話》而誤改其一部分。）

（三）清宗室敦誠的詩文集內必有關於曹雪芹的材料。

敦誠字敬亭，別號松堂，英王之裔。他的軼事也散見《雪橋詩話》初、二集中。他有《四松堂集》詩二卷，文二卷，《鷦鷯軒筆麈》一卷。他的哥哥名敦敏，字子明，有《懋齋詩鈔》。我從此便到處訪求這兩個人的集子，不料到如今還不曾尋到手。我今年夏間到上海，寫信去問楊鍾羲先生，他回信說，曾有《四松堂集》，但辛亥亂後遺失了。我雖然很失望，但楊先生既然根據《四松堂集》說曹雪芹是曹寅之孫，這話自然萬無可疑。因為敦誠兄弟都是雪芹的好朋友，他們的證見自然是可信的。

我雖然未見敦誠兄弟的全集，但《八旗人詩鈔》（《熙朝雅頌集》）裡有他們兄弟的詩一卷。這一卷裡有關於曹雪芹的詩四首，我因為這種材料頗不易得，故把這四首全抄於下：

贈曹雪芹

碧水青山曲徑遐，薜蘿門巷足煙霞。

尋詩人去留僧壁，賣畫錢來付酒家。

燕市狂歌悲遇合，秦淮殘夢憶繁華。

新愁舊恨知多少，都付酕醄醉眼斜。

敦敏

訪曹雪芹不值

野浦凍雲深，柴扉晚煙薄。

山村不見人，夕陽寒欲落。

敦敏

佩刀質酒歌

秋曉遇雪芹於槐園，風雨淋涔，朝寒襲袂。時主人未出，雪芹酒渴如狂，余因解刀沽酒而飲之。雪芹歡甚，作長歌以謝余。余亦作此答之。

我聞賀鑒湖，不惜金龜擲酒壚。

又聞阮遙集，直卸金貂作鯨吸。

嗟余本非二子狂，腰間更無黃金璫。

秋氣釀寒風雨惡，滿園榆柳飛蒼黃。

主人未出童子睡，斝乾甕澀何可當！

相逢況是淳於輩，一石差可溫枯腸。

身外長物亦何有？鸞刀昨夜磨秋霜。

且酤滿眼作軟飽，……令此肝肺生角芒。

曹子大笑稱「快哉」！擊石作歌聲琅琅。

知君詩膽昔如鐵，堪與刀穎交寒光。

我有古劍尚在匣，一條秋水蒼波涼。

君才抑塞倘欲拔，不妨斫地歌王郎。

敦誠

寄懷曹雪芹

少陵昔贈曹將軍，曾曰魏武之子孫。

嗟君或亦將軍後，於今環堵蓬蒿屯。

揚州舊夢久已絕，且著臨邛犢鼻褌。

愛君詩筆有奇氣，直追昌谷披籬樊。

當時虎門數晨夕，西窗剪燭風雨昏。

接䍦倒著容君傲，高談雄辯蝨手捫。

感時思君不相見，薊門落日松亭尊。

勸君莫彈食客鋏，勸君莫叩富兒門。

殘杯冷炙有德色，不如著書黃葉村。

敦誠

我們看這四首詩，可想見他們弟兄與曹雪芹的交情是很深的。他們的證見真是史學家說的「同時人的證見」，有了這種證據，我們不能不認袁枚為誤記了。

這四首詩中，有許多可注意的句子。

第一，如「秦淮殘夢憶繁華」，如「於今環堵蓬蒿屯，揚州舊夢久已絕，且著臨邛犢鼻褌」，如「勸君莫彈食客鋏，勸君莫叩富兒門；殘杯冷炙有德色，不如著書黃葉村」，都可以證明曹雪芹當時已很貧窮，窮得很不像樣了，故敦誠有「殘杯冷炙有德色」的勸誡。

　　第二，如「尋詩人去留僧壁，賣畫錢來付酒家」，如「知君詩膽昔如鐵」，如「愛君詩筆有奇氣，直追昌谷披籬樊」，都可以使我們知道曹雪芹是一個會作詩又會繪畫的人。最可惜的是曹雪芹的詩現在只剩得「白傅詩靈應喜甚，定教蠻素鬼排場」兩句了。但單看這兩句，也就可以想見曹雪芹的詩大概是很聰明的，很深刻的。敦誠弟兄比他作李賀，大概很有點相像。

　　第三，我們又可以看出曹雪芹在那貧窮潦倒的境遇裡，很覺得牢騷憂鬱，故不免縱酒狂歌，自尋排遣。上文引的「雪芹酒渴如狂」，如「相逢況是淳於輩，一石差可溫枯腸」，如「新愁舊恨知多少，都付酕醄醉眼斜」，如「鹿車荷鍤葬劉伶」，都可以為證。

　　我們既知道曹雪芹的家世和他自身的境遇了，我們應該研究他的年代。這一層頗有點困難，因為材料太少了。敦誠有挽雪芹的詩，可見雪芹死在敦誠之前。敦誠的年代也不可詳考。但《八旗文經》裡有幾篇他的文字，有年月可考：如《拙鵲亭記》作於辛丑初冬，如《松亭再徵記》作於戊寅正月，如《祭周立厓》文中說：「先生與先公始交時在戊寅己卯間；是時先生⋯⋯每過靜補堂，⋯⋯誠嘗侍幾杖側。⋯⋯追庚寅先公即世，先生哭之過時而哀。⋯⋯誠追述平生，⋯⋯回念靜補堂幾杖之側，已二十餘年矣。」今作一表，如下，

　　乾隆二三，戊寅（一七五八）。

　　乾隆二四，己卯（一七五九）。

　　乾隆三五，庚寅（一七七〇）。

　　乾隆四六，辛丑（一七八一）。自戊寅至此，凡二十三年。

　　清宗室永忠（臞仙）為敦誠作葛巾居的詩，也在乾隆辛丑。敦誠之父死於庚寅，他自己的死期大約在二十年之後，約當乾隆五十餘年。紀的為他的詩集作序，雖無年月可考，但紀昀死於嘉慶十年（一八〇五），

而序中的語意都可見敦誠死已甚久了。故我們可以猜定敦誠大約生於雍正初年（約一七二五），死於乾隆五十餘年（約一七八五——一七九〇）。

敦誠兄弟與曹雪芹往來，從他們贈答的詩看起來，大概都在他們兄弟中年以前，不像在中年以後。況且《紅樓夢》當乾隆五十六七年時已在社會上流通了二十餘年了（說詳下）。以此看來，我們可以斷定曹雪芹死於乾隆三十年左右（約一七六五）。至於他的年紀，更不容易考定了。但敦誠兄弟的詩的口氣，很不像是對一位老前輩的口氣。我們可以猜想雪芹的年紀至多不過比他們大十來歲，大約生於康熙末葉（約一七一五——一七二〇）；當他死時，約五十歲左右。

以上是關於著者曹雪芹的個人和他的家世的材料。我們看了這些材料，大概可以明白《紅樓夢》這部書是曹雪芹的自敘傳了。這個見解，本來並沒有什麼新奇，本來是很自然的。不過因為《紅樓夢》被一百多年來的紅學大家越說越微妙了，故我們現在對於這個極平常的見解反覺得他有證明的必要了。我且舉幾條重要的證據如下：

我們總該記得《紅樓夢》開端時，明明的說著：

作者自云曾歷過一番夢幻之後，故將真事隱去，而借「通靈」說此《石頭記》一書也。……自己又云：今風塵碌碌，一事無成，忽念及當日所有之女子，一一細考較去，覺其行止見識皆出我之上。我堂堂鬚眉，誠不若彼裙釵。……當此日，欲將已往所賴天恩祖德，錦衣紈褲之時，飫甘饜肥之日，背父兄教育之恩，負師友規訓之德，以致今日一技無成半生潦倒之罪，編述一集，以告天下。

這話說的何等明白！《紅樓夢》明明是一部「將真事隱去」的自敘的書。若作者是曹雪芹，那麼，曹雪芹即是《紅樓夢》開端時那個深自懺悔的「我」！即是書裡的甄賈（真假）兩個寶玉的底本！懂得這個道理，便知書中的賈府與甄府都只是曹雪芹家的影子。

第二，第一回裡那石頭說道：

我想歷來野史的朝代，無非假借漢唐的名色；莫如我這石頭所記，不借此套，只按自己的事體情理，反到新鮮別緻。

又說：

更可厭者，「之乎者也」，非理即文，大不近情，自相矛盾：竟不如我這半世親見親聞的這幾個女子，雖不敢說強似前代書中所有之人，但觀其事跡原委，亦可消愁破悶。

他這樣明白清楚的說「這書是我自己的事體情理」，「是我這半世親見親聞的」；而我們偏要硬派這書是說順治帝的，是說納蘭成德的！這豈不是作繭自縛嗎？

第三，《紅樓夢》第十六回有談論南巡接駕的一大段，原文如下：

鳳姐道：「……可恨我小幾歲年紀。若早生二三十年，如今這些老人家也不薄我沒見世面了。說起當年太祖皇帝仿舜巡的故事，比一部書還熱鬧，我偏偏的沒趕上。」

趙嬤嬤（賈璉的乳母）道：「噯喲，那可是千載難逢的！

那時候我才記事兒。我們賈府正在姑蘇揚州一帶，監造海船，修理海塘。只預備接駕一次，把銀子花的像淌海水是的。說起來——」

鳳姐忙接道：「我們王府裡也預備過一次。那時我爺爺專管各國進貢朝賀的事，凡有外國人來，都是我們家養活。粵、閩、滇、浙所有的洋船貨物，都是我們家的。」

趙嬤嬤道：「那是誰不知道的？……如今還有現在江南的甄家，——嗳喲，好勢派，——獨他們家接駕四次。要不是我們親眼看見，告訴誰也不信的。別講銀子成了糞土；憑是世上有的，沒有不是堆山積海的。『罪過可惜』四個字，竟顧不得了。」

鳳姐道：「我常聽見我們太爺說，也是這樣的。豈有不信的？只納罕他家怎麼就這樣富貴呢？」

趙嬤嬤道：「告訴奶奶一句話：也不過拿著皇帝家的銀子往皇帝身上使用罷了，誰家有那些錢買這個虛熱鬧去？」

此處說的甄家與賈家都是曹家。曹家幾代在江南做官，故《紅樓夢》裡的賈家雖在「長安」，而甄家始終在江南。上文曾考出康熙帝南巡六次，曹寅當了四次接駕的差，皇帝就住在他的衙門裡。《紅樓夢》差不多全不提起歷史上的事實，但此處卻鄭重地說起「太祖皇帝仿舜巡的故事」，大概是因為曹家四次接駕乃是很不常見的盛事，故曹雪芹不知不覺的——或是有意的——把他家這樁最闊的大典說了出來。這也是敦敏送他的詩裡說的「秦淮舊夢憶繁華」了。但我們卻在這裡得著一條很重要的證據。因為一家接駕四五次，不是人人可以隨便有的機會。大官如督撫，不能久任一處，便不能有這樣好的機會。只有曹寅做了二十年江寧織造，恰巧當了四次接駕的差。這不是很可靠的證據嗎？

第四，《紅樓夢》第二回敘榮國府的世次如下：

自榮國公死後，長子賈代善襲了官，娶的是金陵世家史侯的小姐為妻，生了兩個兒子：長名賈赦，次名賈政。如今代善早已去世，太夫人尚在。長子賈赦襲了官，為人平靜中和，也不管理家務。次子賈政，自幼酷喜讀書，為人端方正直；祖父鍾愛，原要他以科甲出身的。不料代

善臨終時，遺本一上，皇上因恤先臣，即時令長子襲官外，問還有幾子，立刻引見；遂又額外賜了這政老爺一個主事之職，令其入部學習；如今已升了員外郎。

我們可用曹家的世系來比較：

曹錫遠，正白旗包衣人。世居瀋陽地方，來歸年月無考。其子曹振彥，原任浙江鹽法道。

孫：曹爾正，原任工部尚書；曹璽，原任佐領。

曾孫：曹寅，原任通政使司通政使；曹宜，原任護軍參領兼佐領；曹荃，原任司庫。

元孫：曹顒，原任郎中；曹頫；原任員外郎；曹頎，原任二等侍衛，兼佐領；曹天祐，原任州同。

——《八旗氏族通譜》卷七十四

這個世系頗不分明。我們可試作一個假定的世系表如下：

曹寅的《楝亭詩鈔別集》中有「辛卯三月聞珍兒殤，書此忍慟，兼示四姪寄東軒諸友」詩三首，其二云：「世出難居長，多才在四三。承家賴猶子，努力作奇男。」四姪即頎，那排行第三的當是那小名珍兒的了。如此看來，顒與頫當是行一與行二。曹寅死後，曹顒襲織造之職。到康熙五十四年，曹顒或是死了，或是因事撤換了，故次子曹頫接下去做。織造是內務府的一個差使，故不算做官，故《氏族通譜》上只稱曹寅為通政使，稱曹頫為員外郎。但《紅樓夢》裡的賈政，也是次子，也是先不襲爵，也是員外郎。這三層都與曹頫相合。故我們可以認賈政即是曹頫；因此，賈寶玉即是曹雪芹，即是曹頫之子，這一層更容易明白了。

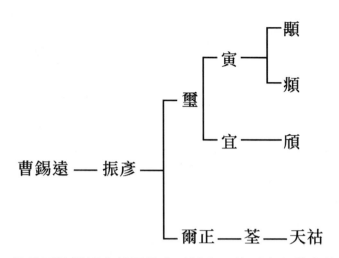

　　第五，最重要的證據自然還是曹雪芹自己的歷史和他家的歷史。《紅樓夢》雖沒有做完（說詳下），但我們看了前八十回，也就可以斷定：①賈家必致衰敗；②寶玉必致淪落。《紅樓夢》開端便說，「風塵碌碌，一事無成」；又說，「一技無成，半生潦倒」；又說，「當此蓬牖茅椽，繩床瓦竈」。這是明說此書的著者——即是書中的主角——當著書時，已在那窮愁不幸的境地。況且第十三回寫秦可卿死時在夢中對鳳姐說的話，句句明說賈家將來必到「樹倒猢猻散」的地步。所以我們即使不信後四十回（說詳下）抄家和寶玉出家的話，也可以推想賈家的衰敗和寶玉的流落了。我們再回看上文引的敦誠兄弟送曹雪芹的詩，可以列舉雪芹一生的歷史如下：

　　（1）他是做過繁華舊夢的人；

　　（2）他有美術和文學的天才，能做詩，能繪畫；

　　（3）他晚年的境況非常貧窮潦倒。

　　這不是賈寶玉的歷史嗎？此外，我們還可以指出三個要點。第一，曹雪芹家自從曹璽、曹寅以來，積成一個很富麗的文學美術的環境。他家的藏書在當時要算一個大藏書家，他家刻的書至今推為精刻的善本。富貴的

家庭並不難得；但富貴的環境與文學美術的環境合在一家，在當日的漢人中是沒有的，就在當日的八旗世家中，也很不容易尋找了。第二，曹寅是刻《居常飲饌錄》的人，《居常飲饌錄》所收的書，如《糖霜譜》、《制脯鮮法》、《粉面品》之類，都是專講究飲食糖餅的做法的。曹寅家做的雪花餅，見於朱彝尊的《曝書亭集》（頁二十一——二十二），有「粉量雲母細，摻和雪糕勻」的稱譽。我們讀《紅樓夢》的人，看賈母對於吃食的講究，看賈家上下對於吃食的講究，便知道《居常飲饌錄》的遺風未泯，雪花餅的名不虛傳！第三，關於曹家衰落的情形，我們雖沒有什麼材料，但我們知道曹寅的親家李煦在康熙六十一年已因虧空被革職查追了。雍正《硃批諭旨》第四十八冊有雍正元年蘇州織造胡鳳翬奏摺內稱：

今查得李煦任內虧空各年餘剩銀兩，現奉旨交督臣查弼納查追外，尚有六十一年辦六十年分應存剩銀六萬三百五十五兩零，並無存庫，亦系李煦虧空。……所有歷年動用銀兩數目，另開細折，並呈御覽。……

又第十三冊有兩淮巡鹽御史謝賜履奏摺內稱：

竊照兩淮應解織造銀兩，歷年遵奉已久。茲於雍正元年三月十六日，奉戶部諮行，將江蘇織造銀兩停其支給；兩淮應解銀兩，匯行解部。……前任鹽臣魏廷珍於康熙六十一年內未奉部文停止之先，兩次解過蘇州織造銀五萬兩。……再本年六月內奉有停止江寧織造之文。查前鹽臣魏廷珍經解過江寧織造銀四萬兩，臣任內……解過江寧織造銀四萬五千一百二十兩。……臣清將解過蘇州織造銀兩在於審理李煦虧空案內並追，將解過江寧織造銀兩行令曹頫解還戶部。……

　　李煦做了三十一年的蘇州織造，又兼了八年的兩淮鹽政，到頭來竟因虧空被查追。胡鳳翬折內只舉出康熙六十一年的虧空，已有六萬兩之多；加上謝賜履折內舉出應退還兩淮的十萬兩：這一年的虧空就是十六萬兩了！他歷年虧空的總數之多，可以想見。這時候，曹頫（曹雪芹之父）雖然還未曾得罪，但謝賜履折內已提及兩事：一是停止兩淮應解織造銀兩，一是要曹頫賠出本年已解的八萬一千餘兩。這個江寧織造就不好做了。我們看了李煦的先例，就可以推想曹頫的下場也必是因虧空而查追，因查追而抄沒家產。關於這一層，我們還有一個很好的證據。袁枚在《隨園詩話》裡說《紅樓夢》裡的大觀園即是他的隨園。我們考隨園的歷史，可以信此話不是假的。袁枚的《隨園記》（《小倉山房文集》十二）說隨園本名隋園，主人為康熙時織造隋公。此隋公即是隋赫德即是接曹頫的任的人（袁枚誤記為康熙時，實為雍正六年）。袁枚作記在乾隆十四年己巳（一七四九），去曹頫卸織造任時甚近，他應該知道這園的歷史。我們從此可以推想曹頫當雍正六年去職時，必是因虧空被追賠，故這個園子就到了他的繼任人的手裡。從此以後，曹家在江南的家產都完了，故不能不搬回北京居住。這大概是曹雪芹所以流落在北京的原因。我們看了李煦、曹頫兩家敗落的大概情形，再回頭來看《紅樓夢》裡寫的賈家的經濟困難情形，便更容易明白了。如第七十二回鳳姐夜間夢見人來找他，說娘娘要一百匹錦，鳳姐不肯給，他就來奪。來旺家的笑道：「這是奶奶日間操心常應候宮裡的事。」一語未了，人回夏太監打發一個小內監來說話。賈璉聽了，忙皺眉道：「又是什麼話！一年他們也夠搬了。」鳳姐道：「你藏起來等我見他。」好容易鳳姐弄了二百兩銀子把小內監打發開去，賈璉出來，笑道：「這一起外祟，何日是了？」鳳姐笑道：「剛說著，就來了一股子。」賈璉道：「昨兒周太監來，張口就是一千兩。我略慢應了些，他不自在。將來得罪人之處不少，這會子再發

三二百萬的財，就好了。」又如第五十三回寫黑山村莊頭烏進孝來賈府納年例，賈珍與他談的一段話也很可注意：

賈珍皺眉道：「我算定你至少也有五千銀子來。這夠做什麼的！……真真是叫別過年了！」

烏進孝道：「爺的地方還算好呢。我兄弟離我那裡只有一百多里，竟又大差了。他現管著那府（榮國府）八處莊地，比爺這邊多著幾倍，今年也是這些東西，不過二三千兩銀子，也是有饑荒打呢。」

賈珍道：「如何呢？我這邊到可已，沒什麼外項大事，不過是一年的費用。……比不得那府裡（榮國府）這幾年添了許多

化錢的事，一定不可免是要化的，卻又不添銀子產業。這一二年裡賠了許多。不和你們要，找誰去？」

烏進孝笑道：「那府裡如今雖添了事，有去有來。娘娘和萬歲爺豈不賞嗎？」

賈珍聽了，笑問賈蓉等道：「你們聽聽，他說的可笑不可笑？」

賈蓉等忙笑道：「你們山坳海沿子上的人，那裡知道這道理？娘娘難道把皇上的庫給我們不成？……就是賞，也不過一百兩銀子，才值一千多兩銀子，夠什麼？這二年，那一年不賠出幾千兩銀子來？頭一年省親，連蓋花園子，你算算那一注花了多少，就知道了。再二年，再省一回親，只怕精窮了！

賈蓉又說又笑，向賈珍道：「果真那府裡窮了。前兒我聽見二嬸娘（鳳姐）和鴛鴦悄悄商議，要偷老太太的東西去當銀子呢。」

借當的事又見於第七十二回：

鴛鴦一面說，一面起身要走。賈璉忙也立起身來說道：「好姐姐，略坐一坐兒，兄弟還有一事相求。」說著，便罵小丫頭：「怎麼不泡好茶來！快拿乾淨蓋碗，把昨日進上的新茶泡一碗來！」說著，向鴛鴦道：「這兩日因老太太千秋，所有的幾千兩都使完了。幾處房租地租統在九月才得。這會子竟接不上。明兒又要送南安府裡的禮，又要預備娘娘的重陽節；還有幾家紅白大禮，至少還要二三千兩銀子用，一時難去支借。俗語說的好，求人不如求己。說不得，姐姐擔個不是，暫且把老太太查不著的金銀傢伙，偷著運出一箱子來，暫押千數兩銀子，支騰過去。」

因為《紅樓夢》是曹雪芹「將真事隱去」的自敘，故他不怕瑣碎，再三再四地描寫他家由富貴變成貧窮的情形。我們看曹寅一生的歷史，絕不像一個貪官汙吏；他家所以後來衰敗，他的兒子所以虧空破產，大概都是由於他一家都愛揮霍，愛擺闊架子；講究吃喝，講究場面；收藏精本的書，刻行精本的書；交結文人名士，交結貴族大官，招待皇帝，至於四次五次；他們又不會理財，又不肯節省；講究揮霍慣了，收縮不回來：以致於虧空，以致於破產抄家。《紅樓夢》只是老老實實地描寫這一個「坐吃山空」、「樹倒猢猻散」的自然趨勢。因為如此，所以《紅樓夢》是一部自然主義的傑作。那班猜謎的紅學大家不曉得《紅樓夢》的真價值正在這平淡無奇的自然主義的上面，所以他們偏要絞盡心血去猜那想入非非的笨謎，所以他們偏要用盡心思去替《紅樓夢》加上一層極不自然的解釋。

總結上文關於「著者」的材料，凡得六條結論：

（1）《紅樓夢》的著者是曹雪芹。

（2）曹雪芹是漢軍正白旗人，曹寅的孫子，曹頫的兒子，生於極富

貴之家，身經極繁華綺麗的生活，又帶有文學與美術的遺傳與環境。他會做詩，也能畫，與一班八旗名士往來。但他的生活非常貧苦，他因為不得志，故流為一種縱酒放浪的生活。

（3）曹寅死於康熙五十一年。曹雪芹大概即生於此時，或稍後。

（4）曹家極盛時，曾辦過四次以上的接駕的闊差；但後來家漸衰敗，大概因虧空得罪被抄沒。

（5）《紅樓夢》一書是曹雪芹破產傾家之後，在貧困之中做的。做書的年代大概當乾隆初年到乾隆三十年左右，書未完而曹雪芹就死了。

（6）《紅樓夢》是一部隱去真事的自敘：裡面的甄、賈兩寶玉，即是曹雪芹自己的化身；甄、賈兩府即是當日曹家的影子（故賈府在「長安」都中，而甄府始終在江南）。

現在我們可以研究《紅樓夢》的「本子」問題。現今市上通行的《紅樓夢》雖有無數版本，然細細考較去，除了有正書局一本外，都是從一種底本出來的。這種底本是乾隆末年間程偉元的百二十回全本，我們叫它做「程本」。這個程本有兩種本子：一種是乾隆五十七年壬子（一七九二）的第一次活字排本，可叫做「程甲本」。一種也是乾隆五十七年壬子程家排本，是用「程甲本」來校改修正的，這個本子可叫做「程乙本」。「程甲本」我的朋友馬幼漁教授藏有一部，「程乙本」我自己藏有一部。乙本遠勝於甲本，但我仔細審察，不能不承認「程甲本」為外間各種《紅樓夢》的底本。各本的錯誤矛盾，都是根據於「程甲本」的。這是《紅樓夢》版本史上一件最不幸的事。

此外，上海有正書局石印的一部八十回本的《紅樓夢》，前面有一篇德清戚蓼生的序，我們可叫它做「戚本」。有正書局的老闆在這部書的封面上題著「國初鈔本《紅樓夢》」，又在首頁題著「原本《紅樓夢》」。那「國初鈔本」四個字自然是大錯的。那「原本」兩字也不妥當。這本已有

總評，有夾評，有韻文的評贊，又往往有「題」詩，有時又將評語抄入正文（如第二回），可見已是很晚的抄本，絕不是「原本」了。但自程氏兩種百二十回本出版以後，八十回本已不可多見。戚本大概是乾隆時無數輾轉傳抄本之中幸而儲存的一種，可以用來參校程本，故自有他的相當價值，正不必假託「國初鈔本」。

《紅樓夢》最初只有八十回，直至乾隆五十六年以後始有百二十回的《紅樓夢》。這是無可疑的。程本有程偉元的序，序中說：

> 《石頭記》是此書原名，……好事者每傳抄一部置廟市中，昂其值得數十金，可謂不脛而走者矣。然原本目錄一百二十卷，今所藏只八十卷，殊非全本。即間有稱全部者，及檢閱仍只八十卷，讀者頗以為憾。不佞以是書既有百二十卷之目，豈無全璧？愛為竭力蒐羅，自藏書家甚至故紙堆中，無不留心。數年以來，僅積有二十餘卷。一日，偶於鼓擔上得十餘卷，遂重價購之，欣然翻閱，見前後起伏尚屬接榫。（榫音筍，削木入竅名榫，又名榫頭。）然漶漫不可收拾。乃同友人細加釐剔，截長補短，抄成全部，復為鐫板，以公同好。《石頭記》全書至是始告成矣。……小泉程偉元識。

我自己的程乙本還有高鶚的一篇序，中說：

> 予聞《紅樓夢》膾炙人口者，幾廿餘年，然無全璧，無定本。……今年春友人程子小泉過予，以其所購全書見示，且曰：「此僕數年株積寸累之苦心，將付剞劂，公同好。子閒且憊矣，盍分任之？」予以是書雖稗官野史之流，然尚不謬於名教，欣然拜諾，正以波斯奴見寶為幸，遂襄其役。工既竣，並識端末，以告閱者。時乾隆辛亥（一七九一）冬至

後五日鐵領高鶚敘，並書。

此序所謂「工既竣」，即是程式說的「同友人細加釐剔，截長補短」的整理工夫，並非指刻板的工程。我這部程乙本還有七條「引言」，比兩序更重要，今節抄幾條於下：

（一）是書前八十回藏書抄錄傳閱，幾三十年矣。今得四十回，合成完璧。緣友人借抄爭睹者甚夥，抄錄固難，刊板亦需時日，姑集活字印刷。因急欲公諸同好，故初印時不及細校，間有紕繆。今復聚集各原本，詳加校閱，改訂無訛。唯閱者諒之。

（一）書中前八十回抄本各家互異。今廣集核勘，準情酌理，補遺訂訛。其間或有增損數字處，意在便於披閱，非敢爭勝前人也。

（一）是書沿傳既久，坊間繕本及諸家所藏祕稿，繁簡歧出，前後錯見。即如六十七回此有彼無，題同文異，燕石莫辨。茲唯擇其情理較協者，取為定本。

（一）書中後四十回系就歷年所得，集腋成裘，更無他本可考，唯按其前後關照者，略為修輯，使其有應接而無矛盾。至其原文，未敢臆改。俟再得善本，更為釐定，且不欲盡掩其本來面目也。

引言之末，有「壬子花朝後一日，小泉、蘭墅又識」一行。蘭墅即高鶚。我們看上文引的兩序與引言，有應該注意的幾點：

（1）高序說「聞《紅樓夢》膾炙人口者，幾廿餘年」。引言說「前八十回，藏書家抄錄傳閱，幾三十年」。從乾隆壬子上數三十年，為乾隆二十七年壬午（一七六二）。今知乾隆三十年間此書已流行，可證我上文推測曹雪芹死於乾隆三十年左右之說大概無大差錯。

（2）前八十回，各本互有異同。例如引言第三條說「六十七回此有彼無，題同文異」。我們試用戚本六十七回與程本及市上各本的六十七回互校，果有許多同異之處，程本所改的似勝於戚本。大概程本當日確曾經過一番「廣集各本核勘，準情酌理，補遺訂訛」的工夫，故程本一出即成為定本，其餘各抄本多被淘汰了。

（3）程偉元的序裡說，《紅樓夢》當日雖只有八十回，但原本卻有一百二十卷的目錄，這話可惜無從考證（戚本目錄並無後四十回）。我從前想當時各抄本中大概有些是有後四十回目錄的，但我現在對於這一層很有點懷疑了（說詳下）。

（4）八十回以後的四十回，據高、程兩人的話，是程偉元歷年雜湊起來的，——先得二十餘卷，又在鼓擔上得十餘卷，又經高鶚費了幾個月整理修輯的工夫，方才有這部百二十回的《紅樓夢》。他們自己說這四十回「更無他本可考」；但他們又說：「至其原文，未敢臆改。」

（5）《紅樓夢》直到乾隆五十六年（一七九一）始有一百二十回的全本出世。

（6）這個百二十回的全本最初用活字版排印，是為乾隆五十七年（一七九二）的程本。這本又有兩種小不同的印本：①初印本（即程甲本），「不及細校，間有紕繆」。此本我近來見過，果然有許多紕繆矛盾的地方。②校正印本，即我上文說的程乙本。

（7）程偉元的一百二十回本的《紅樓夢》，即是這一百三十年來的一切印本《紅樓夢》的老祖宗。後來的翻本，多經過南方人的批註，書中京話的特別俗語往往稍有改換；但沒有一種翻本（除了戚本）不是從程本出來的。

這是我們現有的一百二十回本《紅樓夢》的歷史。這段歷史裡有一個大可研究的問題，就是「後四十回的著者究竟是誰」？俞樾的《小浮

梅閒話》裡考證《紅樓夢》的一條說：

> 《船山詩草》有「贈高蘭墅鶚同年」一首云：「豔情人自說《紅樓》。」
> 注云：「《紅樓夢》八十回以後，俱蘭墅所補。」然則此書非出一手。按
> 鄉會試增五言八韻詩，始乾隆朝。而書中敘科場事已有詩，則其為高君
> 所補，可證矣。

俞氏這一段話極重要。他不但證明瞭程排本作序的高鶚是實有其
人，還使我們知道《紅樓夢》後四十回是高鶚補的。船山即是張船山，
名問陶，是乾隆、嘉慶時代的一個大詩人。他於乾隆五十三年戊甲
（一七八八）中順天鄉試舉人；五十五年庚戌（一七九〇）成進士，選庶
吉士。他稱高鶚為同年，他們不是庚戌同年，便是戊申同年。但高鶚若
是庚戌的新進士，次年辛亥他作《紅樓夢序》不會有「閒且憊矣」的話；
故我推測他們是戊申鄉試的同年。後來我又在《郎潛紀聞二筆》卷一里
發見一條關於高鶚的事實：

> 嘉慶辛酉京師大水，科場改九月，詩題「百川赴巨海」，……闈中罕
> 得解。前十本將進呈，韓城王文端公以通場無知出處為憾。房考高侍讀
> 鶚搜遺卷，得定遠陳繡卷，亟呈薦，遂得南元。

辛酉（一八〇一）為嘉慶六年。據此，我們可知高鶚後來曾中進
士，為侍讀，且曾做嘉慶六年順天鄉試的同考官。我想高鶚既中進士，
就有法子考查他的籍貫和中進士的年分了。果然我的朋友顧頡剛先生
替我在《進士題名錄》上查出高鶚是鑲黃旗漢軍人，乾隆六十年乙卯
（一七九五）科的進士，殿試第三甲第一名。這一件引起我注意《題名

錄》一類的工具，我就發憤搜求這一類的書。果然我又在清代御史《題名錄》裡，嘉慶十四年（一八〇九）下，尋得一條：

> 高鶚，鑲黃旗漢軍人，乾隆乙卯進士，由內閣侍讀考選江南道御史，刑科給事中。

又《八旗文經》二十三有高鶚的《操縵堂詩稿跋》一篇，末署乾隆四十七年壬寅（一七八二）小陽月。我們可以總合上文所得關於高鶚的材料，作一個簡單的《高鶚年譜》如下：

乾隆四七（一七八二），高鶚作《操縵堂詩稿跋》。

乾隆五三（一七八八），中舉人。

乾隆五六—五七（一七九一—一七九二），補作《紅樓夢》後四十回，並作序例。《紅樓夢》百廿回全本排印成。

乾隆六〇（一七九五），中進士，殿試三甲一名。

嘉慶六（一八〇一），高鶚以內閣侍讀為順天鄉試的同考官，闈中與張問陶相遇，張作詩送他，有「豔情人自說《紅樓》」之句；又有詩注，使後世知《紅樓夢》八十回以後是他補的。

嘉慶一四（一八〇九），考選江南道御史，刑科給事中。——自乾隆四七至此，凡二十七年。大概他此時已近六十歲了。

後四十回是高鶚補的，這話自無可疑。我們可約舉幾層證據如下：

第一，張問陶的詩及注，此為最明白的證據。

第二，俞樾舉的「鄉會試增五言八韻詩始乾隆朝，而書中敘科場事已有詩」一項。這一項不十分可靠，因為鄉會試用律詩，起於乾隆二十一二年，也許那時《紅樓夢》前八十回還沒有做成呢。

第三，程式說先得二十餘卷，後又在鼓擔上得十餘卷。此話便是作

偽的鐵證。因為世間沒有這樣奇巧的事！

第四，高鶚自己的序，說的很含糊，字裡行間都使人生疑。大概他不願完全埋沒他補作的苦心，故引言第六條說：「是書開卷略志數語，非云弁首，實因殘缺有年，一旦顛末畢具，大快人心；欣然題名，聊以記成書之幸。」因為高鶚不諱他補作的事，故張船山贈詩直說他補作後四十回的事。

但這些證據固然重要，總不如內容的研究更可以證明後四十回與前八十回絕不是一個人作的。我的朋友俞平伯先生曾舉出三個理由來證明後四十回的回目也是高鶚補作的。他的三個理由是：①和第一回自敘的話都不合；②史湘雲的丟開；③不合作文時的程度。這三層之中，第三層姑且不論。第一層是很明顯的：《紅樓夢》的開端明說「一技無成，半生潦倒」；明說「蓬牖茅椽，繩床瓦竈」；豈有到了末尾說寶玉出家成仙之理？第二層也很可注意。第三十一回的回目「因麒麟伏白首雙星」確是可怪！依此句看來，史湘雲後來似乎應該與寶玉做夫婦，不應該此話全無照應。以此看來，我們可以推想後四十回不是曹雪芹做的了。

其實何止史湘雲一個人？即如小紅，曹雪芹在前八十回裡極力描寫這個攀高好勝的丫頭；好容易她得著了鳳姐的賞識，把她提拔上去了；但這樣一個重要人才，豈可沒有下場？況且小紅同賈芸的感情，前面既經曹雪芹那樣鄭重描寫，豈有完全沒有結果之理？又如香菱的結果也絕不是曹雪芹的本意。第五回的「十二釵副冊」上寫香菱結局道：

> 根並荷花一莖香，平生遭際實堪傷。
> 自從兩地生孤木，致使芳魂返故鄉。

　　兩地生孤木，合成「桂」字。此明說香菱死於夏金桂之手，故第八十回說香菱「血分中有病，加以氣怨傷肝，內外挫折不堪，竟釀成乾血之症，日漸贏瘦，飲食懶進，請醫服藥無效」。可見八十回的作者明明的要香菱被金桂磨折死。後四十回裡卻是金桂死了，香菱扶正：這豈是作者的本意嗎？此外，又如第五回「十二釵」冊上說鳳姐的結局道：「一從二令三人木，哭向金陵事更哀。」這個謎竟無人猜得出，許多批《紅樓夢》的人也都不敢下註解。所以後四十回裡寫鳳姐的下場竟完全與這「二令三人木」無關。這個謎只好等上海靈學會把曹雪芹先生請來降壇時再來解決了！又如寫和尚送玉一段，文字的笨拙，令人讀了作嘔。又如寫賈寶玉忽然肯做八股文，忽然肯去考舉人，也沒有道理。高鶚補《紅樓夢》時，正當他中舉人之後，還沒有中進士。如果他補《紅樓夢》在乾隆六十年之後，賈寶玉大概非中進士不可了！

　　以上所說，只是要證明《紅樓夢》的後四十回確然不是曹雪芹做的。但我們平心而論，高鶚補的四十回，雖然比不上前八十回，也確然有不可埋沒的好處。他寫司棋之死，寫鴛鴦之死，寫妙玉的遭劫，寫鳳姐的死，寫襲人的嫁，都是很有精彩的小品文字。最可注意的是這些人都寫作悲劇的下場。還有那最重要的「木石前盟」一件公案，高鶚居然忍心害理的教黛玉病死，教寶玉出家，作一個大悲劇的結束，打破中國小說的團圓迷信。這一點悲劇的眼光，不能不令人佩服。我們試看高鶚以後，那許多《續紅樓夢》和《補紅樓夢》的人，哪一人不是想把黛玉、晴雯都從棺材裡扶出來，重新配給寶玉？哪一個不是想做一部「團圓」的《紅樓夢》的？我們這樣退一步想，就不能不佩服高鶚的補本了。我們不但佩服，還應該感謝他，因為他這部悲劇的補本，靠著那個「鼓擔」的神話，居然打倒了後來無數的團圓《紅樓夢》，居然替中國文學保了一部有悲劇下場的小說！

　　以上是我對於《紅樓夢》的「著者」和「本子」兩個問題的答案。我覺得我們做《紅樓夢》的考證，只能在這兩個問題上著手；只能運用我們力所能蒐集的材料，參考互證，然後抽出一些比較的最近情理的結論。這是考證學的方法。我在這篇文章裡，處處想撇開一切先入的成見；處處存一個搜求證據的目的；處處尊重證據，讓證據做嚮導，引我到相當的結論上去。我的許多結論也許有錯誤的，──自從我第一次發表這篇《考證》以來，我已經改正了無數大錯誤了，──也許有將來發現新證據後即須改正的。但我自信：這種考證的方法，除了《董小宛考》之外，是向來研究《紅樓夢》的人不曾用過的。我希望我這一點小貢獻，能引起大家研究《紅樓夢》的興趣，能把將來的《紅樓夢》研究引上正當的軌道去：打破從前種種穿鑿附會的「紅學」，創造科學方法的《紅樓夢》研究！

十三，二七，　初稿
十，十一，十二，　改定稿

附記

初稿曾附錄《寄蝸殘贅》一則：

《紅樓夢》一書，始於乾隆年間。……相傳其書出漢軍曹雪芹之手。嘉慶年間，逆犯曹綸即其孫也。滅族之禍，實基於此。

這話如果確實，自然是一段很重要的材料。因比我就去查這一椿案子的事實。

嘉慶十八年癸酉（一八一三），天理教的信徒林清等勾通宮裡的小太監，約定於九月十五日起事，乘嘉慶帝不在京城的時候，攻入禁城，占據皇宮。但他們的區區兩百個烏合之眾，如何能幹這種大事？所以他們全失敗了，林清被捕，後來被磔死。

林清的同黨之中，有一個獨石口都司曹綸和他的兒子曹幅昌都是很重要的同謀犯。那年十月己未的上諭說：

前因正黃旗漢軍兵丁曹幅昌從習邪教，與知逆謀。……茲據訊明，曹幅昌之父曹綸聽從林清入教，經劉四等告知逆謀，允為收眾接應。曹綸身為都司，以四品職官習教從逆，實屬豬狗不如，罪大惡極！……

那年十一月中，曹綸等都被磔死。

清禮親王昭槤是當日在紫禁城裡的一個人，他的《嘯亭雜錄》卷六記此事有一段說：

有漢軍獨石口都司曹綸者，侍郎曹瑛後也（瑛字一本或作寅），家素貧，嘗得林清伙助，遂入賊黨。適之所任，乃命其子曹福昌勾結不軌之徒，許為城中內應。……曹福昌臨刑時，告劊子手曰：「我是可交之人，

至死不賣友以求生也！⋯⋯」

　　《寄蝸殘贅》說曹綸是曹雪芹之孫，不知是否根據《嘯亭雜錄》說的。我當初已疑心此曹瑛不是曹寅，況且官書明說曹瑛是正黃旗漢軍，與曹寅不同旗。前天承陳筱莊先生（寶泉）借我一部《靖逆記》（蘭簃外史纂，嘉慶庚辰刻），此書記林清之變很詳細。其第六卷有《曹綸傳》，記他家世系如下：

　　曹綸，漢軍正黃旗人。曾祖金鐸，官驍騎校；伯祖瑛，歷官工部侍郎；祖瑊，雲南順寧府知府；父廷奎，貴州安順府同知。⋯⋯廷奎三子，長紳，早卒；次維，武備院工匠；次綸，充整儀衛，擢治儀正，兼公中佐領，升獨石口都司。

　　此可證《寄蝸殘贅》之說完全是無稽之談。

十一，十二

重印乾隆壬子本《紅樓夢》序

　　從前汪原放先生標點《紅樓夢》時，他用的是道光壬辰（一八三二）刻本。他不知道我藏有乾隆壬子（一七九二）的程偉元第二次排本。現在他決計用我的藏本做底本，重新標點排印。這件事在營業上是一件大犧牲，原放這種研究的精神是我很敬愛的，故我願意給他做這篇新序。

　　《紅樓夢》最初只有抄本，沒有刻本。抄本只有八十回。但不久就有人續作八十回以後的《紅樓夢》了。俞平伯先生從戚本八十回的評註裡看出當時有一部「後三十回的《紅樓夢》」（《〈紅樓夢〉辨》下卷，一一三七），這便是續書的一種。高鶚續作的四十回，也不過是續書的一種。但到了乾隆五十六年至五十七年之間，高鶚和程偉元串通起來，把高鶚續作的四十回同曹雪芹的原本八十回合併起來，用活字排成一部，又加上一篇序，說是幾年之中蒐集起來的原書全稿。從此以後，這部百二十回的《紅樓夢》遂成了定本，而高鶚的續本也就「附驥尾以傳」了。（看我的《〈紅樓夢〉考證》，頁五三─一六七；俞平伯《〈紅樓夢〉辨》上卷，一一─一六二。）

　　程偉元的活字本有兩種。第一種我曾叫做「程甲本」，是乾隆五十六年（一七九一）排印，次年發行的。第二種我曾叫做「程乙本」，是乾隆五十七年改訂的本子。

　　程甲本，我的朋友馬幼漁教授藏有一部。此書最先出世，一出來就風行一時，故成為一切後來刻本的祖本。南方的各種刻本，如道光壬辰的王刻本等，都是依據這個程甲本的。

　　但這個本子發行之後，高鶚就感覺不滿意，故不久就有改訂本出來。程乙本的「引言」說：

……因急欲公諸同好，故初印時不及細校，間有紕繆。今復聚集各原本，詳加校閱，改訂無訛。唯閱者諒之。

馬幼漁先生所藏的程甲本就是那「初印」本。現在印出的程乙本就是那「聚集各原本，詳加校閱，改訂無訛」的本子，可說是高鶚、程偉元合刻的定本。

這個改本有許多改訂修正之處，勝於程甲本。但這個本子發行在後，程甲本已有人翻刻了；初本的一些矛盾錯誤仍舊留在現行各本裡，雖經各家批註裡指出，終沒有人敢改正。我試舉一個最明顯的例子為證。第二回冷子興說賈家的歷史，中有一段道：

第二胎生了一位小姐，生在大年初一，就奇了。不想次年又生了一位公子，說來更奇，一落胞胎，嘴裡便銜下一塊五彩晶瑩的玉來，還有許多字跡。

後來評讀此書的人，都覺得這裡必有錯誤，因為後文第十八回賈妃省親一段裡明說「寶玉未入學之先，三四歲時，已得賈妃口傳授教了幾本書，識了數千字在腹中；雖為姊弟，有如母子」。

這樣一位長姊，何止大他一歲？所以戚本便改作：

第二胎生了一位小姐，生在大年初一日，就奇了。不想後來又生了一位公子。

這是一種改法。程甲本也作「次年」。我的程乙本便大膽地改作了：

第二胎生了一位小姐，生在大年初一，就奇了。不想隔了十幾年，

又生了一位公子。

這三種說法，究竟那一種是原本呢？

前年我的朋友容庚先生在冷攤上買得一部舊抄本的《紅樓夢》，是有百二十回的。他不但認這本是在程本以前的抄本，竟大膽地斷定百二十回本是曹雪芹的原本。他做了一篇《〈紅樓夢〉的本子問題，質胡適之、俞平伯先生》（北京大學《國學週刊》第五、六、九期），舉出他的抄本文字上與程甲本及亞東本不同的地方，要證明他的抄本是程本以前的曹氏原本。我去年夏間答他一信，曾指出他的抄本是全抄程乙本的，底本正是高鶚的二次改本，絕不是程刻以前的原本。他舉出的異文，都和程乙本完全相同。其中有一條異文就是第二回裡寶玉的生年。他的抄本也作：

不想隔了十幾年，又生了一位公子。

我對容先生說：凡作考據，有一個重要的原則，就是要注意可能性的大小。可能性（probability）又叫做「幾數」，又叫做「或然數」，就是事物在一定情境之下能變出的花樣。把一個銅子擲在地上，或是龍頭朝上，或是字朝上，可能性都是百分之五十，是均等的。把一個「不倒翁」擲在地上，他的頭輕腳重，總是腳朝下的，故他有一百分的站立的可能性。試用此理來觀察《紅樓夢》裡寶玉的生年，有二種可能：

（1）原本作「隔了十幾年」而後人改作了「次年」。

（2）原本作「次年」，而後人改為「隔了十幾年」。以常理推之，若原本既作「隔了十幾年」，與第十八回所記正相照應，決無反改為「次年」之理。程乙本與抄本之改作「十幾年」，正是他晚出之鐵證。高鶚細察全書，看出第二回與十八回有大相矛盾的地方，他認定那教授寶玉幾千字

和幾本書的姊姊，既然「有如母子」，至少應該比寶玉大十幾歲，故他就假託參校各原本的結果，大膽地改正了。

直到今年夏間，我買得了一部乾隆甲戌（一七五四）抄本《脂硯齋重評石頭記》殘本十六回，這是曹雪芹未死時的抄本，為世間最古的抄本。第二回記寶玉的生年，果然也是：

第二胎生了一位小姐，生在大年初一，這就奇了。不想次年又生了一位公子。這就證實了我的假定了。我曾考清朝的后妃，深信康熙、雍正、乾隆三朝沒有姓曹的妃子。大概賈元妃是虛構的人物，故曹雪芹先說她比寶玉大一歲，後來越造越不像了，就不知不覺地把元妃的年紀加長了。

我再舉一條重要的異文。第二回冷子興又說：

當日寧國公、榮國公是一母同胞弟兄兩個。寧公居長，生了四個兒子。

程甲本、戚本都作「四個兒子」。我的程乙本卻改作了「兩個兒子」。容庚先生的抄本也作「兩個兒子」。這又是高鶚後來的改本，容先生的抄本又是高鶚改訂本的。我的《脂硯齋石頭記》殘本也作「四個兒子」，可證「四個」是原文。但原文於寧國公的四個兒子，只說出長子是代化，其餘三個兒子都不曾說出名字，故高鶚嫌「四個」太多，改為「兩個」。但這一句卻沒有改訂的必要。《脂硯齋》殘本有夾縫硃批云：

賈薔、賈菌之祖，不言可知矣。

高鶚的修改雖不算錯，卻未免多事了。

我在《〈紅樓夢〉考證》裡曾說，

　　程偉元的序裡說，《紅樓夢》當日雖只有八十回，但原本卻有一百二十卷的目錄。這話可惜無從考證（戚本目錄並無後四十回）。我從前想當時各抄本中大概有些是有後四十回目錄的，但我現在對於這一層很有點懷疑了。

　　俞平伯先生在《〈紅樓夢〉辨》裡，為了這個問題曾作一篇長文（捲上，一一一二六）辨「原本回目只有八十」。他的理由很充足，我完全贊同。但容庚先生卻引他的抄本第九十二回的異文作證據，很嚴厲地質問平伯道：

　　我們讀第九十二回「評《女傳》巧姐慕賢良，玩母珠賈政參聚散」，只覺得寶玉評《女傳》，不覺得巧姐慕賢良的光景；賈政玩母珠，也不覺得參什麼聚散的道理。這不是很大的漏洞嗎？

　　使後四十回的回目系曹雪芹做的，高鶚補作，不大了解曹雪芹的原意，故此說不出來，尚可勉強說得過去。無奈俞先生想證明後四十回系高鶚補作，不能不把後四十回目一併推翻，反留下替高鶚辯護的餘地。

　　現在把抄本關於這兩段的抄下。後四十回既然是高鶚補的，幹嘛他自己一次二次排印的書都沒有這些的話？沒有這些話是否可以講得去？請俞先生有以語我來？

　　　　　　　　　　　　　　　　　　——《國學週刊》第六期，　頁十七

　　容先生的抄本所有的兩段異文，都是和這個程乙本完全一樣的，也都是高鶚後來修改的。容先生沒有看見我的程乙本，只看見了幼漁先生的程甲本，他不該武斷地說高鶚「自己一次二次排印的書都沒有這些話」。我們現在知道高鶚的初稿（程甲本）與現行各本同沒有這兩段；但他第二次改本（程乙本）確有這兩段。我們把這兩段分抄在這裡：

（1）第一段「慕賢良」：

（程甲本與後來翻此本的各本）

寶玉道：「那文王后妃，是不必說了，想來是知道的。那姜後脫簪待罪；齊國的無鹽雖醜，能安邦定國：是后妃裡頭的賢能的。若說有才的，是曹大家，班婕妤，蔡文姬，謝道韞諸人。孟光的荊釵布裙，鮑宣妻的提甕出汲，陶侃母的截髮留賓，還有畫荻教子的：這是不厭貧的。那苦的裡頭有樂昌公主破鏡重圓，蘇蕙的迴文感主。那孝的是更多了：木蘭代父從軍，曹娥投水尋父的屍首等類也多，我也說不得許多。那個曹氏的引刀割鼻，是魏國的故事。那守節的更多了，只好慢慢的講。若是那些豔的，王嬙，西子，樊素，小蠻，絳仙等；妒的是，『禿妾髮，怨洛神』。……等類。文君，紅拂，是女中的豪俠。」

賈母聽到這裡，說：「夠了；不用說了。你講的太多，他那裡還記得呢？」

（程乙本）（容抄本同）

「……妃裡頭的賢能的。」巧姐聽了，答應個「是」。寶玉又道：「若說有才的，是曹大家，班婕妤，蔡文姬，謝道韞諸人。」巧姐問道：「那賢德的呢」？寶玉道：「孟光的荊釵布裙，鮑宣妻的提甕出汲，陶侃母的截髮留賓：這些不厭貧的，就是賢德的了。」巧姐欣然點頭。寶玉道：「還有苦的像那樂昌破鏡，蘇蕙迴文。那孝的木蘭代父從軍，曹娥投水尋屍等類，也難盡說。」巧姐聽到這些，卻默默如有所思。寶玉又講那曹氏的引刀割鼻，及那些守節的。巧姐聽著，更覺肅敬起來。寶玉恐他不自在，又說：「那些豔的，如王嬙，西子，樊素，小蠻，絳仙，文君，紅拂都是女中的……」尚未說出，賈母見巧姐默然，便說：「夠了，不用說了。講的太多，他那裡記得？」

(2) 第二段「參聚散」:

（程甲本與後來翻此本的各本）

馮紫英道:「人世的榮枯,仕途的得失,終屬難定。」賈政道:「像雨村算便宜的了。還有我們差不多的人家,就是甄家,從前一樣的功勳,一樣的世襲,一樣的起居,我們也是時常來往。不多幾年,他們進京來,差人到我這裡請安,還很熱鬧。一會兒抄了原籍的家財,至今杳無音信。不知他近況若何,心下也著實惦記。看了這樣,你想做官的怕不怕?」賈赦道:「我們家裡再沒有事的。」

（程乙本）（容抄本同）

馮紫英道:「人世的榮枯,仕途的得失,終屬難定。」賈政道:「天下事都是一個樣的理喲!比如方才那珠子:那顆大的就像有福氣的人是的。那些小的都託賴著他的靈氣護庇著。要是那大的沒有了,那些小的也就沒有收攬了。就像人家兒當頭人有了事,骨肉也都分離了,親戚也都零落了,就是好朋友也都散了,轉瞬榮枯,真似春雲秋葉一般。你想做官有什麼趣兒呢?像雨村算是便宜的了。還有我們差不多的人家兒,就是甄家;從前一樣功勳,一樣世襲,一樣起居,我們也是時常來往。不多幾年,他們進京來,差人到我這裡請安,還很熱鬧。一會兒抄了原籍的家財,至今杳無音信。不知他近況若何,心下也著實惦記著。」賈赦道:「什麼珠子?」賈政同馮紫英又說了一遍給賈赦聽。賈赦道:「我們家是再沒有事的。」

容庚先生想用這兩大段異文來證明,不但後四十回的回目是曹雪芹原稿有的,並且後四十回的全文也是曹雪芹的原文。他不知道這兩大段異文便是高鶚續書的鐵證,也是他偽作回目的鐵證。

高鶚的「引言」裡明明說：

（一）書中前八十回，抄本各家互異。今廣集核勘，準情酌理，補遺訂訛。其間或有增損數字處，意在便於披閱，非敢爭勝前人也。

（一）書中後四十回系就歷年所得，集腋成裘，更無他本可考。唯按其前後關照者，略為修輯，使其有應接而無矛盾。至其原文，未敢臆改。俟再得善本，更為釐定，且不欲盡掩其本來面目也。

前八十回有「抄本各家互異」，故他改動之處如上文舉出第二回裡的改本，還可以假託「廣集核勘」的結果。但他既明明承認「後四十回更無他本可考」，又既明明宣言這四十回的原文「未敢臆改」，何以又有第九十二回的大改動呢？豈不是因為他刻成初稿（程甲本）之後，自己感覺第九十二回的內容與回目不相照應，故偷偷地自己修改了，又宣告「未敢臆改」以掩其作偽之跡嗎？他料定讀小說的人絕不會費大工夫用各種本子細細校勘。他那裡料得到一百三十多年後居然有一位容庚先生肯用校勘學的功夫去校勘《紅樓夢》，居然會發現他作偽的鐵證呢？

這個程乙本流傳甚少；我所知的，只有我的一部原刻本和容庚先生的一部舊抄本。現在汪原放標點了這本子，排印行世，使大家知道高鶚整理前八十回與改訂後四十回的最後定本是個什麼樣子，這是我們應該感謝他的。

一九二七，十一，十四，　在上海

考證《紅樓夢》的新材料

一　殘本《脂硯齋重評〈石頭記〉》

去年我從海外歸來，便接著一封信，說有一部抄本《脂硯齋重評〈石頭記〉》願讓給我。我以為「重評」的《石頭記》大概是沒有價值的，所以當時竟沒有回信。不久，新月書店的廣告出來了，藏書的人把此書送到店裡來，轉交給我看。我看了一遍，深信此本是海內最古的《石頭記》抄本，遂出了重價把此書買了。

這部脂硯齋重評本（以下稱「脂本」）只剩十六回了，其目如下：

第一回至第八回

第十三回至第十六回

第二十五回至第二十八回首頁首行有撕去的一角，當是最早藏書人的圖章。今存圖章三方，一為「劉銓冨子重印」，一為「子重」，一為「髣眉」。第二十八回之後幅有跋五條。其一云：

《紅樓夢》雖小說，然曲而達，微而顯，頗得史家法。餘向讀世所刊本，輒逆以己意，恨不得起作者一譚。睹此冊，私幸予言之不謬也。子重其寶之。青士、椿餘同觀於半畝園並識。乙丑孟秋。

其一云：

《紅樓夢》非但為小說別開生面，直是另一種筆墨。昔人文字有翻新法，學《梵夾書》，今則寫西法輪齒，仿《考工記》。如《紅樓夢》實出四大奇書之外，李贄、金聖歎皆未曾見也。戊辰秋記。

此條有「福」字圖章，可見藏書人名劉銓福，字子重。以下三條跋皆是他的筆跡。其一云：

《紅樓夢》紛紛效顰者無一可取。唯《痴人說夢》一種及二知道人《紅樓夢說夢》一種尚可玩，惜不得與佟四哥三絃子一彈唱耳。此本是《石頭記》真本，批者事皆目擊，故得其詳也。癸亥春日白雲吟客筆。（有「白雲吟客」圖章）李伯孟郎中言翁叔平殿撰有原本而無脂批，與此文不同。又一條云：

脂硯與雪芹同時人，目擊種種事故，故批筆不從臆度。原文與刊本有不同處，尚留真面，惜止存八卷。海內收藏家更有副本，願抄補全之，則妙矣。五月廿七日閱又記。（有「銓」字圖章）另一條云：

近日又得妙復軒手批十二巨冊。語雖近鑿，而與《紅樓夢》味之亦深矣。云客又記。（又「阿癟癟」圖章）此批本丁卯夏借與綿州孫小峰太守，刻於湖南。

第三回有墨筆眉批一條，字跡不像劉銓福，似另是一個人，跋末云：

同治丙寅（五年，一八六六）季冬月左綿痴道人記。

此人不知即是上條提起的綿州孫小峰嗎？但這裡的年代可以使我們知道跋中所記干支都是同治初年。劉銓福得此本在同治癸亥（一八六三），乙丑（一八六五）有椿餘一跋，丙寅有痴道人一條批，戊辰（一八六八）又有劉君的一跋。

劉銓福跋說「惜止存八卷」，這一句話不好懂。現存的十六回，每回為一卷，不該說止存八卷。大概當時十六回分裝八冊，故稱八卷；後來

才合併為四冊。

此書每半頁十二行，每行十八字。楷書。紙已黃脆了，已經有了一次裝襯。第十三回首頁缺去小半形，襯紙與原書接縫處印有「劉銓畐子重印」圖章，可見裝襯是在劉氏收得此書之時，已在六十年前了。

二 脂硯齋與曹雪芹

脂本第一回於「滿紙荒唐言，一把辛酸淚」一詩之後，說：

> 至脂硯齋甲戌抄閱再評，仍用《石頭記》。出則既明，且看石上是何故事。

「出則既明」以下與有正書局印的戚抄本相同。但戚本無此上的十五字。甲戌為乾隆十九年（一七五四），那時曹雪芹還不曾死。

據此，《石頭記》在乾隆十九年已有「抄閱再評」的本子了。

可見雪芹作此書在乾隆十八九年之前。也許其時已成的部分止有這二十八回。但無論如何，我們不能不把《紅樓夢》的著作時代移前。俞平伯先生的《紅樓夢年表》（《〈紅樓夢〉辨》八）把作書時代列在乾隆十九年至二八年（一七五四—一七六三），這是應當改正的了。

脂本於「滿紙荒唐言」一詩的上方有朱評云：

> 能解者方有辛酸之淚哭成此書。壬午除夕，書未成，芹為淚盡而逝。餘嘗哭芹，淚亦待盡。每意覓青埂峰再問石兄，餘不遇癩頭和尚何！悵悵！……甲午八月淚筆（乾隆三九， 一七七四）。

壬午為乾隆二十七年，除夕當西曆一七六三年二月十二日（據陳垣

《中西回史日曆》檢查）。

我從前根據敦誠《四松堂集》「挽曹雪芹」一首詩下注的「甲申」二字，考定雪芹死於乾隆甲申（一七六四），與此本所記，相差一年餘。雪芹死於壬午除夕，次日即是癸未，次年才是甲申。敦誠輓詩作於一年以後，故編在甲申年，怪不得詩中有「絮酒生芻上舊坰」的話了。現在應依脂本，定雪芹死於壬午除夕。再依敦誠輓詩「四十年華付杳冥」的話，假定他死時年四十五，他生時大概在康熙五十六年（一七一七）。我的《考證》與平伯的年表也都要改正了。

這個發現使我們更容易了解《紅樓夢》的故事。雪芹的父親曹頫卸織造任在雍正六年（一七二八），那時雪芹已十二歲，是見過曹家盛時的了。

脂本第一回敘《石頭記》的來歷云：

空空道人……從頭至尾抄錄回來，問世傳奇：因空見色，由色生情，傳情入色，自色悟空，遂易名為情僧，改《石頭記》為《情僧錄》。至吳玉峰題曰《紅樓夢》；東魯孔梅溪則題曰《風月寶鑒》。後因曹雪芹於悼紅軒中披閱十載，增刪五次，纂成目錄，分出章回，則題曰《金陵十二釵》。

此上有眉評云：

雪芹舊有《風月寶鑒》之書，乃是弟棠村序也。今棠村已逝，餘睹新懷舊，故仍因之。

據此，《風月寶鑒》乃是雪芹作《紅樓夢》的初稿，有其弟棠村作序。此處不說曹棠村而用「東魯孔梅溪」之名，不過是故意作狡獪。梅溪似是棠村的別號，此有二層根據：第一，雪芹號芹溪，脂本屢稱芹溪，與

169

梅溪正同行列；第二，第十三回「三春去後諸芳盡，各自須尋各自門」二句上，脂本有一條眉評云：「不必看完，見此二句，即欲墮淚。梅溪」。顧頡剛先生疑此即是所謂「東魯孔梅溪」。我以為此即是雪芹之弟棠村。

又上引一段中，脂本比別本多出「至吳玉峰題曰《紅樓夢》」九個字。吳玉峰與孔梅溪同是故設疑陣的假名。

我們看這幾條可以知道脂硯齋同曹雪芹的關係了。脂硯齋是同雪芹很親近的，同雪芹弟兄都很相熟。我並且疑心他是雪芹同族的親屬。第十三回寫秦可卿託夢於鳳姐一段，上有眉評云：

「樹倒猢猻散」之語，全猶在耳，曲指三十五年矣。傷哉！寧不慟殺！

又可卿提出祖塋置田產附設家塾一段上有眉評云：

語語見道，字字傷心。讀此一段，幾不知此身為何物矣。松齋。

又此回之末鳳姐尋思寧國府中五大弊，上有眉批云：

舊族後輩受此五病者頗多。餘家更甚。三十年前事，見書於三十年後，今（令？）餘想慟血淚盈□（此處疑脫一字）。

又第八回賈母送秦鐘一個金魁星，有朱評云：

作者今尚記金魁星之事乎？撫今思昔，腸斷心摧。

　　看此諸條，可見評者脂硯齋是曹雪芹很親的族人，第十三回所記寧國府的事即是他家的事，他大概是雪芹的嫡堂弟兄或從堂弟兄，——也許是曹顒或曹頫的兒子。松齋似是他的表字，脂硯齋是他的別號。

　　這幾條之中，第十三回之一條說：

曲指三十五年矣，

又一條說：

三十年前事，見書於三十年後。

　　脂本抄於甲戌（一七五四），其「重評」有年月可考者，有第一回（抄本頁十）之「丁亥春」（一七六七），有上文已引之「甲午八月」（一七七四）。自甲戌至甲午，凡二十年。折中假定乾隆二十九年（一七六四）為上引幾條評的年代，則上推三十五年為雍正七年（一七二九），曹雪芹約十三歲，其時曹頫剛卸任織造（一七二八），曹家已衰敗了，但還不曾完全倒落。

　　此等處皆可助證《紅樓夢》為記述曹家事實之書，可以摧破不少的懷疑。我從前在《〈紅樓夢〉考證》裡曾指出兩個可注意之點：

　　第一，十六回鳳姐談「南巡接駕」一大段，我認為即是康熙南巡，曹寅四次接駕的故事。我說：

曹家四次接駕乃是很不常見的盛事，故曹雪芹不知不覺的——或是有意的——把他家這樁最闊的大典說了出來。

——《考證》頁四十一

脂本第十六回前有總評，其一條云：

借省親事寫南巡，出脫心中多少憶昔感今！

這一條便證實了我的假設。我又曾說趙嬤嬤說的賈家接駕一次，甄家接駕四次，都是指曹家的事。脂本於本回「現在江南的甄家……接駕四次」一句之傍，有朱評云：

甄家正是大關鍵，大節目。勿作泛泛口頭語看。

這又是證實我的假設了。

第二，我用《八旗氏族通譜》的曹家世系來比較第二回冷子興說的賈家世次，我當時指出賈政是次子，先不襲職，又是員外郎，與曹頫一一相合，故我認賈政即是曹頫（《考證》四十三─四十四）。這個假設在當時很受朋友批評。但脂本第二回「皇上……賜了這政老爹一個主事之銜，令其入部習學，如今現已升了員外郎」一段之傍有朱評云：

嫡真實事，非妄擬也。

這真是出於我自己意料之外的好證據了！

故《紅樓夢》是寫曹家的事，這一點現在得了許多新證據，更是顛撲不破的了。

三　秦可卿之死

第十三回記秦可卿之死，曾引起不少人的疑猜。今本（程乙本）說：

人回東府蓉大奶奶沒了。……當時闔家皆知，無不納悶，都有些傷心。

戚本作

當時闔家皆知，無不納嘆，都有些傷心。

坊間普通本子有一種卻作

當時闔家皆知，無不納悶，都有些疑心。

脂本正作

當時闔家皆知，無不納罕，都有些疑心。

上有眉評云：

九個字寫盡天香樓事，是不寫之寫。

又本文說

這四十九日，單請一百單八眾禪僧在大廳上拜大悲懺。……另設一壇於天香樓上。

此九字旁有夾評云：

刪卻，是未刪之筆。

又本文云：

又聽得秦氏之丫鬟名喚瑞珠者，見秦氏死了，他也觸柱而亡。

旁有夾評云：

補天香樓未刪之文。

天香樓是怎麼一回事呢？
此回之末，有硃筆題云：

「秦可卿淫喪天香樓」，作者用史筆也。老朽因有魂託鳳姐、賈家後事二件嫡是安富尊榮坐享人能想得到處，其事雖未漏，其言其意則令人悲切感服，姑赦之，因命芹溪刪去。

又有眉評云：

此回只十頁，因刪去天香樓一節，少卻四五頁也。

這可見此回回目原本作

秦可卿淫喪天香樓，
王熙鳳協理寧國府。

後來刪去天香樓一長段，才改為「死封龍禁尉」，平仄便不調了。
秦可卿是自隘死的，毫無可疑。第五回畫冊上明明說：

畫著高樓大廈，有一美人懸梁自縊。（此從脂本）

其判云：

情天情海幻情身，情既相逢必主淫。
漫言不肖皆榮出，造釁開端實在寧。

俞平伯在《〈紅樓夢〉辨》裡特立專章，討論可卿之死。（中卷，頁
一五九―一七八）但顧頡剛引《〈紅樓夢〉佚話》說有人見書中的焙茗，
據他說，秦可卿與賈珍私通，被婢撞見，羞憤自縊死的。平伯深信此
說，列舉了許多證據，並且指出秦氏的丫鬟瑞珠觸柱而死，可見撞見姦
情的便是瑞珠。現在平伯的結論都被我的脂本證明瞭。我們雖不得見未
刪天香樓的原文，但現在已知道

（1）秦可卿之死是「淫喪天香樓」。

（2）她的死與瑞珠有關係。

（3）天香樓一段原文占本回三分之一之多。

（4）比段是脂硯齋勸雪芹刪去的。

（5）原文正作「無不納罕，都有些疑心」，戚本始改作「傷心」。

四　《紅樓夢》的「凡例」

《紅樓夢》各本皆無「凡例」。脂本開卷便有「凡例」，又稱「《紅樓夢》旨義」，其中頗有可注意的話，故全抄在下面：

凡例

《紅樓夢》旨義。是書題名極多□□《紅樓夢》，是總其全部之名也。又曰《風月寶鑒》，是戒妄動風月之情。又曰《石頭記》，是自譬石頭所記之事也。此三名皆書中曾已點睛矣。如寶玉作夢，夢中有曲，名曰「紅樓夢十二支」，此則《紅樓夢》之點睛。又如賈瑞病，跛道人持一鏡來，上面即鏨《風月寶鑒》四字，此則《風月寶鑒》之點睛。又如道人親眼見石上大書一篇故事，則系石頭所記之往來，此則《石頭記》之點睛處。然此書又名曰《金陵十二釵》，審其名則必系金陵十二女子也。然通部細搜檢去，上中下女子豈止十二人哉？若云其中自有十二個，則又未嘗指明白系某某。極（？）至《紅樓夢》一回中亦曾翻出金陵十二釵之簿籍，又有十二支曲可考。

書中凡寫長安，在文人筆墨之間，則從古之稱；凡愚夫婦兒女子家常口角，則曰中京，是不欲著跡於方向也。蓋天子之邦，亦當以中為尊。特避其東南西北四字樣也。

此書只是著意於閨中。故敘閨中之事切，略涉於外事者則簡，不得

謂其不均也。

　　此書不敢干涉朝廷。凡有不得不用朝政者，只略用一筆帶出，蓋實不敢以寫兒女之筆墨唐突朝廷之上也。又不得謂其不備。

　　以上四條皆低二格抄寫。以下緊接「此書開卷第一回也，作者自云……」一長段，也低二格抄寫。今本第一回即從此句起；而脂本的第一回卻從「列位看官，你道此書從何而來」起。「此書開卷第一回也」以下一長段，在脂本裡，明是第一回之前的引子，雖可說是第一回的總評，其實是全書的「旨義」，故緊接「凡例」之後，同樣低格抄寫。其文與今本也稍稍不同，我們也抄在「凡例」之後，凡脂本異文，皆加符號記出：

　　此〔書〕開卷第一回也。作者自云，〔因〕曾歷過一番夢幻之後，故將真事隱去，而撰此《石頭記》一書也，故曰「甄士隱夢幻識通靈」。但書中所記何事，〔又因何而撰是書哉？〕自云，〔今〕風塵碌碌，一事無成，忽念及當日所有之女子，一一細推了去，覺其行止見識皆出〔於〕我之上，〔何〕堂堂之鬚眉誠不若彼〔一干〕裙釵，實愧則有餘，悔則無益〔之〕大無可奈何之日也！當此時，〔則〕自欲將已往所賴〔上賴〕天恩，〔下承〕祖德，錦衣紈褲之時，飫甘饜美之日，背父母教育之恩，負師兄（今本作友）規訓之德，已致今日一事（今本作技）無成，半生潦倒之罪，編述一記（今本作集）以告普天下〔人〕。雖（今本作知）我之罪固不能免（此五字今本作「負罪固多」），然閨閣中〔本自〕歷歷有人，萬不可因我不肖（此處各本多「自護己短」四字），則一併使其泯滅也。雖今日之茅椽蓬牖，瓦竈繩床，其風晨月夕，階柳庭花，亦未有傷於我之襟懷筆墨者，何為不用假語村言，敷演出一段故事來，以悅人之耳目

哉（此一長句與今本多不同）？故曰「風塵懷閨秀」〔乃是第一回題綱正義也〕。開卷即云「風塵懷閨秀」，則知作者本意原為記述當日閨友閨情，並非怨世罵時之書矣。雖一時有涉於世態，然亦不得不敘者，但非其本旨耳。閱者切記之。

詩曰：

浮生著甚苦奔忙？盛席華筵終散場。

悲喜千般同幻渺，古今一夢盡荒唐。

謾言紅袖啼痕重，更有情痴抱恨長。

字字看來皆是血，十年辛苦不尋常。

　　我們讀這幾條凡例，可以指出幾個要點：①作者明明說此書是「自譬石頭所記之事」，明明說「系石頭所記之往來」；②作者明明說「此書只是著意於閨中」，又說「作者本意原為記述當日閨友閨情，並非怨世罵時之書」；③關於此書所記地點問題，凡例中也有明白的表示。曹家幾代住南京，故書中女子多是江南人，凡例中明明說「此書又名曰《金陵十二釵》，審其名則必系金陵十二女子也」。我因此疑心雪芹本意要寫金陵，但他北歸已久，雖然「秦淮殘夢憶繁華」（敦敏贈雪芹詩），卻已模糊記不清了，故不能不用北京作背景。所以賈家在北京，而甄家始終在江南。所以凡例中說，「書中凡寫長安，……家常口角則曰中京，是不欲著跡於方向也。……特避其東南西北字樣也」。平伯與頡剛對於這個地點問題曾有很長的討論（《〈紅樓夢〉辨》中，五十九—八十），他們的結論是「說了半天還和沒有說一樣，我們究竟不知道《紅樓夢》是在南或是在北」（頁七十九）。我的答案是：雪芹寫的是北京，而他心裡要寫的是金陵：金陵是事實所在，而北京只是文學的背景。

　　至如大觀園的問題，我現在認為不成問題。賈妃本無其人，省親也

無其事，大觀園也不過是雪芹的「秦淮殘夢」的一境而已。

五　脂本與戚本

現行的《紅樓夢》本子，百廿回本以程甲本（高鶚本）為最古，八十回本以戚蓼生本為最古，戚本更古於高本，那是無可疑的。平伯在數年前對於戚本曾有很大的懷疑，竟說他「決是輾轉傳抄後的本子，不但不免錯誤，且也不免改竄」（《〈紅樓夢〉辨》，上，一二六）。但我曾用脂硯齋殘本細校戚本，始知戚本一定在高本之前，凡平伯所疑高本勝於戚本之處（一三五－一三七），皆戚本為原文，而高本為改本。但那些例子都很微細，我在此文裡不及討論，現在要談幾個更重要之點。

我用脂本校戚本的結果，使我斷定脂本與戚本的前二十八回同出於一個有評的原本，但脂本為直接抄本，而戚本是間接傳抄本。

何以曉得兩本同出於一個有評的原本呢？戚本前四十回之中，有一半有批評，一半沒有批評；四十回以下全無批評。我仔細研究戚本前四十回，斷定原底本是全有批評的，不過抄手不止一個人，有人連評抄下，有人躲懶便把評語刪了。試看下表：

第一回有評	第二回有評
第三回有評	第四回有評
第五回有評	第六回有評
第七回有評	第八回有評
第九回有評	第十回有評
第十一回	無評
第十二回至廿六回	有評
第廿七回至卅五回	無評
第卅六回至四十回	有評

看這個區分，我們可以猜想當時抄手有二人，先是每人分頭抄一回，故甲抄手專抄奇數，便有評；乙抄手抄偶數，便無評；至十二回以下甲抄手連抄十五回，都有評；乙抄手連抄九回，都無評。

　　戚本前二十八回，所有評語，幾乎全是脂本所有的，意思與文字全同，故知兩本同出於一個有評的原底本。試更舉幾條例為鐵證。戚本第一回云：

　　一家鄉官姓甄（真假之甄寶玉亦藉此音，後不注）名費廢，字士隱。

　　脂本作

　　一家鄉官，姓甄（真□後之甄寶玉亦藉此音，後不注）名費（廢），字士隱。

　　戚本第一條評註誤把「真」字連下去讀，故改「後」為「假」，文法遂不通。第二條注「廢」字誤作正文，更不通了。此可見兩本同出一源，而戚本傳抄在後。

　　第五回寫薛寶釵之美，戚本作

　　品格端方，容貌豐美，人多謂黛玉所不及（此句定評），想世人目中各有所取也。按黛玉、寶釵二人一如嬌花，一如纖柳，各極其妙，此乃世人性分甘苦不同之故耳。

　　今檢脂本，始知「想世人目中」以下四十二字都是評註，緊接「此句定評」四字之後。此更可見二本同源，而戚本在後。

　　平伯說戚本有脫誤，上舉兩例便可證明他的話不錯。

　　我因此推想得兩個結論：

　　(1)《紅樓夢》的最初底本是有評註的。

（2）最初的評註至少有一部分是曹雪芹自己作的，其餘或是他的親信朋友如脂硯齋之流的。

何以說底本是有評註的呢？脂本抄於乾隆甲戌，那時作者尚生存，全書未完，已是「重評」的了，可以見甲戌以前的底本便有評註了。戚本的評註與脂本的一部分評註全同，可見兩本同出的底本都有評註。又高鶚所據底本也有評註。平伯指出第三十七回賈芸與寶玉的書信末尾寫著

> 男芸跪書一笑，

檢戚本始知「一笑」二字是評註，誤入正文。程甲本如此，程乙本也如此。平伯說，「高氏所依據的抄本也有這批語，和戚本一樣，這都是奇巧的事」（《〈紅樓夢〉辨》上，一四四）。其實這並非「奇巧」，只證明高鶚的底本也出於那有評註的原本而已（高程刻本合刪評註）。

原底本既有評註，是誰作的呢？作者自加評註本是小說家的常事；況且有許多評註全是作者自注的口氣，如上文引的第一回「甄」字下注云：

> 真。後之甄寶玉亦借此音、後不註

這豈是別人的口氣嗎？又如第四回門子對賈雨村說的「護官符」口號，每句下皆有詳註，無注便不可懂，今本一律刪去了。今抄脂本原文如下：

> 上面皆是本地大族名宦之家的諺俗口碑，其口碑排寫得明白，下面皆注著始祖官爵並房次。石頭亦曾照樣抄寫一張。今據石上所抄云：

　　賈不假，白玉為堂金作馬。（寧國、榮國二公之後，共二十房分，除寧、榮親派八房在都外，現原籍住者十二房。）（適按，二十房，誤作十二房，今依戚本改正。）

　　阿房宮，三百里，住不下金陵一個史。（保齡侯尚書令史公之後，房分共十八，都中現住者十房，原籍現住八房。）（適戚本誤作二十）

　　豐年好大雪，珍珠如土金如鐵。（紫微舍人薛公之後，現領內府帑銀行商，共八房分。）

　　東海缺少白玉床，龍王來請金陵王。（都太尉統制縣伯王公之後，共十二房，都中二房，餘在籍。）（適按，在籍二字誤脫，今據戚本補。）

　　這四條注都是作者原書所有的，現在都被刪去了。脂本裡，這四條注也都用硃筆寫在夾縫，與別的評註一樣抄寫。我因此疑心這些原有的評註之中，至少有一部分是作者自己作的。又如第一回「無材補天，幻形人世」兩句有評註云：

　　八字便是作者一生慚恨。

　　這樣的話當然是作者自己說的。

　　以上說脂本與戚本同出於一個有評註的原本，而戚本傳抄在後。但因為戚本傳抄在後，《紅樓夢》的底本已經過不少的修改了，故戚本有些地方與脂本不同。有些地方也許是作者自己改削的；但大部分的改動似乎都是旁人斟酌的改動的；有些地方似是被抄寫的人有意刪去，或無意抄錯的。

　　如上文引的全書「凡例」，似是抄書人躲懶刪去的，如翻刻書的人往往刪去序跋以節省刻資，同是一種打算盤的辦法。第一回序例，今本雖

儲存了，卻刪去不少的字，又刪去了那首「字字看來皆是血，十年辛苦不尋常」很好的詩。原本不但有評註，還有許多回有總評，寫在每回正文之前，與這第一回的序例相像，大概也是作者自己作的。還有一些總評寫在每回之後，也是墨筆楷書，但似是評書者加的，不是作者原有的了。現在只有第二回的總評儲存在戚本之內，則戚本第二回前十二行及詩四句是也。此外如第六回，第十三回，十四回，十五回，十六回，每回之前皆有總評，戚本皆不曾收入。又第六回，二十五回，二十六回，二十七回，二十八回，每回之後皆有「總批」多條，現在只有四條（廿七回及廿八回後）被收在戚本之內。這種刪削大概是抄書人刪去的。

有些地方似是有意刪削改動的。如第二回說元春與寶玉的年歲，脂本作

第二胎生了一位小姐，生在大年初一，這就奇了。不想次年又生了一位公子。

戚本便改作了

不想後來又生了一位公子。

這明是有意改動的了。又戚本第一回寫那位頑石

一日正當嗟悼之際，俄見一僧一道遠遠而來，生得骨格不凡，豐神迥異，來至石下，席地而坐，長談，見一塊鮮明瑩潔美玉，且又縮成扇墜大小的可佩可拿。那僧託於掌上，……

這一段各本大體皆如此；但其實文義不很可通，因為上面明說是頑石，怎麼忽已變成寶玉了？今檢脂本，此段多出四百二十餘字，全被人刪掉了。其文如下：

俄見一僧一道遠遠而來，生得骨格不凡，豐神迴別，說說笑笑，來至峰下，坐於石邊，高談快論。先是說些雲山霧海，神仙玄幻之事，後便說到紅塵中榮華富貴。此石聽了，不覺打動凡心，也想要到人間去享一享這榮華富貴，但自恨粗蠢，不得已，便口吐人言，向那僧道說道：「大師，弟子蠢物，不能見禮了。適問（聞）二位談那人世間榮耀繁華，心切慕之。弟子質雖粗蠢，性卻稍通。況見二師仙形道體，定非凡品，必有補天濟世之材，利物濟人之德。如蒙發一點慈心，攜帶弟子，得入紅塵，在那富貴場中，溫柔鄉里，受享幾年，自當永佩洪恩，萬劫不忘也。」二仙師聽畢，齊憨笑道：「善哉，善哉！那紅塵中卻有些樂事，但不能永遠依恃。況又有『美中不足，好事多魔』八個字緊相連屬，瞬息間則又樂極悲生，人非物換。究竟是到頭一夢，萬境歸空。到不如不去的好。」這石凡心已熾，那裡聽得進這話去？乃復苦求再四，二仙知不可強制，乃嘆道：「此亦靜極思動，無中生有之數也。既如此，我們便攜你去受享受享。只是到不得意時，切莫後悔。」石道，「自然自然。」那僧又道：「若說你性靈，卻又如此質蠢，並更無奇貴之處。如此，也只好踮腳而已。也罷，我如今大施佛法，助你（一）助。待劫終之日，復還本質，以了此案。你道好否？」石頭聽了，感謝不盡。那僧便唸咒書符，大展幻術，將一塊大石登時變成一塊鮮明瑩潔的美玉，且又縮成扇墜大小的可佩可拿。

這一長段，文章雖有點囉嗦，情節卻不可少。大概後人嫌他稍繁，遂全刪了。

六　脂本的文字勝於各本

我們現在可以承認脂本是《紅樓夢》的最古本，是一部最近於原稿的本子了。在文字上，脂本有無數地方遠勝於一切本子。我試舉幾段作例。

第一例　第八回

（1）脂硯齋本

寶玉與寶釵相近，只聞一陣陣涼森森甜絲絲的幽香，竟不知系何香氣。

（2）戚本

寶玉此時與寶釵就近，只聞一陣陣涼森森甜甜的幽香，竟不知是何香氣。

（3）翻王刻諸本（亞東初本）（程甲本）

寶玉此時與寶釵相近，只聞一陣香氣，不知是何氣味。

（4）程乙本（亞東新版）

寶玉此時與寶釵挨肩坐著，只聞一陣陣的香氣，不知何味。

戚本把「甜絲絲」誤抄作「甜甜」，遂不成文。後來各本因為感覺此句有困難，遂索性把形容字都刪去了。高鶚最後定本硬改「相近」為「挨肩坐著」，未免太露相，叫林妹妹見了太難堪！

第二例　第八回

（1）脂本

話猶未了，林黛玉已搖搖的走了進來。

（2）戚本

話猶未了，林黛玉已走了進來。

（3）翻王刻本

話猶未了，林黛玉已搖搖擺擺的來了。

（4）程乙本

話猶未完，黛玉已搖搖擺擺的進來。

原文「搖搖的」是形容黛玉的瘦弱病軀。戚本刪了這三字，已是不該的了。高鶚竟改為「搖搖擺擺的」，這竟是形容詹光、單聘仁的醜態了，未免太唐突林妹妹了！

第三例　第八回

（1）脂本與戚本

黛玉……一見了（戚本無「了」字）寶玉，便笑道，「嚗喲，我來的不巧了！」寶玉等忙起身笑讓坐。寶釵因笑道：「這話怎麼說？」黛玉笑

道,「早知他來,我就不來了。」寶釵道,「我更不解這意。」黛玉笑道,
「要來時一群都來,要不來一個也不來。今兒他來了,明兒我再來(戚本
作「明日我來」),如此間錯開了來著,豈不天天有人來了,也不至於太
冷落,也不至於太熱鬧了?姐姐如何反不解這意思?」

(2) 翻王刻本

黛玉……一見寶玉,便笑道:「噯呀!我來的不巧了!」寶玉等忙起
身讓坐。寶釵因笑道:「這話怎麼說?」黛玉道:「早知他來,我就不來
了。」寶釵道:「我不解這意。」黛玉笑道:「要來時,一齊來;要不來,
一個也不來。今兒他來,明兒我來,如此間錯開了來,豈不天天有人來
了,也不至於太冷落,也不至於太熱鬧?姐姐如何不解這意思?」

(3) 程乙本

黛玉……一見寶玉,便笑道:「哎喲!我來的不巧了!」寶玉等忙
起身讓坐。寶釵笑道:「這是怎麼說?」黛玉道:「早知他來,我就不來
了。」寶釵道:「這是什麼意思?」黛玉道:「什麼意思呢?來呢,一齊
來;不來,一個也不來。今兒他來,明兒我來,間錯開了來,豈不是天
天有人來呢?也不至太冷落,也不至太熱鬧。姐姐有什麼不解的呢?」

高鶚最後改本刪去了兩個「笑」字,便像林妹妹板起面孔說氣話了。

第四例　第八回

(1) 脂本

　　寶玉因見他外面罩著大紅羽緞對襟褂子，因問，「下雪了麼？」地下婆娘們道，「下了這半日雪珠兒了。」寶玉道，「取了我的斗篷來了不曾？」黛玉便道，「是不是！我來了，你就該去了！」寶玉笑道，「我多早晚說要去了？不過是拿來預備著。」

(2) 戚本

　　……地下婆娘們道，「下了這半日雪珠兒。」寶玉道，「取了我的斗篷來了不曾？」黛玉道，「是不是！我來了，他就講去了！」寶玉笑道，「我多早晚說要去來著？不過拿來預備。」

(3) 翻王刻本

　　……地下婆娘們說，「下了這半日了。」寶玉道：「取了我的斗篷來。」黛玉便笑道：「是不是？我來了，你就該去了！」寶玉笑道：「我何曾說要去？不過拿來預備著。」

(4) 程乙本

　　……地下老婆們說，「下了這半日了。」寶玉道，「取了我的斗篷來。」黛玉便笑道，「是不是？我來了，他就該走了！」寶玉道，「我何曾說要去？不過拿來預備著。」

戚本首句脫一「了」字，末句脫一「著」字，都似是無心的誤脫。「你就講去了」，戚本改得很不高明，似系誤「該」為「講」，仍是無心的錯誤。「我多早晚說要去了？」這是純粹北京話。戚本改為「我多早晚說要去來著？」這還是北京話。高本嫌此話太「土」加上一層翻譯，遂沒有味兒了（「多早晚」是「什麼時候」）。

最無道理的是高本改「取了我的斗篷來了不曾」的問話口氣為命令口氣。高本刪「雪珠兒」也無理由。

第五例　第八回

（1）脂本與戚本

李嬤嬤因說道，「天又下雪，也好早晚的了，就在這裡同姐姐妹妹一處頑頑罷。」

（2）翻王刻本

天又下雪，也要看早晚的，就在這裡和姐姐妹妹一處頑頑罷。

（3）程乙本

天又下雪，也要看時候兒，就在這裡和姐姐妹妹一處頑頑兒罷。

這裡改得真是太荒謬了。「也好早晚的了」，是北京話，等於說「時候不很早了」。高鶚兩次改動，越改越不通。高鶚是漢軍旗人，應該不至於不懂北京話。看他最後定本說「時候兒」，又說「頑頑兒」，竟是杭州老兒打官話兒了！

這幾段都在一回之中，很可以證明脂本的文字的價值遠在各本之上了。

七　從脂本裡推論曹雪芹未完之書

從這個脂本裡的新證據，我們知道了兩件已無可疑的重要事實：

（1）乾隆甲戌（一七五四），曹雪芹死之前九年，《紅樓夢》至少已有一部分寫定成書，有人「抄閱重評」了。

（2）曹雪芹死在乾隆壬午除夕（一七六三年二月十三日）。我曾疑心甲戌以前的本子沒有八十回之多，也許止有二十八回，也許止有四十回。為什麼呢？因為如果甲戌以前雪芹已成八十回，那麼從甲戌到壬午，這九年之中雪芹做的是什麼書？難道他沒有繼續此書嗎？如果他續作的書是八十回以後之書，那些書稿又在何處呢？

如果甲戌已有八十回稿本流傳於朋友之間，則他以後十年間續作的稿本必有人傳觀抄閱，不至於完全失散。所以我疑心脂本當甲戌時還沒有八十回。

戚本四十回以下完全沒有評註。這一點使我疑心最初脂硯齋所據有評的原本至多也不過四十回。

高鶚的王子本引言有一條說：

如六十七回，此有彼無，題同文異。

平伯曾用戚本校高本，果見此回很大的異同。這一點使我疑心八十回本是陸續寫定的。

但我仔細研究脂本的評註，和戚本所無而脂本獨有的「總評」及「重評」，使我斷定曹雪芹死時，他已成的書稿絕不止現行的八十回，雖然脂硯齋說：

壬午除夕，書未成，芹為淚盡而逝。

但已成的殘稿確然不止這八十回書。我且舉幾條證據看看。

（1）史湘雲的結局，最使人猜疑。第三十一回目「因麒麟伏白首雙星」一句話引起了無數的猜測。平伯檢得戚本第三十一回有總評云：

後數十回，若蘭在射圃所佩之麒麟，正此麒麟也。提綱伏於此回中，所謂草蛇灰線在千里之外。

平伯誤認此為「後三十回的《紅樓夢》」的一部分，他又猜想：

在佚本上，湘雲夫名若蘭，也有個金麒麟，或即是寶玉所失，湘雲拾得的那個麒麟，在射圃裡佩著。

——《〈紅樓夢〉辨》，下，頁二十四

但我現在替他尋得了一條新材料。脂本第二十六回有總評云：

前回倪二、紫英、湘蓮、玉菡四樣俠文，皆得傳真寫照之筆。惜衛若蘭射圃文字迷失無稿，嘆嘆！

雪芹殘稿中有「衛若蘭射圃」一段文字，寫的是一種「俠文」，又有「佩麒麟」的事。若蘭姓衛，後來做湘雲的丈夫，故有「伏白首雙星」的話。

（2）襲人與蔣琪官的結局也在殘稿之內。脂本與戚本第二十八回後都有總評云：

茜香羅，紅麝串，寫於一回。棋官（戚本作「蓋琪官」。脂本一律作棋官。）雖系優人，後回與襲人供奉玉兄、寶卿，得同終始者，非泛泛之文也。

平伯也誤認這是指「後三十回」佚本。這也是雪芹殘稿之一部分。大概後來襲人嫁琪官之後，他們夫婦依舊「供奉玉兄寶卿，得同終始」。高鶚續書大失雪芹本意。

（3）小紅的結局，雪芹也有成稿。脂本第二十七回總評云：

鳳姐用小紅，可知晴雯等埋沒其人久矣，無怪有私心私情。且紅玉後有寶玉大得力處，此於千里外伏線也。

二十六回小紅與佳蕙對話一段有朱評云：

紅玉一腔委曲怨憤，系身在怡紅，不能遂志，看官勿錯認為藝兒害相思也。獄神廟紅玉、茜雪一大回文字，惜迷失無稿。

又二十七回鳳姐要紅玉跟她去，紅玉表示情願。有夾縫朱評云：

且系本心本意。獄神廟回內方見。

獄神廟一回，究竟不知如何寫法。但可見雪芹曾有此「一大回文字」。高鶚續書中全不提及小紅，遂把雪芹極力描寫的一個大人物完全埋沒了。

（4）惜春的結局，雪芹似也有成文。第七回裡，惜春對周瑞家的笑道：

我這裡正和智慧兒說，我明兒也剃了頭，同他作姑子去呢？

有朱評云：

閒閒筆，卻將後半部線索提動。

這可見評者知道雪芹「後半部」的內容。

（5）殘稿中還有「誤竊玉」的一回文字。第八回，寶玉醉了睡下，襲人摘下通靈玉來，用手帕包好，塞在褥下，這一段後有夾評云：

交代清楚。塞玉一段又為「誤竊」一回伏線。

誤竊寶玉的事，今本無有，當是殘稿中的一部分。

從這些證據裡，我們可以知道雪芹在壬午以前，陸續作成的《紅樓夢》稿子絕不止八十回，可惜這些殘稿都「迷失」了。脂硯齋大概曾見過這些殘稿，但別人見過此稿的大概不多了，雪芹死後遂完全散失了。

《紅樓夢》是「未成」之書，脂硯齋已說過了。他在二十五回寶玉病癒時，有朱評云：

嘆不得見玉兄懸崖撒手文字為恨。

戚本二十一回寶玉續《莊子》之前也有夾評云：

寶玉之情，今古無人可比，固矣。然寶玉有情極之毒，亦世人莫忍為者。看至後半部則洞明矣。……寶玉看此為世人莫忍為之毒，故後

文方有「懸崖撒手」一回。若他人得寶釵之妻，麝月之婢，豈能棄而
為僧哉？

　　脂本無廿一回，故我們不知道脂本有無此評。但看此評的口氣，似
也是原底本所有。如此條是兩本所同有，那麼，雪芹在早年便已有了全
書的大綱，也許已「纂成目錄」了。寶玉後來有「懸崖撒手」、「為僧」
的一幕，但脂硯齋明說「嘆不得見」這一回文字，大概雪芹止有此一回
目，尚未有書。

　　以上推測雪芹的殘稿的幾段，讀者可參看平伯《〈紅樓夢〉辨》裡
論「後三十回的《紅樓夢》」一長篇。平伯所假定的「後三十回」佚本是
沒有的。平伯的錯誤在於認戚本的「眉評」為原有的評註，而不知戚本
所有的「眉評」是狄楚青先生所加，評中提及他的「筆記」，可以為證。
平伯所猜想的佚本其實是曹雪芹自己的殘稿本，可惜他和我都見不著
此本了。

一九二八，二，十二—十六

跋《紅樓夢考證》

一

我在《紅樓夢考證》的改定稿（《胡適文存》卷三，頁一八五—二四九）裡，曾根據於《雪橋詩話》、《八旗文經》、《熙朝雅頌集》三部書，考出下例的幾件事：

（1）曹雪芹名霑，不是曹寅的兒子，是曹寅的孫子。（頁二一二）

（2）曹雪芹後來很窮，窮得很不像樣了。

（3）他是一個會作詩又會繪畫的人。

（4）他在那貧窮的境遇裡，縱酒狂歌，自己排遣那牢騷的心境。（以上頁二一五—二一六）

（5）從曹雪芹和他的朋友敦誠弟兄的關係上看來，我說「我們可以斷定曹雪芹生於乾隆三十年左右（約一七六五）」。又說「我們可以猜想雪芹……大約生於康熙末葉（約一七一五—一七二〇）；當他死時，約五十歲左右」。

我那時在各處搜求敦誠的《四松堂集》，因為我知道《四松堂集》裡一定有關於曹雪芹的材料。我雖然承認楊鍾羲先生（《雪橋詩話》）確是根據《四松堂集》的，但我總覺得《雪橋詩話》是「轉手的證據」，不是「原手的證據」。不料上海北京兩處大索的結果，竟使我大失望。到了今年，我對於《四松堂集》，已是絕望了。有一天，一家書店的夥計跑來說，「《四松堂詩集》找著了！」我非常高興，但是開啟書來一看，原來是一部《四松草堂詩集》，不是《四松堂集》。又一天，陳肖莊先生告訴我說，他在一家書店裡看見一部「《四松堂集》」。我說，「恐怕又是四松草堂罷？」陳先生回去一看，果然又錯了。

今年四月十九日，我從大學回家，看見門房裡桌子上擺著一部褪了色的藍布套的書，一張斑駁的舊書籤上題著「四松堂集」四個字！我自己幾乎不信我的眼力了，連忙拿來開啟一看，原來真是一部《四松堂集》的寫本！這部寫本確是天地間唯一的孤本。因為這是當日付刻的底本，上有付刻時的校改，刪削的記號。最重要的是這本子裡有許多不曾收入刻本的詩文。凡是已刻的，題上都印有一個「刻」字的戳子。刻本未收的，題上都貼著一塊小紅籤。題下注的甲子，都被編書的人用白紙塊貼去，也都是不曾刻的。——我這時候的高興，比我前年尋著吳敬梓的《文木山房集》時的高興，還要加好幾倍了！

卷首有永㷸、（也是清宗室裡的詩人，有《神清室詩稿》）劉大觀、紀昀的序，有敦誠的哥哥敦敏作的小傳。全書六冊，計詩兩冊，文兩冊，《鷦鷯庵筆塵》兩冊。《雪橋詩話》、《八旗文經》、《熙朝雅頌集》改採的詩文都是從這裡面選出來的。我在《考證》裡引的那首《寄懷曹雪芹》，原文題下注一「霑」字，又「揚州舊夢久已絕」一句，原本絕字作覺，下貼一籤條，注云，「雪芹曾隨其先祖寅織造之任」。《雪橋詩話》說曹雪芹名霑，為棟亭通政孫，即是根據於這兩條注的。又此詩中「薊門落日松亭尊」一句，尊字原本作樽，下注云，「時餘在喜峰口」。按敦敏作的小傳，乾隆二十二年丁醜（一七五七），敦誠在喜峰口。此詩是丁醜年作的。又《考證》引的「佩刀質酒歌」雖無年月，但其下第二首題下注「癸未」，大概此詩是乾隆二十七年壬午作的。這兩首之外，還有兩首未刻的詩：

（1）贈曹芹圃（註：即雪芹）

滿徑蓬蒿老不華，舉家食粥酒常賒。

衡門僻巷愁今雨，廢館頹樓夢舊家。

司業青錢留客醉，步兵白眼向人斜。

阿誰買與豬肝食，日望西山餐暮霞。

這詩使我們知道曹雪芹又號芹圃。前三句寫家貧的狀況，第四句寫盛衰之感（此詩作於乾隆二十六年辛巳）。

（2）挽曹雪芹（註：甲申）

四十年華付杳冥，哀旌一片阿誰銘？

孤兒渺漠魂應逐，（註：前數月，伊子殤，因感傷成疾。）新婦飄零目豈瞑？

牛鬼遺文悲李賀，鹿車荷鍤葬劉伶。（適按：此二句又見於《鷦鷯庵筆塵》，楊鍾羲先生從《筆塵》裡引入《詩話》；楊先生也不曾見此詩全文。）

故人唯有青山淚，絮酒生芻上舊垌。

這首詩給我們四個重要之點。

（1）曹雪芹死在乾隆二十九年甲申（一七六四）。我在《考證》說他死在乾隆三十年左右，只差了一年。

（2）曹雪芹死時只有「四十年華」，這自然是個整數，不限定整四十歲。但我們可以斷定他的年紀不能在四十五歲以上。假定他死時年四十五歲，他的生時當康熙五十八年（一七一九）。《考證》裡的猜測還不算大錯。

關於這一點，我們應該宣告一句。曹寅死於康熙五十一年（一七一三），下距乾隆甲申，凡五十一年。雪芹必不及見曹寅了。敦誠「寄懷曹雪芹」的詩注說「雪芹曾隨其先祖寅織造之任」，有一點小誤。雪芹曾隨他的父親曹頫在江寧織造任上。曹頫做織造，是康熙五十四年到雍正六年（一七一五至一七二八）；雪芹隨在任上大約有十年（一七一九至一七二八）。曹家三代四個織造，只有曹寅最著名。敦誠晚年編集，添入這一條小注，那時距曹寅死時已七十多年了，故敦誠與

袁枚有同樣的錯誤。

（3）曹雪芹的兒子先死了，雪芹感傷成病，不久也死了。據此，雪芹死後，似乎沒有後人。

（4）曹雪芹死後，還有一個「飄零」的「新婦」。是薛寶釵呢，還是史湘雲呢？那就不容易猜想了。

《四松堂集》裡的重要材料，只是這些。此外還有一些材料，但都不重要。我們從敦敏作的小傳裡，又可以知道敦誠生於雍正甲寅（一七三四），死於乾隆戊申（一七九一），也可以修正我的考證裡的推測。

我在四月十九日得著這部《四松堂集》的稿本。隔了兩天，蔡子民先生又送來一部《四松堂集》的刻本，是他託人向晚晴簃詩社裡借來的。刻本共五卷：

卷一，詩一百三十七首。

卷二，詩一百四十四首。

卷三，文三十四篇。

卷四，文十九篇。

卷五，《鷦鷯庵筆麈》八十一則。

果然凡底本裡題上沒有「刻」字的，都沒有收入刻本裡去。這更可以證明我的底本特別可貴了。蔡先生對於此書的熱心，是我很感謝的。最有趣的是蔡先生借得刻本之日，差不多正是我得著底本之日。我尋此書近一年多了，忽然三日之內兩個本子一齊到我手裡！這真是「踏破鐵鞋無覓處，得來全不費工夫」了。

十一，五，三。

二

——答蔡孑民先生的商榷

蔡孑民先生的「石頭記索隱第六版自序」是對於我的《紅樓夢考證》的一篇「商榷」。他說：

知其（《紅樓夢》）所寄託之人物，可用三法推求：一，品性相類者；二，軼事有徵者；三，姓名相關者。於是以湘雲之豪放而推為其年，以惜春之冷僻而推為蓀友：用第一法也。以寶玉逢魔魔而推為允礽，以鳳姐哭向金陵而推為余國柱：用第二法也。以探春之名與探花有關而推為健庵，以寶琴之名與孔子學琴於師襄之故事有關而推為闓疆：用第三法也。然每舉一人，率兼用三法或兩法，有可推證，始質言之。其他如元春之疑為徐元文，寶蟾之疑為翁寶林，則以近於孤證，始不列入。自以為審慎之至，與隨意附會者不同。近讀胡適之先生《紅樓夢考證》，列拙著於「附會的紅學」之中，謂之「走錯了道路」，謂之「大笨伯」，「笨謎」；謂之「很牽強的附會」；我實不敢承認。

關於這一段「方法論」，我只希望指出蔡先生的方法是不適用於《紅樓夢》的。有幾種小說是可以採用蔡先生的方法的。最明顯的是《孽海花》。這本是寫時事的書，故書中的人物都可用蔡先生的方法去推求：陳千秋即是田千秋，孫汶即是孫文，莊壽香即是張香濤，祝寶廷即是寶竹坡，潘八瀛即是潘伯寅，姜表字劍雲即是江標字劍霞，成煜字伯怡即是盛昱字伯熙。其次，如《儒林外史》，也有可以用蔡先生的方法去推求的。如馬純上之為馮粹中，莊紹光之為程綿莊，大概已無可疑。但這部

書裡的人物，有很不容易猜的；如向鼎，我曾猜是商盤，但我讀完《質圓詩集》三十二卷，不曾尋著一毫證據，只好把這個好謎犧牲了。又如杜少卿之為吳敬梓，姓名上全無關係；直到我尋著了《文木山房集》，我才敢相信。此外，金和跋中舉出的人，至多不過可供參考，不可過於信任。（如金和說吳敬梓詩集未刻，而我竟尋著乾隆初年的刻本）《儒林外史》本是寫實在人物的書。我們尚且不容易考定書中人物，這就可見蔡先生的方法的適用是很有限的了。大多數的小說是絕不可適用這個方法的。歷史的小說如《三國志》，傳奇的小說如《水滸傳》，遊戲的小說如《西遊記》，都是不能用蔡先生的方法來推求書中人物的。《紅樓夢》所以不能適用蔡先生的方法，顧頡剛先生曾舉出兩個重要理由：

（1）別種小說的影射人物，只是換了他姓名，男還是男，女還是女，所做的職業還是本人的職業。何以一到《紅樓夢》就會男變為女，官僚和文人都會變成宅眷？

（2）別種小說的影射事情，總是儲存他們原來的關係。何以一到《紅樓夢》，無關係的就會發生關係了？例如蔡先生考定寶玉為允礽，黛玉為朱竹垞，薛寶釵為高士奇，試問允礽和朱竹垞有何戀愛的關係？朱竹垞與高士奇有何吃醋的關係？

顧先生這話說的最明白，不用我來引申了。蔡先生曾說，「然而安徽第一大文豪（指吳敬梓）且用之，安見漢軍第一大文豪必不出此乎？」這個比例（類推）也不適用，正因為《紅樓夢》與《儒林外史》不是同一類的書。用「品性，軼事，姓名」三項來推求《紅樓夢》裡的人物，就像用這個方法來推求《金瓶梅》裡西門慶的一妻五妾影射何人：結果必是一種很牽強的附會。

　　我對於蔡先生這篇文章，最不敢贊同的是他的第二節。這一節的大旨是：

　　唯吾人與文學書，最密切之接觸，本不在作者之生平，而在其著作。著作之內容，即胡先生所謂「情節」者，決非無考證之價值。

　　蔡先生的意思好像頗輕視那關於「作者之生平」的考證。無論如何，他的意思好像是說，我們可以不管「作者之生平」，而考證「著作之內容」。這是大錯的。蔡先生引《托爾斯泰傳》中說的「凡其著作無不含自傳之性質；各書之主角……皆其一己之化身；各書中所敘他人之事，莫不與其己身有直接之關係」。試問作此傳的人若不知「作者之生平」，如何能這樣考證各書的「情節」呢？蔡先生又引各家關於 Faust 的猜想，試問他們若不知道 Goethe 的「生平」，如何能猜想第一部之 Gretchen 為誰呢？

　　我以為作者的生平與時代是考證「著作之內容」的第一步下手工夫。即如《兒女英雄傳》一書，用年羹堯的事做背景，又假造了一篇雍正年間的序，一篇乾隆年間的序。我們幸虧知道著者文康是咸豐、同治年間人；不然，書中提及《紅樓夢》的故事，又提及《品花寶鑒》（道光中作的）裡的徐度香與袁寶珠，豈不都成了靈異的預言了嗎？即如舊說《儒林外史》裡的匡超人即是汪中。現在我們知道吳敬梓死於乾隆十九年，而汪中生於乾隆九年，我們便可以斷定匡超人絕不是汪中了。又舊說《儒林外史》裡的牛布衣即是朱草衣。現在我們知道朱草衣死在乾隆二十一二年，那時吳敬梓已死了二三年了，而《儒林外史》第二十回已敘述牛布衣之死，可見牛布衣大概另是一人了。

　　因此，我說，要推倒「附會的紅學」，我們必須搜求那些可以考定

《紅樓夢》的著者、時代、版本等等的材料。向來《紅樓夢》一書所以容易被人穿鑿附會，正因為向來的人都忽略了「作者之生平」一個大問題。因為不知道曹家有那樣富貴繁華的環境，故人都疑心賈家是指帝室的家庭，至少也是指明珠一類的宰相之家。因為不深信曹家是八旗的世家，故有人疑心此書是指斥滿洲人的。因為不知道曹家盛衰的歷史，故人都不信此書為曹雪芹把真事隱去的自敘傳。現在曹雪芹的歷史和曹家的歷史既然有點明白了，我很盼望讀《紅樓夢》的人都能平心靜氣的把向來的成見暫時丟開，大家揩揩眼鏡來評判我們的證據是否可靠，我們對於證據的解釋是否不錯。這樣的批評，是我所極歡迎的。我曾說過：

　　我在這篇文章裡，處處想撇開一切先入的成見；處處存一個搜求證據的目的；處處尊重證據，讓證據做嚮導，引我到相當的結論上去。

　　此間所謂「證據」，單指那些可以考定作者、時代、版本等等的證據；並不是那些「紅學家」隨便引來穿鑿附會的證據。若離開了作者、時代、版本等項，那麼，引《東華錄》與引《紅礁畫槳錄》是同樣的「不相干」；引許三禮、郭琇與引冒闢疆、王漁洋是同樣的「不相干」。若離開了「作者之生平」而別求「性情相近，軼事有徵，姓名相關」的證據，那麼，古往今來無數萬有名的人，哪一個不可以化男成女搬進大觀園裡去？又何止朱竹垞、徐健庵、高士奇、湯斌等幾個人呢？況且板兒既可以說是廿四史，青兒既可以說是吃的韭菜，那麼我們又何妨索性說《紅樓夢》是一部《草木春秋》或《群芳譜》呢？

　　亞里斯多德在他的《尼可馬鏗倫理學》裡（部甲，四，一〇九九），曾說：

討論這個學說（指拍拉圖的「名象論」）使我們感覺一種不愉快，因為主張這個學說的人是我們的朋友。但我們既是愛智慧的人，為維持真理起見，就是不得已把我們自己的主張推翻了，也是應該的。朋友和真理既然都是我們心愛的東西，我們就不得不愛真理過於愛朋友了。

我把這個態度期望一切人，尤其期望我所最敬愛的蔡先生。

十一，五，十

附錄 《石頭記索隱》第六版自序——對於胡適之先生《紅樓夢考證》之商榷

　　餘之為此索隱也，實為《郎潛二筆》中徐柳泉之說所引起。柳泉謂寶釵影高澹人；妙玉影姜西溟。餘觀《石頭記》中，寫寶釵之陰柔，妙玉之孤高，正與高、姜二人之品性相合。而澹人之賄金豆，以金鎖影之；其假為落馬墜積潦中，則以薛蟠之似泥母豬影之。西溟之熱中科第，以妙玉走魔入火影之；其瘐死獄中，以被劫影之。又如以妙字影姜字；以玉字影英字；以雪字影高士字，知其所寄託之人物，可用三法推求：一，品性相類者；二，軼事有徵者；三，姓名相關者。於是以湘雲之豪放而推為其年；以惜春之冷僻而推為蓀友；用第一法也。以寶玉逢魔魘而推為允礽；以鳳姐哭向金陵而推為余國柱；用第二法也。以探春之名與探花有關，而推為健庵；以寶琴之名，與孔子學琴與師襄之故事有關而推為闢疆；用第三法也。然每舉一人，率兼用三法或兩法，有可推證，始質言之。其他如元春之疑為徐元文；寶蟾之疑為翁寶林；則以近於孤證，姑不列入。自以為審慎之至，與隨意附會者不同。近讀胡適之先生《紅樓夢考證》，列拙著於「附會的紅學」之中，謂之「走錯了道路」，謂之「大笨伯」，「笨謎」；謂之「很牽強的附會」；我實不敢承認。意者我亦不免有「敝帚千金」之俗見。然胡先生之言，實有不能強我以承認者，今貢其疑於左：

　　（一）胡先生謂「向來研究這部書的人，都走錯了道路……不去搜求那些可以考定《紅樓夢》的著者、時代、版本等等的材料，卻去收羅許多不相干的零碎史事來附會《紅樓夢》裡的情節」。又云：「我們只

需根據可靠的版本，與可靠的材料，考定這書的著者究竟是誰；著者的事跡家世，著者的時代；這書曾有何種不同的本子？這些本子的來歷如何？這些問題，乃是《紅樓夢考證》的正當範圍。」案考定著者、時代、版本之材料，固當搜求。從前王靜庵先生作《紅樓夢評論》，曾云：「作者之姓名（遍考各書，未見曹雪芹何名）與作書之年月，其為讀此書者所當知，似更比主角之姓名為尤要。顧無一人為之考證者，此則大不可解者也。」又云：「苟知美術之大有造於人生，而《紅樓夢》自足為中國美術上之唯一大著述，則其作者之姓名，與其著書之年月，固為唯一考證之題目。」今胡先生對於前八十回著者曹雪芹之家世及生平，與後四十回著作者高蘭墅之略歷，業於短時期間，蒐集多許材料。誠有功於《石頭記》，而可以稍釋王靜庵先生之遺憾矣。唯吾人與文學書，最密切之接觸，本不在作者之生平，而在其著作。著作之內容，即胡先生所謂「情節」者，決非無考證之價值。例如中國古代文學中之《楚辭》，其作者為屈原、宋玉、景差等。其時代，在楚懷王、襄王時，即西曆紀元前三世紀間。久為昔人所考定。然而「善鳥香草，以配忠貞；惡禽臭物，以比讒佞；靈修美人，以媲於君；宓妃佚女，以譬賢臣；虯龍鸞鳳，以託君子；飄風雲霓，以為小人」：如王逸所舉者，固無非內容也。其在外國文學，如 Shakespeare 之著作，或謂出 Bacon 手筆，遂生作者究竟是誰之問題。至於 Goethe 之 Faust，則其所根據的神話與劇本，及其六十年著作之經過，均為文學史所詳載。而其內容，則第一部之 Gretchen 或謂影 Elsassirin Friederike（Bielschowsky 之說）；或謂影 Frankfurter Gretchen（Kuno Fischer 之說）。第二部之 Walpurgisnacht 一節為地質學理論。Helena 一節為文化交通問題。Euphorion 為英國詩人 Byrcn 之影子（各家所同）。皆情節上之考證也。又如俄之托爾斯泰，其生平、其著作之次第，皆無甚疑問。近日

張邦銘、鄭陽和兩先生所譯 Salolea 之《托爾斯泰傳》，有云：「凡其著作無不含自傳之性質。各書之主角，如伊爾屯尼夫、鄂侖玲、聶乞魯多夫、賴文、畢索可夫等，皆其一己之化身。各書中所敘他人之事，莫不與其己身有直接之關係。……《家庭樂》敘其少年時情場中之一事，並表其情愛與婚姻之意見；書中主角既求婚後，乃將少年狂放時之惡行，縷書不諱，授所愛以自懺。此事托爾斯泰於《家庭樂》出版三年後，向索利亞柏斯求婚時，實嘗親自為之。即《戰爭與和平》一書，亦可作托爾斯泰之家乘觀。其中老樂斯脫夫，即托爾斯泰之祖。小樂斯脫夫，即其父。索利亞，即其養母達善娜，嘗兩次拒其父之婚者。拿特沙樂斯脫夫，即其姨達善娜柏斯。畢索可夫與賴文，皆托爾斯泰用以自狀。賴文之兄死，即托爾斯泰兄的米特利之死。《復活》書中聶乞魯多夫之奇特行動，論者謂依心理未必能有者，其實即的米特利生平留於其第心中之一記念；的米特利娶一娼，與聶乞魯多夫同也。」亦情節上之考證也。然則考證情節，豈能概目為附會而拒斥之？

　　（二）胡先生謂拙著《索隱》所闡證之人名，多是「笨謎」，又謂「假使一部《紅樓夢》真是一串這麼樣的笨謎，那就真不值得猜了」。但拙著闡證本事，本兼用三法，具如前述。所謂姓名關係者，僅三法中之一耳；即使不確，亦未能抹殺全書。況胡先生所謚謂笨謎者，正是中國文人習慣，在彼輩方謂如此而後「值得猜」也。《世說新書》稱曹娥碑後有「黃絹幼婦外孫齏臼」八字，即以當「絕妙好辭」四字。古絕句「藁砧今何在？山上復有山。何當大刀頭，破鏡飛上天」，以藁砧為夫，以大刀頭為還。《南史》記梁武帝時童謠有「鹿子開城門，城門鹿子開」等句，謂鹿子開者反語為來子哭，後太子果薨。自胡先生觀之，非皆笨謎乎？《品花寶鑒》，以侯公石影袁子才，侯與袁為猴與猿之轉借，公與子因為代名詞，石與才則自「天下才有一石子建獨占八斗」之語來。《兒女英雄傳》，

自言十三妹為玉字之分析，已不易猜；又以紀獻唐影年羹堯，紀與年，唐與堯，雖尚簡單；而獻與羹則自「犬日羹獻」之文來。自胡先生觀之，非皆笨謎乎？即如《儒林外史》之莊紹光即程綿莊，馬純上即馮粹中，牛布衣即朱草衣，均為胡先生所承認（見胡先生所著《吳敬梓傳》及附錄）。然則金和跋所指目，殆皆可信。其中如因范蠡曾號陶朱公，而以范易陶；萬字俗作萬，而以寓代方；亦非「笨謎」乎？然而安徽第一大文豪且用之，安見漢軍第一大文豪必不出此乎？

（三）胡先生謂拙著中劉姥姥所得之八兩及二十兩有了下落，而第四十二回王夫人所送之一百兩，沒有下落；謂之「這種完全任意的去取，實在沒有道理」。案《石頭記》凡百二十回，而餘之《索隱》，不過數十則；有下落者記之，未有者姑缺之，此正餘之審慎也。若必欲事事證明而後可，則《石頭記》自言著作者有石頭，空空道人，孔梅溪，曹雪芹諸人，而胡先生所考證者唯有曹雪芹；《石頭記》中有許多大事，而胡先生所考證者唯南巡一事；將亦有「任意去取沒有道理」之誚與？

（四）胡先生以曹雪芹生平，大端既已考定；遂斷定《石頭記》是「曹雪芹的自敘傳」，「是一部將真事隱去的自敘的書」，「曹雪芹即是《紅樓夢》開端時那個深自懺悔的我，即是書裡甄賈（真假）兩個寶玉的底本」。案書中即云真事隱去，並非僅隱去真姓名，則不得以書中所敘之事為真。又使寶玉為作者自身之影子，則何必有甄、賈兩個寶玉？（鄙意甄賈二字，實因古人有正統偽朝之習見而起。賈雨村舉正邪兩賦而來之人物，有陳後主、唐明皇、宋徽宗等，故吾疑甄寶玉影宏光，賈寶玉影允礽也。）若以趙嬤嬤有甄家接駕四次之說，而曹寅適亦四次接駕，為甄家即曹家之確證，則趙嬤嬤又說賈府只預備接駕一次，明在甄家四次以外，安得謂賈府亦指曹家乎？胡先生以賈政為員外郎，適與員外郎曹頫相應，謂賈政即影曹頫。然《石頭記》第三十七回，有賈政任學差

之說；第七十一回有「賈政回京覆命，因是學差，故不敢先到家中」云云，曹頫固未聞曾放學差也。且使賈府果為曹家影子，而此書又為雪芹自寫其家庭之狀況，則措詞當有分寸。今觀第十七回，焦大之謾罵，第六十六回柳湘蓮道：「你們東府裡，除了那兩個石頭獅子乾淨罷了」，似太不留餘地。且許三禮奏參徐乾學，有曰：「伊弟拜相之後，與親家高士奇，更加招搖。以致有去了餘秦檜（余國柱），來了徐嚴嵩，乾學似龐涓，是他大長兄之謠；又有五方寶物歸東海，萬國金珠貢澹人」之對云云。今觀《石頭記》第五十五回，有「剛剛倒了一個巡海夜叉，又添了三個鎮山太歲」之說。第四回，有「賈不假，白玉為堂金作馬；阿房宮，三百里，住不下金陵一個史；東海缺少白玉床，龍王來請金陵王；豐年好大雪，珍珠如土金如鐵」之護官符。顯然為當時一謠一對之影子，與曹家何涉？故鄙意《石頭記》原本，必為康熙朝政治小說，為親見高、徐、餘、姜諸人者所草。後經曹雪芹增刪，或亦許插入曹家故事。要未可以全書屬之曹家也。

蔡孑民

民國十一年一月三十日

第三篇
《西遊記》考證

《西遊記》考證

　　民國十年十二月中，我在百忙中做了一篇《西遊記》序，當時蒐集材料的時間甚少，故對於考證的方面很不滿足自己的期望。這一年之中，承許多朋友的幫助，添了一些材料；病中多閒暇，遂整理成一篇考證，先在《讀書雜誌》第六期上發表。當時又為篇幅所限，不能不刪節去一部分。這回《西遊記》再版付印，我又把前做的《西遊記序》和《考證》合併起來，成為這一篇。

一

　　《西遊記》不是元朝的長春真人邱處機作的。元太祖西征時，曾遣使召邱處機赴軍中，處機應命前去，經過一萬餘里，走了四年，始到軍前。當時有一個李志常記載邱處機西行的經歷，做成《西遊記》二卷。此書乃是一部地理學上的重要材料，並非小說。

　　小說《西遊記》與邱處機《西遊記》完全無關，但與唐沙門慧立做的《慈恩三藏法師傳》（常州天寧寺有刻本）和玄奘自己著的《大唐西域記》（常州天寧寺有刻本）卻有點小關係。玄奘是中國史上一個非常偉大的人物。他二十六歲立志往印度去求經，途中經過了無數困難，出遊十七年（六二八－六四五），經歷五十多國，帶回佛教經典六百五十七部。歸國之後，他著手翻譯，於十九年中（六四五－六六三），譯成重要經論七十三部，凡一千三百三十卷（參看《改造》四卷一號梁任公先生的《千五百年前之留學生》）。慧立為他做的傳記，——大概是根據於玄奘自己的記載的——寫玄奘的事跡最詳細，為中國傳記中第一部大書。

傳記中記玄奘的家世和求經的動機如下：

　　這是玄奘求法的目的。他後來途中有謝高昌王的啟，中有云：

　　……遠人來譯，音訓不同；去聖時遙，義類乖舛；遂使雙林一味之旨分成當現二常，他化不二之宗析為南北兩道。紛紜爭論，凡數百年。率土懷疑，莫有匠決。玄奘……負笈從師，年將二紀，……未嘗不執卷躊躇，捧經佇傺；望給園而翹足，相驚嶺而載懷，願一拜臨，啟伸宿惑；雖知寸管不可窺天，小蠡難為酌海，但不能棄此微誠，是以束裝取路。……

　　這個動機，不幸被做《西遊記》的人完全埋沒了。但傳中說玄奘路上經過的種種艱難困苦，乃是《西遊記》的種子。我們且引他初起程的一段：

　　於是結侶陳表，有詔不許。諸人咸退，唯法師不屈。既方事孤遊，又承西路艱險，乃自試其心以人間眾苦，種種調伏，堪任不退。然始入塔啟請，申其意志，願乞眾聖冥加，使往還無梗。……遂即行矣，時年二十六也。……時國政尚新，疆場未遠，禁約百姓不許出藩。……不敢公出，乃晝伏夜行。……〔出〕玉門關，……孑然孤遊沙漠矣。唯望骨聚馬冀等，漸進，頃間忽見有軍眾數百隊，滿沙磧間，乍行乍息，皆裘褐駝馬之像，及旌旗槊氈之形；易貌移質，倏忽千變；遙瞻極著，漸近而微。……見第一烽，恐候者見，乃隱伏沙溝，至夜方發。到烽西見水，下飲盥訖，欲取皮囊盛水，有一箭颯來，幾中於膝；須臾，更一箭來。知為他見，乃大言曰，「我是僧從京師來，汝莫射我。」

第一烽與第四烽的守者待他還好，放他過去。下文云：

從此已去，即莫賀延磧，長八百餘里，古曰沙河。上無飛鳥，下無走獸，復無水草。是時願影唯一心但念觀音菩薩及《般若心經》，初法師在蜀，見一病人，身瘡臭穢，衣服破汙，愍將向寺，施與飲食衣服之直。病者慚愧，乃授法師此經，因常誦習。至沙河間，逢諸惡鬼奇狀異類繞人前後；雖念觀音，不得全去；即誦此經，發聲皆散；在危獲濟，實所憑焉。

下文又云：

行百餘里，失道，覓野馬泉，不得。下水欲飲（下字作「取下來」解），袋重，失手覆之。千里之資，一朝斯罄！……四顧茫然，人馬俱絕。夜則妖魑舉火，爛若繁星；晝則驚風擁沙，散如時雨。雖遇如是，心無所懼；但苦水盡，渴不能前。於是時，四夜五日，無一滴沾喉；口腹乾焦，幾將殞絕，不能復進，遂臥沙中。默唸觀音，雖困不捨，啟菩薩曰，「玄奘此行，不求財利，無冀名譽，但為無上道心正法來耳。仰唯菩薩慈念群生，以救苦為務。此為苦矣，寧不知耶？」如是告時，心心無輟。至第五夜半，忽有涼風觸身，冷快如沐寒水，遂得目明；馬亦能起。體既蘇息，得少睡眠；……驚寤出發，行可十里，馬忽異路，制之不回。經數里，忽見青草數畝，下馬恣食。去草十步，欲回轉，又到一池，水甘澄鏡徹。下而就飲，身命重全，人馬俱得蘇息。……此等危難，百千不能備敘。……

這種記敘，既符合沙漠旅行的狀況，又符合宗教經驗的心理，真是極有價值的文字。

　　玄奘出流沙後，即到伊吾。高昌國王麴文泰聞知他來了，即遣使來迎接。玄奘到高昌後，國王款待極恭敬，堅留玄奘久住國中，受全國的供養，以終一身。玄奘堅不肯留，國王無法，只能用強力軟禁住他；每日進食，國王親自捧盤。

　　法師既被停留，違阻先念，遂誓不食，以感其心。於是端坐，水漿不涉於口，三日。至第四日，王覺法師氣息漸惙，深生愧懼，乃稽首禮謝云，「任法師西行，乞垂早食。」法師恐其不實，要王指日為言。王曰，「若須爾者，請共對佛更結因緣。」

　　遂共入道場禮佛，對母張太妃共法師約為兄弟，任師求法。……仍屆停一月，講《仁王般若經》，中間為師營造行服。法師皆許，太妃甚歡，願與師長為眷屬，代代相度。於是方食。……講訖，為法師度四沙彌，以充給侍；給法服三十具，以西土多寒，又造面衣手衣靴襪等各數事，黃金一百兩，銀錢三萬，綾及絹等五百匹，充法師往還二十年所用之資。給馬三十匹，手力二十五人，遣殿中侍御史歡信送至葉護可汗衙。又作二十四封書，通屈支等二十四國，每一封書附大綾一匹為信。又以綾絹五百匹，果味兩車，獻葉護可汗，並書稱「法師者，是奴弟，欲求法於婆羅門國。願可汗憐師如憐奴，仍請敕以西諸國給鄔落馬遞送出境。」

　　從此以後，玄奘便是「闖留學」了。這一段事，記高昌王與玄奘結拜為兄弟，又為他通書於當時鎮服西域的突厥葉護可汗，書中也稱玄奘為弟。自高昌以西，玄奘以「高昌王弟」的資格旅行各國。這一點大可注意。《西遊記》中的唐太宗與玄奘結拜為弟兄，故玄奘以「唐御弟」的資格西行，這一件事必是從高昌國這一段因緣脫胎出來的。

二

　　以上略述玄奘取經的故事的本身。這個故事是中國佛教史上一件極偉大的故事；所以這個故事的傳播和一切大故事的傳播一樣，漸漸地把詳細節目都丟開了，都「神話化」過了。況且玄奘本是一個偉大的宗教家，他的遊記裡有許多事實，如沙漠幻景及鬼火之類，雖然都可有理性的解釋，在他自己和別的信徒的信裡自然都是「靈異」，都是「神蹟」。後來佛教徒與民間隨時逐漸加添一點枝葉，用奇異動人的神話來代換平常的事實，這個取經的大故事，不久就完全神話化了。

　　即如上文所引慧立的《慈恩三藏法師傳》中一段說：

　　從此已去，即莫賀延磧，長八百餘里，古曰沙河。上無飛鳥，下無走獸，復無水草。是時願影唯一心但念觀音菩薩及《般若心經》。初法師在蜀，見一病人，身瘡臭穢，衣服破汙，慜將向寺，施與飲食衣服之直。病者慚愧，乃授法師此經，因常誦習。至沙河間，逢諸惡鬼奇狀異類繞人前後；雖念觀音，不得全去；即誦此經，發聲皆散；在危獲濟，實所憑焉。

　　這一段話還合於宗教心理的經驗；然而宋朝初年（西曆九七八）輯成的《太平廣記》，引《獨異志》及《唐新語》，已把這一段故事神話化過了。《太平廣記》九十二說：

　　沙門玄奘，唐武德初（年代誤）往西域取經，行至罽賓國，道險，〔多〕虎豹，不可過。奘不知為計，乃鎖房門而坐。至夕開門，見一老僧，頭面瘡痍，身體膿血，床上獨坐，莫知來由。奘乃禮拜勤求，僧口

授《多心經》一卷，令奘誦之；遂得山川平易，道路開闢，虎豹藏形，魔鬼潛跡，遂至佛國，取經六百餘部而歸。其《多心經》，至今誦之。

我們比較這兩種記載，可見取經故事「神話化」之速。《太平廣記》同卷又說：

初奘將往西域，於靈巖寺見有松一樹。奘立於庭，以手摩其枝曰：「吾西去求佛教，汝可西長。若吾歸，即卻東回，使吾弟子知之。」及去，其枝年年西指，約長數丈。一年，忽東回。門人弟子曰，「教主歸矣」。乃西迎之。奘果還。至今眾謂此松為摩頂松。

這正是《西遊記》裡玄奘說的「但看那山門裡松枝頭向東，我即回來」（第十二回，又第一百回）的話的來源了。這也可證取經故事的神話化。

歐陽修《於役志》說：

景祐三年丙子七月，甲申，與君玉飲壽寧寺（揚州）。寺本徐知誥故第；李氏建國，以為孝先寺；太平興國改今名。寺甚宏壯，畫壁尤妙。問老僧，云，「周世宗入揚州時，以為行宮，盡圬漫之。唯經藏院畫玄奘取經一壁獨在，尤為絕筆。」嘆息久之。

南唐建國離開玄奘死時不過二百多年，這個故事已成為畫壁的材料了。我們雖不知此書的故事是不是神話化了的，但這種記載已可以證明那個故事的流傳之遠。

三

　　民國四年，羅振玉先生和王國維先生在日本三浦將軍處借得一部《大唐三藏取經詩話》，影印行世。此書凡三卷，卷末有「中瓦子張家印」六個字。王先生考定中瓦子，為宋臨安府的街名，乃倡優劇場的所在（參看吳自牧《夢粱錄》卷十九，又卷十五），因定為南宋「說話」的一種。書中共分十七章，每章自有題目，頗似後世小說的回目。書中有詩有話，故名「詩話」。今抄十七章的目錄如下：

　　□□□□第一。（全闕）

　　行程遇猴行者處第二。

　　入大梵天王宮第三。

　　入香山寺第四。

　　過獅子林及樹人國第五。

　　過長坑大蛇嶺處第六。

　　入九龍池處第七。

　　「遇深沙神」第八。（題闕）

　　入鬼子母國處第九。

　　經過女人國處第十。

　　入王母池之處第十一。

　　入沉香國處第十二。

　　入波羅國處第十三。

　　入優缽羅國處第十四。

　　天竺國度海之處第十五。

　　轉至香林寺受《心經》第十六。

　　到陝西王長者妻殺兒處第十七。

　　我們看這個目錄，可以知道在南宋時，民間已有一種《唐三藏取經》的小說，完全是神話的，完全脫離玄奘取經的真故事了。這部書確是《西遊記》的祖宗。內中有三點，尤可特別注意：

　　（1）猴行者的加入；

　　（2）深沙神為沙和尚的影子；

　　（3）途中的妖魔災難。

　　先說猴行者。《取經詩話》中，猴行者已成了唯一的保駕弟子了。第二節說：

　　僧行六人，當日起行。法師語曰：「今往西天，程途百萬，各人謹慎。」……偶於一日午時，見一白衣秀才，從正東而來，便揖和尚：「萬福，萬福！和尚今往何處！莫不是再往西天取經否？」法師合掌曰：「貧僧奉敕，為東土眾生未有佛教，是取經也。」秀才曰：「和尚生前兩回去取經，中路遭難。此回若去，千死萬死。」

　　法師曰：「你如何得知？」秀才曰：「我不是別人。我是花果口，紫雲洞，八萬四千銅頭鐵額獼猴王。我今來助和尚取經。此去百萬程途，經過三十六國，多有禍難之處。」法師應曰：「果得如此，三世有緣，東土眾生獲大利益。」當便改呼為「猴行者」。

　　此中可注意的是：①當時有玄奘「生前兩回取經，中路遭難」的神話；②猴行者現白衣秀才相；③花果山是後來小說有的，紫雲洞後來改為水簾洞了；④「八萬四千銅頭鐵額獼猴王」一句，初讀似不通，其實是很重要的；此句當解作「八萬四千個獼猴之王」。（詳說下章）

　　第三章說猴行者曾「九度見黃河清」。第十一章裡，他自己說：

我八百歲時到此中（西王母池）偷桃吃了，至今二萬七千歲
不曾來也。

法師曰：

今日蟠桃結實，可偷三五個吃。

猴行者曰：

我因八百歲時偷吃十個，被王母捉下，左肋判八百，右肋判三千鐵
棒，配在花果山紫雲洞，至今肋下尚痛，我今定是不敢偷吃也。

　　這一段自然是《西遊記》裡偷吃蟠桃的故事的來源，但又可見南宋
「說話」的人把猴行者寫的頗知畏懼，而唐僧卻不大老實！
　　唐僧三次要行者偷桃，行者終不敢偷，然而蟠桃自己落下來了。

　　說由未了，攎下三顆蟠桃，入池中去。……師曰：「可去尋取來吃」。
猴行者即將金環杖向盤石上敲三下，乃見一個孩兒，面帶青色，爪似鷹
鷂，開口露牙，向池中出。行者問，「汝年幾多？」孩曰，「三千歲」。行
者曰：「我不用你」。又敲五下，見一孩兒，面如滿月，身掛繡纓。行者
曰，「汝年多少？」答曰，「五千歲」。行者曰，「不用你。」又敲數下，
偶然一孩兒出來。問曰，「你年多少？」答曰，「七千歲」。行者放下金環
杖，叫取孩兒入手中，問和尚，「你吃否？」和尚聞語心驚，便走。被行
者手中旋數下，孩兒化成一枚乳棗，當時吞入口中。後歸東土唐朝，遂
吐出於西川，至今此地中生人蔘是也。

這時候，偷蟠桃和偷人蔘果還是一件事。後來《西遊記》從此化出，分作兩件故事。

上段所說「金環杖」，乃是第三章裡大梵天王所賜。行者把唐僧帶上大梵天王宮中赴齋，天王及五百羅漢請唐僧講《法華經》，他「一氣講完，如瓶水肉」。大梵天王因賜與猴行者「隱形帽一事，金環錫杖一條，缽盂一隻，三件齊全」。這三件法寶，也被《西遊記》裡分作幾段了。（《詩話》稱天王為北方毗沙門大梵天王。這是「托塔天王」的本名，梵文為 Vaiśravaṇa，可證此書近古。）

《詩話》第八章，不幸缺了兩頁，但此章記玄奘遇深沙神的事，確是後來沙僧的根本。此章大意說玄奘前身兩世取經，中途都被深沙神吃了。他對唐僧說：「項下是和尚兩度被我吃你，袋得枯骨在此。」和尚說：「你最無知。此回若不改過，教你一門滅絕。」深沙合掌謝恩：「伏蒙慈照！」深沙當時哮吼，化了一道金橋；深沙神身長三丈，將兩手託定，師行七人便從金橋上過，過了深沙。深沙詩曰：

一墮深沙五百春，渾家眷屬受災殃。
金橋手託從師過，乞薦幽神化卻身。

法師詩曰：

兩度曾經汝吃來，更將枯骨問無才。
而今赦法殘生去，東土專心次第排。

猴行者詩曰：

謝汝迴心意不偏，金橋銀線步平安。
回歸東土修功德，薦拔深沙向佛前。

《西遊記》第八回說沙和尚在流沙河做妖怪時，「向來有幾次取經人來，都被我吃了。凡吃的人頭，拋落流沙，竟沉水底。唯有九個取經人的骷髏，浮在水面，再不能沉。我以為異物，將索兒穿在一處，閒時拿來頑耍」。這正是從深沙神一段變出來的。第二十二回木吒把沙和尚項下掛的骷髏，用索子結作九宮，化成法船，果然穩似輕舟，浪靜風平，渡過流沙河。那也是從《詩話》裡的金橋銀線演化出來的。不過在南宋時，深沙的神還不曾變成三弟子之一。豬八戒此時連影子都沒有呢。

次說《詩話》中敘玄奘路上經過許多災難，雖沒有「八十一難」之多，卻是「八十一難」的縮影。第四章猴行者說：

我師莫訝西路寂寥；此中別是一天。前去路途儘是虎狼蛇兔之處。逢人不語，萬種恓惶；此去人煙，都是邪法。

全書寫這些災難，寫的實在幼稚，全沒有文學的技術。如寫蛇子國：

大蛇小蛇，交雜無數，攘亂紛紛。大蛇頭高丈餘，小蛇頭高八尺，怒眼如燈，張牙如劍。

如寫獅子林：

只見麒麟迅速，獅子崢嶸，擺尾搖頭，出林迎接，口銜香花，皆來供養。

這種淺薄的敘述可以使我們特別賞嘆明、清兩朝小說技術的驚人的進步。

我們選錄《詩話》中比較有趣味的一段——火類坳頭的白虎精：

……只見嶺後雲愁霧慘，雨細交霏。雲霧之中，有一白衣婦人，身掛白羅衣，腰繫白褶，手把白牡丹花一朵，面似白蓮，十指如玉。……猴行者一見，高聲便喝；「想汝是火類坳頭白虎精，必定是也！」婦人聞語，張口大叫一聲，忽然麵皮裂皺，露爪張牙，擺尾搖頭，身長丈五。定醒之中，滿山都是白虎。被猴行者將金環杖變作一個夜叉，頭點天，腳踏地，手把降魔杵，身如藍靛青，髮似朱沙，口吐百丈火光。當時白虎精哮吼近前相敵，被猴行者戰退。半時，遂問虎精甘伏未伏。虎精曰，未伏。猴行者曰，「汝若未伏，看你肚中有一個老獼猴」。虎精聞說，當下未伏，一叫獼猴，獼猴在白虎精肚內應，遂教虎開口吐出一個獼猴，頓在面前，身長丈二，兩眼火光。白虎精又云，我未伏。猴行者曰，「汝肚內更有一個」。再令開口，又吐出一個，頓在面前。白虎精又曰未伏。猴行者曰，「你肚中無千無萬個老獼猴，今日吐至來日，今月吐至來月，今年吐至來年，今生吐至來生，也不盡」。白虎精聞語，心生忿怒；被猴行者化一團大石，在肚內漸漸會大；教虎精吐出，開口吐之不得，只見肚皮裂破，七孔流血。喝起夜叉，渾門大殺，虎精大小粉骨塵碎，絕滅除蹤。

　　《西遊記》裡的孫行者最愛被人吃下肚裡去，這是他的拿手戲，大概火颣坳頭的一個暗示，後來也會用分身法，越變越奇妙有趣味了。我們試看孫行者在獅駝山被老魔吞下肚去，在無底洞又被女妖吞下去；他又住過鐵扇公主的肚裡，又住過黃眉大王的肚裡，又住過七絕山稀柿衕的紅鱗大蟒的肚裡。巧妙雖各有不同，淵源似乎是一樣的。

　　以上略記《大唐三藏取經詩話》的大概。這一本小冊子的出現，使我們明白南宋或元朝已有了這種完全神話化了的取經故事；使我們明白《西遊記》小說——同《水滸》、《三國》一樣——也有了五六百年演化的歷史：這真是可寶貴的文學史料了。

四

　　說到這裡，我要退回去，追敘取經故事裡這個猴王的來歷。何以南宋時代的玄奘神話裡忽然插入了一個神通廣大的猴行者？這個猴子是國貨呢？還是進口貨呢？

　　前不多時，周豫才先生指出《納書楹曲譜補遺》卷一中選的《西遊記》四出，中有兩出提到「巫枚衹」和「無支祁」。《定心》一出說孫行者「是驪山老母親兄弟，無支祁是他姊妹」。又《女國》一出說：

　　似摩騰伽把阿難攝在瑤山上，若鬼子母將如來圍定在靈山上，巫枝祁把張僧拿在龜山上。不是我魔王苦苦害真僧，如今佳人個個要尋和尚。

　　周先生指出，作《西遊記》的人或亦受這個無支祁故事的影響。我依周先生的指點，去尋這個故事的來源；《太平廣記》卷四六七李湯條下，引《古嶽瀆經》第八捲云：

禹理水，三至桐柏山，驚風走雷，石號木鳴，五伯擁川，天老肅
兵，不能興。……禹因鴻濛氏，章商氏，兜盧氏，犁婁氏，乃獲淮渦水
神，名無支祁，善應對言語，辨江淮之淺深，原隰之遠近；形若猿猴，
縮鼻高額，青軀白首，金目雪牙，頸伸百尺，力逾九象，搏擊騰踔，疾
奔輕利。……頸鎖大索，鼻穿金鈴，徒淮陰之龜山之足下，俾淮水永安
流注海也。

這個無支祁是一個「形若猿猴」的淮水神，《詞源》引《太平寰宇
記》，說略同。周先生又指出朱熹《楚辭辨證·天問》篇下有一條云：

此間之言，特戰國時但俗相傳之語，如今世俗僧伽降無之祁，許遜
斬蛟蜃精之類，本無稽據，而好事者遂假託撰造以實之。

據此，可見宋代民間又有「僧伽降無之祈」的傳說。僧伽為唐代名
僧，死於中宗景龍四年（七一〇）。他住泗州最久，淮泗一帶產生許多關
於他的神話（《宋高僧傳》十八，《神僧傳》七）。降無之祈大概也是淮
泗流域的僧伽神話之一，到南宋時還流行民間。

但上文引曲詞裡的無支祁，明是一個女妖怪，他有「把張僧拿在龜
山上」的神話。龜山即是無支祁被鎖的所在，大概這個無支祁，無論是
古的今的，男性女性，始終不曾脫離淮泗流域，這是可注意的第一點，
因為《西遊記》小說的著者吳承恩（見下章）是淮安人。第二，《宋高
僧傳》十八說，唐中宗問萬回師，「彼僧伽者，何人也？」對曰，「觀音
菩薩化身也。」《僧伽傳》說他有弟子三人：慧岸，慧儼，木叉。木叉
多顯靈異，唐僖宗時，賜諡曰真相大師，塑像侍立於僧伽之左，若配饗
焉。傳末又說「慧儼侍十一面觀音菩薩傍」。這也是可注意的一點，因為

在《西遊記》裡，惠岸和木叉已並作一人，成為觀音菩薩的大弟子了。
第三，無支祁被禹鎖在龜山足下，後來出來作怪，又有被僧伽（觀音菩
薩化身）降伏的傳說；這一層和《取經神話》的猴王，和《西遊記》的
猴王，都有點相像。或者猴行者的故事確實曾從無支祁的神話裡得著一
點暗示，也未可知。這也是可注意的一點。

　　以上是猜想猴行者是從中國傳說或神話裡演化出來的。但我總疑
心這個神通廣大的猴子不是國貨，乃是一件從印度進口的。也許連無
支祁的神話也是受了印度影響而仿照的。因為《太平廣記》和《太平
寰宇記》都根據《古嶽瀆經》，而《古嶽瀆經》本身便不是一部可信
的古書。宋、元的僧伽神話，更不消說了。因此，我依著鋼和泰博士
（Baror Avonstael Holstein）的指引，在印度最古的紀事詩《拉麻傳》
（*Ramayana*）裡尋得一個哈奴曼（Hanuman），大概可以算是齊天大聖
的背影了。

　　《拉麻傳》大約是二千五百年前的作品，記的是阿約爹國王大剎拉達
的長子，生有聖德和神力；娶了一個美人西姐為妻。大剎拉達的次妻聽
信了讒言，離間拉麻父子間的愛情，把拉麻驅逐出去，做了十四年的流
人。拉麻在客中，遇著女妖蘇白；蘇白愛上了拉麻，而拉麻不睬他。這
一場愛情的風波，引起了一場大鬥爭。蘇白大敗之後，奔到楞伽，求救
於他的哥哥拉凡納，把西姐的美貌說給他聽，拉凡納果然動心，駕了雲
車，用計賺開拉麻，把西姐劫到楞伽去。

　　拉麻失了他的妻子，決計報仇，遂求救於猴子國王蘇格利法。猴子
國有一個大將，名叫哈奴曼，是天風的兒子，有絕大的神通，能在空中飛
行，他一跳就可從印度跳到錫蘭（楞伽）。他能把希瑪拉耶山拔起背著走。
他的身體大如大山，高如高塔，臉放金光，尾長無比。他替拉麻出力，飛
到楞伽，尋著西姐，替他們傳達信物。他往來空中，偵探敵軍的訊息。

　　有一次，哈奴曼飛向楞伽時，途中被一個老母怪（Surasa）一口吞下去了。哈奴曼在這個老魔的肚子裡，心生一計，把身子變的非常之高大；那老魔也就不能不把自己的身子變大，後來越變越大，那妖怪的嘴張開竟有好幾百里闊了；哈奴曼趁老魔身子變的極大時，忽然把自己身子縮成拇指一般小，從肚裡跳上來，不從嘴裡出去，卻從老魔的右耳朵孔裡出去了。

　　又有一次，哈奴曼飛到希瑪拉耶山（剛大馬達山）中去訪尋仙草，遇著一個假裝隱士的妖怪，名叫喀拉，是拉凡納的叔父受了密計來害他的。哈奴曼出去洗浴，殺了池子裡的一條鱷魚，從那鱷魚肚裡走出一個受讁的女仙。那女仙教哈奴曼防備喀拉的詭計，哈奴曼便去把喀拉捉住，抓著一條腿，向空一摔，就把喀拉的身體從希瑪拉耶山一直摔到錫蘭島，不偏不正，剛剛摔死在他的侄兒拉凡納的寶座上！

　　哈奴曼有一次同拉凡納決鬥，被拉凡納們用計把油塗在他的猴尾巴上，點起火來，那其長無比的尾巴就燒起來了。然而哈奴曼的神通廣大，他們不但役有燒死他，反被哈奴曼借刀殺人，用他尾巴上的大火把敵人的都城楞伽燒完了。

　　我們舉這幾條，略表示哈奴曼的神通廣大，但不能多舉例了。哈奴曼保護拉麻王子，征服了楞伽的敵人，奪回西姐，陪他們凱旋，回到阿約爹國。拉麻凱旋之後，感謝哈奴曼之功，賜他長生不老的幸福，也算成了「正果」了。

　　陶生（John Dowson）在他的《印度古學詞典》裡（頁一六）說：「哈奴曼的神通事跡，印度人從少至老都愛說愛聽的。關於他的繪畫，到處都有。」除了《拉麻傳》之外，當第十世紀和第十一世紀之間（唐末宋初），另有一部「哈奴曼傳奇」（Hamman Nataka）出現，是一部專記哈奴曼奇蹟的戲劇，風行民間。中國同印度有了一千多年的文化上的

密切交通，印度人來中國的不計其數，這樣一樁偉大的哈奴曼故事是不會不傳進中國來的。所以我假定哈奴曼是猴行者的根本。除上引許多奇蹟外，還有兩點可注意。第一，《取經詩話》裡說，猴行者是「花果山紫雲洞八萬四千銅頭鐵額獼猴王」。花果山自然是猴子國。行者是八萬四千猴子的王，與哈奴曼的身分也很相近。第二，拉麻傳裡說哈奴曼不但神通廣大，並且學問淵深；他是一個文法大家；「人都知道哈奴曼是第九位文法作者」。《取經詩話》裡的猴行者初見時乃是一個白衣秀才，也許是這位文法大家墮落的變相呢！

五

現在我可以繼續敘述宋以後取經故事的演化史了。

金代的院本裡有《唐三藏》之目，但不傳於後。元代的雜劇裡有吳昌齡做的《唐三藏西天取經》，亦名《西遊記》。此書見於《也是園書目》，云四卷；曹寅的《楝亭書目》（京師圖書館抄本）作六卷。這六卷的《西遊記》當乾隆末年《納書楹曲譜》編纂時還存在，現在不知尚有傳本否？《納書楹曲譜》中選有下列各種關於《西遊記》的戲曲：

《唐三藏》一出：《回回》。（續集二）

《西遊記》六出：《撇子》、《認子》、《胖姑》、《伏虎》、《女還》、《借扇》。（續集二）

又《西遊記》四出：《餞行》、《定心》、《揭缽》、《女國》。（補遺）

《俗西遊記》一出：《思春》。

我們看這些有曲無白的詞曲，實在不容易想像當日的原本是什麼樣子了。《唐三藏》一出，當是元人的作品。但我們在這一出裡，只看見一個西夏國的回回皈依頂禮，不能推想全書的內容。只有末段臨行時的曲詞說：

俺只見黑洞洞征雲起，更那堪昏慘慘霧了天日！願恁個大唐師父取經回，再沒有外道邪魔可也近得你！

從末句裡可以推想全書中定有「外道邪魔」的神話分子了。

吳昌齡的六本《西遊記》不知是《納書楹》裡選的這部《唐三藏》，還是那部《西遊記》。我個人推想，《唐三藏》是元初的作品，而吳昌齡的《西遊記》卻是元末的作品，大概即是《納書楹》裡選有十出的那部《西遊記》。我的理由有幾層：

（1）這部《西遊記》曲的內容很和《西遊記》小說相接近。焦循《劇說》卷四說：

元人吳昌齡《西遊》詞與俗所傳《西遊記》小說小異。

小異就是無大異。今看《西遊記》曲中，「撇子」一折寫殷夫人把兒子拋入江中，「認子」一折寫玄奘到江州衙內認母，「餞行」一折寫玄奘出發，「定心」一折寫緊箍咒收伏心猿，「伏虎」、「女還」二折寫行者收妖救劉大姐，「女國」一折寫女國王要嫁玄奘，「借扇」一折寫火焰山借扇：都是和《西遊記》小說很接近的。「揭缽」一折雖是演義所無，但周豫才先生說「火焰山、紅孩兒當即由此化生」，是很不錯的。十折之中，只有「胖姑」一折沒有根據。但我們很可假定這十折都是焦循說的那部「與《西遊記》小說小異」的吳昌齡《西遊記》了。

（2）吳昌齡的《西遊記》曲，頗有文學的榮譽。《虎口餘生》（《鐵冠圖》）的作者曹寅曾說：

吾作曲多效昌齡，比於臨川之學董解元也。

——見焦循《劇說》四

　　我們看《納書楹》所引十折，確然都很有文學的價值。最妙的是「胖姑」一折，全折曲詞雖是從元人睢景臣的《漢高祖還鄉》（看《讀書雜誌》第四期末欄）脫化出來的，但命意措詞都可算是青勝於藍。此折大概是借一個鄉下胖姑娘的口氣描寫唐三藏在一個國裡受參拜頂禮臨行時的熱鬧狀況，中說：

　　（一網綑兒麻）不是俺胖姑兒心精細，則見那官人們簇擁著一個大擂槌。那擂槌上天生有眼共眉。我則道，觔子頭，葫蘆蒂：這個人兒也忒煞蹺蹊！恰便似不敢道的東西，枉被那旁人笑恥。

　　……

　　（新水令）則見那官人們腰屈共頭低，吃得個醉醺醺腦門著地；咿咿鳴，吹竹管，撲蓁蓁，打著牛皮，見幾個回回，笑他一會，鬧一會兒。

　　……

　　（川撥掉）好教我便笑微微，一個漢，木雕成兩個腿；見幾個武職他舞著面旌旗，忽剌剌口裡不知他說個甚的，妝著一個鬼：——人多我也看不仔細。

　　……

　　這種好文字，怪不得曹棟亭那樣佩服了。這也是我認這部曲為吳昌齡的原作的一個重要理由。

　　如果我的猜想不錯，如果《納書楹》裡儲存的《西遊記》殘本真是吳昌齡的作品，那麼，我們可以說，元代已有一個很豐富的《西遊記》

故事了。但這個故事在戲曲裡雖然已發達,有六本之多,為元劇中最長的戲(《西廂記》只有五本)。然而這個故事還不曾有相當的散文的寫定,還不曾成為《西遊記》小說。當時若有散文《西遊記》,大概也不過是在《取經詩話》與今本《西遊記》之間的一種平凡的「話本」。

錢曾《也是園書目》記元、明無名氏的戲曲中,有《二郎神鎖齊天大聖》一本,這也是猴行者故事的一部分。大概此類的故事,當日還不曾有大規模的定本,故編戲的人可以運用想像力,敷演民間傳說,造為種種戲曲。那六本的《西遊記》,已可算是一度大結集了。最後的大結集還須等待一百多年後的另一位姓吳的作者。

六

我前年做《西遊記序》,還不知道《西遊記》的作者是誰,只能說:「《西遊記》小說之作必在明朝中葉以後」,「是明朝中葉以後一位無名的小說家做的」。後來見《小說考證》卷二,頁六七,引山陽丁晏的話,說據淮安府康熙初舊志藝文書目,《西遊記》是淮安嘉靖中歲貢生吳承恩作的。《小說考證》收的材料最濫,但丁晏是經學家,他的話又是根據《淮安府志》的,所以我們依著他的指引,去訪尋關於吳承恩的材料。現承周豫才先生把他搜得的許多材料抄給我,轉錄於下:

〔天啟《淮安府志》十六,《人物》志二,近代文苑〕吳承恩性敏而多慧,博極群書,為詩文下筆立成,清雅流麗,有秦少游之風。復善諧劇,所著雜記幾種名震一時。數奇,竟以明經授縣貳,未久,恥折腰,遂拂袖而歸。放浪詩酒,卒。有文集存於家。丘少司徒匯而刻之。

〔又同書十九,《藝文志》一,淮賢文目〕吳承恩:《射陽集》四冊,□卷:《春秋列傳序》;西遊記。

〔康熙《淮安府志》十一及十二〕與天啟志悉同。

〔同治《山陽縣誌》十二,《人物》二〕吳承恩字汝忠,號射陽山人,工書。嘉靖中歲貢生(查選舉志亦不載何年),官長興縣丞。英敏博洽,為世所推。一時金石之文多出其手。家貧無子,遺稿多散失。邑人邱正綱收拾殘缺,分為四卷,刊布於世。太守陳文燭為之序,名曰《射陽序稿》,又續稿一卷,蓋存其什一雲。

〔又十八,《藝文》〕吳承恩:《射陽存稿》四卷,《續稿》一卷。

光緒《淮安府志》廿八,《人物》一,又卅八,《藝文》,所載與上文悉同。又《山陽志》五,職官一,明太守條下云:「黃國華,隆慶二年任。陳文燭字玉叔,沔陽人,進士,隆慶初任。邵元哲,萬曆初任。」

焦循《劇說》卷五引阮葵生《茶餘客話》云:

舊志稱吳射陽性敏多慧,為詩文下筆立成,復善諧謔。所著雜記幾種,名震一時。今不知「雜記」為何書。唯《淮賢文目》載先生撰《西遊通俗演義》。是書明季始大行,里巷細人皆樂道之。……按射陽去修志時不遠,未必以世俗通行之小說移易姓氏。其說當有所據。觀其中方言俚語,皆淮之鄉音街談,巷弄市井童孺所習聞,而他方有不盡然者,其出淮人之手尤無疑。然此特射陽遊戲之筆,聊資村翁童子之笑謔。必求得修煉祕訣,亦鑿矣。(此條今通行本《茶餘客話》不載)

周先生考出《茶餘客話》此條系根據吳玉搢的《山陽志遺》卷四的,原文是:

天啟舊志列先生為近代文苑之首，云「性敏而多慧，博極群書，為詩文下筆立成，復善諧謔。所著雜記幾種，名震一時」。初不知雜記為何等書。及閱《淮賢文目》載《西遊記》為先生著。考《西遊記》舊稱為證道書，謂其合於金丹大旨。元虞道園有序，稱此書系其國初邱長春真人所撰。而《郡志》謂出先生手。天啟時去先生未遠，其言必有所本。意長春初有此記，至先生乃為之通俗演義；如《三國志》本陳壽，而《演義》則稱羅貫中也。書中多吾鄉方言，其出淮人手無疑。或云有後《西遊記》，為射陽先生撰。

吳玉搢也誤認邱長春的《西遊記》了。邱長春的《西遊記》，虞集作序的，乃是一部紀行程的地理書，和此書絕無關係。阮葵生雖根據吳說，但已不信長春真人的話；大概乾隆以後，學者已知長春真人原書的性質，故此說已不攻自破了。

吳玉搢的《山陽志遺》卷四還有許多關於吳承恩的材料，今錄於下：

嘉靖中，吳貢生承恩，字汝忠，號射陽山人，吾淮才士也。英敏博洽，凡一時金石碑版蝦祝贈送之詞，多出其手。薦紳臺閣諸公皆倩為捉刀人。顧數奇，不偶，僅以歲貢官長興縣丞。貧老乏嗣，遺稿多散佚失傳。邱司徒正綱收拾殘缺，得其友人馬清溪馬竹泉所手錄，又益之以鄉人所藏，分為四卷，刻之，名曰《射陽存稿》（又有《續稿》一卷）。五嶽山人陳文燭為之序。其略云：「陳子守淮安時，長興徐子與過淮。往汝忠丞長興，與子與善。三人者呼酒韓侯祠內，酒酣論文論詩，不倦也。汝忠謂文自六經後，唯漢魏為近古。詩自《三百篇》後，唯唐人為近古。近時學者徒謝朝華而不知畜多識，去陳言而不知漱芳潤，即欲敷文陳詩，難矣。徐先生與予深韙其言。今觀汝忠之作，緣情而綺麗，體物而

瀏亮，其詞微而顯，其旨博而深。收百代之闕文，採千載之遺韻，沉辭淵深，浮藻雲駿，張文潛以後一人而已。」其推許之者，可謂至極。讀其遺集，實吾郡有明一代之冠。惜其書刊板不存，予初得一抄本，紙墨已渝敝。後陸續收得刻本四卷，並續集一卷，亦全。盡登其詩入《山陽耆舊集》，擇其傑出者各體載一二首於此，以志辦香之意云。

據此，是隆慶初（約一五七○）陳文燭守淮安時，吳承恩還不曾死。以此推之，可得他的年代：

嘉靖中（約一五五○），歲貢生。

嘉靖末（約一五六○），任長興縣丞。

隆慶初（約一五七○），在淮安與陳文燭、徐子與往來酬應，酒酣論文。

萬曆初（約一五八○），吳承恩死。

他大概生於正德之末（約一五二○），死於萬曆之初。天啟《淮安志》修於天啟六年，當西曆一六二六，去吳承恩死時止有四五十年，自然是可靠的根據了。

最可惜的是我們至今還不曾尋到吳承恩的《射陽存稿》，也不曾見到吳玉搢的《山陽耆舊集》。幸得《山陽志遺》裡錄有吳承恩的詩十一首，我們轉載幾首在這裡：

平河橋

短蓬倦向河橋泊，獨對青旗枕臂眠。

日落牛羊歸牧笛，潮來魚米集商船。

繞籬野菜平臨水，隔岸村炊互起煙。

會向此中謀二頃，間搘藜杖聽鳴蟬。

堤上

平湖渺渺漾天光，瀉入溪橋噴玉涼。

一片蟬聲萬楊柳，荷花香裡據胡床。

對月感秋，四之一

湘波卷桃笙，齊紈扇方歇。

秋來本無形，潛報梧桐葉。

啼蛩代鳴蟬，其聲亦何切！

繁霜結珠露，忽已如初雪。

六龍驅日車，羲和不留轍。

群生總如夢，獨爾驚豪傑。

大笑仰青天，停杯問明月。

二郎搜山圖歌

李在唯聞畫山水（李在，明宣德時畫家），不謂兼能貌神鬼。

筆端變幻真駭人，意態如生狀奇詭。

少年都美清源公，指揮部從揚靈風，

星飛電掣各奉命，蒐羅要使山林空。

名鷹攫拏犬騰齧，大劍長刀瑩霜雪。

猴老難延欲斷魂，狐娘空灑嬌啼血。

江翻海攬走六丁，紛紛水怪無留蹤。

青鋒一下斷狂虺，金鎖交纏禽毒龍。

神兵獵妖猶獵獸，探穴搗巢無逸寇。

平生氣焰安在哉？爪牙雖存敢馳驟！

我聞古聖開鴻濛，命官絕地天之通，

軒轅鑄鏡禹鑄鼎，四方民物俱昭融。

後來群魔出孔竅，白晝搏人繁聚嘯。

終南進士老鍾馗，空向宮闈啖虛耗。

民災翻出衣冠中，不為猿鶴為沙蟲。

坐觀宋室用五鬼，不見虞廷誅四凶。

野夫有懷多感激，無事臨風三嘆息：

胸中磨損斬邪刀，欲起平之恨無力。

救日有矢救月弓，世間豈謂無英雄？

誰能為我致麟鳳，長享萬年保合清寧功？

這一篇《二郎搜山圖歌》很可以表示《西遊記》的作者的胸襟和著書的態度了。

七

《西遊記》的中心故事雖然是玄奘的取經，但是著者的想像力真不小！他得了玄奘的故事的暗示，採取了金元戲劇的材料（？），加上他自己的想像力，居然造出一部大神話來！這部書的結構，在中國舊小說之中，要算最精密的了。他的結構共分作三個部分：

第一部分：齊天大聖的傳。（第一回至第七回）

第二部分：取經的因緣與取經的人。（第八回至第十二回）

第三部分：八十一難的經歷。（第十三回至第一百回）

我們現在分開來說：

第一部分乃是世間最有價值的一篇神話文學。我在上文已略考這個猴王故事的來歷。這個神猴的故事，雖是從印度傳來的，但我們還可以說這七回的大部分是著者創造出來的。須菩提祖師傳法一段自然是從禪宗的六祖傳法一個故事上脫化出來的。但著者寫猴王大鬧天宮的一長

段，實在有點意思。王帝把猴王請上天去，卻只叫他去做一個未入流的弼馬溫；猴王氣了，反下天宮，自稱「齊天大聖」；玉帝調兵來征伐，又被猴王打敗了；玉帝沒法，只好又把他請上天去，封他「齊天大聖」，「只不與他事管，不與他俸祿」！後來天上的大臣又怕他太閒了，叫他去管蟠桃園。天上的貴族要開蟠桃勝會了，他們依著「上會的舊規」，自然不請這位前任弼馬溫。不料這饞嘴的猴子一時高興，把大會的仙品仙酒一齊偷吃了，攪亂了蟠桃大會，把一座莊嚴的天宮鬧得不成樣子，他卻又跑下天稱王去了！等到玉帝三次調兵遣將，好容易把他捉上天來，卻又奈何他不得；太上老君把他放在八卦爐中煉了七七四十九日，仍舊被他跑出來，「不分上下，使鐵棒東打西敲，更無一人可敵，直打到通明殿裡，靈霄殿外」！玉帝發了急，差人上西天去討救，把如來佛請下來。如來到了，詰問猴王，猴王答道：

花果山中一老猿，……因在凡間嫌地窄，立心端要住瑤天。靈霄寶殿非他有，歷代人王有分傳。強者為尊該讓我，英雄只此敢爭先！

他又說：

他（玉帝）雖年劫修長，也不應久住在此。常言道：「交椅輪流坐，明年是我尊。」只教他搬出去，將天宮讓與我，便罷了。若還不讓，定要攪亂不得清平！」

前面寫的都是政府激成革命的種種原因；這兩段簡直是革命的檄文了！美猴王的天宮革命，雖然失敗，究竟還是一個「雖敗猶榮」的英雄！

我要請問一切讀者：如果著者沒有一肚子牢騷，他為什麼把玉帝寫

成那樣一個大飯桶？為什麼把天上寫成那樣黑暗、腐敗、無人？為什麼教一個猴子去把天宮鬧得那樣稀糟？

但是這七回的好處全在他的滑稽。著者一定是一個滿肚牢騷的人，但他又是一個玩世不恭的人，故這七回雖是罵人，卻不是板著面孔罵人。他罵了你，你還覺得這是一篇極滑稽，極有趣，無論誰看了都要大笑的神話小說。正如英文的《阿梨思夢遊奇境記》（ *Alice" s Adventures in wonderland* ）[1] 雖然含有很有意味的哲學，仍舊是一部極滑稽的童話小說（此書已由我的朋友趙元任先生譯出，由商務印書館出版）。現在有許多人研究兒童文學，我很鄭重地向他們推薦這七回天宮革命的失敗英雄《齊天大聖傳》。

第二部分（取經因緣與取經人物）有許多不合歷史事實的地方。例如玄奘自請去取經，有詔不許；而《西遊記》說唐太宗徵求取經的人，玄奘願往：這是一不合。又如玄奘本是緱氏人，父為士族，兄為名僧；他自身出家的事，本傳記敘甚詳；而《西遊記》說他的父親是狀元，母親是宰相之女。但是狀元的兒子，宰相的外孫如何忽然做了和尚呢？因此有殷小姐忍辱報仇的故事造出來（參看《太平廣記》一二二陳義郎的故事），作為玄奘出家的理由。這是二不合。但這種變換，都是很在情理之中的。玄奘的家世與幼年事跡實在太平常了，沒有小說的興趣，故有改變的必要。況且玄奘既被後人看作神人，他的父母也該高升了，故升作了狀元與相府小姐。玄奘為經義難明，異說難定，故發憤要求得原文的經典：這種考據家的精神，是科學的精神，在我們眼裡自然極可佩服；但這也沒有通俗小說的資格，故也有改變的必要。於是有魏徵斬龍與太宗遊地府的故事。這一大段是許多小故事雜湊起來的。研究起來很有趣味。袁天罡的神算，自然是一個老故事（參看《太平廣記》七六，又二二一）。秦叔寶、尉遲敬德做門神，大概也是唐人的故事。涇河龍

王犯罪的故事，已見於唐人小說。《太平廣記》四一八引《續玄怪錄》，敘李靖代龍王行雨，誤下了二十尺雨，致龍王母子都受天譴。這個故事是很古的。唐太宗遊地府的故事，也是很古的。唐人張鷟的《朝野僉載》有一則（王靜庵先生引《太平廣記》所引）云：

唐太宗極康豫。太史令李淳風見上，流淚無言。上問之，對曰，「陛下夕當晏駕」。……太宗至夜半，奄然入定，見一人云，「陛下暫合來，還即去也。」帝問君是何人，對曰，「臣是生人判冥事」。太宗入見判官，問六月四日事，即令還。向見者又迎送引匯出。淳風即觀乾象，不許哭泣。須臾乃寤。及曙，求昨所見者，令所司與一官，遂注蜀道一丞。

此事最有趣味，因為近年英國人斯坦因（Stein）在敦煌發現唐代的寫本書籍中，有一種白話小說的殘本，僅存中間一段云：

「判官懍惡，不敢道名字。」帝曰，「卿近前來。」輕道，「姓崔名子玉。」「朕當識。」言訖，使人引皇帝至院門，使人奏曰，「伏維陛下且立在此，容臣入報判官速來。」言訖，使者到廳前拜了，啟判官，「奉大王處太宗是生魂到領，判官推勘，見在門外，未敢引。」判官聞言，驚忙起立。（下闕）
——引見《東方雜誌》十七卷，八號，王靜庵先生文中

這個故事裡已說判官姓崔名子玉。我們疑心那魏徵斬龍及作介紹書與崔判官的故事也許在那損壞的部分裡，可惜不傳了。崔判官的故事到宋時已很風行，故宋仁宗嘉祐二年加崔府君封號詔有「惠存滏邑，恩結蒲人；生著令猷，沒司幽府」等語（引見《東方雜誌》，卷頁同上）。這

個故事可算很古了。

如果上文引的《納書楹曲譜》裡的《西遊記》是吳昌齡的原本，那麼，殷小姐忍辱復仇，唐太宗徵求取經人等故事由來已久，不是吳承恩新加入的了。

第三部分（八十一難）是西遊記本身。這一部分有四個來源。第一個來源自然是玄奘本傳裡的記載，我們上文已引了最動人的幾段。那些困難，本是事實，夾著一點宗教的心理作用。他們最能給小說家許多暗示。沙漠上光線屈折所成的幻影漸漸地成了真妖怪了，沙漠的風沙漸漸地成了黃風大王的怪風和羅剎女的鐵搧風了，沙漠裡四日五夜的枯焦漸漸地成了周圍八百里的火焰山了，烈日炎風的沙河漸漸地又成了八百里「鵝毛飄不起」的流沙河了，高昌國王漸漸地成了大唐皇帝了，高昌國的妃嬪也漸漸地成了托塔天王的假公主和天竺國的妖公主了。這種變化乃是一切大故事流傳時的自然命運，逃不了的，何況這個故事本是一個宗教的故事呢？

第二個來源是南宋或元初的《唐三藏取經詩話》和金、元戲劇裡的《唐三藏西天取經》故事。這些故事的神話的性質，上文已說明瞭。依元代雜劇的體例看來，吳昌齡的《西遊記》雖為元代最長的六本戲，六本至多也不過二十四折；加上楔子，也不過三十折。這裡面絕不能紀敘八十一難的經過。故這個來源至多隻能供給一小部分的材料。

第三個來源是最古的，是《華嚴經》的最後一大部分，名為《入法界品》的（晉譯第三十四品，唐譯第三十九品）。這一品占《華嚴經》全書的四分之一，說的只是一個善財童子信心求法，勇猛精進，經歷一百一十城，訪問一百一十個善知識，畢竟得成正果。這一部《入法界品》便是《西遊記》的影子，一百一十城的經過便是八十一難的影子。我們試看《入法界品》的布局：

（1）文殊師利告善財言，「善男子，於此南方，有一國土名曰可樂，

其國有山名為和合；於彼山中，有一比丘名功德云。汝詣彼問，云何菩薩學菩薩行，修菩薩道，乃至云何具普賢行。」……

（2）功德云比丘告善財言，「善男子，南方有國名曰海門，彼有比丘名曰海雲。汝應詣彼問菩薩行」。……

（3）海雲比丘告善財言，「善男子，汝詣南方六十由旬，有一國土名曰海岸，彼有比丘名曰善住。應往問彼云何菩薩修清淨行」。……

（4）善住比丘言，「善男子，於此南方，有一國土名曰住林，彼有長者名曰解脫。汝詣彼問……」這樣一個轉一個的下去，直到一百一十個，直到彌勒佛，又得見文殊師利，遂成就無量大智光明，「不久當與一切佛等，一身充滿一切世界」。這一個「信心求法，勇猛精進」的故事，一定給了《西遊記》的著者無數的暗示。

第四個來源自然是著者的想像力與創造力了。上面那三個來源都不能供給那八十一難的材料，至多也不過供給許多暗示，或供給一小部分的材料。我們可以說，《西遊記》的八十一難大部分是著者想像出來的。想出這許多妖怪災難，想出這一大堆神話，本來不算什麼難事。但《西遊記》有一點特長處，就是他的滑稽意味。拉長了面孔，整日說正經話，那是聖人菩薩的行為，不是人的行為。《西遊記》所以能成為世界的一部絕大神話小說，正因為《西遊記》裡種種神話都帶著一點詼諧的意味，能使人開口一笑，這一笑就把那神話「人化」過了。我們可以說，《西遊記》的神話是有「人的意味」的神話。

我們可舉幾個例。如第三十二回平頂山豬八戒巡山的一段，便是一個好例：

那呆子入深山，又行有四五里，只見山凹中有一塊桌面大的四四方方的青石頭。呆子放下鈀，對石頭唱個大喏。行者暗笑，「看這呆子做

甚勾當！」原來那呆子把石頭當做唐僧、沙僧、行者三人，朝著他演習哩。他道：「我這回去，見了師父，若問有妖怪，就說有妖怪；他問什麼山，我若說是泥捏的，錫打的，銅鑄的，面蒸的，紙糊的，筆畫的，──他們見說我呆哩，若說這話，一發說呆了。我只說是石頭山。他若問甚洞，也只說是石頭洞。他問什麼門，卻說是釘釘的鐵葉門。他問裡邊多少遠，只說入內有三層。他若再問門上釘子多少，只說老豬心忙記不真。」……

最滑稽的是朱紫國醫病降妖一大段。孫行者揭了榜文，卻去揣在豬八戒的懷裡，引出一大段滑稽文字來。後來行者答應醫病了，三藏喝道：

你跟我這幾年，那會見你醫好誰來？你連藥性也不知，醫書也未讀，怎麼大膽撞這個大禍？

行者笑道：

師父，你原來不曉得，我有幾個草頭方兒，能治大病，管情醫得他好便了。就是醫死了，也只問得個庸醫殺人的罪名，也不該死，你怕怎的？

下文診脈用藥的兩段也都是很滑稽的。直到尋無根水做藥引時，行者叫東海龍王敖廣來「打兩個噴嚏，吐些津液，與他吃藥罷」。病醫好了，在謝筵席上，八戒口快，說出「那藥裡有馬……」行者接著遮掩過去，說藥內有馬兜鈴。國王問眾官馬兜鈴是何品味，能醫何症。時有太醫院官在傍道：

主公，

兜鈴味苦寒無毒，定喘消痰大有功。通氣最能除血蠱，補虛寧嗽又寬中。

國王笑道：

用的當，用的當。豬長老再飲一杯。

這都是隨筆詼諧，很有意味。

我們在上文曾說大鬧天宮是一種革命。後來第五十回裡，孫行者被獨角兕大王把金箍棒收去了，跑到天上，見玉帝。行者朝上唱個大喏道：

啟上天尊。我老孫保護唐僧往西天取經，……遇一凶怪，把唐僧拿在洞裡要吃。我尋上他門，與他交戰。那怪神通廣大，把我金箍棒搶去。……我疑是天上凶星下界，為此特來啟奏，伏乞天尊垂慈洞鑒，降旨查勘凶星，發兵收剿妖魔，老孫不勝顫慄屏營之至！

這種奴隸的口頭套語，到了革命黨的口裡，便很滑稽了。所以殿門傍有葛仙翁打趣他道：

猴子，是何前倨後恭？

行者道：

不是前倨後恭，老孫於今是沒棒弄了。

　　這種詼諧的裡面含有一種尖刻的玩世主義。《西遊記》的文學價值正在這裡。第一部分如此，第三部分也如此。

---

[1]　《阿梨思夢遊奇境記》：今通譯《愛麗絲漫遊仙境》。

八

　　《西遊記》被這三四百年來的無數道士、和尚、秀才弄壞了。道士說，這部書是一部金丹妙訣。和尚說，這部書是禪門心法。秀才說，這部書是一部正心誠意的理學書。這些解說都是《西遊記》的大仇敵。現在我們把那些什麼悟一子和什麼悟元子等的「真詮」、「原旨」一概刪去了，還他一個本來面目。至於我這篇考證本來也不必做；不過因為這幾百年來讀《西遊記》的人都太聰明瞭，都不肯領略那極淺極明白的滑稽意味和玩世精神，都要妄想透過紙背去尋那「微言大義」，遂把一部《西遊記》罩上了儒、釋、道三教的袍子；因此，我不能不用我的笨眼光，指出《西遊記》有了幾百年逐漸演化的歷史；指出這部書起於民間的傳說和神話，並無「微言大義」可說；指出現在的《西遊記》小說的作者是一位「放浪詩酒，復善諧謔」的大文豪作的，我們看他的詩，曉得他確有「斬鬼」的清興，而決無「金丹」的道心；指出這部《西遊記》至多不過是一部很有趣味的滑稽小說、神話小說；他並沒有什麼微妙的意思，他至多不過有一點愛罵人的玩世主義。這點玩世主義也是很明白的；他並不隱藏，我們也不用深求。

十二，二，四，　改稿

附錄　讀《〈西遊記〉考證》

　　《西遊記》的作者，自從丁晏在他底《頤志齋集》續編頁二十三《書西遊記後》裡面，表明是他底同鄉吳承恩以後；差不多可以說看《西遊記》的人，都不曾注意到作者姓氏；甚至於拿邱處機來頂名冒替。就是善於給小說作考證的胡適之先生，在他底《西遊記序》裡面也不曾提到作者是誰。這未免令人替吳老先生不平。因此，我們便費了多天工夫，來搜求關於吳承恩的材料，終以為不甚完備，尚不曾著手整理。昨天看見第六期的《讀書雜誌》裡面《西遊記考證》，居然把吳老先生表彰出來，並且材料也還不少。從此吳承恩的姓名，藉著他底文學作品得以永遠不死。將來再經了適之先生的考索，或者竟替他作出一個年譜來，又何嘗不是這位吳老先生的榮幸呢？現在我們索性把搜求所得，未曾見於《考證》裡面的材料，寫了出來，供獻給適之先生，讓他作個綜合的研究。

　　同治十二年《長興縣誌》，名宦，頁十五：

　　吳承恩，字汝忠，山陽人，嘉靖中授長興縣丞。性耽風雅，作為詩，緣情體物，習氣悉除；其旨博而深，其辭微而顯，張文潛後殆無其倫。官長興時與邑紳徐中行最善。往還唱和，率自胸臆出之。丞廨浮沉，絕無攀援附麗，其賢於人遠矣！著有《射陽先生存稿》。

　　《志》中所載，系雜引李本寧《大本山房集》，和陳玉叔（文燭）《射陽存稿序》裡面的話；李語也見於《明詩綜》卷四十八頁二十五，《吳承恩》七首下註：

　　李本寧云，汝忠與徐子與善，往還唱和；今按其集獨不類七子，率自胸臆出之。以彼其才，僅為縣丞以老！一意獨行，無所扳援附麗，豈不賢於人哉？

　　據此，可知徐中行與吳承恩的交情，並且知道他們曾互相唱和。我們倘若把徐中行的詩文拿來看一看，定然能尋些關於吳承恩的材料；像適之先生在《四松堂詩集》找著曹雪芹的故事一樣。徐中行是「後七子」之一，曾入《明史·文苑傳》；王世貞的《藝苑卮言》裡面，也極口稱讚他。他的著作有：

　　《天目山堂集》二十卷，《附錄》一卷。
　　《青蘿館集》，六卷。

　　以上二種，均見《四庫存目》。可惜尚未覓得！
　　我們看了徐中行的傳略，也可以作吳承恩官長興時代的旁證。按《明詩綜》卷四十六（頁二十九），說：

　　徐中行，二首。中行字子與，長興人，嘉靖庚戌進士。除刑部主事，出知汀州府……有《青蘿館集》。

　　中行成進士在庚戌，當嘉靖二十九年（一五五〇）。而吳承恩得歲貢卻不在此年。按光緒《淮安府志》貢舉表，歲貢生有

　　吳承恩，甲辰。

甲辰是嘉靖二十三年（一五四四）。周豫才先生看光緒《淮安志》，遺漏了這一條；適之先生假定的年歲，較此相差六年。

《考證》假定吳承恩任長興縣丞在嘉靖末，約當西曆一五六〇。乾隆十四年《長興縣誌》職官，名宦，皆不載吳承恩之名。同治《長興志》名宦的次序，系隨便列入，不足為依據。他的職官表也無吳承恩作縣丞的年歲。但此表中縣丞的缺額上，尚有線索可尋。表如下：

嘉靖年長興縣丞附記

一六－二〇 李良材

二一 張梓

二三（甲辰）吳承恩歲貢

二四－二五

二六 張黼 沈天民

二七－二八 馬萬椿

二九（庚戌）馬萬椿 徐中行進士

三〇 馬萬椿（本年升州判）

三一－三四

三五－三六 吳世法 譚以晉

三七 周杭

三八 盛忠烈

三九－四五

我初以為同治《志》「嘉靖中」的「中」字，當是指二四至二五兩年，因為嘉靖在位四十五年，二十五年正在中間。適之先生以為「中」字不當這樣拘泥看；況且歲貢在廿三年，而縣丞在廿四年，似乎不合情理。此外只有兩個缺額了，一是三一至三四年，一是三九至四五年。吳承恩

丞長興，不出這兩個時代。適之先生主張三九至四五年（一五六〇至
一五六六）之間；因為文人作縣丞，大概是迫於貧老，不得已而為之，
故此事以晚年為適宜。況且《明詩綜》引李本寧的話，說：「以彼其才，
僅為縣丞以老。」這更可見他作縣丞是在老年了。若此說不錯，則《考
證》原擬嘉靖末（約一五六〇）為丞長興之年，竟得一有力的旁證了。

適按《明史》二八七云：

> 徐中行，……由刑部主事歷員外郎郎中，稍遷汀州知府。廣東賊蕭
> 五來犯，御之，有功；策其且走，俾武平令徐甫宰邀擊之；讓功甫宰，
> 甫宰得優擢。尋以父憂歸。補汝寧，坐大計，貶長蘆鹽運判官，遷湖廣
> 僉事；……累官江西左布政使，萬曆六年（一五七八）卒官。

我們在這時候，材料不完全，不能知道徐中行丁父憂的年歲。但徐
中行是嘉靖二九［年］的進士，做到汀州知府，立了功，然後丁憂回家，
至少須有十年的時間。大概吳承恩做長興縣丞，和徐中行丁憂回籍，同
在嘉清三九年以後，故他們有往還熟識的機會。

《考證》上又假定：「萬曆初（約一五八〇）吳承恩死」，不知何據？
但是這裡面卻有一件可靠的證據，寫來作他補充的條件。康熙《淮安府
志》，卷十二，《文藝》，頁十一，載：

> 吳承恩《瑞龍歌》。（原注——事見蛻龍潭）憶昨淮揚水為屬，冒
> 郭襄陵洶無際；皆云「龍怒駕狂濤，人力無由殺其勢」。忽然谿壑息波
> 瀾，細草平沙得龍蛻；崢嶸頭角異尋常，猶帶樣煙與靈氣；神奇自古驚
> 流傳，蟄地飛天總成瑞。高家堰報水土平，世運神機關進退；司空馳奏
> 入明光，百辟趨朝笑相慰：獨不見，當年神禹治九州，奏績玄龜動天地；

今茲告兆協神龍，千古玄符迴相繼；貯看寰宇遍耕桑，萬年千年保天佑。

又卷一，《祥異》及《山川》載有：

萬曆七年三月十八日，申，大雷雨……
蛻龍潭，萬曆七年。王世貞有記。

蛻龍潭故事，在萬曆七年（一五七九），承恩還夠上替他作《瑞龍歌》，可以推想他的死在萬曆七年以後。《考證》約計他的死是（一五八〇），恰恰萬曆八年，未免太湊巧了。總之：我們雖不能斷定他是否死在七年或八年，或者八年以後若干年？然而有了這個證據，卻是可以說他的死不在萬曆七年以前。

在《考證》裡面，適之先生說：「花果山是後來小說有的；紫雲洞，後來改為水簾洞了。」在這一點，我們也曾尋出來些蹤跡。因為看《淮安志》的時候，偶然看見《藝文》裡面有「朱世臣題雲臺山水簾洞」的標題，想到水簾洞是美猴王的發祥地，也算這部《西遊記》的出發點；不無研究的價值。於是就加意探訪，果然尋到了水簾洞的去處。

嘉慶《海州志》，卷第十一，山川：

姚陶《登雲臺山記》……夜半，呼僕夫乘月登山，觀日出。由殿東石徑上一里許，為水簾洞；洞中石泉極淺，冬夏不竭，泉甚甘美。云為三元弟兄修真處。……

雲臺山，就是鬱州。他有許多名字是：「蒼梧山」、「青峰頂」、「青風頂」、「覆釜山」、「逢山」、「鬱州」等等。晉、宋之間，南北相爭，頗

為要地，並曾僑置青冀二州。雲臺的名字，是萬曆年間起的。此山是海邊的一個孤島，周圍約有二百餘里。《志》又稱：

雲臺，向在海中，禁為界外；康熙十六年，奏請復為內地。

此山的形勢，也似乎是花果山的背景。遊覽過此山的吟詠記載，有很多的人，我們一看，就可以知道雲臺山的價值了。

作賦的：孫斯位，汪枚。

作記的：吳進，姚陶。

作詩的：蘇軾，劉峻，王時揚，周於德，張一元，黃九章，武尚行，紀映鐘，楊錫紱，張賓鶴，吳恆宣，管韓貞。

此外關於吳承恩的遺詩，除了《山陽志遺》以外，在《明詩綜》看見的有七首，題目如下：

《對月》，《富貴曲》效溫飛卿體，《楊柳青》，《田園即事》，《秋夕》，《東未齋陶師》，《勾曲》。

見《淮安志》藝文的二首：

《堤上》，《瑞龍歌》。

以上所錄，為給適之先生湊集材料起見，所以亂雜無章地寫了許多。不過可以作《西遊記考證》的一點補充的材料罷了，實在夠不上是一種研究。

董作賓

十二，二，五

後記一

董先生供給我這些好材料,使我十分感謝。他所舉的吳承恩遺詩,也都承他抄給我了。《淮安府志》裡《堤上》一首,《明詩綜》裡《楊柳青》一首,皆與《山陽志遺》相重。今補錄《田園即事》一首於下:

田園即事

大溪小溪雨已過,前村後村花欲迷。

老翁打鼓官社裡,野客策杖官橋西。

黃鸝紫燕聲上下,短柳長桑光陸離。

山城春酒綠如染,三百青錢誰為攜?

（適）

後記二

這篇跋登出之後不多時，董先生又去檢查康熙年間修的《汝寧府志》，他在卷八《官師（名宦）》裡尋得這一條：

> 徐中行（嘉靖四十一年至四十二年任）……丁巳（嘉靖三六，西一五五七）出守汀州，以外艱歸。壬戌（嘉靖四一，西一五六二）起補汝寧。……官僅一載，竟中忌者之口，以京察左遷去。

這一條可以證明我上文的假設：徐中行丁憂回籍，果在嘉靖三九至四一年，大概我猜想吳承恩作縣丞也在此時，是不錯的了。

現在可以修正我《考證》裡擬的年表如下：

嘉靖二三（一五四四），吳承恩歲貢

二九（一五五〇），徐中行進士。

三九（一五六〇），至四一（一五六二），徐中行丁父優在長興。

三九（一五六〇）至四五（？），吳承恩作長興縣丞。

隆慶初（約一五七〇），吳承恩在淮安，與陳文燭、徐中行往來酬應，酒酣論文。

萬曆六（一五七八），徐中行死於江西布政任上。

萬曆七（一五七九），吳承恩作《瑞龍歌》。

約萬曆七八年（約一五八〇），吳承恩死；以他歲貢之年推之，他享壽當甚高，約七十多歲。生時當在弘治、正德之間（約一五〇五）。

這個表精密多了。我們不能不感謝董作賓先生的厚意和助力。

（適）

十二，三，九

第四篇
《三國志演義》考證

《三國志演義》序

　　三國的故事向來是很能引起許多人的想像力與興趣的。這也是很自然的。中國歷史上只有七個分裂的時代：（1）春秋到戰國；（2）楚漢之爭；（3）三國；（4）南北朝；（5）隋、唐之際；（6）五代十國；（7）宋、金分立的時期。這六個時代之中，南北朝與南宋都是不同的民族分立的時期，心理上總有一點「華夷」的觀念，大家對於「北朝」的史事都不大注意，故南北朝不成演義的小說，而南宋時也只配做那偏於「攘夷」的小說（如《說嶽》）。其餘五個分立的時期都是演義小說的好題目。分立的時期，人才容易見長，勇將與軍師更容易見長，可以不用添枝添葉，而自然有熱鬧的故事。所以《東周列國志》、《七國志》、《楚漢春秋》、《三國志》、《隋唐演義》、《五代史平話》、《殘唐五代》等書的風行，遠勝於《兩漢演義》、《兩晉演義》等書。但這五個分立時期之中，春秋戰國的時代太古了，材料太少；況且頭緒太紛繁，不容易做得滿意。楚漢與隋唐又太短了，若不靠想像力來添材料，也不能做成熱鬧的故事。五代十國頭緒也太繁，況且人才並不高明，故關於這個時代的小說都不能做好。只有三國時代，魏蜀吳的人才都可算是勢均力敵的，陳壽、裴松之儲存的材料也很不少；況且裴松之注《三國志》時，引了許多雜書的材料，很有小說的趣味。因此，這個時代遂成了演義家的絕好題目了。

　　《三國志演義》不是一個人做的，乃是五百年的演義家的共同作品。唐朝已有說三國故事的了。段成式《酉陽雜俎》說：「予太和末，因弟生日觀劇，有市人小說，呼扁鵲作褊鵲字，上聲。」又李商隱《驕兒》詩云：

「或謔張飛胡，或笑鄧艾吃。」這都可證晚唐已有說三國的。宋朝「說話」
的風氣更發達了。孟元老《東京夢華錄》說北宋晚年的「說話」，共有許
多科，內中「說三分」是一種獨立科目，不屬於「講史」一科，竟成了
一種專科了。蘇軾《志林》說：

　　途巷中小兒薄劣，其家所厭苦，輒與錢，令聚坐聽說古話。至說三
國事，聞劉玄德敗，輒蹙眉，有出涕者；聞曹操敗，即喜，唱快。以是
知君子小人之澤，百世不斬。

　　宋、金分立的時代，南方的平話，北方的院本，都有這一類的歷史
故事。現在可考見的，只有金院本中的《襄陽會》。到了元朝，我們的材
料便多了。《錄鬼簿》與《涵虛子》記的雜劇名目中，至少有下列各種是
演三國故事的：
　　王曄《臥龍岡》
　　朱凱《黃鶴樓》
　　王實甫《陸續懷橘》《曹子建七步成章》
　　關漢卿《管寧割席》《單刀會》
　　尚仲賢《諸葛論功》（《錄鬼簿》作《武成廟諸葛論功》，不知是否三
國故事）
　　高文秀《周謁魯肅》《劉先生襄陽會》
　　鄭德輝《王粲登樓》《三戰呂布》（二本）
　　武漢臣《三戰呂布》（二本），（按《錄鬼簿》，武作的是一部分，餘
為鄭作）
　　王仲文《諸葛祭風》《五丈原》
　　於伯淵《斬呂布》

　　石君寶《哭周瑜》

　　趙文寶《燒樊城糜竺收資》

　　無名氏《連環計》、《博望燒屯》、《隔江鬥智》這十九種之中，現在只有《單刀會》、《博望燒屯》（日本京都文科大學影刻的《元人雜劇三十種》之二）、《連環計》、《隔江鬥智》、《王粲登樓》（臧刻《元曲選》百種之一），五種存在。明朝宗室周憲王的《雜劇十段錦》之中，有《關雲長義勇辭金》一種，現在也有傳本（董康刻的）。

　　我們研究這幾種現存的雜劇，可以推知宋至明初的三國故事大概與現行的《三國演義》裡的故事相差不遠。內中只有《王粲登樓》一本是捏造出來的情節；如說蔡邕做丞相，曹子建和他同朝為學士，王粲上萬言策，得封天下兵馬大元帥：都是極淺薄的捏造。其餘的幾本，雖有小節的不同，但大體上都與《三國演義》相差不多。我們從這些雜劇的名目和現存本上，可以推知元朝的三國故事至少有下列各部分：

　　（1）呂布故事：《虎牢關三戰呂布》、《連環計》、《斬呂布》。

　　（2）諸葛亮故事：《臥龍岡》、《博望燒屯》、《燒樊城》、《襄陽會》、《祭風》、《隔江鬥智》、《哭周瑜》、《五丈原》。

　　（3）周瑜故事：《謁魯肅》、《隔江鬥智》、《哭周瑜》。

　　（4）劉、關、張故事：《三戰呂布》、《斬呂布》及以上諸劇。

　　（5）關羽故事：《義勇辭金》、《單刀會》。

　　（6）曹植、管寧等小故事。

　　最可注意的是曹操在宋朝已成了一個被人痛恨的人物（見上引蘇軾的話），諸葛亮在元朝已成了一個足計多謀的軍師，而關羽已成了一個神人。（《義勇辭金》裡稱他為「關大王」；《單刀會》是元初的戲，題目已稱《關大王單刀會》了。）

　　散文的《三國演義》自然是從宋以來「說三分」的「話本」變化演

進出來的。宋時已有很好的短篇小說，如新發現的《京本通俗小說》（在《煙畫東堂小品》中），便是很明白的例。但宋時有無這樣長篇的歷史話本，還不可知。舊說都以為《三國演義》是元末明初一個杭州人羅貫中做的。羅貫中，或說是名貫，字本中（《七修類稿》）；或說是名本，字貫中（《續文獻通考》）。《水滸傳》、《三國志》、《隋唐演義》、《平妖傳》等書，相傳都是他做的。大概他是當時的一個演義家，曾做了一些演義體的小說。明初的《三國演義》也許真是他做的。但那個本子和現行的《三國演義》不同。當明萬曆年間，《水滸傳》的改本已風行了，但《三國演義》還是很淺劣的。胡應麟在《莊嶽委談》裡說《三國演義》「絕淺陋可嗤」，又說此書與《水滸》「二書淺深工拙，若霄壤之懸」。可見此書在明朝並不曾受文人的看重。

明朝末年有一個「李卓吾評本」的《三國演義》出現。此本現在也不易得了；日本京都帝國大學鈴木豹軒教授藏的一部《英雄譜》，上欄是百十回本的《忠義水滸傳》，下欄是這個本子的《三國演義》。我們不知道這個本子和那明初傳下來的本子有什麼不同的地方，但我們可以斷定這個本子仍舊是很幼稚的。後來清朝初年，有一個毛宗崗（序始），把這本子大加刪改，加上批評，就成了現在通行的《三國志演義》。毛宗崗假託一種「古本」，但我們稱它做「毛本」。毛宗崗把明末的本子叫做「俗本」，但我們要稱它做「明本」。

毛本有「凡例」十條，說明他刪改明本之處。最重要的有幾點：

（1）文字上的修正：「俗本（即明本，下同）之乎者也等字，大半齟齬不通；又詞語冗長，每多復沓處。今悉依古本改正。」

（2）增入的故事：「如關公秉燭達旦，管寧割席分坐，曹操分香賣履，於禁陵闕見畫，以至武侯夫人之才，康成侍兒之慧，鄧艾鳳兮之對，鍾會不汗之答，杜預《左傳》之癖；今悉依古本存之。」

（3）增入的文章：「如孔融薦禰衡表，陳琳討曹操檄，……今悉依古本增入。」

（4）削去的故事：「如諸葛亮欲燒魏延於上方谷，諸葛瞻得鄧艾書而猶豫未決，之類……今皆削去。」

（5）削去的詩詞：「俗本每至『後人有詩嘆曰』，便處處是周靜軒先生，而其詩又甚俚鄙可笑。今此編悉取唐、宋名人作以實之。」俗本往往捏造古人詩句，如鐘繇、王朗頌銅雀臺，蔡瑁題詩館驛屋壁，皆偽作七言律體。……今悉依古本削去。」

（6）辨正的故事：「俗本紀事多訛。如昭烈聞雷失箸，及馬騰入京遇害，關公封漢壽亭侯，之類，皆與古本不合。又曹後罵曹丕，而俗本反書其黨惡；孫夫人投江而死，而俗本但紀其歸吳。今悉依古本辨定。」

我們看了這些改動之處，便可以推想明本《三國演義》的大概情形了。

我們再總說一句：《三國演義》不是一個人做的，乃是自宋至清初五百多年的演義家的共同作品。

這部書現行本（毛本）雖是最後的修正本，卻仍舊只可算是一部很有勢力的通俗歷史講義，不能算是一部有文學價值的書。為什麼《三國演義》不能有文學價值呢？這也有幾個原因：

第一，《三國演義》拘守歷史的故事太嚴，而想像力太少，創造力太薄弱。此書中最精彩、最有趣味的部分在於赤壁之戰的前後，從諸葛亮舌戰群儒起，到三氣周瑜為止。三國的人才都會聚在這一塊，「三分」的局面也定於這一個短時期，所以演義家盡力使用他們的想像力與創造力，打破歷史事實的束縛，故能把這個時期寫得很熱鬧。我們看元人的《隔江鬥智》與此書中三氣周瑜的不同，便可以推想演義家運用想像力的自由。因為想像力不受歷史的拘束，所以這一大段能見精彩。但全

書的大部分都是嚴守傳說的歷史，至多不過能在穿插瑣事上表現一點小聰明，不敢儘量想像創造，所以只能成一部通俗歷史，而沒有文學的價值。《水滸傳》全是想像，故能出奇出色；《三國演義》大部分是演述與穿插，故無法能出奇出色。

第二，《三國演義》的作者，修改者，最後寫定者，都是平凡的陋儒，不是有天才的文學家，也不是高超的思想家。他們極力描寫諸葛亮，但他們理想中只曉得「足計多謀」是諸葛亮的大本領，所以諸葛亮竟成一個祭風祭星，神機妙算的道士。他們又想寫劉備的仁義，然而他們只能寫一個庸儒無能的劉備。他們又想寫一個神武的關羽，然而關羽竟成了一個驕傲無謀的武夫。這固是時代的關係，（參看《胡適文存》卷一，頁五二－五三）但《三國演義》的作者究竟難逃「平凡」的批評。毛宗崗的凡例裡說：

俗本謬託李卓吾先生評閱，……其評中多有唐突昭烈，謾罵武侯之語，今俱削去。

這種見地便是「平凡」的鐵證。至於文學的技術，更「平凡」了。我們試看第四十三回諸葛亮舌戰群儒一大段；在作者的心裡，這一段總算是極力抬高諸葛亮了；但我們讀了，只覺得平凡淺薄，令人慾嘔。後來寫「三氣周瑜」一大段，固然比元人的《隔江鬥智》高得多了，但仍是很淺薄的描寫，把一個風流儒雅的周郎寫成了一個妒忌陰險的小人，並且把諸葛亮也寫成了一個奸刁險詐的小人。這些例都是從《三國演義》的最精彩的部分裡挑出來的，尚且是這樣，其餘的部分更不消說了。文學的技術最重剪裁；會剪裁的，只消極力描寫一兩件事，便能有聲有色。《三國演義》最不會剪裁；他的本領在於蒐羅一切竹頭木屑，破爛銅

鐵，不肯遺漏一點，因為不肯剪裁，故此書不成為文學的作品。

話雖如此，然而《三國演義》究竟是一部絕好的通俗歷史。在幾千年的通俗教育史上，沒有一部書比得上它的魔力，五百年來，無數的失學國民從這部書裡得著了無數的常識與智慧，從這部書裡學會了看書寫信作文的技能，從這部書裡學得了做人與應世的本領。他們不求高超的見解，也不求文學的技能；他們只求一部趣味濃厚，看了使人不肯放手的教科書。《四書五經》不能滿足這個要求，《廿四史》與《通鑒》、《綱鑒》也不能滿足這個要求，《古文觀止》與《古文辭類纂》也不能滿足這個要求。但是《三國演義》恰能供給這個要求。我們都曾有過這樣的要求，我們都曾嘗過他的魔力，我們都曾受過他的恩惠，我們都應該對他表示相當的敬意與感謝！

十一，五，十六在北京

　　註：作此序時，曾參用周豫才先生的《小說史講義》稿本，不及一一注出，特記於此。

第五篇
《三俠五義》考證

《三俠五義》序

一　包公的傳說

　　歷史上有許多有福之人。一個是黃帝，一個是周公，一個是包龍圖。上古有許多重要的發明，後人不知道是誰發明的，只好都歸到黃帝的身上，於是黃帝成了上古的大聖人。中古有許多製作，後人也不知道究竟是誰創始的，也就都歸到周公的身上，於是周公成了中古的大聖人，忙的不得了，忙得他「一沐三握髮，一飯三吐哺」！

　　這種有福的人物，我曾替他們取個名字，叫做「箭堆式的人物」；就同小說上說的諸葛亮借箭時用的草人一樣，本來只是一紮乾草，身上刺蝟也似的插著許多箭，不但不傷皮肉，反可以立大功，得大名。

　　包龍圖——包拯——也是一個箭堆式的人物。古來有許多精巧的折獄故事，或載在史書，或流傳民間，一般人不知道他們的來歷，這些故事遂容易堆在一兩個人的身上。在這些偵探式的清官之中，民間的傳說不知道怎樣選出了宋朝的包拯來做一個箭堆，把許多折獄的奇案都射在他身上。包龍圖遂成了中國的歇洛克‧福爾摩斯[1]了。

　　包拯在《宋史》裡止有一篇短傳（卷三一六），說他「立朝剛毅，貴戚宦官為之斂手，聞者皆憚之。人以包拯笑比黃河清，童稚婦女亦知其名，呼曰包待制。京師為之語曰，『關節不到，有閻羅包老』。舊制，凡訟訴不得徑造庭下。拯開正門，使得至前陳曲直，吏不敢欺」。這是包拯故事的根源。他在當日很得民眾的敬愛，故史稱「童稚婦女皆知其名」。後來民間傳說，遂把他提出來代表民眾理想中的清官。他卻也有這種代表資格，如上文引的《宋史》所說「笑比黃河清」，「關節不到」等事，都可見他的為人。《宋史》又說他：

性峭直，惡吏苛刻，務敦厚，雖甚嫉惡，而未嘗不推以忠恕也。與人不苟合，不偽辭色悅人。平居無私書，故人親黨皆絕之。雖貴，衣服器用飲食如布衣時。嘗曰：「後世子孫仕宦有犯贓者，不得放歸本家；死，不得葬大塋中。不從吾志，非吾子若孫也。」

他的長處在於峭直而「務敦厚」，嫉惡而「未嘗不推以忠恕」。《宋史》本傳紀載他的愛民善政很多，大概他當日所以深得民心，也正是因為這個原故。不過後世傳說，注重他的剛毅峭直處，遂埋沒了他的敦厚處了。

關於包拯斷獄的精明，《宋史》只記他：

知天長縣，有盜割人牛舌者。主來訴，拯曰，「第歸，殺而鬻之。」尋復有來告私殺牛者。拯曰，「何為割牛舌而又告之？」盜驚服。

他大概頗有斷獄的偵探手段。民間傳說，愈傳愈神奇，不但把許多奇案都送給他，並且造出「日斷陽事，夜斷陰事」的神話。後世佛、道混合的宗教遂請他做了第五殿的閻王。這種神話的源流是很可供社會史家的研究的。

大概包公斷獄的種種故事，起於北宋，傳於南宋；初盛於元人的雜劇，再盛於明清人的小說。

《元曲選》一百種之中，有十種是包拯斷獄的故事，其目如下：

① 包待制陳州糶米（無名氏）

② 包龍圖智賺合約文字（無名氏）

③ 包龍圖單見黑旋風

神怒兒大鬧開封府（無名氏）

④ 包待制三勘蝴蝶夢（關漢卿）

⑤包待制智斬魯齋郎（關漢卿）（以上兩本《錄鬼薄》記關氏所著雜劇目中不載，疑是無名氏之作，《元曲選》誤收為關氏之作。）

⑥包龍圖智勘後庭花（鄭庭玉）

⑦包待制智賺灰闌記（李行道）

⑧王月英元夜留鞋記（曾瑞卿）

⑨玎玎璫璫盆兒鬼（無名氏）

⑩包待制智賺生金閣（武漢臣）這都是儲存至今的。此外還有不傳的雜劇：

⑪糊突包待制（江澤民）（見《錄鬼薄》）

⑫包待制判斷煙花鬼（張鳴善）（同上）

⑬風雪包待制（無名氏）（見《太和正音譜》）

⑭包待制雙勘丁（無名氏）（同上）

我們看《元曲選》中儲存的包公雜劇，可以知道宋、元之間包公的傳說不但很盛行，並且已有了一個大同小異的中心。例各劇都說：

老夫姓包，名拯，字希文，乃盧州金門郡四望鄉老兒村人氏。

《宋史》說他字希仁，王銍《默記》也稱包希仁；而傳說改稱字希文。《宋史》只說他是盧州合肥人，而傳說捏造出「金門郡四望鄉老兒村」來。這些小節都可以證明當日必有一種很風行的包公故事作一種底本。又如《灰闌記》云：

敕賜勢劍金牌，體察濫官汙吏。

《留鞋記》云：

因為老夫廉能清正，奉公守法，聖人敕賜勢劍金牌，著老夫先斬後奏。

《盆兒鬼》云：

敕賜勢劍金牌，容老夫先斬後奏，專一體察濫官汙吏，與百姓伸冤理枉。

《陳州糶米》云：

〔范學士云〕待制再也不必過慮。聖人的命敕賜與你勢劍金牌，先斬後聞。

這就是後來「賜御鍘三刀」的傳說的來源。元人雜劇裡已有銅鍘的名稱，如《後庭花》云：

〔趙廉訪云〕與你勢劍銅鍘，限三日便與我問成這樁事。……〔正末雲〕是好一口劍也呵！〔唱〕
這劍冷颼颼，取次不離匣。這惡頭兒揣與咱家。我若出公門，小民把我胡撲搭，莫不是這老子賣弄這勢劍銅鍘？

在《音釋》裡，鍘，字注「音查」，即是鍘字。又《灰闌記》也說：

若不是呵，就把銅鍘來切了這個驢頭。

這都可見「敕賜勢劍銅鍘」已成了那時的包公故事的公認的部分了。又如《盆兒鬼》云：

上告待制老爺聽端的：人人說你白日斷陽間，
到得晚時又把陰司理。

可見「日斷陽事，夜斷陰事」在那時已成了公認的中心部分了。
以上所說，都可見當時必有一種通行的底本。最可注意的是《盆兒鬼》中張撇古列舉包公的奇案云：

也曾三勘王家蝴蝶夢，
也曾獨耀陳州老倉米，
也曾智賺灰闌年少兒，
也曾詐斬齋郎衙內職，
也曾斷開雙賦《後庭花》，
也曾追還兩紙合約筆。

這裡面舉的六件事即是《元曲選》裡六本雜劇的故事。這事可有兩種解釋。也許這些故事在當日早已成了包公故事的一部分，雜劇家不過取傳說中的材料，加上結構，演為雜劇。也許是雜劇家彼此爭奇鬥巧，你出一本《魯齋郎》，他出一本《陳州糶米》；你出一本《智賺灰闌記》，

他又出一本《智賺合約文字》；正如英國伊裡沙白 [2] 女王時代的各戲園爭奇鬥巧，莎士比亞出一本《丹麥王子》悲劇，吉德（Kyd）就出一本《西班牙悲劇》（*Spanish Tragedy*），馬羅（Marlowe）出一本《福司特博士》（*Doctor Faustas*），格林（Greene）就出一本《培根教士與彭該教士》（*Firar Baconand Friar Bungay*）。這兩說之中，似後說為較近情理。大概元代雜劇家的爭奇鬥巧是包公故事發展擴大的一個重要原因；《盆兒鬼》似最晚出，故列舉當日已出的包公雜劇中的故事，而後來《盆兒鬼》的故事——《烏盆記》——卻成了包公故事中最通行的部分。

元朝的包公故事，略如上述。坊間現有一部《包公案》，又名《龍圖公案》，乃是一部雜記體的小說。這書是晚出的書，大概是明、清的惡劣文人雜湊成的，文筆很壞；其中的地理、歷史、制度，都是信口開河，鄙陋可笑。書中地名有南直隸，可證其為明朝的書。但我們細看此書，似乎也有一小部分，來歷稍古。如《烏盆子》一條，即是元曲《盆兒鬼》的故事，但人物姓名不同罷了。又如《桑林鎮》一條，記包公斷太后的事，與元朝雜劇《抱妝盒》（說見下）雖不同，卻可見民間的傳說已將李宸妃一案也堆到包拯身上去了。又如《玉面貓》一條，記五鼠鬧東京的神話，五鼠先化兩個施俊，又化兩個王丞相，又化兩個宋仁宗，又化兩個太后，又化兩個包公；後來包公奏明玉帝，向西方雷音寺借得玉面貓，方才收服了五鼠。這五鼠的故事大概是受了《西遊記》裡六耳獼猴故事的影響；五鼠鬧東京的故事又見於《西洋記》（即《三保太監下西洋》），比《包公案》詳細得多；大概《包公案》作於明末，在《西遊》、《西洋》之後。五鼠後來成為五個義士，玉面貓後來成為御貓展昭，這又可見傳說的變遷與神話的人化了。

雜記體的《包公案》後來又演為章回體的《龍圖公案》，那大概是清朝的事。《三俠五義》即是從這裡面演化出來。但《龍圖公案》仍是用包

公為主體，而《三俠五義》卻用幾位俠士作主體，包公的故事不過做個線索，做個背景：這又可見傳說的變遷；而從《包公案》演進到《三俠五義》，真不能不算是一大進步了。

---

[1]　歇洛克·福爾摩斯：今通譯夏洛克·福爾摩斯。
[2]　伊裡沙白：今通譯伊麗莎白。

二　李宸妃的故事

宋仁宗生母李宸妃的故事，在當日是一件大案，在後世遂成為一大傳說，元人演為雜劇，明人演為小說，至《三俠五義》而這個故事變的更完備了；《狸貓換太子》在前清已成了通行的戲劇（包括《斷後》、《審郭槐》等出），到近年竟演成了連臺幾十本的長劇了。這個故事的演變也頗有研究的價值。

《宋史》卷二四二云：

李宸妃，杭州人也。⋯⋯初入宮，為章獻太后（劉後）侍兒。莊重寡言，真宗以為司寢。既有娠，從帝臨砌臺。玉釵墜。妃惡之。帝心卜：「釵完，當為男子。」左右取以進，釵果不毀。帝甚喜。已而生仁宗。⋯⋯仁宗即位，為順容，從守永定陵。⋯⋯

初仁宗在襁褓，章獻（劉後）以為己子，使楊淑妃保視之。仁宗即位，妃嘿處先朝嬪御中，未嘗自異。人畏太后，亦無敢言者。終太后世，仁宗不自知為妃所出也。

明道元年，疾革，進位宸妃，薨，年四十六。初章獻太后欲以宮人禮治喪於外。丞相呂夷簡奏禮宜從厚。太后遽引帝起。有頃，獨坐簾

下，召夷簡問曰，「一宮人死，相公云云，何歟？」夷簡曰，「臣待罪宰相，事無內外，無不當預。」太后怒曰，「相公欲離間吾母子耶？」夷簡從容對曰，「陛下不以劉氏為念，臣不敢言。尚念劉氏，則喪禮宜從厚。」太后悟，遽曰，「宮人，李宸妃也。且奈何？」夷簡乃請治喪用一品禮，殯洪福院。夷簡又謂入內都知羅崇勛曰，「宸妃當以後服瞼殮，用水銀實棺，異時勿謂夷簡未嘗道及。」崇勛如其言。

後章獻太后崩，燕王為仁宗言，「陛下乃李宸妃所生，妃死以非命」。仁宗號慟，頓毀，不視朝累日，下哀痛之詔自責，尊宸妃為皇太后，諡莊懿（後改章懿）。幸洪福寺祭告，易梓官，親哭視之。妃玉色如生，冠服如皇太后；以水銀養之，故不壞。仁宗嘆曰，「人言其可信哉？」遇劉氏加厚⋯⋯

這傳裡記李宸妃一案，可算是很直率的了。章獻劉後乃是宋史上一個很有才幹的婦人；真宗晚年，她已預聞政事了；真宗死後，仁宗幼弱，劉後臨朝專政，前後當國至十一年之久。李宸妃本是她的侍兒，如何敢和她抵抗？所以宸妃終身不敢認仁宗是她生的，別人也不敢替她說話。宸妃死於明道元年，劉後死於明道二年。劉後死後，方有人說明此事。當時有人疑宸妃死於非命，但開棺驗看已可證宸妃不曾遭謀害；況且劉後如要謀害她，何必等到仁宗即位十年之後？但當時仁宗下哀痛之詔自責，又開棺改葬，追諡陪葬，這些大舉動都可以引起全國的注意，喚起全國的同情，於是種種傳說也就紛紛發生，歷八九百年而不衰。

宋人王銍作《默記》，也曾記此事，可與《宋史》所記相參證：

章懿李太后生昭陵（仁宗），而終章獻之世，不知章懿為母也。章懿卒，先殯奉先寺。昭陵以章獻之崩，號泣過度。章惠太后（即楊淑妃）

勸帝曰,「此非帝母;帝自有母宸妃李氏,已卒,在奉先寺殯之」。仁宗即以犢車亟走奉先寺,撤殯觀之。在一大井上,四鐵索維之。既啟棺,而形容如生,略不壞也。時已遣兵圍章獻之第矣;既啟棺,知非鴆死,乃罷遣之。

——涵芬樓本,上, 頁七

王銍生當哲宗、徽宗時,見聞較確;他的記載很可代表當時的傳說。然而他的記載已有幾點和《宋史》不同:

①宸妃死後,殯於洪福院;《默記》作奉先寺。(《仁宗本紀》作法福院)

②《宋史》記告仁宗者為燕王,而《默記》說是楊淑妃。

③《默記》記仁宗「即以犢車亟走奉先寺」,這種具體的寫法便已是民間傳說的風味了。(據《仁宗本紀》,追尊宸妃在三月,幸法福寺在九月。)

《默記》又記有兩件事,和宸妃的故事都有點關係。其一為張茂實的歷史:

張茂實太尉,章聖(真宗)之子,尚宮朱氏所生。章聖畏懼劉後,凡後宮生皇子公主,俱不留。以與內侍張景宗,令養視,遂冒姓張。即長,景宗奏授三班奉職;入謝日,章聖曰,「孩兒早許大也」。

昭陵(仁宗)出閣,以為春坊謁者,後擢用副富鄭公使虜,作殿前步帥。……

厚陵(英宗)為皇太子,茂實入朝,至東華門外,居民繁用者迎馬首連呼曰,「虧你太尉!」茂實惶恐,執詣有司,以為狂

人而黥配之。其實非狂也。

茂實緣此求外郡。至厚陵即位，……自知蔡州坐事移曹州，憂恐以卒，諡勤惠。

滕元發言，嘗因其病問之，至臥內。茂實岸幘起坐，其頭角巉然，真龍種也，全類奇表。蓋本朝內臣養子未有大用至節帥者。於此可驗矣。

——上，頁十二

其二為記冷青之獄：

皇祐二年有狂人冷青言母王氏，本宮人，因禁中火，出外。已嘗得幸有娠，嫁冷緒而後生青。……詣府自陳，並妄以英宗（涵芬樓本誤作神宗）與其母繡抱肚為驗。知府錢明逸……以狂人，置不問，止送汝州編管。

推官韓絳上言，「青留外非便，宜按正其罪，以絕群疑」。翰林學士趙槩亦言，「青果然，豈宜出外？若其妄言，則匹夫而希天子之位，法所當誅」。

遂命並包拯按得奸狀，……處死。錢明逸落翰林學士，以大龍圖知蔡州；府推張式、李舜元皆補外。

世妄以宰相陳執中希溫成（仁宗的張貴妃，死後追冊為溫仁皇后）旨為此，故誅青時，京師昏霧四塞，殊不知執中已罷，是時宰相乃文、富二賢相，處大事豈有誤哉？

——下，頁四十四

這兩件事都很可注意。前條說民人繁用迎著張茂實的馬首喊叫，後條說民間傳說誅冷青時京師昏霧四塞。這都可見當時民間對於劉後的不滿意，對於被她冤屈的人的不平。這種心理的反感便是李宸妃故事一類的傳說所以流行而傳播久遠的原因。張茂實和冷青的兩案究竟在可信可

疑之間，故不能成為動聽的故事。李宸妃的一案，事實分明，沉冤至二十年之久，宸妃終身不敢認兒子，仁宗二十三年不知生母為誰（仁宗生於一〇一〇，劉後死於一〇三三）；及至昭雪之時，皇帝下詔自責，鬧到開棺改葬，震動全國的耳目：──這樣的大案子，自然最容易流傳，最容易變成街談巷議的數據，最容易添枝添葉，以訛傳訛，漸漸地失掉本來的面目，漸漸地神話化。

《宋史》記辰妃有娠時玉釵的卜卦，已是一種神話了。墜釵時的「心卜」，誰人聽見？誰人傳出？可見李宸妃的傳記已採有神話化的材料了。元朝有無名氏做的「李美人御苑拾彈丸，金水橋陳琳抱妝盒」雜劇，可以表見宋、元之間這個故事已變到什麼樣子。此劇情節如下：

楔子：真宗依太史官王弘之奏，打造金彈丸一枚，向東南方打去，令六宮妃殯各自尋覓；拾得金丸者，必生賢嗣。

第一折：李美人拾得金丸，真宗遂到西宮遊幸。

第二折：李美人生下一子，劉皇后命寇承御去把孩子騙出來弄死。寇承御騙出了太子，只見「紅光紫霧罩定太子身上」；遂和陳琳定計，把太子放在黃封妝盒裡，偷送出宮，交與八大王撫養。恰巧劉皇后走過金水橋，撞見陳琳，盤問妝盒中裝的何物，幾乎揭開盒蓋。幸得真宗請劉後回宮，陳琳才得脫身。

楔子：陳琳把太子送到南清宮，交與八大王。

第三折：八大王領太子去見真宗；劉後見他面似李美人，遂生疑心，回宮拷問寇承御，寇承御熬刑不過，撞階而死。

第四折：真宗病重時，命取楚王（即八大王）第十二子承繼大統，即是陳琳抱出的太子。太子即位後，細問陳琳，才知李美人為生母。那時劉後與李美人都活著，仁宗不忍追究，只「將西宮改為合德宮，奉李美人為純聖皇太后，寡人每日問安視膳」。

這裡的李宸妃故事有可注意的幾點：①玉釵之卜已變成了金彈之卜，神話的意味更重了。②「紅光紫霧」的神話。③寫劉皇后要害死太子，與《宋史》說劉後養為己子大不同。這可見民間傳說不知不覺地已加重了劉後的罪過，與古史上隨時加重桀、紂的罪過一樣。④造出了一個寇承御和一個陳琳，但此時還沒有郭槐。⑤李美人生子，由陳琳送與八大王撫養，後來入繼大統；這也可見民間傳說不願意讓劉後有愛護仁宗之功，所以不知不覺地把這件功勞讓與八大王了。⑥仁宗問出這案始末時，劉後與李妃都還不曾死。這也可見民間心理希望李妃享點後福，故把一件悲劇改成一件喜劇了。⑦沒有狸貓換太子的話，只說「詐傳萬歲爺要看，謅出宮來」。⑧沒有包公的事。這時期裡，這個故事還很簡單；用不著郭槐，也用不著包龍圖的偵探術。

我們再看《包公案》裡的李宸妃故事，便不同了。《包公案》的《桑林鎮》一條說包公自陳州賑濟回來，到桑林鎮歇馬放告。有一個住破窯的婆子來告狀，那婆子兩目昏眊，衣服垢汙，放聲大哭，訴說前事。其情節如下：

①李妃生下一子，劉妃也生下一女。六宮大使郭槐作弊，把女兒換了兒子。

②李妃一時氣悶，誤死女兒，被困冷宮。有張園子知此事冤屈，見天子游苑，略說情由；被郭槐報知劉後，絞死張園子，殺他一十八口。

③真宗死後，仁宗登極，大赦冷宮罪人，李妃方得出宮，來到桑林鎮乞食度日。

④有何證據呢？婆子說，生下太子時，兩手不開；挽開看時，左手有「山河」二字，右手有「社稷」二字。

⑤後來審問郭槐，郭槐抵死不招。包公用計，請仁宗假扮閻羅天子，包公自扮判官，郭槐說出真情，罪案方定。

⑥李後入宮，「母子二人悲喜交集，文武慶賀」。仁宗要令劉後受油熬之刑，包公勸止，只「著人將丈二白絲帕絞死」。郭槐受鼎鑊之刑。

這是這個故事在明、清之間的大概模樣。這裡面有幾點可注意：

①造出了一個壞人郭槐和一個好人張園子，卻沒有寇承御與陳琳。

②包公成了此案的承審官與偵探家。

③八大王撫養的話拋棄了，變為男女對換的法子，但還沒有貍貓之計。

④李妃受的冷宮與破窰之苦，是元曲裡沒有的。先寫她很痛苦，方可反襯出她晚年的福氣。

⑤破案後，李後享福，劉後受絞死之刑。這也可見民眾的心理。

我們可以把宋、元、明三個時期的李宸妃的故事的主要分子列為一個比較表：

	主文	壞人	好人	破案人	結局
宋	劉后養李氏子為己子			燕王（《宋史》）楊淑妃（《默記》）	追尊李妃為太后，與劉后平等
元	劉后要殺李氏子，遇救而免，養於八大王家	劉后	寇承御陳琳八大王	陳琳	兩后並奉養
明	劉后生女，換了李氏所生子	劉后郭槐	張園子	包公	李后尊榮，劉后絞死

《三俠五義》裡的「貍貓換太子」故事是把元、明兩種故事參合起來，調和折中，組成一種新傳說，遂成為李宸妃故事的定本（看本書第一回及第十五至十九回）。我們看上面的表，可以知道這個故事有兩種很不同的傳說；這兩種傳說不像是同出一源逐漸變成的，乃是兩種獨立的傳說。前一種——元曲《抱妝盒》——和《宋史》還相去不很遠，大概是宋、元之間民間演變的傳說。後一種——《包公案》——是一個不

懂得歷史掌故的人編造出來的，他只曉得宋朝有這件事，他也不曾讀過《宋史》，也不曾讀過元曲，所以憑空造出一條包公斷後的故事來。這兩種不同的傳說，一種靠戲本的流傳，一種靠小說的風行，都占有相當的勢力。後來的李宸妃故事遂不得不選擇調和，演為一種折中的定本。

《三俠五義》裡的李宸妃故事的情節如下：

①欽天監文彥博奏道：「夜觀天象，見天狗星犯闕，恐於儲君不利。」時李、劉二妃俱各有娠，真宗因各賜玉璽龍袱一個，鎮壓天狗星；又各賜金丸一枚，內藏九曲珠子一顆；將二妃姓名宮名刻在上面，隨身佩帶。

②李妃生下一子；劉後與郭槐定計，將貍貓剝去皮毛，換出太子，叫寇珠送到銷金亭用裙帶勒死。

③寇珠與陳琳定計，把太子放在妝盒裡，偷送出宮。路上碰見郭槐與劉妃，幾乎被他們查出。

④八大王收藏太子，養為己子。

⑤李妃因產生妖孽，貶入冷宮。劉後生下一子，立為太子。

⑥劉後所生子六歲時得病死了，真宗因立八大王之第三世子為太子，即是李妃所生。太子無意中路過冷宮，見到李妃，憐他受苦，回去替他求情。劉後生疑，拷問寇珠，寇珠撞階而死。

⑦劉後對真宗說李妃怨恨咒詛，真宗大怒，賜白綾七尺，令他自盡。幸得小太監餘忠替死，李妃扮作餘忠，逃至陳州安身。

⑧包公自陳州回來，在草州橋歇馬放告。有住破窯的瞎婆子來告狀，訴說前事，始知為李宸妃，有龍袱金丸為證。

⑨包公之妻李夫人用「古今盆」醫好李妃的雙目。李妃先見八大王的狄後，說明來歷；狄後引他見仁宗，母子相認。

⑩包公承審郭槐，郭槐熬刑不招。包公灌醉郭槐，假裝森羅殿開審，套出郭槐的口供，方能定案。

⑪劉後正在病危的時候，聞知此事，病遂不起。

這個故事把元、明兩朝不同的傳說的重要分子都容納在裡面了。《抱妝盒》雜劇裡的分子是：

①金彈丸變成了藏珠的金丸了。

②寇承御得一個新名字，名寇珠。

③陳琳不曾變。

④抱妝盒的故事仍儲存了。

⑤八大王仍舊。

⑥寇承御騙太子，元劇不曾詳說；此處改為郭槐與產婆尤氏用貍貓換出太子。

⑦陳琳捧妝盒出宮之時，路上遇劉妃查問。此一節全用元劇的結構。

但《包公案》的說法也被採取了不少部分：

①郭槐成了重要角色。

②包公成了重要角色。

③用女換男，改為用貍貓換太子。

④冷宮與破窯的話都被採用了。

⑤瞎婆子告狀的部分。

⑥審郭槐，假扮閻羅王的部分。

此外便是新添的部分了：

①貍貓換太子是新添的。

②劉後也生一子，六歲而死，是新添的。

③產婆尤氏，冷宮總管秦鳳，替死太監餘忠是新添的。張圓子太寒傖了，所以他和他的一十八口都被淘汰了。

④李夫人醫治李妃雙目復明，是新添的。

⑤狄后的轉達，是新添的。

我們看這一個故事在九百年中變遷沿革的歷史，可以得一個很好的教訓。傳說的生長，就同滾雪球一樣，越滾越大，最初只有一個簡單的故事作箇中心的「母題」（Motif），你添一枝，他添一葉，便像個樣子了。後來經過眾口的傳說，經過平話家的敷演，經過戲曲家的剪裁結構，經過小說家的修飾，這個故事便一天一天地改變面目：內容更豐富了，情節更精細圓滿了，曲折更多了，人物更有生氣了。《宋史·后妃傳》的六百個字在八九百年內竟演成了一部大書，竟演成了幾十本的連臺長戲。這件事的本身本不值得多大的研究。但這個故事的生長變遷，來歷分明，最容易研究，最容易使我們了解一個傳說怎樣變遷沿革的步驟。這個故事不過是傳說生長史的一個有趣味的實例。此事雖小，可以喻大。包公身上堆著許多有主名或無主名的奇案，正如黃帝、周公身上堆著許多大發明大製作一樣。李宸妃故事的變遷沿革也就同堯、舜、桀、紂等等古史傳說的變遷沿革一樣，也就同井田禪讓等等古史傳說的變遷沿革一樣。就拿井田來說罷，孟子只說了幾句不明不白的井田論；後來的漢儒，你加一點，他加一點，三四百年後便成了一種詳密的井田制度，就像古代真有過這樣的一種制度了（看《胡適文存》初排本卷二，頁二六四一二八一）。堯、舜、桀、紂的傳說也是如此的。古人說的好，「愛人若將加諸膝，惡人若將墜諸淵」。人情大抵如此。古人又說，「紂之不善，不如是之甚也。是以君子惡居下流，天下之惡皆歸之」。古人把一切罪惡都堆到桀、紂身上，就同古人把一切美德都堆到堯、舜身上一樣。這多是一點一點地加添起來的，同李宸妃的故事的生長一樣。堯、舜就是李宸妃，桀、紂就是劉皇后。稷契、皋陶就是寇珠、陳琳、餘忠、張園子；飛廉、惡來、妲己、妺喜就是郭槐、尤氏。許由、巢父、伯夷、叔齊也不過像玉釵金彈，紅光紫霧，隨人的心理隨時添的枝葉罷

了。我曾說：

其實古史上的故事沒有一件不曾經過這樣的演進，也沒有一件不可用這個歷史演進的方法去研究。堯、舜、禹的故事，黃帝、神農、庖犧的故事，湯的故事，伊尹的故事，后稷的故事，文王的故事，太公的故事，周公的故事，都可以做這個方法的實驗品。

——《胡適文存》二集卷一，　頁一五三—一五七

三　《三俠五義》與《七俠五義》

《三俠五義》原名《忠烈俠義傳》，是從《龍圖公案》變出來的。我藏的一部《三俠五義》（即亞東此本的底本），光緒八年壬午（一八八二）活字排本，有三篇短序。問竹主人（著者自號）序說：

是書本名《龍圖公案》，又曰《包公案》，說部中演了三十餘回，從此書內又續成六十多本；雖是傳奇誌異，難免怪力亂神。茲將此書翻舊出新，添長補短，刪去邪說之事，改出正大之文，極贊忠烈之臣，俠義之事，……故取傳名曰「忠烈俠義」四字，整合一百二十回。……

又有退思主人序說：

原夫《龍圖》一傳，舊有新編；貂續千言，新成其帙。補就天衣無縫，獨具匠心；裁來雲錦缺痕，別開生面。百二回之通絡貫脈，三五人之義膽俠腸，……

　　這可見當時作者和他的朋友都承認這書是用《龍圖公案》作底本的。但《龍圖公案》「雖是傳奇誌異，難免怪力亂神」，所以改作的人「將此書翻舊出新，添長補短，刪去邪說之事，改出正大之文」，遂成了一部完全不同的新書。《龍圖公案》裡鬧東京的五鼠是五個妖怪，玉貓是一隻神貓；改作之後，五鼠變成了五個俠士，玉貓變成了「御貓」展昭，神話變成了人話，志怪之書變成了寫俠義之書了。這樣的改變真是「翻舊出新」，可算是一種極大的進步。

　　可惜我們現在還不能知道這部書的作者究竟是什麼樣的人。依王午活字本的三篇序看來，這書的原作者自號「問竹主人」。但王午本還有兩篇序，一篇是入迷道人做的，他說：

　　辛未春（一八七一），由友人問竹主人處得是書而卒讀之。……草錄一部而珍藏之。乙亥（一八七五）司権淮安，公餘時從新校閱，另錄成編，訂為四函。年餘始獲告成。去冬（一八七八）有世好友人退思主人者，……攜去，……付刻於聚珍板。……

退思主人序也說：

　　戊寅冬（一八七八）於友人入迷道人處得是書寫本，知為友人問竹主人互相參合刪定，匯而成卷。

是此書曾經入迷道人的校閱刪定。

　　王午本首頁題「忠烈俠義傳，石玉崑述」。我們因此知道問竹主人即是石玉崑。石玉崑的事跡，現在還無從考起。後來光緒庚寅（一八九〇）北京文光樓續刻《小五義》及《續小五義》，序中說有「友人與石玉崑

277

門徒素相往來，……將石先生原稿攜來」。這話大概不可相信。《三俠五義》的末尾有續集的要目，其中不提及徐良；而《小五義》以下，徐良為最重要的人。這是一可疑。《三俠五義》已寫到軍山的聚義，而《小五義》仍從顏按院上任敘起，重述至四十一回之多；情節多與前書不同，文章又很壞，遠不如前集。這是二可疑。《小五義》中，沈仲元架走顏按院一件事是最重要的關鍵。然而前集百零六回敘鄧車行刺的事並無氣走沈仲元的話；末尾的要目預告裡也並沒有沈仲元架跑按院的話。這是三可疑。《三俠五義》末尾預告續集「也有不足百回」，而《小五義》與《續小五義》共有二百兒十回。這是四可疑。從文章上看來，《三俠五義》與《小五義》絕不是一個人做的。所以《〈小五義〉序》裡的話是不可靠的。然而《〈小五義〉序》卻使我們得一個訊息：大概石玉崑此時（一八九〇）已死了。他若不曾死，文光樓主人絕不敢扯這個大謊。

（附記）我從前曾疑心石玉良的原本，也許是很幼稚的，文字略如《小五義》。如果《〈小五義〉序》所說可信，那麼，入迷道人修改年餘的功勞真不小了。

《三俠五義》成書在一八七一年以前，至一八七九年始出版。十年後（一八八九），俞曲園先生（樾）重行改訂一次，把第一回改撰過，改顏查散為顏眘敏，改書名《三俠五義》為《七俠五義》。《七俠五義》本盛行於南方，近年來《三俠五義》舊排本已不易得，南方改本的《七俠五義》已漸漸侵入京津的書坊，將來怕連北方的人也會不知道《三俠五義》這部書了。其實《三俠五義》原本確有勝過曲園先生改本之處。就是曲園先生最不滿意的第一回也遠勝於改本。近來上海戲園裡編《狸貓換太子》新戲，第一本用《三俠五義》第一回作底本，這可見京班的戲子還忘不了《三俠五義》的影響，又可見改本的第一回刪去了那有聲有色的描寫部分便沒有文學的趣味，便不合戲劇的演做了。這回亞東圖書館請

俞平伯先生標點此書，全用《三俠五義》作底本，將來定可以使這個本子重新流行於國中，使許多讀者知道這部小說的原本是個什麼樣子。平伯是曲園先生的曾孫。《三俠五義》因曲園先生的表章而盛行於南方，現在《三俠五義》的原本又要靠平伯的標點而儲存流傳，這不但是俞家的佳話，也可說是文學史上的一段佳話了。

曲園先生對於此書曾有很熱烈的賞贊。他的序裡說：

……及閱至終篇，見其事跡新奇，筆意酣恣，描寫既細入毫芒，點染又曲中筋節，正如柳麻子說「武松打店」，初到店內無人，驀地一吼，店中空缸空甕皆甕甕有聲：閑中著色，精神百倍。如此筆墨方許作平話小說；如此平話小說方算得天地間另是一種筆墨！

這篇序雖沒有收入《春在堂集》裡去，然而曲園先生的序跋很少有這樣好的文章，也沒有第二篇流傳這樣廣遠的。曲園先生在學術史上自有位置，正不必靠此序傳後；然而他以一代經學大師的資格來這樣讚賞一部平話小說，他的眼力總算是很可欽佩的了。

《三俠五義》有因襲的部分，有創造的部分。大概寫包公的部分是因襲的居多，寫各位俠客義士的部分差不多全是創造的。

第一回狸貓換太子的故事，其中各部分大抵是因襲元朝以來的各種傳說，我們在上章已分析過了。這一回裡最有精彩的部分是寫陳琳抱妝盒出宮，路遇劉皇后盤詰的一段。這一段是沿用元曲《抱妝盒》第二折的。我摘抄幾段來做例：

〔劉皇后引宮女衝上云〕休將我語同他語，未必他心似我心。那寇承御這小妮子，我差他幹一件心腹事去，他去了大半日才來回話，說已停當了。

我心中還信不過他。如今自往金水橋河邊看去：有什麼動靜，便見分曉。〔做見科，雲〕兀的垂楊那壁不是陳琳？待我叫他一聲。陳琳！〔正末慌科，雲〕是劉娘娘叫，我死也。〔唱〕……（曲刪）……〔做放盒見科〕〔劉皇后雲〕陳琳，你那裡去？〔正末雲〕奴婢往後花園採辦時新果品來。〔劉皇后雲〕別無甚公事麼？〔正末雲〕別無甚公事。〔劉皇后雲〕這等，你去罷。〔正末做捧盒急走科〕〔劉皇后雲〕你且轉來。〔正末回，放盒，跪科，雲〕娘娘有甚分付？〔劉皇后雲〕這廝，我放你去，就如弩箭離弦，腳步兒可走的快。我叫你轉來，就如氈上拖毛，腳步兒可這等慢。必定有些蹊蹺。我問你，……待我揭開盒兒看個明白。果然沒有夾帶，我才放你出去。……取盒兒過來，待我揭開看波。〔正末用手按盒科，云〕娘娘，這盒蓋開不的。上有黃封御筆，須和娘娘同到萬歲爺跟前面說過時，方才敢開這盒蓋你看。〔劉皇后云〕我管什麼黃封御筆！則等我揭開看看。〔正末按住科〕……〔劉皇后做怒科，云〕陳琳，你不揭開盒兒我看，要我自動手麼？〔正末唱〕

呀！見娘娘走向前，唉！

可不我陳琳呵，這死罪應該？

〔劉皇后云〕我只要辯〔辨〕個虛實，觀個真假，審個明白。〔正末唱〕

他待要辯〔辨〕個虛實，

觀個真假，

弄個明白！

〔寇承御慌上科，云〕請娘娘回去。聖駕幸中宮要排筵宴哩。〔劉皇后云〕陳琳，恰好了你。若不是駕幸中宮，我肯就放了你出去？……〔並下〕

我們拿這幾段來比較《三俠五義》第一回寫抱妝盒的一段，可以看出石玉崑沿用元曲，只加上小小的改動，刪去了「駕幸中宮」的話，改成這樣更近情理的寫法：

……劉妃聽了，瞧瞧妝盒，又看看陳琳，復又說道：「裡面可有夾帶？……」陳琳當此之際，把死付於度外，將心一橫，不但不怕，反倒從容答道：「並無夾帶。娘娘若是不信，請去皇封，當面開看。」說著話，就要去揭皇封。劉妃一見，連忙攔住道：「既是皇封封定，誰敢私行開看？難道你不知規矩麼？」陳琳叩頭說：「不敢！不敢！」劉妃沉吟半晌；因明日果是八千歲壽辰，便說：「既是如此，去罷！」陳琳起身，手提盒子，才待轉身；忽聽劉妃說：「轉來！」陳琳只得轉身。劉妃又將陳琳上下打量一番，見他面上顏色絲毫不漏，方緩緩的說道：「去罷。」

讀者不要小看了這一點小小的改動。須知道從「劉皇后匆匆而去」改到「劉妃緩緩的說道，去罷」，這便是六百年文學技術進化的成績。

這書中寫包公斷案的各段大都是沿襲古來的傳說，稍加上穿插與描寫的功夫。最有名的烏盆鬼一案便是一個明顯的例。我們試拿本書第五回來比較元曲「盆兒鬼」，便可以知道這一段故事大段是沿用元朝以來的傳說，而描寫和敘述的技術都進步多了。在元曲裡，「盆兒鬼」的自述是：

孩兒叫做楊國用，就是汴梁人，販些南貨做買賣去，賺得五六個銀子。前日回來，不期天色晚了，投到瓦窯村「盆罐趙」家宵宿。他夫妻兩個圖了我財，致了我命，又將我燒灰搗骨，捏成盆兒。

在《三俠五義》裡，他的自述是

我姓劉名世昌，在蘇州閶門外八寶鄉居住。家有老母周氏，妻子王氏，還有三歲的孩子乳名百歲。本是緞行生理。只因乘驢回家，行李沉重，那日天晚，在趙大家借宿；不料他夫妻好狠，將我殺害了，謀了資

財，將我血肉和泥焚化。

　　張撇古只改了一個「別」字，盆罐趙仍姓趙，只是楊國用改成了劉世昌。此外，別的部分也是因襲的多，創造的少。例如張別古告狀之後，叫盆兒不答應，被包公攆出兩次，這都是抄襲元曲的。元曲裡，盆兒兩次不應：一次是鬼「恰才口渴的慌，去尋一鐘兒茶吃」；一次是鬼「害饑，去吃個燒餅兒」；直到張別古不肯告狀了，盆兒才說是「被門神戶尉擋住不放過去」。這種地方未免太輕薄了，不是悲劇裡應有的情節。所以《三俠五義》及後來京戲裡便改為第一次是門神攔阻，第二次是赤身裸體不敢見「星主」。

　　元曲《盆兒鬼》很多故意滑稽的話，要博取臺下看戲的人的一笑，所以此劇情節雖慘酷，而寫的像一本詼諧的喜劇。石玉崑認定這個故事應該著力描寫張別古的任俠心腸，應該寫的嚴肅鄭重，不可輕薄遊戲，所以他雖沿用元曲的故事，而寫法大不相同。他一開口便說張三為人鯁直，好行俠義，因此人都稱他為別古。「與眾不同謂之別，不合時宜謂之古。」同一故事，見解不同，寫法便不同了。書中寫告狀一段云：

　　老頭兒為人心熱。一夜不曾闔眼，不等天明，爬起來，挾了烏盆，挂起竹杖，鎖了屋門，竟奔定遠縣而來。出得門時，冷風透體，寒氣逼人，又在天亮之時；若非張三好心之人，誰肯沖寒冒冷，替人鳴冤？

　　及至到了定遠縣，天氣過早，尚未開門；只凍〔的〕他哆哆嗦嗦，找了個避風的所在，席地而坐。喘息多時，身上覺得和暖。老頭子又高興起來了，將盆子扣在地下用竹杖敲著盆底兒，唱起《什不閒》來了。剛唱句「八月中秋月照臺」，只聽的一聲響，門分兩扇，太爺升堂。……

這種寫法正是曲園先生所謂「閒中著色，精神百倍」。

寫包公的部分，雖然沿襲舊說的地方居多，然而作者往往「閒中著色」，添出不少的文學趣味。如烏盆案中的張別古，如陰錯陽差案中的屈申，如先月樓上吃河豚的一段，都是隨筆寫來，自有風趣。

《三俠五義》本是一部新的《龍圖公案》，但是作者做到了小半部之後，便放開手做去，不肯僅僅做一部《新龍圖公案》了。所以這書後面的大半部完全是創作的，丟開了包公的故事，專力去寫那班俠義。在這創作的部分裡，作者的最成功的作品共有四件：一是白玉堂，二是蔣平，三是智化，四是艾虎。作者雖有意描寫南俠與北俠，但都不很出色。只有那四個人真可算是石玉崑的傑作了。

白玉堂的為人很多短處。驕傲、狠毒、好勝、輕舉妄動，──這都是很大的毛病。但這正是石玉崑的特別長處。向來小說家描寫英雄，總要說的他像全德的天神一樣，所以讀者不能相信這種人材是真有的。白玉堂的許多短處，倒能教讀者覺得這樣的一個人也許是可能的；因為他有些近情近理的短處，我們卻特別愛惜他的長處。向來小說家最愛教他的英雄福壽全歸；石玉崑卻把白玉堂送到銅網陣裡去被亂刀砍死，被亂箭射的「猶如刺蝟一般，……血漬淋漓，漫說面目，連四肢俱各不分了」。這樣的慘酷的下場便是作者極力描寫白玉堂的短處，同時又是作者有意教人愛惜這個少年英雄，憐念他的短處，想念他的許多好處。

這書中寫白玉堂，最用力氣的地方是三十二回至三十四回裡他和顏查散的訂交。這裡突然寫一個金生，「頭戴一頂開花儒巾，身上穿一件零碎藍衫，足下穿一雙無根底破皂靴頭兒，滿臉塵土」；直到三十七回裡方才表出他就是白玉堂。這種突兀的文章，是向來舊小說中沒有的，只有同時出世的《兒女英雄傳》寫十三妹的出場用這種筆法。但《三俠五義》寫白玉堂結交顏查散的一節，在詼諧的風趣之中帶著嚴肅的意味，不但

寫白玉堂出色，還寫一個可愛的小廝雨墨；有雨墨在裡面活動，讀者便覺得全篇生動新鮮，近情近理。雨墨說的好：

> 這金相公也真真的奇怪。若說他是誑嘴吃的，怎的要了那些菜來，他連筷子也不動呢？就是愛喝好酒，也不犯上要一罈來；卻又酒量不很大，一罈子喝不了一零兒，就全剩下了，白便宜了店家。就是愛吃活魚，何不竟要活魚呢？說他有意要冤我們，卻又素不相識，無仇無恨。饒白吃白喝，還要冤人，更無此理。小人測不出他是什麼意思來。

倘使書中不寫這一件結交顏生的事，徑寫白玉堂上京尋展昭，大鬧開封府，那就減色多多了。大鬧東京只可寫白玉堂的短處，而客店訂交一大段卻真能寫出一個從容整暇的任俠少年。這又是曲園先生說的「閒中著色，精神百倍了」。

蔣平與智化有點相像，都是深沉有謀略的人才。舊小說中常有這一類的人物，如諸葛亮、吳用之流，但都是穿八卦衣，拿鵝毛扇的軍師一類，很少把謀略和武藝合在一個人身上的。石玉崑的長技在於能寫機警的英雄，智略能補救武力的不足，而武力能使智謀得以實現。法國小說家大仲馬著《俠隱記》（*Three Musketeers*）寫達特安與阿拉密，正是這一類。智化似達特安，蔣平似阿拉密。《俠隱記》寫英雄，往往詼諧可喜；這種詼諧的意味，舊小說家最缺乏。諸葛亮與吳用所以成為可怕的陰謀家，只是因為那副拉長的軍師面孔，毫無詼諧的趣味。《三俠五義》寫蔣平與智化都富有滑稽的風趣；機詐而以詼諧出之，故讀者只覺得他們聰明可喜，而不覺得陰險可怕了。

本書寫蔣平最好的地方，如一百十四五回偷簪還簪一段，是讀者容易賞識的。九十四回寫他偷聽得翁大、翁二的話，卻偏要去搭那隻強盜

船；他本意要救李平山，後來反有意捉弄他，破了他的姦情，送了他的
性命。這種小地方都可以寫出他的機變與遊戲。書中寫智化，比蔣平特
別出色。智化綽號黑妖狐，他的機警過人，卻處處嫵媚可愛。一百十二
回寫他與丁兆蕙假扮漁夫偷進軍山水寨，出來之後，丁二爺笑他「妝什
麼，像什麼，真真嘔人」。智化說：

> 賢弟不知，凡事到了身臨其境，就得搜尋枯腸，費些心思。稍一疏
> 神，馬腳畢露。假如平日原是你為你，我為我。若到今日，你我之外又
> 有王二、李四。他二人原不是你我；既不是你
>
> 我，必須將你之為你，我之為我，俱各撇開，應是他之為他。既是
> 他之為他，他之中絕不可有你，亦不可有我。能夠如此設身處地的做
> 去，斷無不像之理。

這豈但是智化自己說法？竟可說是一切平話家、小說家、戲劇家的
技術論了。寫一個鄉下老太婆的說《史》、《漢》古文，這也是可笑；寫
一個叫化子滿口歐化的白話文，這也是可笑。這種毛病都只是因為作者
不知道「他之中絕不可有你，亦不可有我」。一切有志作文學的人都應該
拜智化為師，努力「設身處地的」去學那「他之為他」。

智化扮乞丐進皇城偷盜珠冠的一長段是這書裡的得意文字。挖御河
的工頭王大帶他去做工，

> 到了御河，大家按檔兒做活。智爺拿了一把鐵鍬，撮的比人多，擲
> 的比人遠，而且又快。旁邊做活的道：「王第二的！」（智化的假名）智
> 爺道：「什麼？」旁邊人道：「你這活計不是這麼做。」智爺道：「怎麼？
> 挖的淺咧？做的慢咧？」旁邊人道：「這還淺！你一鍬，我兩鍬也不能那

樣深，你瞧，你挖了多大一片，我才挖了這一點兒。俗語說的，『皇上家的工，慢慢兒的蹭』。你要這們做，還能吃的長麼？」智爺道：「做的慢了，他們給飯吃嗎？」旁邊人道：「都是一樣慢了，他能不給誰吃呢？」智爺道：「既是這樣，俺就慢慢的。」

———八十回

　　這樣的描寫，並不說智化裝的怎樣像，只描寫一堆作工人的空氣，真可算是上等的技術了。這一段談話裡還含有很深刻的譏諷：「都是一樣慢了，他能不給誰吃呢？」這一句話可抵一部《官場現形記》。然而這句話說得多麼溫和敦厚呵！

　　這書中寫一個小孩子艾虎，粗疏中帶著機警，爛漫的天真裡帶著活潑的聰明，也很有趣味。

　　《三俠五義》本是一部新的《龍圖公案》，後來才放手做去，撇開了包公，專講各位俠義。我們在上文已說過，包公的部分是因襲的居多，俠義的部分是創作的居多。我們現在再舉出一個區別。包公的部分，因為是因襲的，還有許多「超於自然」的迷信分子；如狐狸報恩，烏盆訴冤，紅衣菩薩現化，木頭人魘魔，古今盆醫瞎子，遊仙枕示夢，陰陽鏡治陰錯陽差，等等事都在前二十七回裡。二十八回以後，全無一句超於自然的神話（第三十七回柳小姐還魂，只是說死而復甦，與屈申、白氏的還魂不同）。在傳說裡，大鬧東京的五鼠本是五個鼠怪，玉貓也本是一隻神貓。石玉崑「翻舊出新」，把一篇志怪之書變成了一部寫俠義行為的傳奇，而近百回的大文章裡竟沒有一點神話的蹤跡，這真可算是完全的「人話化」，這也是很值得表彰的一點了。

十四，三，十五，北京

第六篇
《官場現形記》考證

《官場現形記》序

　　《官場現形記》的著者自稱「南亭亭長」，人都知道他是李伯元，卻很少人知道他的歷史的。前幾年因蔣竹莊先生（維喬）的介紹，我收到著者的侄子李祖傑先生的一封長信，才知道他的生平大概。

　　他的真姓名是李寶嘉，字伯元，江蘇上元人，生於清同治六年（一八六七）。少年時，他在時文與詩賦上都做過工夫。他中秀才時，考的是第一名。他曾應過幾次鄉試，終不得中舉人。後來在上海辦《指南報》，不久就停了；又辦《遊戲報》，是上海「小報」中最早的一種。他後來把《遊戲報》賣了，另辦《繁華報》。他主辦的《遊戲報》，我不曾見過。我到上海時（一九○四），還見到《繁華報》。當時上海已有好幾種小報專記妓女的起居，嫖客的訊息，戲館的角色等事。《繁華報》在那些小報之中，文筆與風趣都算得第一流。

　　他是一個多才藝的人。他的詩詞小品散見當時的各小報；他又會刻圖章，有《芋香印譜》行於世。他作長篇小說似乎多在光緒庚子（一九○○）拳禍以後。《官場現形記》是他的最長之作，起於光緒辛丑（一九○一），至癸卯年（一九○三）成前三編，每編十二回。後二年（一九○四——一九○五）又成一編。次年（光緒丙午，一九○六）他就死了。此書的第五編也許是別人續到第六十回勉強結束的。他死時，《繁華報》上還登著他的一部長篇小說，寫的是上海妓家生活，我不記得書名了；他死後此書聽說歸一位姓歐陽的朋友續下去，後來就不知下落了。他的長篇小說只有一部《文明小史》是做完的，先在商務印書館的《繡像小說》裡分期印出，後來單印發行。

　　李寶嘉死時只有四十歲，沒有兒子，身後也很蕭條。當時南方戲劇界中享盛名的須生孫菊仙，因為對他有知己之感，出錢替他料理喪事。

（以上記的，大體根據魯迅的《中國小說史略》，頁三二七—三二八。
魯迅先生自注，他的記載是根據周桂笙《新庵筆記》三一，及李祖傑
致胡適書。我現在客中，李先生原書不在我身邊，故不及參校。《小
說史略》初版記李氏死於光緒三十三年三月，年四十，而下注西曆為
「一八六七—一九〇六」。一九〇六年為光緒三十二年丙午，我疑此係印
時誤排為三十三年。今既不及參校，姑且改為丙午，俟將來用李先生原
書訂正。）

　　《官場現形記》是一部社會史料。它所寫的是中國舊社會裡最重要
的一種制度與勢力——官。它所寫的是這種制度最腐敗、最墮落的時
期——捐官最盛行的時期。這書有光緒癸卯（一九〇三）茂苑惜秋生的
序，痛論官的制度；這篇序大概是李寶嘉自己作的。他說：

　　……選舉之法興，則登進之途雜。士廢其讀，農廢其耕，工廢其
技，商廢其業，皆注意於官之一字。蓋官者，有士農工商之利而無士農
工商之勞者也。天下愛之至深者，謀之必善；慕之至切者，求之必工。
於是乎有脂韋滑稽者，有夤緣奔競者，而官之流品已極紊亂。

　　限資之例，始於漢代。……開捐納之先路，導輸助之濫觴。雖所謂
衣食足而知榮辱者，直是欺人之談！……乃至行博弈之道，擲為孤注；
操販鬻之行，居為奇貨。其情可想，其理可推矣。沿至於今，變本加
厲，凶年饑饉，旱乾水溢，皆得援救助之例，邀獎勵之恩。而所謂官者
乃日出而未有窮期，不至充塞宇宙不止！……

　　官者，輔天子不足，壓百姓則有餘。……有語其後者，刑罰出之；
有誚其旁者，拘繫隨之。……於是官之氣愈張，官之焰愈烈。羊狠狼貪
之技，他人所不忍出者，而官出之；蠅營狗苟之行，他人所不屑為者，
而官為之。下之，聲色貨利則嗜若性命，般樂飲酒則視為故常。觀其

外，偭規而錯矩；觀其內，踰閑而蕩檢。種種荒謬，種種乖戾，雖罄紙墨，不能書也。得失重則妒忌之心生。傾軋甚則睚眥之怨起。……或因調換而齟齬，或因委署而齮齕，所謂投骨於地，犬必爭之者，是也。其柔而害物者，且出全力以搏之，設深心以陷之，攻擊過於勇夫，蹈襲逾於強敵。……

國衰而官強，國貧而官富。孝弟忠信之舊敗於官之身，禮義廉恥之遺壞於官之手。……南亭亭長有東方之諧謔，與淳於之滑稽，又熟知夫官之齷齪卑鄙之要凡，昏聵糊塗之大旨。……因喟然嘆曰：「……我之於官，既無統屬，亦鮮關係，唯有以含蓄醞釀存其忠厚，以酣暢淋漓闡其隱微，則庶幾近矣。」窮年累月，殫精竭誠，成書一帙，名曰《官場現形記》。立體仿諸稗野，則無鉤章棘句之嫌。紀事出以方言，則無詰屈聲牙之苦。開卷一過，凡神禹所不能鑄之於鼎，溫嶠所不能燭之以犀者，無不畢備。……

作者雖自己有「以含蓄醞釀存其忠厚」的評語，但這一層實在沒有做到，他只做到了「酣暢淋漓」的一步。這部書是從頭至尾詛咒官場的書。全書是官的醜史，故沒有一個好官，沒有一個好人。這也是當時的一種自然趨勢。向來人民對於官，都是敢怒而不敢言；恰好到了這個時期，政府的紙老虎是戳穿的了，還加上一種儻來的言論自由，——租界的保障，——所以受了官禍的人，都敢明白地攻擊官的種種荒謬、淫穢、貪贓、昏庸的事跡。雖然有過分的描寫與溢惡的形容，雖然傳聞有不實不盡之處，然而就大體上論，我們不能不承認這部《官場現形記》裡大部分的材料可以代表當日官場的實在情形。那些有名姓可考的，如華中堂之為榮祿，黑大叔之為李蓮英，都是歷史上的人物，不用說了。那無數無名的小官，從錢典史到黃二麻子，從那做賊的魯總爺到那把女兒獻

媚上司的冒得官，也都不能說是完全虛構的人物。故《官場現形記》可算是一部社會史料。

《官場現形記》寫的官是無所不包的，從那最下級的典史到最高的軍機大臣，從土匪出身的到孝廉方正出身的，文的武的，正途的，軍功的，捐班的，頂冒的，──只要是個「官」，都有他的份。

一部大書開卷便是一個訓蒙私塾──製造官的工廠。那個傻小子王老三便是候補的趙溫，趙溫便是候補的王鄉紳。王老三不爭氣，只會躲在趙家廚房裡「伸著油晃晃的兩隻手在那裡啃骨頭」。趙溫爭氣一點，能躺在錢典史的煙榻上捧著本《新科闈墨》用功揣摩。其實那哼八股的新科舉人同那啃骨頭的傻小子有什麼分別？所謂科舉的「正途出身」，至多也不過是文章用漿子糊在桌子上，低著頭死唸的結果。功夫深了，運氣來了，瞎貓碰到了死老鼠，啃骨頭的王老三也會飛黃騰達地「中進士做官」去。

這便是正途出身的官。

錢典史便是捐班出身的官的好代表。他雖然只做得一任典史，卻弄了不少的錢回來，造起新房子來，也可以使王鄉紳睜著大眼睛流涎生羨，稱讚他「這種做官才不算白做」。他的主義只是「千里為官只為財」。他的理想是：「也不想別的好處，只要早些選了出來，到了任，隨你什麼苦缺，只要有本事，總可以生發的。」

這都是全書的「楔子」，以下便是「官國活動大寫真」的正文了。

正文的第一幕是在江西。江西的藩臺正在那裡大開方便，出賣官缺。替他經手的是他的兄弟三荷包。請看三荷包報的清帳：

玉山的王夢梅是個一萬二；萍鄉的周小辮子，八千；新昌鬍子根，六千；上饒莫桂英，五千五；吉水陸子齡，五千；盧陵黃霡甫，六千四；新畬趙苓州，四千五；新建王爾梅，三千五；南昌蔣大化，三千；鉛山

孔慶輅，武陵盧子廷，都是二千。還有些一千八百的，一時也記不清，至少也有二三十注，我筆筆都有帳的。

這筆帳很可以代表當日賣官的情形。無論經手的是江西的三荷包，或是兩湖制臺的十二姨太太，或是北京的黃胖姑，或是宮裡的黑大叔，地域有不同，官缺有大小，神通有高低，然而走的都只是這一條路。這都是捐上的加捐。第一次捐的是「官」，加捐的是「缺」；第一次的錢，名分上是政府得的；第二次的錢是上司自己下腰包的。捐官的錢是有定額的，買缺的錢是沒有定額，而只有市價的。捐官的錢是史料，買缺的錢更是史料。

「千里為官只為財」，何況這班官又都是花了大本錢來的呢？他們到任之後，第一要撈回捐官的本錢，第二要撈回買缺的本錢，第三還要多弄點利錢。還有那班「帶肚子」的帳房二爺們，他們也都不是來喝西風的，自然也都要撈幾文回去。羊毛總出在羊身上，百姓與國家自然逃不了這班餓狼饞狗的侵害了。公開賣官之弊必至於此。李寶嘉信手拈來，都成材料；其間盡有不實不盡之處，但打個小折扣之後，《官場現形記》終可算是有社會史料的價值的。

《官場現形記》寫大官的地方都不見出色，因為這種材料都是間接得來的，全靠來源如何：倘若說故事的人也不是根據親身的觀察，那故事經過幾道傳述，便成了鄉下人說朝廷事，絕不會親切有味了。例如書中說山東撫院閱兵會外賓（第六一七回）等事，看了令人討厭。又如書中寫北京官場的情形（第二四—二九回），看了也令人起一種不自然的感覺。大概作者寫北京社會的部分完全是撿拾一些很普通的「話柄」勉強串成的。其中如溥四爺認「崇」字（第二四回，頁一二），如華中堂開古董鋪（第二五、二六回），徐大軍機論碰頭的妙語（第二六回），都不過是當日喧

傳人口的「話柄」罷了。在這種地方，這部書的記載是很少文學興趣的，至多不過是摭拾一舌柄，替一個時代的社會情形留一點史料罷了。

有人說：李寶嘉的家裡有人做過佐雜小官。這話我們沒有證據，不敢輕信。但讀過《官場現形記》的人總都感覺這書寫大官都不自然，寫佐雜小官卻都有聲有色。大概作者當初確曾想用全副氣力描寫幾個小官，後來抵抗不住別的「話柄」的引誘，方才改變方針，變成一部摭拾官場話柄的類書。這是作者的大不幸，也是文學史上的大不幸。倘使作者當日肯根據親身的觀察，或親屬的經驗，決計用全力描寫佐雜下僚的社會，他的文學成績必定大有可觀，中國近代小說史上也許添一部不朽的名著了。可惜他終於有點怕難為情，終不肯拋棄「官場」全部的籠統記載，終不甘用他的天才來做一小部分的具體描寫。所以他幾回想特別描寫佐雜小官，幾回都半途收縮回去。

你看此書開頭就捧出一位了不得的錢典史，此人真是做官的高手。無論在什麼地方，他總是抱定「實事求是」的祕訣。他先巴結趙溫，不但想賺他幾個錢，還想借他走他的座師吳贊善的門路。後來因為吳贊善對趙溫很冷淡，錢典史的熱心也就淡了下來。

門生請主考，同年團拜。……趙溫穿著衣帽，也混在裡頭。錢典史跟著溜了進去瞧熱鬧。只見吳贊善坐在上面看戲，趙溫坐的地方離他還遠著哩；一直等到散戲，沒有看見吳贊善理他。

大家散了之後，錢典史不好明言，背地裡說：「有現成的老師還不會巴結，叫我們這些趕門子拜老師的怎樣呢？」從此以後，就把趙溫不放在眼裡。轉念一想，讀書人是包不定的，還怕他聯捷上去，姑且再等他兩天。

——第二回

293

這種細密的心思豈是那死讀《新科闈墨》的舉人老爺們想得到的嗎？

第三回寫錢典史交結戴升，走黃知府的路子，謀得支應局的收支差使，這一段也寫得很好。但第四回以下，錢典史便失蹤了；作者的眼界抬高了，遂叫一班大官把這些佐雜老爺們都趕跑了。第七回以下，一個候選通判陶子堯上了一個洋務條陳，居然闊了一陣子。

直到第四十三回，作者大概一時缺乏大官的話柄了，忽然又把筆鋒收回來描寫一大群佐雜小官的生活。第四十三、四十四、四十五回，這三回的「佐雜現形記」真可算是全書最有精彩的部分。這部「佐雜現形記」共有好幾幕，都細膩得很。第一幕是在首府（武昌府）的大堂門口，──佐雜太爺們給首府「站班」的所在。那一天，首府把其中的一員，蘄州吏目隨鳳占，喚了進去，說了幾句話。隨鳳占得此異常的榮遇，出來的時候，同班二三十個窮佐雜都圍了上來，打聽訊息。這一幕好看得很：

其時正是隆冬天氣。有的穿件單外褂，有的竟其還是紗的，一個個都釘著黃線織的補子，有些黃線都已宕了下來。腳下的靴子多半是尖頭上長了一對眼睛。有兩個穿著「抓地虎」，還算是好的咧。至於頭上戴的帽子，呢的也有，絨的也有，都是破舊不堪；間或有一兩頂皮的，也是光板子，沒有毛的了。

大堂底下敞豁豁的，一堆人站在那裡都一個個凍的紅眼睛紅鼻子。還有些一把鬍子的人，眼淚鼻涕從鬍子上直掛下來，拿著灰色布的手巾在那裡擦抹。如今聽說首府叫隨鳳占保舉人，便認定了隨鳳占一定有什麼大來頭了，一齊圍住了他，請問貴姓臺甫。

當中有一個稍些漂亮點的，親自走到大堂暖閣後面一看，瞥見有個萬民傘的傘架子在那裡，他就搬了出來，靠牆擺好，請他坐下談天。

──第四三回，頁一七

　　底下便是幾位佐雜太爺們——隨鳳占、申守堯、秦梅士等——的高論。後來，申守堯家的一個老媽子來替他拿衣服，無意之中說破了他家裡沒米下鍋，申守堯生氣了，打了她一個巴掌，老媽不伏氣，倒在地上號咷起來。她這一鬧，驚動了許多人，圍住看熱鬧。申守堯又羞又急，拖她不起來。後來還虧本府的門政大爺出來罵了幾句，要拿她送首縣，她才住了哭，站了起來。

　　此時弄得個申守堯說不出的感激，意思想走到門政大爺跟前敷衍兩句。誰知等到走上前去，還未開口，那門政大爺早把他看了兩眼，回轉身就進去了。申守堯更覺羞的無地自容，意思又想過來，趁勢吆喝老媽兩句，誰知老媽早已跑掉。靴子，帽子，衣包，都丟在地下，沒有人拿。……

——第四四回

　　幸虧那位「古道熱腸」的秦梅士喊他的兒子小狗子來幫忙。

　　小狗子從懷裡掏出一個小布包，把鞋取出，等他爸爸換好。老頭子也一面把衣服脫下來摺好，同靴子包在一處；又把申守堯的包裹，靴子，帽盒，也交代兒子拿著。……無奈小狗子兩隻手拿不了許多，幸虧他人還伶俐，便在大堂底下找到了一根棍子，兩頭挑著；又把他爸爸的大帽子合在自己頭上，然後挑了衣包，籲呀籲呀的一路喊了出去。

　　第一幕完了。第二幕是在申守堯的家裡。申守堯同那秦小狗子回到家裡，只見那捱打的老媽子在堂屋裡哭罵。申守堯要攆她走，她要算清了工錢才走，還要討送禮的腳錢。申守堯沒有錢，她就哭罵不止，口口

聲聲「老爺賴工錢，吃腳錢」！

太太正在樓上捉蝨子，所以沒有下來，後來聽得不像樣了，只得蓬著頭下來解勸。

其時小狗子還未走，……一手拉，一面說道：「申老伯，你不要去理那混帳東西。等他走了以後，老伯要送禮，等我來替你送。就是上衙門，也是我來替你拿衣帽。……」申守堯道：「世兄！你是我們秦大哥的少爺，我怎麼好常常的煩你送禮拿衣帽呢？」小狗子道：「這些事，我都做慣的；況且送禮是你申老伯挑我賺錢，以後十個錢我也只要四個錢罷了。」

等到太太把老媽子的氣平下來了，那位秦太爺的大少爺還不肯走。

申守堯留他喫茶也不要，留他吃飯也不要，……只是站著不肯走。申守堯問他有什麼話說，他說：「問申老伯要八個銅錢買糖山查吃。」

可憐申守堯……只得進去同太太商量。太太道：

「我前天當的當只剩了二十三個大錢，在褥子底下，買半升米還不夠。今天又沒有米下鍋，橫豎總要再當的了。你就數八個給他，餘下的替我收好。」

一霎時，申守堯把錢拿了出來，小狗子爬在地下給申老伯磕了一個頭，方才接過銅錢，一頭走，一頭數了出去。

秦太爺的做官祕訣：「該同人家爭的地方，一點不可放鬆」（第四三回，頁二〇），都完全被他的大少爺學去了！

第二幕完了，第三幕在制臺衙門的客廳上（第四四回，頁一一一

一六），第四幕在蘄州（第四四回，頁一七—第四五回，頁六），第五幕在蘄州河裡檔子班的船上（第四五回，頁六—二二）——都是絕好的活動寫真，我不必多引了。

這一長篇的「佐雜現形記」真可算是很有精彩的描寫，深刻之中有含蓄，嘲諷之中有詼諧，和《儒林外史》最接近。這一部分最有文學趣味，也最有社會史料的價值。倘使全書都能有這樣的風味，《官場現形記》便成了第一流小說了。

但作者終想貪多鶩遠，又把隨鳳占、錢瓊光一班佐雜太爺拋開，又去寫欽差大臣童子良（鐵良）的話柄了。從此以後，這部書又回到話柄小說的地位上去。不久作者也就死了。

我在《五十年來的中國文學》裡，曾說《官場現形記》是一部模仿《儒林外史》的諷刺小說（《胡適文存》二集，二，頁一七三以下）。魯迅先生在他的《中國小說史略》（頁三二七以下）裡另標出「譴責小說」的名目，把《官場現形記》、《二十年目睹之怪現狀》、《老殘遊記》、《孽海花》等書都歸入這一類。他這種區別是很有見地的。他說：

光緒庚子（一九　）後，譴責小說之出特盛。蓋嘉慶以來，雖屢平內亂（白蓮教，太平天國，捻，回），亦屢挫於外敵（英，法，日本），細民闇昧，尚啜茗聽平逆武功，有識者則已翻然思改革，憑敵愾之心，呼維新與愛國，而於「富強」尤致意焉。戊戌變政既不成，越二年即庚子而有義和團之變，群乃知政府不足與圖治，頓有掊擊之意矣。其在小說，則揭發伏藏，顯其弊惡，而於時政，嚴加糾彈，或更擴充，並及風俗。雖命意在於匡世，似與諷刺小說同倫，而辭氣浮露，筆無藏鋒，甚且過甚其辭，以合時人嗜好，則其度量技術之相去亦遠矣，故別謂之譴責小說。

魯迅先生最推崇《儒林外史》，曾說：

迨吳敬梓《儒林外史》出，乃秉持公心，指摘時弊，……其文又戚而能諧，婉而多諷，於是說部中乃始有足稱諷刺之書。

——《小說史略》，頁二四五

他又說，

是後亦鮮以公心諷世之書如《儒林外史》者。

——同書，頁二五三

　　魯迅先生這樣推重《儒林外史》，故不願把近代的譴責小說同《儒林外史》並列。這種主張是我很贊同的。吳敬梓是個有學問，有高尚人格的人，他又不曾夢想靠做小說吃飯，故他的小說是一部全神貫注的著作。他是個文學家，又受了顏習齋、李剛主、程綿莊一派的思想的影響，故他的諷刺能成為有見解的社會批評。他的人格高，故能用公心諷世；他的見解高，故能「哀而不慍，微而婉」。近世做譴責小說的人大都是失意的文人，在困窮之中，借罵人為餬口的方法。他們所譴責的往往都是當時公認的罪惡，正不用什麼深刻的觀察與高超的見解，只要有淋漓的刻劃，過度的形容，便可以博一般人的歡迎了。故近世的譴責小說的意境都不高，其中如劉鶚《老殘遊記》之揭清官之惡，真可算是絕無而僅有的特別見解了。

　　魯迅先生批評《官場現形記》的話也很公平，他說：

凡所敘述，皆迎合，鑽營，矇混，羅掘，傾軋等故事，兼及士人之熱心於作吏，及官吏閨中之隱情。頭緒既繁，腳色復夥，其記事遂率與一人俱起，亦即與其人俱訖，若斷若續，與《儒林外史》略同。然臆說頗多，難云實錄，無自序所謂「含蓄醞釀」之實，殊不足望文木老人後塵。況所蒐羅，又僅「話柄」，聯綴此等，以成類書；官場伎倆，本小異大同，匯為長編，即千篇一律。特緣時勢要求，得此為快，故《官場現形記》乃驟享大名；而襲用「現形」名目，描寫他事，如商界學界女界者亦接踵也。

——同書，頁三二九

這部書確是聯綴許多「話柄」做成的，既沒有結構，又沒有剪裁，是第一短處。作者自己很少官場的經驗，所記大官的穢史多是間接聽得來的「話柄」；有時作者還肯加上一點組織點綴的功夫，有時連這一點最低限度的技術都免去了，便成了隨筆記帳。這是第二短處。這樣信手拈來的記錄，目的在於鋪敘「話柄」，而不在於描摹人物，故此書中的人物幾乎沒有一個有一點個性的表現，讀者只看見一群餓狗嚷進嚷出而已。唐二亂子亂了一會，忽然又不亂了；劉大侉子侉了一會，忽然又不侉了。賈筱之（假孝子）假孝了一會，也就把老太太撇開了；甄守球（真守舊）似乎應該有點頑固的把戲，然而下文也就沒有了。這是第三短處。此書裡沒有一個好官，也沒有一個好人。作者描寫這班人，只存譴責之心，毫沒有哀矜之意；譴責之中，又很少詼諧的風趣，故不但不能引起人的同情心，有時竟不能使人開口一笑。這種風格，在文學上，是很低的。這是第四短處。

但我細讀此書，看作者在第四十三回到四十五回裡表現的技術，終覺得李寶嘉的成績不應該這麼壞，終覺他不曾充分用他的才力。他在開

卷幾回裡，處處現出模仿《儒林外史》的痕跡。他似乎是想用心做一部諷刺小說的。假使此書用趙溫與錢典史做全書的主角，用後來描寫湖北佐雜小官的技術來敘述這兩個人的宦途歷史，假使作者當日肯這樣做去，這部書，未嘗不可以成為一部有風趣的諷刺小說。但作者個人生計上的逼迫，淺人社會的要求，都不許作者如此做去。於是李寶嘉遂不得不犧牲他的藝術而遷就一時的社會心理，於是《官場現形記》遂不得不降作一部摭拾話柄的雜記小說了。

　　諷刺小說之降為譴責小說，固是文學史上大不幸的事。但當時中國屢敗之後，政制社會的積弊都暴露出來了，有心的人都漸漸肯拋棄向來誇大狂的態度，漸漸肯回頭來譴責中國本身的制度不良、政治腐敗、社會齷齪。故譴責小說雖有淺薄、顯露、溢惡種種短處，然他們確能表示當日社會的反省的態度，責己的態度。這種態度是社會改革的先聲。人必須自己承認有病，方才肯延醫服藥。故譴責小說暴揚一國的種種黑暗，種種腐敗，還不失為國家將興，社會將改革的氣象。但中國人終是一個誇大狂的民族，反省的心理不久就被誇大狂的心理趕跑了。到了今日，人人專會責人而不肯責己，把一切罪狀都堆在洋鬼子的肩上；一面自己誇張中國的精神文明，禮義名教，一面罵人家都是資本主義、帝國主義、物質文明！在這一個「諱疾而忌醫」的時代，我們回頭看那班敢於指斥中國社會的罪惡的譴責小說家，真不能不脫下帽子來向他們表示十分敬意了。

　　　　　　　　　　　　　一九二七，十一，十二，　在上海

第七篇
《兒女英雄傳》考證

《兒女英雄傳》序

《兒女英雄傳》原本有兩篇假託的序，一篇為「雍正閼逢攝提格（十二年）上巳後十日觀鑒我齋甫」的序，一篇為「乾隆甲寅（五十九年）暮春望前三日東海吾了翁」的序。這兩篇序都是假託的，因為書中屢提到《紅樓夢》，觀鑒我齋序中也提及《紅樓夢》，雍正朝那裡有《紅樓夢》？書中又提到《品花寶鑒》中的人物，徐度香與袁寶珠（第三十二回）；《品花寶鑒》是咸豐朝出的，雍正、乾隆時的人那會知道這書裡的人物呢？

蜚英館石印本還有光緒戊寅（四年）古遼馬從善的一篇序，這篇序卻有點歷史考證的材料。他說：

> 《兒女英雄傳》一書，文鐵仙先生（康）所作也。先生為故大學士勒文襄公（保）次孫，以貲為理藩院郎中，出為郡守，洊擢觀察，丁憂旋裡，特起為駐藏大臣，以疾不果行，遂卒於家。
>
> 先生少席家世餘蔭；門第之盛，無有倫比。晚年諸子不肖，家道中落；先時遺物斥賣略盡。先生塊處一室，筆墨之外無長物，故著此書以自遣。其書雖託於稗官家言，而國家典故，先世舊聞，往往而在。且先生一身親歷乎盛衰升降之際，故於世運之變遷，人情之反覆，三致意焉。先生殆悔其已往之過而抒其未遂之志歟？

我後來曾向北京的朋友打聽這書的作者，他們說的話也可以證實馬從善序中的話。志贊希先生（志錡）並且說：光緒中葉時，還有人見過《兒女英雄傳》裡的長姐兒，已不止半老的徐娘了。

文康的事跡，馬從善序裡已略述了。我的朋友李玄伯先生（宗侗）

曾考證文康的家世，列有一表（《猛進》第二十二期），如下：玄伯說，他不能定文康是英字輩那一個的兒子。這一家確曾有很闊的歷史；馬從善說他家「門第之盛，無有倫比」，也不算太過。他家姓費莫氏，鑲紅旗人。溫福做到工部尚書，在軍機處行走；乾隆三十六年征金川，他是副將軍，中槍陣亡，賞伯爵，由他的次子永保承襲。勒保做到陝甘總督，調雲貴總督；嘉慶初年，他有平獨苗之功，封威勤侯；後來又有平定川、陝教匪之功，升至經略大臣，節制川、楚、陝、甘、豫五省軍務，晉封公爵。永保也署過陝甘總督，做過雲南巡撫，兩廣總督，死後諡恪敏。

英字一輩裡也出過好幾個大官；文字一輩中，文俊做到江西巡撫。

玄伯說：「他家有幾個人上過西北；溫福、永保皆在烏里雅蘇臺效過力，所以安驥也幾乎上了烏里雅蘇臺。內閣學士兼禮部侍郎銜，勒保、英惠各做過一次，英綏二次，所以安驥也升了這官。」

玄伯這幾句話固然不錯，——如第四十回裡安太太問烏里雅蘇臺在那兒，舅太太道：「喂，姑太太，你怎麼忘了呢？家裡四大爺不是到過這個地方兒嗎？」這是一證。——但我們不可因此就說《兒女英雄傳》是作者敘述他家歷史的書。馬從善說：「書中所指，皆有其人；餘知之而不欲明言之。悉先生家世者自為尋繹可耳。」此言亦不可全信。所謂「皆有其人」者，如長姐兒是有人見過的；如三十二回鄧九公說的那班戲子與「老鬥」——「四大名班裡的四個二簧硬腳兒」，狀元公史蓮峰等，——大概都實有其人。（虞太白即程長庚）此外如十三妹，如鄧九公，必是想像虛構的人物。安學海、安驥也不是作者自身的寫照，至多隻可說是文康晚年懺悔時的理想人物罷了。

依我個人看來，《兒女英雄傳》與《紅樓夢》恰是相反的。曹雪芹與文鐵仙同是身經富貴的人，同是到了晚年窮愁的時候才發憤著書。但

曹雪芹肯直寫他和他的家庭的罪惡，而文鐵仙卻不但不肯寫他家之所以敗落的原因，還要用全力描寫一個理想的圓滿的家庭。曹雪芹寫的是他的家庭的影子；文鐵仙寫的是他的家庭的反面。文鐵仙自序（假名「觀鑒我齋」的序）也說：

> 修道之謂教。與其隱教以「不善降殃」為背面敷粉，曷若顯教以「作善降祥」為當頭棒喝乎？

這是很明白的供狀。馬從善自稱「館於先生家最久」，他在那篇序裡也說：

> 先生殆悔其已往之過，而抒其未遂之志歟？

這可見文鐵仙是有「已往之過」的；不過他不肯老實描寫那些「已往之過」，偏要虛構一個理想的家庭來「抒其未遂之志」。於是《兒女英雄傳》遂成一部傳奇的而非寫實的小說了。

我們讀《兒女英雄傳》，不可不記得這一點。《兒女英雄傳》是有意寫「作善降祥」一個觀念的；是有意寫一個作善而興旺的家庭來反映作者身歷的敗落狀況的。書中的情節處處是作者的家世的反面。文康是捐官出身的，而安學海與安驥都是科甲出身。文康做過大官而家道敗落；安學海止做了一任河工知縣，並且被參追賠，後來教子成名，家道日盛。文康是有「已往之過」的；安學海是個理學先生，是個好官，是個一生無疵的完人。文康晚年「諸子不肖，家道中落」；而安學海「夫妻壽登期頤，子貴孫榮」，安驥竟是「政聲載道，位極人臣」。——這些地方都可以看出文康在最窮愁無聊的時候虛構一個美滿的家庭，作為一種

精神上的安慰：凡實際上他家最缺乏的東西，在那幻想的境地裡都齊全了。古人說：「過屠門而大嚼，雖不得肉，固且快意。」一部《兒女英雄傳》大可以安慰那「垂白之年重遭窮餓」的作者了。

我在《五十年來中國之文學》（《胡適文存》二集卷二）裡，曾泛論五十年內的白話小說：

這五十年內的白話小說……可以分作南北兩組：北方的評話小說，南方的諷刺小說。北方的評話小說可以算是民間的文學；他的性質偏向為人的方面，能使無數平民聽了不肯放下，看了不肯放下；但著書的人多半沒有什麼深刻的見解，也沒有什麼濃摯的經驗。他們有口才，有技術，但沒有學問思想。他們的小說……只能成一種平民的消閒文學。《兒女英雄傳》、《七俠五義》……等書屬於這一類。南方的諷刺小說便不同了。他們的著者多是文人，往往是有思想有經驗的文人。他們的小說，在語言方面，往往不如北方小說那樣漂亮活動；……但思想見解的方面，南方的幾部重要小說都含有諷刺的作用，都可以算是社會問題的小說。他們既能為人，又能有我。《官場現形記》、《老殘遊記》……都屬於這一類。

《兒女英雄傳》本叫做《兒女英雄評話》，是一部評話的小說。他有評話小說的長處，也有評話小說的短處。短處在思想的淺陋，長處在口齒的犀利，語言的漂亮。

這部書的作者雖做過幾任官，究竟是一個迂陋的學究，沒有高尚的見解，沒有深刻的經驗。他自己說他著書的主旨是要寫「作善降祥」的一個觀念。從這個迂陋的根本觀念上出發，這部書的內容就可想而知了。最鄙陋惡劣的部分是第三十五回「何老大示棘闈異兆」的一回。在

前一回裡，安公子在「成字第六號」熟睡，一個老號軍眼見那第六號的房簷上掛著碗來大的盞紅燈；他走到跟前，卻早不見了那盞燈。這已是很可笑的迷信了。三十五回裡，那位同考官婁養正夢中恍惚間忽見

簾櫳動處，進來了一位清癯老者，……把柺杖指定方才他丟開的那本卷子說道：「……此人當中！」

婁主政還不肯信，

窗外又起了一陣風。這番不好了，竟不是作夢了。只聽那陣風頭過處，……門外明明的進來了一位金冠紅袍的長官。……只聽那神道說道：「……吾神的來意也是為著成字六號，這人當中！」

這種談「科場果報」的文字，本是常見的；說也奇怪，在一部冒充寫實的小說裡，在實寫制度典章的部分裡，這種文字便使人覺得特別惡劣，特別迂陋。

這部書又要寫「兒女英雄」兩個字。作者說：

兒女無非天性，英雄不外人情。最憐兒女最英雄，才是人中龍鳳。

他又說：

如今世上人……誤把些使氣角力好勇鬥狠的認作英雄；又把些調脂弄粉斷袖餘桃的認作兒女。……殊不知有了英雄至性，才成就得兒女心腸；有了兒女真情，才作得出英雄事業。譬如世上的人立志要作個忠

臣，這就是個英雄心；忠臣斷無不愛君的，愛君這便是個兒女心。立志要作個孝子，這就是個英雄心；孝子斷無不愛親的，愛親這便是個兒女心。……這純是一團天理人情，沒得一毫矯揉造作。淺言之，不過英雄兒女常談；細按去，便是大聖大賢身分。

這是全部書的「開宗明義」。然而作者究竟也還脫不了那「世上人」的俗見。他寫的「英雄」，終脫不了那「使氣角力」的鄧九公、十三妹一流人。他寫的「兒女」，也脫不了那才子佳人夫榮妻貴的念頭。這書的前半寫十三妹的英雄：

挽了挽袖子，……把那石頭擺倒在平地上，用右手推著一轉，找著那個關眼兒，伸進兩個指頭去勾住了，往上只一悠，就把那二百多斤的石頭碌磚單撒手兒提了起來。……一手提著石頭，款動一雙小腳兒，上了臺階兒，那隻手撩起了布簾，跨進門去，輕輕的把那塊石頭放在屋裡南牆根兒底下；回轉頭來，氣不喘，面不紅，心不跳。

———第四回

又寫她在能仁寺，

片刻之間，彈打了一個當家的和尚，一個三兒；刀劈了一個瘦和尚，一個禿和尚；打倒了五個作工的僧人，結果了一個虎面行者：一共整十個人。她這才抬頭望著那一輪冷森森的月兒，長嘯了一聲，說：「這才殺得爽快！」

———第六回

這裡的十三妹竟成了「超人」了！「超人」的寫法，在《封神傳》或《三寶太監下西洋》或《七劍十三俠》一類的書裡，便不覺得刺眼；但這部書寫的是一個近代的故事，作者自言要打破「怪，力，亂，神」的老套，要「以眼前粟布為文章」，怎麼仍要夾入這種神話式的「超人」寫法呢？

這樣一個「超人」的女英雄在這書的前半部裡曾對張金鳳說：

> 你我不幸託生個（做？）女孩兒，不能在世界上烈烈轟轟作番事業，也得有個人味兒。有個人味兒，就是乞婆丐婦，也是天人；沒些人味兒，讓他紫誥金閨，也同狗彘。小姐又怎樣？大姐又怎樣？

——第八回

這是多麼漂亮的見解啊！然而這位「超人」的十三妹結婚之後，「還不曾過得十二日」，就會行這樣的酒令：

> 賞名花：名花可及那金花？
> 酌旨酒：旨酒可是瓊林酒？
> 對美人：美人可得作夫人？

——第三十回

這位「超人」這一跌未免跌的太低了罷？其實這並不是什麼「超人」的墮落；這不過是那位遷陋的作者的「馬腳畢露」。這位文康先生那裡夠得上談什麼「人味兒」與「超人」味兒？他只在那窮愁潦倒之中做那富貴興隆的甜夢，夢想著有烏克齋、鄧九公一班門生朋友，「一幫動輒是成千累萬」；夢想著有何玉鳳、張金鳳一類的好女子來配他的紈褲兒子；

夢想著有這樣的賢惠媳婦來勸他的膿包兒子用功上進，插金花，赴瓊林宴，進那座清祕堂！

一部《兒女英雄傳》裡的思想見解都應該作如是觀：都只是一個迂腐的八旗老官僚在那窮愁之中作的如意夢。

我們已說過，《兒女英雄傳》不是一部諷刺小說；但這書中有許多描寫社會習慣的部分，在當日雖不是有意的譏諷，在今日看來卻很像是作者有意刻劃形容，給後人留下不少的社會史料。正因為作者不是有意的，所以那些部分更有社會史料的價值；這種不打自招的供狀，這種無心流露的心理，是最可寶貴的，比那些有意的描寫還更可寶貴。

《儒林外史》極力描摹科舉時代的社會習慣與心理，那是有意的諷刺。《兒女英雄傳》的作者卻沒有吳敬梓的思想見解；他的思想見地正和《儒林外史》裡的范進、高老先生差不多，所以他崇拜科舉功名，也正和范進、高老先生一班人差不多。《兒女英雄傳》的作者正是《儒林外史》裡的人物，所以《兒女英雄傳》裡的心理也正是《儒林外史》攻擊譏諷的心理。不過吳敬梓是有意刻劃，而文康卻是無心流露罷了。

《儒林外史》裡寫周進、范進中舉人的情形，是讀者都不會忘記的。我們試看《兒女英雄傳》裡寫安公子中舉人的時候（第三十五回）：

安老爺看了〔報單〕，樂得先說了一句「謝天地！不料我安學海今日竟會盼到我的兒子中了！」手裡拿著那張報單，回頭就往屋裡跑。這個當兒，太太早同著兩個媳婦也趕出當院子來了。太太手裡還拿著根煙袋。老爺見太太趕出來，便湊到太太面前道：「太太，你看這小子，他中也罷了，虧他怎麼還會中的這樣高！太太，你且看這個報單。」太太樂得雙手來接，那雙手卻攥著根煙袋，一時忘了神，便遞給老爺。妙在老爺也樂得忘了，便拿著那根煙袋，指著報單上的字，一長一短，唸給太太聽。……

那時候的安公子呢？

原來他自從聽得「大爺高中了」一句話，怔了半天，一個人兒站在屋裡，沓沓兒裡臉是漆青，手是冰涼，心是亂跳，兩淚直流的在那裡哭呢。……

連他們家裡的丫頭，長姐兒也是

從半夜裡就惦著這件事。才打寅正，他就起來了。心裡又模模糊糊記得老爺中進士的時候，是天將亮報喜的就來了；可又記不真是頭一天，是當天。因此，從半夜裡盼到天亮，還見不著個信兒，就把他也急了個紅頭漲臉。及至服侍太太梳頭，太太看見這個樣子……忙伸手摸了他的腦袋，說，「真個的熱呼呼的！你給我梳了頭，回來到下屋裡靜靜兒的躺一躺兒去罷。看時氣不好！」他……因此札在他那間屋裡，卻坐又坐不安，睡又睡不穩。沒法兒，只拿了一床骨牌，左一回右一回的過五關兒，心裡要就那拿的開拿不開上算占個卦。……

還有那安公子的乾丈母娘——舅太太——呢？

只聽舅太太從西耳房一路嘮叨著就來了，口裡只嚷道：「那兒這麼巧事！這麼件大喜的喜信兒來了，偏偏兒的我這個當兒要上茅廁！才撒了泡溺，聽見，忙的我事也沒完，提上褲子，在那涼水盆裡汕了汕手，就跑了來了。我快見見我們姑太太。」……他拿著條布手巾，一頭走，一頭說，一頭擦手，一頭進門。及至進了門，才想起……還有個張親家老爺在這裡。那樣的敝快爽利人，也就會把那半老秋娘的臉兒臊了個通紅。……

頂熱心至誠的，要算安公子的丈母張太太了。這時候，

滿屋裡一找，只不見這位張太太。……上上下下三四個茅廁都找到了，也沒有親家太太。……裡頭兩位少奶奶帶著一群僕婦丫鬟，上下各屋裡，甚至茶房，哈什房，都找遍了。什麼人兒，什麼物兒都不短，只不見了張親家太太。

原來張親家太太一個人爬上魁星樓去了。她

聽得人講究，魁星是管唸書趕考的人中不中的，他為女婿，初一十五必來望著樓磕個頭。……今日在舅太太屋裡聽得姑爺果然中了，便如飛的……直奔到這裡來，……大著膽子上去，要當面叩謝魁星的保佑。及至……何小姐……三步兩步跑上樓去一看，張太太正閉著兩隻眼睛，衝著魁星，把腦袋在那樓板上碰的山響，嘴裡可唸的是「阿彌陀佛」合「救苦救難觀世音菩薩」。

這一長段，全文約有五千字，專寫安家的人聽見報安公子中舉人時候的心理。文康絕對想不到嘲諷挖苦安老爺以至張親家太太一班人：他只是一心至誠地要做一篇讚歎歌頌科舉的文字，他只是老老實實地要描摹他自己歆羨崇拜科舉的心理，所以有這樣淋漓盡致，自然流露的好文章。

文康極力讚頌科舉，而我們讀了只覺得科舉流毒的特別可怕；他誠心誠意地描寫科第的可歆羨，而我們在今日讀了只覺得他給我們留下了一大篇科舉制度之下崇拜富貴利祿的心理的絕好供狀。所以我們說：《兒女英雄傳》的作者自己正是《儒林外史》要刻劃形容的人物，而《兒女英雄傳》的大部分真可叫做一部不自覺的《儒林外史》。

　　《兒女英雄傳》是一部評話，他的特別長處在於言語的生動、漂亮、俏皮、詼諧、有風趣。這部書的內容是很淺薄的，思想是很迂腐的；然而生動的語言與詼諧的風趣居然能使一般的讀者感覺愉快，忘了那淺薄的內容與迂腐的思想。旗人最會說話；前有《紅樓夢》，後有《兒女英雄傳》，都是絕好的記錄，都是絕好的京語教科書。《兒女英雄傳》的作者有意模仿說評話的人的口氣，敘事的時候常常插入許多「說書人打岔」的話，有時頗覺討厭，但往往很多詼諧的風味。

　　最好的例是能仁寺的凶僧舉刀要殺安公子時，

　　忽然一個彈子飛來，那和尚把身一蹲，誰想他的身子蹲得快，那白光兒來得更快，噗的一聲，一個鐵彈子正著在左眼上。那東西進了眼睛，敢是不住要站，一直的奔了後腦勺子的腦瓜骨，咯噔的一聲，這才站住了。

　　那凶僧雖然凶橫，他也是個肉人。這肉人的眼珠子上要著上這等一件東西，大概比揉進一個沙子去利害，只疼得他「哎喲」一聲，咭咚往後便倒；噹啷啷，手裡的刀子也扔了。

　　那時三兒在旁邊正呆呆的望著公子的胸脯子，要看二之回刀尖出彩，只聽咭咚一聲，他師傅跌倒了，嚇了一跳，說：「你老人家怎麼了？這準是使猛了勁，岔了氣了。等我騰出手來扶起你老人家來啵。」才一轉身，毛著腰，要把那銅銚子放在地下好去攙他師傅。這個當兒，又是照前噗的一聲，一個彈子從他左耳朵眼兒裡打進去，打了個過膛兒，從右耳朵眼裡兒鑽出來，一直打到東邊那個廳柱上，吧噠的一聲打了一寸來深，進去嵌在木頭裡邊。那三兒只叫得一聲「我的媽呀！」鏜，把個銅銚子扔了，咭咭，也窩在那裡了。那銅銚子裡的水潑了一臺階子。那

鏇子唏啷嘩啷一陣亂響，便滾下臺階去了。

——第六回

這種描寫法，雖然全不是寫實的，卻很有詼諧趣味；這種風趣乃是北方評話小說的一種特別風趣。

第二十七回寫何玉鳳將出嫁之前，獨自坐在屋裡，心裡越想越煩悶起來，——

可煞作怪！不知怎的，往日這兩道眉毛一撐就鎖在一塊兒了，此刻只管要往中間兒撐，那兩個眉梢兒他自己會往兩邊兒展；往日那臉一沉就繃住了，此刻只管往下瓜搭，那兩個孤拐他自己會往上逗。不禁不由，就是滿臉的笑容兒。益發不得主意。

這樣有風致的描寫，在中國小說中很不多見。

不但記敘的部分如此，這書裡的談話的漂亮生動，也是別的小說不容易做到的。小說裡最難的部分是書中人物的談話口氣。什麼官僚乞丐都談司馬遷、班固的古文腔調，固是不可；什麼小姐小孩子都打著「歐化」式的談話，也是不可；就是像《儒林外史》那樣人人都說著長江流域的普通話，也叫人起一種單調的感覺，有時還叫人感覺這種談話的不自然，不能傳神寫實。做小說的人，要使他書中人物的談話生動漂亮，沒有別的法子，只有隨時隨地細心學習各種人的口氣，學習各地人的方言，學習各地方言中的熟語和特別語。簡單說來：只有活的方言可用作小說戲劇中人物的談話：只有活的方言能傳神寫生。所以中國小說之中，只有幾部用方言土語做談話的小說能夠在談話的方面特別見長。《金瓶梅》用山東方言，《紅樓夢》用北京話，《海上花列傳》用蘇州話：

這些都是最有成績的例。《兒女英雄傳》也用北京話；但《兒女英雄傳》
出世在《紅樓夢》出世之後一百二三十年，風氣更開了，凡曹雪芹時代
不敢採用的土語，於今都敢用了。所以《兒女英雄傳》裡的談話有許多
地方比《紅樓夢》還更生動。如張親家太太，如舅太太，她們的談話都
比《紅樓夢》裡的劉姥姥更生動。甚至於能仁寺中的王八媳婦，以至安
老爺在天齊廟裡碰著的兩個婦人，她們的談話，充滿著土話，充滿著生
氣，也都是曹雪芹不敢寫或不能寫的。

　　我們試舉天齊廟裡那個四十來歲的矮胖女人的說話作個例。她說：

　　那兒呀？才剛不是我們打夥兒從娘娘殿裡出來嗎？瞧見你一個人兒
仰著個頦兒盡著瞅著那碑上頭，我只打量那上頭有個什麼希希罕兒呢，
也仰著個頦兒，一頭兒往上瞧，一頭兒往前走。誰知腳底下橫不楞子爬
著條浪狗，叫我一腳就造了他爪子上了。要不虧我躲的溜掃，一把抓住
你，不是叫他敬我一乖乖，準是我自己鬧個嘴吃屎。你還說呢！

　　　　　　　　　　　　　　　　　　　　　　　　——第三十八回

　　又如在能仁寺裡，那王八媳婦誇說那大師傅待她怎麼好，她說：

　　要提起人家大師傅來，忒好咧！……天天的肥雞大鴨子，你想我
們配麼？

　　那女子（十三妹）說道：

　　別我們！你！

這四個字多麼響亮生動！

第二十六回張金鳳勸何玉鳳嫁人的一長段，無論思想內容如何不高明，在言語的方面確然要算是很流利的辯論。在小說裡，這樣長篇的談論是很少見的。《兒女英雄傳》裡的人物之中，安老爺與安公子的談話最令人感覺迂腐可厭；然而，那位安公子有時也居然能說幾句有風趣的話。他和何玉鳳成親的那一晚，何小姐打定主意不肯睡，他

因被這位新娘磨得沒法兒了，心想這要不作一篇偏鋒文章，大約斷入不了這位大宗師的眼，便站在當地向姑娘說道：「你只把身子賴在這兩扇門上，大約今日是不放心這兩扇門。果然如此，我倒給你出個主意，你索性開開門出去。」

不想這句話才把新姑娘的話逼出來了。他把頭一抬，眉一挑，眼一睜，說：「啊，你叫我出了這門到那裡去？」公子道：「你出了這屋裡便出房門；出了房門便出院門；出了院門便出大門。」姑娘益發著惱，說道：「你，叭叭叭，待轟我出大門去？我是公婆娶來的，我妹子請來的，只怕你轟我不動！」公子道：「非轟也；你出了大門，便向正東青龍方，奔東南巽地，那裡有我家一個大大的場院，場院裡有高高的一座土臺兒，土臺兒上有深深的一眼井。」

姑娘不覺大怒，說道：「哇！安龍媒！我平日何等待你，虧了你那些兒！今日才得進門，壞了你家那樁事，你叫我去跳井！」公子道：「少安無躁，往下再聽。那井口邊也埋著一個碌碡，那碌碡上也有個關眼兒。你還用你那兩個小指頭兒扣住那關眼兒，把他提了來，頂上這兩扇門，管保你就可以放心睡覺了。」

姑娘聽了這話，追想前情，回思舊景，眉頭兒一逗，腮頰兒一紅，不覺變嗔為喜，嫣然一笑。

總之，《兒女英雄傳》的最大長處在於說話的生動與風趣。為了這點子語言上的風趣，我們真願意輕輕地放過這書內容上的許多陋見與腐氣了。

《兒女英雄傳》的紀獻唐自然是年羹堯的假名。但這部書不過是借一個「天大地大無大不大的大腳色」來對映十三妹的英雄，年羹堯不過是一個不登臺的配角，與作者著書的本意毫無關係。蔣瑞藻先生說：

意者年氏之死出於同僚誣衊而非其罪，燕北閒人特隱約其詞。記之小說，以表明之耶？

——《小說考證》頁四十三

這是排滿空氣最盛的時代的時髦話。文康是一個八旗陋儒，他決沒有替年羹堯伸冤的見解。況且這書中明說年羹堯有「謀為不軌」的行為（十八回），如何可說是代他「表明」的書呢？

我們讀這種評話小說，要知他只是一種消閒的文學，沒有什麼微言大義。至多不過是帶著「福善禍淫」一類的流俗信仰罷了。

年羹堯是歷史的人物。十三妹的故事卻全是捏造的。她的祖父名叫何焯：我們難道可信她是何義門（焯）的孫女嗎？在《兒女英雄傳》裡，十三妹姓何，她父親名叫何杞，是年大將軍的中軍副將。後來清朝晚年另有人編出一部《年公平西紀事》，又名《平金川》，書中也插入十三妹的故事。但十三妹在那書裡卻不姓何了，她父親名叫裕周，是個都司。這書敘裕周被年大將軍殺死之後，十三妹奉了母親，「隱姓埋名，以待機

會，再行報仇。語在《兒女英雄傳》」（《平金川》第十八回）。這可見《平金川》是沿襲《兒女英雄傳》的，不能證明當日確有這個故事。

十四年十二月病中作此自遣

第八篇
《海上花列傳》考證

《海上花列傳》序

一 《海上花列傳》的作者

《海上花列傳》的作者自稱「花也憐儂」，他的歷史我們起先都不知道。蔣瑞藻先生的《小說考證》卷八引《譚瀛室筆記》說：

> 《海上花》作者為松江韓君子雲。韓為人風流蘊藉，善弈棋，兼有阿芙蓉癖；旅居滬上甚久，曾充報館編輯之職。所得筆墨之資悉揮霍於花叢。閱歷既深，此中狐媚伎倆洞燭無遺，筆意又足以達之。……

《小說考證》出版於民國九年；從此以後，我們又無從打聽韓子雲的歷史了。民國十一年，上海清華書局重排的《海上花》出版，有許廑父先生的序，中有云：

> 《海上花列傳》……或曰松江韓太痴所著也。韓初業幕，以伉直不合時宜，中年後乃匿身海上，以詩酒自娛。既而病窮，……於是乎有《海上花列傳》之作。

這段話太浮泛了，使人不能相信。所以我去年想作《〈海上花〉序》時，便打定主意另尋可靠的材料。

我先問陳陶遺先生，託他向松江同鄉中訪問韓子雲的歷史。陶遺先生不久就做了江蘇省長；在他往南京就職之前，他來回覆我，說韓子雲的事實一時訪不著；但他知道孫玉聲先生（海上漱石生）和韓君認識，也許他能供給我一點材料。我正想去訪問孫先生，恰巧他的《退醒廬筆

記》出版了。我第一天見了廣告，便去買來看；果然在《筆記》下卷（頁十二）尋得《海上花列傳》一條：

雲間韓子雲明經，別篆太仙，博雅能文，自成一家言，不屑傍人門戶。嘗主《申報》筆政，自署日大一山人，太仙二字之拆字格也。辛卯（一八九一）秋應試北闈，餘識之於大蔣家衕衖松江會館，一見有若舊識。場後南旋，同乘招商局海定輪船，長途無俚，出其著而未竣之小說稿相示，題日「花國春秋」，回目已得二十有四，書則僅成其半。時餘正撰《海上繁華夢》初集，已成二十一回，舟中乃易稿互讀，喜此二書異途同歸，相顧欣賞不置。唯韓謂《花國春秋》之名不甚愜意，擬改為「海上花」。而餘則謂此書通體皆操吳語，恐閱者不甚了了；且吳語中有音無字之字甚多，下筆時殊費研考，不如改易通俗白話為佳。乃韓言：「曹雪芹撰《石頭記》皆操京語，我書安見不可以操吳語？」並指稿中有音無字之覅勿諸字，謂「雖出自臆造，然當日倉頡造字，度亦以意為之。文人遊戲三昧，更何妨自我作古，得以生面別開？」餘知其不可諫，斯勿復語。逮至兩書相繼出版，韓書已易名日《海上花列傳》，而吳語則悉仍其舊，致客省人幾難卒讀，遂令絕好筆墨竟不獲風行於時。而《繁華夢》則年必再版，所銷已不知幾十萬冊。於以慨韓君之慾以吳語著書，獨樹一幟，當日實為大誤。蓋吳語限於一隅，非若京語之到處流行，人人暢曉，故不可與《石頭記》並論也。

我看了這一段，便寫信給孫玉聲先生，請問幾個問題：
（1）韓子雲的「考名」是什麼？
（2）生卒的時代？
（3）他的其他事跡？

孫先生回信說這幾個問題他都不能回答；但他允許我託松江的朋友代為調查。

直到今年二月初，孫玉聲先生親自來看我，帶來《小時報》一張，有「松江顛公」的一條《懶窩隨筆》，題為「《海上花列傳》之著作者」。據孫先生說，他也不知道這位「松江顛公」是誰；他託了松江金劍華先生去訪問，結果便是這篇長文。孫先生又說，松江雷君曜先生（瑨）從前作報館文字時署名「顛」字，大概這位顛公就是他。

顛公說：

……作者自署為「花也憐儂」，因當時風氣未開，小說家身價不如今日之尊貴，故不願使世人知真實姓名，特仿元次山「漫郎聱叟」之例，隨意署一別號。自來小說家固無不如此也。

按作者之真姓名為韓邦慶，字子雲，別號太仙，又自署大一山人，即太仙二字之拆字格也。籍隸舊松江府屬之婁縣。本生父韓宗文，字六一，清咸豐戊午（一八五八）科順天榜舉人，素負文譽，官刑部主事。作者自幼隨父宦遊京師，資質極聰慧，讀書別有神悟。及長，南旋，應童試，入婁庠為諸生。越歲，食廩餼，時年甫二十餘也。屢應秋試，不獲售。嘗一試北闈，仍鎩羽而歸。自此遂淡於功名。為人瀟灑絕俗，家境雖寒素，然從不重視「阿堵物」；彈琴賦詩，怡如也。尤精於弈；與知友楸枰相對，氣宇閒雅；偶下一子，必精警出人意表。至今松人之談善弈者，猶必數作者為能品云。

作者常年旅居滬瀆，與《申報》主筆錢忻伯、何桂笙諸人暨滬上諸名士互以詩唱酬。亦嘗擔任《申報》撰著；顧性落拓不耐拘束，除偶作論說外，若瑣碎繁冗之編輯，掉頭不屑也。與某校書最暱，常日匿居其妝閣中。興之所至，拾殘紙禿筆，一揮萬言。蓋是書即屬稿於此時。初

為半月刊，遇朔望發行。每次刊本書一回，餘為短篇小說及燈謎酒令諧體詩文等（適按；此語不很確，說詳後）。承印者為點石齋書局，繪圖甚精，字亦工整明朗。按其體裁，殆即現今各小說雜誌之先河。惜當時小說風氣未盡開，購閱者鮮，又以出版屢屢愆期，尤不為閱者所喜。銷路平平，實由於此。或謂書中純用蘇白，吳儂軟語，他省人未能盡解，以致不為普通閱者所歡迎，此猶非洞見癥結之論也（適按，此指《退醒盧筆記》之說）。

書共六十四回，印全未久，作者即赴召玉樓，壽僅三十有九。歿後詩文雜著散失無存，聞者無不惜之。妻嚴氏，生一子，三歲即夭折，遂無嗣。一女字童芬，嫁矗姓，今亦夫婦雙亡。唯嚴氏現猶健在，年已七十有五，蓋長作者五歲云。……

據顛公的記載，韓子雲的夫人嚴氏去年（舊曆乙丑）已七十五歲；我們可以推算她生於咸豐辛亥（一八五一）。韓子雲比她少五歲，生於咸豐丙辰（一八五六）。他死時年僅三十九歲，當在光緒甲午（一八九四）。《海上花》初出在光緒壬辰（一八九二）；六十四回本出全時有自序一篇，題「光緒甲午孟春」。作者即死在這一年，與顛公說的「印全未久，即赴召玉樓」的話正相符合。

過了幾個月，《時報》（四月廿二日）又登出一條《懶窩隨筆》，題為「太仙漫稿」，其中也有許多可以補充前文的材料。我們把此條的前半段也轉載在這裡：

小說《海上花列傳》之著作者韓子雲君，前已略述其梗概。某君與韓為文字交，茲又談其軼事云：君小名三慶，及應童試，即以慶為名，嗣又改名奇。幼時從同邑蔡藹雲先生習制舉業，為詩文聰慧絕倫。入泮時詩題為「春城無處不飛花」。所作試帖微妙清靈，藝林傳誦。踰年應歲試，文

題為「不可以作巫醫」，通篇系遊戲筆墨，見者驚其用筆之神妙，而深慮不中程式。學使者愛其才，案發，列一等，食餼於庠。君性落拓，年未弱冠，已染煙霞癖。家貧不能傭僕役，唯一婢名雅蘭，朝夕給使令而已。時有父執謝某，官於豫省，知君家況清寒，特函招入幕。在豫數年，主賓相得。某歲秋闈，辭居停，由豫入都，應順天鄉試。時攜有短篇小說及雜作兩冊，署曰《太仙漫稿》。小說筆意略近《聊齋》，而詼詭奇誕，又類似莊、列之寓言。都中同人皆嘖嘖嘆賞，譽為奇才。是年榜發，不得售，乃鎩羽而歸。君生性疏懶，凡有著述，隨手散棄。今此二冊，不知流落何所矣。稿末附有酒令燈謎等雜作，無不俊妙，郡人士至今猶能道之。

二　替作者辯誣

關於韓子雲的歷史，我們只有這些可靠的材料。此外便是揣測之詞了。這些揣測之詞，本不足辯；但內中有一種傳聞，不但很誣衊作者的人格，並且傷損《海上花》的價值，我們不可以輕輕放過。這種傳聞說：

　　書中趙樸齋以無賴得志，擁貲巨萬。方墮落時，致鬻其妹於青樓中，作者嘗救濟之云。會其盛時，作者僑居窘苦，向借百金，不可得，故憤而作此以譏之也。然觀其所刺褒瑕瑜，常有大於趙某者焉。然此書卒厄於趙，揮巨金，盡購而焚之。後人畏事，未敢翻刊。……

　　　　　　　　　　——清華排本《海上花》的許廑父序

魯迅先生的《中國小說史略》也引有一種傳說。他說：

　　書中人物亦多實有，而悉隱其真姓名，唯不為趙樸齋諱。相傳趙本作者摯友，時濟以金，久而厭絕，韓遂撰此書以謗之。印賣至第二十八

回，趙急致重賂，始輟筆，而書已風行。已而趙死，乃續作貿利，且放筆至寫其妹為倡云。

—— 《中國小說史略》頁三 九

　　我們試比較這兩條，便可斷定這種傳聞是隨意捏造的了。前一條說趙樸齋揮金盡買此書而焚之，是全書出版時趙尚未死。後一條說趙死之後，作者乃續作全書。這是一大矛盾。前條說作者曾救濟趙氏，後條說趙氏時救濟作者：這是二大矛盾。前條說趙樸齋之妹實曾為倡；後條說作者「放筆至寫其妹為倡」，是她實不曾為倡而作者誣她為倡：這是三大矛盾。——這些矛盾之處，都可以教我們明白這種傳說是出於揣測臆造。譬如漢人講《詩經》，你造一說，他造一說，都自誇有師傳；但我們試把齊、魯、韓、毛四家的說法排列在一塊看，他們互相矛盾的可笑，便可以明白他們全是臆造的了。

　　我這樣的斷案也許不能叫人心服。且讓我從積極方面提出證據來給韓子雲辯誣。韓子雲在光緒辛卯年（一八九一年）北上應順天鄉試，與孫玉聲先生同行南歸。他那時不是一個窮急無賴靠敲竹槓度日的人，有孫先生可作證。那時他的《海上花》已有二十四回的稿子了。次年壬辰（一八九二年）二月，《海上花》的第一、第二回就出版了。我們明白這一層事實，便知道韓子雲絕不至於為了借一百塊錢不成而做一部二十五萬字的書來報仇的。

　　況且《海上花》初出在壬辰二月，到壬辰十月出到第二十八回，方才停版，改出單行石印本。單行的全部六十四回本出版在光緒甲午（一八九四）年正月，距離停版之時，僅十四個月。寫印一部二十五萬字的大書要費多少時間？中間那有因得了「重賂」而輟筆的時候？懂得了這一層事實，更可以明白「印賣至第二十八回，趙急致重賂，始輟

筆；……趙死乃續作貿利」的話全是無根據的誣衊了。

其實這種誣衊的話頭，很容易看出破綻。許廑父的序裡也說：

然觀其所刺褒瑕瑜，常有大於趙某者焉。

魯迅也說：

然二寶淪落，實作者豫定之局。

——頁三 九

這都是從本書裡尋出的證據。許君所說，尤為有理。《海上花》寫趙樸齋不過寫他冥頑麻木而已，並沒有什麼過分的貶詞。最厲害的地方如寫趙二寶決計做妓女的時候，

樸齋自取紅籤，親筆寫了「趙二寶寓」四個大字，黏在門首。

——第三十五回

又如：

趙二寶一落堂子，生意興隆，接二連三的碰和吃酒，做得十分興頭。趙樸齋也趾高氣揚，安心樂業。

——同上次

這不過是有意描寫一個渾沌沒有感覺的人，把開堂子只看作一件尋常吃飯事業，不覺得什麼羞恥。天地間自有這一種糊塗人，作者不過據

實描寫罷了。造謠言的人，神經過敏，偏要妄想趙樸齋是「作者摯友」、「擁貲巨萬」，——這是造謠的人自己的幻想，與作者無關。作者寫的是一個開堂子的老闆的歷史：這一點我們須要認清楚了，然後可以了解作者描寫趙樸齋真是「平淡而近自然」，恰到好處。若上了造謠言的人的當，誤認趙樸齋是作者的摯友或仇家，那就像張惠言、賙濟一班腐儒向晚唐、五代的豔詞裡去尋求「微言大義」一般，永遠走入魔道，永遠不能了解好文學了。

聰明的讀者！請你們把謠言丟開，把成見撇開，跟我來重讀這一部很有文學風趣的小說。

這部書絕不是一部謗書，絕不是一部敲竹槓的書。韓子雲是熟悉上海娼妓情形的人；顛公說他「與某校書最暱，常日匿居其妝閣中」。他天天住在堂子裡，所以能實地觀察堂子裡的情形，所以能描寫的那樣深刻真切。他知道趙二寶（不管她的真姓名是什麼）一家的人物歷史最清楚詳細，所以這部書雖採用合傳體，卻不能不用「趙氏世家」做個大格局。這部書用趙樸齋做開場，用趙二寶做收場，不但帶寫了洪氏姊弟，連趙樸齋的老婆阿巧在第二回裡也就出現了。我們試仔細看這一大篇《趙氏家傳》，便可以看出作者對於趙氏一家，只忠實地敘述他們的演變歷史，忠實地描寫他們的個性區別，並沒有存心譭謗他們的意思。豈但不譭謗他們？作者處處都哀憐他們，寬恕他們，很忠厚地描寫他們一家都太老實了、太忠厚了，簡直不配吃堂子飯。作者的意思好像是說：這碗堂子飯只有黃翠鳳、黃二姐、周蘭一班人還配吃，趙二寶的一家門都是不配做這行生意的。洪氏是一個渾沌的鄉下老太婆，絕不配做老鴇。趙樸齋太渾沌無能了，正如吳松橋說的，「倻要做生意！耐看陸裡一樣生意末倻會做嗄？」阿巧也是一個老實人，客人同她「噪」，她就要哭；作者在第二十三回裡出力描寫阿巧太忠厚了、太古板了，不配做大姐，更不配做

堂子的老班娘娘。其中趙二寶比較最能幹了；但她也太老實了、太忠厚了，所以處處上當。她最初上了施瑞生的當，遂致流落為娼妓。後來她遇著史三公子，感覺了一種真切的戀愛，決計要嫁她。史三公子走時，她局帳都不讓他開銷；自己還去借了幾千塊錢的債，置辦四季嫁衣，閉門謝客，安心等候做正太太了。史三公子一去不回，趙樸齋趕到南京打聽之後，始知他已負心另娶妻子了。趙二寶氣的倒跌在地，不省人事；然而她睡在床上，還只回想「史三公子……如何契合情投，……如何性兒浹洽，意兒溫存」（第六十二回）。後來她為債務所逼迫，不得已重做生意，——只落得她的親娘舅洪善卿鼓掌大笑（六十二回末）！二寶剛做生意，便受「賴頭黿」的蹂躪：她在她母親的病床前，「樸齋隅坐執燭，二寶手持藥碗，用小茶匙喂與洪氏」，樓上賴三公子一時性發，把「滿房間粗細軟硬，大小貴賤」，都打的精光。二寶受了這樣大劫之後，

　　思來想去，上天無路，入地無門，暗暗哭泣了半日，覺得胸口隱痛，兩腿作酸，贊向煙榻，倒身傴臥。

　　她入夢了。她夢見史三公子做了揚州知府，差人來接太太上任；她夢見她母親

　　洪氏頭戴鳳冠，身穿霞帔，笑嘻嘻叫聲「二寶」，說道：「我說三公子個人陸裡會差！故歇阿是來請倪哉！」

　　這個時候二寶心頭的千言萬語，擠作了一句話。她只說道：
　　無姆，倪到仔三公子屋裡，先起頭事體，勿去說起。這十九個字，字字是血，是淚，真有古人說的「溫柔敦厚，怨而不怒」的風格！這部

《海上花列傳》也就此結束了。

聰明的讀者，你們請看，這一大篇《趙氏家傳》是不是敲竹槓的書？做出這樣「溫柔敦厚，怨而不怒」的絕妙文章的韓子雲先生是不是做書敲竹槓報私仇的人？

三　《海上奇書》

去年十月底，我同高夢旦先生、鄭振鐸先生去遊南京。振鐸天天去逛舊書攤，尋得了不少舊版的小說。有一天，他跑回旅館，高興的很，說：「我找到一部寶貝了！」我們看時，原來他買得了一部《海上奇書》。這部《海上奇書》是一種有定期的「繡像小說」，他的第一期的封面上印著：

光緒壬辰二月朔日，每本定價一角。申報館代售。

第一期《海上奇書》三種合編目錄：

《太仙漫稿》《陶俏妖夢記》自一圖至八圖，此稿未完。

《海上花列傳》第一回　趙樸齋咸瓜街訪舅

洪善卿聚秀堂做媒

第二回　小夥子裝煙空一笑

清倌（人）吃酒枉相識

《臥遊集》霽園主人《海市》林嗣環《口技》

《海上奇書》共出了十四期，《海上花列傳》出到第二十八回。先是每月初一、十五，各出一期的；到第十期以後，改為每月初一日出一期，直到壬辰（一八九二）十月朔日以後才停刊。

這三種書之中，《臥遊集》專收集前人紀遠方風物的小品文字，我

們可以不談。《太仙漫稿》是作者用古文做的短篇小說，其中很多狂怪的
見解，可以表現作者的文學天才的一方面，所以我們把他們重抄付印，
附在這部《海上花》的後面，作一個附錄。《海上花列傳》二十八回即是
此書的最初版本，甚可寶貴。每回有兩幅圖，技術不很好，卻也可以考
見當時的服飾風尚。文字上也有可以校正現行各本的地方，江原放君已
細細校過了。最可注意的是作者自己的濃圈；凡一回中的精彩地方，作
者自己都用濃圈標出。這些符號至少可以使我們明瞭作者自己最得意或
最用氣力的字句。我們因此可以領會作者的文學欣賞力。

　　但最可寶貴的是《海上奇書》儲存的《海上花列傳·例言》。每一期
的封面後幅上，印有一條例言。這些例言，我們已抄出印在這書的前面
了。其中很多可以注意的。如云：

　　全書筆法自謂從《儒林外史》脫化出來，唯穿插藏閃之法則為從來
說部所未有。一波未平，一波又起；或竟接連起十餘波，忽東忽西，忽
南忽北；隨手敘來，並無一事完全，卻並無一絲掛漏；閱之覺其背面無
文字處尚有許多文字，雖未明明敘出，而可以意會得之：此穿插之法
也。劈空而來，使閱者茫然不解其如何緣故，急欲觀後文，而後文又舍
而敘他事矣；及他事敘畢，再敘明其緣故，而其緣故仍未盡明；直至全
體盡露，乃知前文所敘並無半個閒字：此藏閃之法也。

　　這是作者自寫他的技術。作者自己說全書筆法是從《儒林外史》脫化
出來的。「脫化」兩個字用的好，因為《海上花》的結構實在遠勝於《儒林
外史》，可以說是脫化，而不可說是模仿。《儒林外史》是一段一段的記載，
沒有一個鳥瞰的布局，所以前半說的是一班人，後半說的是另一班人，——
並且我們可以說，《儒林外史》每一個大段落都可以截作一個短篇故事，

自成一個片段，與前文後文沒有必然的關係。所以《儒林外史》裡並沒有什麼「穿插」與「藏閃」的筆法。《海上花》便不同了。作者大概先有一個全域性在腦中，所以能從容布置，把幾個小故事都摺疊在一塊，東穿一段，西插一段，或藏或露，指揮自如。所以我們可以說，在結構的方面，《海上花》遠勝於《儒林外史》；《儒林外史》只是一串短篇故事，沒有什麼組織；《海上花》也只是一串短篇故事，卻有一個綜合的組織。

　　然而許多不相干的故事──甲客與乙妓，丙客與丁妓，戊客與己妓……的故事──究竟不能有真正的自然的組織。怎麼辦呢？只有用作者所謂「穿插，藏閃」之法了。這部書叫做《海上花列傳》，命名之中就表示這書是一種「合傳」。這個體裁起於《史記》；但在《史記》裡，這個合傳體已有了優劣之分。如《滑稽列傳》每段之末用「其後若干年，某國有某少」一句作結合的關鍵，這是很不自然的牽合。如《魏其武安侯列傳》全靠事實本身的聯絡，時分時合，便自然成一篇合傳。這種地方應該給後人一種教訓：凡一個故事裡的人物，可以合傳；幾個不同的故事裡的人物不可以合傳。竇嬰、田蚡、灌夫可以合傳，但淳於髡、優孟、優游只可以「彙編」在一塊，而不可以合傳。《儒林外史》只是一種「儒林故事的彙編」，而不能算作有自然聯絡的合傳。《水滸傳》稍好一點，因為其中的主要人物彼此都有點關係；然而有幾個人──例如盧俊義──已是很勉強的了。《海上花》的人物各有各的故事，本身並沒有什麼關係，本不能合傳，故作者不能不煞費苦心，把許多故事打通、摺疊在一塊，讓這幾個故事同時進行，同時發展。主腦的故事是趙樸齋兄妹的歷史，從趙樸齋跌交起，至趙二寶做夢止。其中插入羅子富與黃翠鳳的故事，王蓮生與張蕙貞、沈小紅的故事，陶玉甫與李漱芳、李浣芳的故事，朱淑人與周雙玉的故事，此外還有無數小故事。作者不願學《儒林外史》那樣先敘完一事，然後再敘第二事，所以他改用「穿插，藏閃」

之法，「一波未平，一波又起」，閱者「急欲觀後文，而後文又舍而敘他事矣」。其中牽線的人物，前半是洪善卿，後半是齊韻叟。這是一種文學技術上的試驗，要試試幾個不相干的故事裡的人物是否可以合傳。所謂「穿插，藏閃」的筆法，不過是實行這種試驗的一種方法。至於這個方法是否成功，這卻要讀者自己去評判。看慣了西洋那種格局單一的小說的人，也許要嫌這種「摺疊式」的格局有點牽強，有點不自然。反過來說，看慣了《官場現形記》和《九尾龜》那一類毫無格局的小說的人，也許能賞識《海上花》是一部很有組織的書。至少我們對於作者這樣自覺地作文學技術上的試驗，是應該十分表敬意的。

《例言》另一條說：

合傳之體有三難。一曰無雷同：一書百十人，其性情言語面目行為，此與彼稍有相仿，即是雷同。一曰無矛盾：一人而前後數見，前與後稍有不符，即是矛盾。一曰無掛漏：寫一人而無結局，掛漏也；敘一事而無收場，亦掛漏也。知是三者，而後可與言說部。

這三難之中，第三項並不重要，可以不論。第一、第二兩項即是我們現在所謂「個性的描寫」。彼與此無雷同，是個性的區別；前與後無矛盾，是個人人格的一致。《海上花》的特別長處不在他的「穿插，藏閃」的筆法，而在於他的「無雷同，無矛盾」的描寫個性。作者自己也很注意這一點，所以第十一期上有《例言》一條說：

第廿二回如黃翠鳳、張蕙貞、吳雪香諸人皆是第二次描寫，所載事實言語自應前後關照；至於性情脾氣態度行為有一絲不合之處否？閱者反覆查勘之，幸甚。

這樣自覺地注意自己的技術，真可令人佩服。前人寫妓女，很少能描寫他們的個性區別的。十九世紀的中葉（一八四八）邢上蒙人的《風月夢》出世，始有稍稍描寫妓女個性的書。到《海上花》出世，一個第一流的作者用他的全力來描寫上海妓家的生活，自覺地描寫各人的「性情，脾氣，態度，行為」，這種技術方才有充分的發展。《海上花》寫黃翠鳳之辣，張蕙貞之庸凡，吳雪香之憨，周雙玉之驕，陸秀寶之浪，李漱芳之痴情，衛霞仙之口才，趙二寶之忠厚，……都有個性的區別，可算是一大成功。這些地方，讀者大概都能領會，不用我們詳細舉例了。

四　《海上花》是吳語文學的第一部傑作

但是《海上花》的作者的最大貢獻還在他的採用蘇州土話。我們在今日看慣了《九尾龜》一類的書，也許不覺得這一類吳語小說是可驚怪的了。但我們要知道，在三十多年前，用吳語作小說還是破天荒的事。《海上花》是蘇州土話的文學的第一部傑作。蘇白的文學起於明代；但無論為傳奇中的說白，無論為彈詞中的唱與白，都只居於附屬的地位，不成為獨立的方言文學。蘇州土白的文學的正式成立，要從《海上花》算起。

我在別處（《吳歌甲集·序》）

曾說：

老實說罷，國語不過是最優勝的一種方言；今日的國語文學在多少年前都不過是方言的文學。正因為當時的人肯用方言作文學，敢用方言作文學，所以一千多年之中積下了不少的活文學，其中那最有普遍性的

部分遂逐漸被公認為國語文學的基礎。我們自然不應該僅僅抱著這一點歷史上遺傳下來的基礎就自己滿足了。國語的文學從方言的文學裡出來，仍須要向方言的文學裡去尋他的新材料，新血液，新生命。

這是從「國語文學」的方面設想。若從文學的廣義著想，我們更不能不倚靠方言了。文學要能表現個性的差異；乞婆娼女人人都說司馬遷、班固的古文固是可笑，而張三、李四人人都說《紅樓夢》、《儒林外史》的白話也是很可笑的。古人早已見到這一層，所以魯智深與李逵都打著不少的土話，《金瓶梅》裡的重要人物更以土話見長。平話小說如《三俠五義》、《小五義》都有意夾用土話。南方文學中自晚明以來崑曲與小說中常常用蘇州土話，其中很有絕精彩的描寫。試舉《海上花列傳》中的一段作個例：

……雙玉近前，與淑人並坐床沿。雙玉略略欠身，兩手都搭著淑人左右肩膀，教淑人把右手勾著雙玉頭項，把左手按著雙玉心窩，臉對臉問道：「倷七月裡來裡一笠園，也像故歇實概樣式一淘坐來浪說個閒話，耐阿記得？」……

——六十三回

假如我們把雙玉的話都改成官話：「我們七月裡在一笠園，也像現在這樣子坐在一塊說的話，你記得嗎？」——意思固然一毫不錯，神氣卻減少多多了。……中國各地的方言之中，有三種方言已產生了不少的文學。第一是北京話，第二是蘇州話（吳語），第三是廣州話（粵語）。京話產生的文學最多，傳播也最遠。北京做了五百年的京城，八旗子弟的遊宦與駐防，近年京調戲劇的流行：這都是京語文學傳播的原因。粵語的文學以「粵謳」為中心；粵謳起於民間，而百年以來，自從招子庸以後，仿作的已不少，在韻文的方面已可算是很有成績的了。但如今海內

和海外能說廣東話的人雖然不少，粵語的文學究竟離普通話太遠，他的影響究竟還很少。介於京語文學與粵語文學之間的，有吳語的文學。論地域，則蘇、松、常、太、杭、嘉、湖，都可算是吳語區域。論歷史，則已有了三百年之久。三百年來，凡學崑曲的，無不受吳音的訓練；近百年中，上海成為全國商業的中心，吳語也因此而占特殊的重要地位。加之江南女兒的秀美久已征服了全國的少年心；向日所謂南蠻鴃舌之音久已成了吳中女兒最系人心的軟語了。故除了京語文學之外，吳語文學要算最有勢力又最有希望的方言文學了。……

這是我去年九月裡說的話。那時我還沒有見到孫玉聲先生的《退醒廬筆記》，還不知道三四十年前韓子雲用吳語作小說的困難情形。孫先生說：

餘則謂此書通體皆操吳語，恐閱者不甚了了；且吳語中有音無字之字甚多，下筆時殊費研考，不如改易通俗白話為佳。乃韓言：「曹雪芹撰《石頭記》，皆操京語，我書安見不可以操吳語？」並指稿中有音無字之「覅，嬲」諸字，謂「雖出自臆造，然當日倉頡造字，度亦以意為之。文人遊戲三昧，更何妨自我作古，得以生面別開？」

這一段記事大有歷史價值。韓君認定《石頭記》用京話是一大成功，故他也決計用蘇州話作小說。這是有意的主張，有計劃的文學革命。他在《例言》裡指出造字的必要，說，若不如此，「便不合當時神理」。這真是一針見血的議論。方言的文學所以可貴，正因為方言最能表現人的神理。通俗的白話固然遠勝於古文，但終不如方言的能表現說話的人的神情口氣。古文裡的人物是死人；通俗官話裡的人物是做作不自然的活人；方言土話裡的人物是自然流露的活人。

我們試引本書第二十三回裡衛霞仙對姚奶奶說的一段話作一個例：

耐個家主公末，該應到耐府浪去尋唲。耐倽辰光交代撥俚，故歇到該搭來尋耐家主公？倪堂子裡倒齷到耐府浪來請客人，耐倒先到倪堂子裡來尋耐家主公，阿要笑話！倪開仔堂子做生意，走得進來，總是客人，阿管俚是倽人個家主公！……老實搭耐說仔罷：二少爺來裡耐府浪，故末是耐家主公；到仔該搭來，就是倪個客人哉。耐有本事，耐拿家主公看牢仔；為倽放俚到堂子裡來白相？來裡該搭堂子裡，耐再要想拉得去，耐去問聲看，上海夷場浪阿有該號規矩？故歇勸說二少爺勿曾來，就來仔，耐阿敢罵俚一聲，打俚一記！耐欺瞞耐家主公，勿關倪事；要欺瞞仔倪個客人，耐當心點。

這種輕靈痛快的口齒，無論翻成那一種方言，都不能不失掉原來的神氣。這真是方言文學獨有的長處。

但是方言的文學有兩個大困難。第一是有許多字向來不曾寫定，單有口音，沒有文字。第二是懂得的人太少。

關於第一層困難，蘇州話有了幾百年的崑曲說白與吳語彈詞做先鋒，大部分的土話多少總算是有了文字上的傳寫。試舉《金鎖記》的《思飯》一出裡的一段說白：

（醜）阿呀，我個兒子，弗要說哉。囉裡去借點得來活活命嘿好？
（付）叫我到囉裡去借介？
（醜）吾介朋友是多個耶。
（付）我張大官人介朋友是實在多勾，才不拉我頂穿哉。
（醜）啊呀，介嘿，直腳要餓殺個哉！啊呀，我個天嚇！天嚇！

（付）來，阿姆，弗要哭。有商量裡哉。到東門外頭三娘姨丟哚去借點奢來活搭活搭罷。

然而方言是活的語言，是常常變化的；語言變了，傳寫的文字也應該跟著變。即如二百年前崑曲說白裡的代名詞，和現在通用的代名詞已不同了。故三十多年前韓子雲作《海上花》時，他不能不大膽地作一番重新寫定蘇州話的大事業。有些音是可以借用現成的字的。有時候，他還有創造新字的必要。他在《例言》裡說：

蘇州土白彈詞中所載多系俗字；但通行已久，人所共知，故仍用之。蓋演義小說不必沾沾於考據也。

這是採用現成的俗字。他又說：

唯有有音而無字者。如說「勿要」二字，蘇人每急呼之，並為一音。若仍作「勿要」二字，便不合當時神理；又無他字可以替代。故將「勿要」二字並寫一格。閱者須知「覅」字本無此字，乃合二字作一音讀也。

讀者請注意：韓子雲只造了一個「覅」字；而孫玉聲去年出版的筆記裡卻說他造了「朆」、「覅」等字。這是什麼緣故呢？這一點可以證明兩件事：(1) 方言是時時變遷的。二百年前的蘇州人說：

弗要說哉。那說弗曾？

——《金鎖記》

337

　　三十多年前的蘇州人說：

　　故歇勠說二少爺勿曾來。

——《海上花》二十三回

　　現在的人便要說：

　　故歇勠說二少爺覅來。

　　孫玉聲看慣了近年新添的「覅」字，遂以為這也是韓子雲創造的了
（《海上奇書》原本可證）。(2) 這一點還可以證明這三十多年中吳語文學
的進步。當韓子雲造「覅」字時，他還感覺有說明的必要。近人造「覅」
字時，便一直造了，連說明都用不著了。這雖是《九尾龜》一類的書的
大功勞，然而韓子雲的開山大魄力是我們不可忘記的。（我疑心作者以
「子雲」為字，後又改名「奇」，也許是表示仰慕那喜歡研究方言奇字的
揚子雲罷？）

　　關於方言文學的第二層困難——讀者太少，我們也可以引證孫先生
的筆記：

　　逮至兩書（《海上花》與《繁華夢》）相繼出版，韓書……吳語悉仍
其舊，致客省人幾難卒讀，遂令絕好筆墨竟不獲風行於時。而《繁華夢》
則年必再版，所銷已不知幾十萬冊。於以慨韓君之慾以吳語著書，獨樹
一幟，當日實為大誤。蓋吳語限於一隅，非若京語之到處流行，人人暢
曉，故不可與《石頭記》並論也。

「松江顛公」似乎不贊成此說。他說《海上奇書》的銷路不好，是因為「當時小說風氣未盡開，購閱者鮮，又以出版屢屢愆期，尤不為閱者所喜」。但我們想來，孫先生的解釋似乎很近於事實。《海上花》是一個開路先鋒，出版在三十五年前，那時的人對於小說本不熱心，對於方言土話的小說尤其不熱心。那時道路交通很不便，蘇州話通行的區域很有限；上海還在轎子與馬車的時代，還在煤油燈的時代，商業遠不如今日的繁盛；蘇州妓女的勢力範圍還只限於江南，北方絕少南妓。所以當時傳播吳語文學的工具只有崑曲一項。在那個時候，吳語的小說確然沒有風行一世的可能。所以《海上花》出世之後，銷路很不見好，翻印的本子絕少。我做小學生的時候，只見到一種小石印本，後來竟沒有見別種本子。以後二十年中，連這種小石印本也找不著了。許多愛讀小說的人竟不知有這部書。這種事實使我們不能不承認方言文學創始之難，也就使我們對於那決心以吳語著書的韓子雲感覺特別的崇敬了。

然而用蘇白卻不是《海上花》不風行的唯一原因。《海上花》是一部文學作品，富有文學的風格與文學的藝術，不是一般讀者所能賞識的。《海上繁華夢》與《九尾龜》所以能風行一時，正因為他們都只剛剛夠得上「嫖界指南」的資格，而都沒有文學的價值，都沒有深沉的見解與深刻的描寫。這些書都只是供一般讀者消遣的書，讀時無所用心，讀過毫無餘味。《海上花》便不然了。《海上花》的長處在於語言的傳神，描寫的細緻，同每一個故事的自然地發展；讀時耐人仔細玩味，讀過之後令人感覺深刻的印象與悠然不盡的餘韻。魯迅先生稱讚《海上花》「平淡而近自然」。這是文學上很不易做到的境界。但這種「平淡而近自然」的風格是普通看小說的人所不能賞識的。《海上花》所以不能風行一世，這也是一個重要原因。

然而《海上花》的文學價值究竟免不了一部分人的欣賞。即如孫玉

聲先生,他雖然不贊成此書的蘇州方言,卻也不能不承認他是「絕好筆墨」。又如我十五六歲時就聽見我的哥哥紹之對人稱讚《海上花》的好處。大概《海上花》雖然不曾受多數人的歡迎,卻也得著了少數讀者的欣賞讚歎。當日的不能暢銷,是一切開山的作品應有的犧牲;少數人的欣賞讚歎,是一部第一流的文學作品應得的勝利。但《海上花》的勝利,不單是作者私人的勝利,乃是吳語文學的運動的勝利。我從前曾說:

> 有了國語的文學,方才可以有文學的國語。……有了文學的國語,方才有標準的國語。

> ——　《建設的文學革命論》

豈但國語的文學是這樣的?方言的文學也是這樣的。必須先有方言的文學作品,然後可以有文學的方言。有了文學的方言,方言有了多少寫定的標準,然後可以繼續產生更豐富更有價值的方言文學。三百年來,崑曲與彈詞都是吳語文學的預備。但三百年中還沒有一個第一流文人完全用蘇白作小說的。韓子雲在三十多年前受了曹雪芹的《紅樓夢》的暗示,不顧當時文人的諫阻,不顧造字的困難,不顧他的書的不銷行,毅然下決心用蘇州土話作了一部精心結構的小說。他的書的文學價值終究引起了少數文人的賞鑒與模仿;他的寫定蘇白的工作大大地減少了後人作蘇白文學的困難。近二十年中遂有《九尾龜》一類的吳語小說的相繼出世。《九尾龜》一類的書的大流行便可以證明韓子雲在三十多年前提倡吳語文學的運動此時已到了成熟時期了。

我們在這個時候很鄭重地把《海上花》重新校印出版。我們希望這部吳語文學的開山作品的重新出世能夠引起一些說吳語的文人的注意,希望他們繼續發展這個已經成熟的吳語文學的趨勢。如果這一部方言文

學的傑作還能引起別處文人創作各地方言文學的興味，如果從今以後有各地的方言文學繼續起來供給中國新文學的新材料、新血液、新生命，——那麼，韓子雲與他的《海上花列傳》真可以說是給中國文學開一個新局面了。

十五，六，三十， 在北京

第九篇
《鏡花緣》考證

《鏡花緣》的引論

一　李汝珍

《鏡花緣》刻本有海州許喬林石華的序，序中說「《鏡花緣》一書，乃北平李子松石以十數年之力成之」。其餘各序及題詞中，也都說是李松石所作。但很少人能說李松石是誰的。前幾年，錢玄同先生告訴我李松石是一個音韻學家，名叫李汝珍，是京兆大興縣人，著有一部《李氏音鑒》。後來我依他的指示，尋得了《李氏音鑒》，在那部書的本文和序裡，鉤出了一些事跡。

李汝珍，字松石，大興人。《順天府志》的《選舉表》裡，舉人進士隊裡都沒有他，可見他大概是一個秀才，科舉上不曾得志。《順天府志》的《藝文志》裡沒有載他的著作，《人物誌》裡也沒有他的傳。《中國人名大辭典》（頁三八九）有下列的小傳：

李汝珍，〔清〕大興人，字松石。通聲韻之學，撰《李氏音鑒》，定「春滿堯天」等三十三母。徵引浩繁，淺學者多為所震，然實未窺等韻門徑。又有《鏡花緣》，及李刻《受子譜》。

此傳不知本於何書，但這種嚴酷的批評實在只足以表示批評者自身的武斷。（關於李汝珍在音韻學上的成績，詳見下文。）

乾隆四十七年壬寅（一七八二），李汝珍的哥哥汝璜（字佛雲）到江蘇海州做官，他跟到任所。那時歙縣凌廷堪（生一七五七，死一八〇九）家在海州，李汝珍從他受業。論文之暇，兼及音韻（《音鑒》五，頁十九）。那時凌廷堪年僅二十六歲；以此推之，可知李汝珍那時也不過

二十歲上下。他生年約當乾隆二十八年（一七六三）。凌廷堪是《燕樂考原》的作者，精通樂理，旁通音韻，故李汝珍自說「受益極多」。

自乾隆四十七年至嘉慶十年（一七八二——一八〇五），凡二十三年，李汝珍只在江蘇省內，或在淮北，或在淮南（《音鑑》石文煒序）。他雖是北京人，而受江南北的學者的影響最大；他的韻學能辨析南北方音之分，也全靠這長期的居住南方。嘉慶十年石文煒序中說，「今松石行將官中州矣」。但嘉慶十九年（一八一四）他仍在東海（《音鑑》題詞跋），似乎他不曾到河南做官。

乾隆五十八年（一七九三），凌廷堪補殿試後，自請改教職，選得寧國府教授；六十年（一七九五）赴任。此後，李汝珍便因道路遠隔，不常通問了（《音鑑》五，頁十九）。他的朋友同他往來切磋的，有

許喬林，字石華，海州人。

許桂林，字月南，海州人，嘉慶舉人。於諸經皆有發明；通古音，兼精算學。著有《許氏說音》，《音鵠》，《宣夜通》，《味無味齋集》（《人名大辭典》頁一 三四）。許桂林是李汝珍的內弟。（《音鑑》五，頁十九）

徐銓，字藕船，順天人。著有《音繩》（《音鑑》書目）。

徐鑒，字香坨，順天人。著有《韻略補遺》（同上）。

吳振勃，字容如，海州人。

洪□□，字靜節。

這一班人都是精通韻學的人。《華嚴字母譜》列聲母四十二，韻母十三。李汝珍把聲母四十二之中，刪去與今音異者十九個，而添上未備的及南音聲母十個，共存三十三個聲母。他又把韻母十三之中，刪去與

今音異者兩個，而添上今音十一個，共存韻母二十二個。他自己說，新添的十一個韻母之中，一個（麻韻）是凌廷堪添的，徐鑒與許桂林各添了兩個，徐銓添了一個；他自己添的只有五個（《音鑒》五，頁十九）。

嘉慶十年（一八〇五），《音鑒》成書（《音鑒·李汝璜序》）。嘉慶十五年（一八一〇），《音鑒》付刻，是年刻成（吳振勤後序）。

嘉慶十九年（一八一四），李汝珍在東海，與許桂林同讀山陰俞杏林的《傳聲正宗》。

俞氏書中附有《音鑒》題詞四首。其第四首云：

松石全書絕等倫，月南後序更精醇。

捫膺我愧無他技，開卷羞為識字人。

此可見《音鑒》出版不久，已受讀者的推重。

嘉慶二十一年（一八一六），他把俞杏林的題詞附刻在《音鑒》之後，並作一跋。自此年以後，他的事跡便無可考了。

自乾隆四十七年至此年，凡三十五年，他大概已是五十五歲左右的人了。這三十五年中，他的蹤跡似乎全在大江南北；他娶的夫人是海州人，或者他竟在海州住家了。

《鏡花緣》之著作，不知在於何年。孫吉昌的題詞說：

咄咄北平子，文采何陸離！……

而乃不得意，形骸將就衰，

耕無負郭田，老大仍驅饑。

可憐十數載，筆硯空相隨，

頻年甘兀兀，終日唯孳孳。

心血用幾竭，此身忘困疲。

聊以耗壯心，休言作者痴。

窮愁始著書，其志良足悲。……

古今小說家，應無過於斯。……

傳抄紙已貴，今已付厥剞，

不脛且萬里，堪作稗官師。

從此堪自慰，已為世所推。……

從這上面，我們可得兩點：

(1)《鏡花緣》是李汝珍晚年不得志時作的。

(2)《鏡花緣》刻成時，李汝珍還活著。

最可惜的是此詩和許喬林的序都沒有年月可考。但坊刻本有道光九年（一八二九）麥大鵬序，他說：

李子松石《鏡花緣》一書，耳其盡善，三載於茲矣。戊子（道光八年，一八二八）清和，偶過張子燮亭書塾，得窺全豹，不勝舞蹈。復聞芥子園新雕告竣，遂購一函，如獲異寶。……

麥氏在一八二九，已知道此書三年了；一八二八年他所見的「全豹」，不知是否刻本；但同年已有芥子園新雕本；次年麥氏又託謝葉梅摹繪一百八人之像，似另有繪像精雕本，為後來王韜序本的底本。我們暫時假定一八二八年的芥子園本為初刻本，而麥氏前三年聞名的《鏡花緣》為抄本。如此，我們可以說：

一八〇五，《音鑒》成書。

一八一〇，《音鑒》刻成（以上均考見上文）。

約一八一○──一八二五，──「十數年之力」──為《鏡花緣》著作的時期。

約一八二五，《鏡花緣》成書。

一八二八，芥子園雕本《鏡花緣》刻成。

一八二九，麥刻謝像本（廣東本）付刻。

假定芥子園本即是孫吉昌題詞裡說的「今已付劂剞」之本，那麼，李汝珍還不曾死，但已是很老的人了。依前面的推算，他的生年大約在乾隆中葉（約一七六三）：他死時約當道光十年（約一八三○），已近七十歲了。

二　李汝珍的音韻學

關於李汝珍的《音鑒》，我們不能詳細討論，只能提出一些和《鏡花緣》有關係的事實。《鏡花緣》第三十一回，唐敖等在歧舌國，費了多少工夫，才得著一紙字母，共三十三行，每行二十二字，只有第一個字是有字的，或用反切代字；其餘只有二十一個白圈。只有「張」字一行之下是有字的。每行的第一個字代表聲類（Consonants），每行直下的二十二音代表韻部（Vowels）。這三十三個聲母，二十二個韻母，是李汝珍的《音鑒》的要點。《音鑒》裡把三十三聲母作成一首《行香子》詞，如下：

春滿堯天，溪水清漣，嫩紅飄，粉蝶驚眠。松巒空翠，鷗鳥盤翾。對酒陶然，便博個醉中仙。

這就是《鏡花緣》裡的

昌，茫，秧，「梯秧」，羌，商，槍，良，囊，杭「批秧」，方，「低

秧」，姜，「妙秧」，桑，郎，康，倉，昂，娘，滂，香，當，將，湯，

瓢，「兵秧」，幫，岡，臧，張，廂（次序兩處一一相同）。

　　承錢玄同先生音注如下：

　　春ㄔ，ㄔㄨ（ch，'ch，'u）

　　滿門（m）m

　　堯一（齊），ㄩ（撮）（y，yü）

　　天ㄊ一（t' i）

　　溪ㄑ一，ㄑㄩ（ch' i，ch' ü）

　　水ㄕ，ㄕㄨ（sh，shu）

　　清ㄘ一ㄘㄩ（ts' i，ts' ü）

　　漣ㄌ一，ㄌㄩ（li，lü）

　　嫩ㄋ，ㄋㄨ（n，nu）

　　紅ㄏ，ㄏㄨ（，hhu）

　　飄ㄆ一（p' i）

　　粉ㄈ（f）

　　蝶ㄉ一（ti）

　　驚ㄐ一，ㄐㄩ（chi，chü）

　　眠ㄇ一（mi）

　　松ㄙ，ㄙㄨ（s，su）

　　巒ㄌ，ㄌㄨ（l，lu）

　　空ㄎ，ㄎㄨ（k.，k. u）

　　翠ㄘ，ㄘㄨ（ts.，ts. u）

　　鷗ㄖ（開），ㄨ（合）（ㄖ，w）

　　鳥ㄋ一，ㄋㄩ（ni，nü）

　　盤ㄆ（p.）

翩ㄒㄧ，ㄒㄩ（hsi，hsü）

對ㄉ，ㄉㄨ（t，tu）

酒ㄗㄧ，ㄗㄩ（tsi，tsü）

陶ㄊ，ㄊㄨ（t.，t. u）

然ㄖ，ㄖㄨ（j，ju）

便ㄅㄧ（pi）

博ㄅ（p）

個ㄍ，ㄍㄨ（k，ku）

醉ㄗ，ㄗㄨ（ts，tsu）

中ㄓ，ㄓㄨ（ch，chu）

仙ㄙㄧ，ㄙㄧ，ㄙㄩ（si，sü）

他的二十二個韻母，和錢玄同先生的音注，如下：

《鏡花緣》《音鑒》錢玄同先生的音注

（1）張張尤，ㄧ尤 ang，uang

（2）真真，ㄣ，ㄧㄣ eu，in

（3）中中ㄨㄥ，ㄩㄥ ung，iung

（4）珠珠ㄨ，ㄩ u，ü

（5）招招ㄠ，ㄧㄠ ao，iao

（6）齋齋ㄞ，ㄧㄞ ai，iai

（7）知知ㄧ，ㄖ，ㄙ，i，ih，ǔ

（8）遮遮ㄝ，ㄧㄝ，ㄩㄝ eh，ieh，üeh

（9）呀詁ㄢ an

（10）氊氊 εn，εin

（11）專專 uoen，yoen

（12）張鷗周ㄡ，ㄧㄡ uo，iu

(13) 張婀○張歌切，ㄛ，一ㄛ o，io

(14) 張鴉渣ㄚ，一ㄚ a，ia

(15) 珠逶追ㄨㄟ uei

(16) 珠均諄ㄨㄣ，ㄩㄣ uen，ün

(17) 張鶯徵ㄥ，ㄥ eng，ing

(18) 珠帆○ㄨㄢ uan

(19) 珠窩○ㄨㄛ，ㄩㄛ no，üo

(20) 珠窪摑ㄨㄚ ua

(21) 珠歪○ㄨㄞ uai

(22) 珠汪莊ㄨㄤ uang

附註：第十和第十一兩韻，注音字母與羅馬字皆不方便，故用語音學字母標之。εn 略如上海讀「安」之音；ιεn 略如長江流域中的官音讀「煙」，不得讀北京讀「煙」之音。uoen，yoen 二音當如蘇州讀「碗」、「遠」之音，須用圓唇之勢，方合。

在我們這個時候，有種種音標可用，有語音學可參考，所以我們回看李汝珍最得意的這點發明，自然覺得很不希奇了。但平心而論，他的音韻學卻也有他的獨到之處。他生於清代音韻學最發達的時代；但當時的音韻學偏於考證古韻的沿革，而忽略了今音的分類。北方的音韻學者，自從元朝周德清的《中原音韻》以來，中間如呂坤、劉繼莊等，都是注重今音而不拘泥於古反切的。李汝珍雖頗受南方韻學家的影響，但他究竟還儲存了北方音韻學的遺風，所以他的特別長處是：(1) 注重實用，(2) 注重今音，(3) 敢於變古。他在《凡例》裡說：「是編所撰字母，期於切音易得其響，故粗細各歸一母。」他以實用為主，故「非，敷，奉」併入「粉」，只留 f 音，而大膽的刪去了國音所無的 v 音；故「泥，娘」併入「鳥」，另分出一個「嫩」，兩母都屬 n 音，而那官音久

不存在的 ng 與 gn 兩音就被刪去了。這種地方可以見他的眼光比近年製造注音字母的先生們還要高明一點。他分的韻母也有很可注意的。例如「麻」韻分為「遮」(en)「鴉」(a，is)「攔」(na) 三韻；而那個向來出名的「該死十三元」竟被他分入四韻。這都是他大膽的地方。

　　本來這些問題不應該在這篇裡討論，不過因為《人名大辭典》很武斷的說李汝珍「實未窺等韻門徑」，所以我在這裡替他略說幾句公道話。要知道實用的音韻學本和考古的音韻學不同道，誰也不必罵誰。考古派儘管研究古音之混合，而實用派自不能不特別今音的微細分別。許桂林作《音鑒後序》，曾說：

　　顧寧人言古無麻韻，半自歌戈韻誤入，半自魚模韻誤。（適按，此說實不能成立；看北京大學《國學季刊》第一卷第二期汪榮寶先生所著長文，及錢玄同先生跋語。）然則必欲從古，並麻韻亦可廢。若可隨時變通，麻嗟何妨為二部乎？

　　這句話正可寫出考古派與實用派的根本不同。李汝珍在《音鑒》卷四里曾論他的「著述本意」道：

　　苟方音之不侔，彼持彼音而以吾音為不侔，則不唾之者幾希矣。豈直覆瓿而已哉？珍之所以著為此篇者，蓋抒管見所及，淺顯易曉，俾吾鄉初學有志於斯者，藉為入門之階，故不避讓陋之誚。……至於韻學精微，前人成書具在，則非珍之所及矣。

　　　　　　　　　　　　　　　　　　　　　　——四，　頁二六

　　他是北京人，居南方，知道各地方音之不同，所以知道實用的音韻

學是一件極困難的事。我們看他著述的本意只限於「吾鄉」，可以想見他的慎重。他在同篇又說：

或曰：子以南北方音，辨之詳矣，所切之音亦可質之天下乎？

對曰：否，不然也。……天下方音之不同者眾矣。珍北人

也，於北音宜無不喻矣；所切之音似宜質於北矣，而猶恍曰未可，況質於天下乎？

——四，頁二五

他對於音韻學上地理的重要，何等明瞭呀！只此一點，已足以「前無古人」了。

三　李汝珍的人品

我們現在要知道李汝珍是怎樣的一個人。關於這一點，《音鑒》的幾篇序很可以給我們許多材料。餘集說：

大興李子松石少而穎異，讀書不屑屑章句帖括之學；以其暇旁及雜流，如壬遁，星卜，象緯，篆隸之類，靡不日涉以博其趣。而於音韻之學，尤能窮源索隱，心領神悟。

石文煃說：

松石先生慷爽遇物，肝膽照人。平生工篆隸，獵圖史，旁及星卜弈戲諸事，靡不觸手成趣。花間月下，對酒徵歌，興至則一飲百觥，揮霍如志。

這兩個同時人的見證，都能寫出《鏡花緣》的作者的多才多藝。許喬林在《鏡花緣序》裡說此書「枕經葄史，子秀集華；兼貫九流，旁涉百戲；聰明絕世，異境天開」。我們看了餘集石文煒的話，然後可以了解《鏡花緣》裡論卜（六十五回又七十五回）談弈（七十三回），論琴（同），論馬吊（同），論雙陸（七十四回），論射（七十九回），論籌算（同），以及種種燈謎和那些雙聲疊韻的酒令，都只是這位多才多藝的名士的隨筆遊戲。我們現在讀這些東西，往往嫌他「掉書袋」。但我們應該記得這部書是清朝中葉的出產品；那個時代是一個博學的時代，故那時代的小說也不知不覺地掛上了博學的牌子。這是時代的影響，誰也逃不過的。

關於時代的影響，我們在《鏡花緣》裡可以得著無數的證據。如唐敖、多九公在黑齒國女學堂裡談經，論「鴻雁來賓」一句應從鄭玄注，《論語》宜用古本校勘，「車馬衣輕裘」一句駁朱熹讀衣字為去聲之非，又論《易經》王弼注偏重義理，「既欠精詳，而又妄改古字」：這都是漢學時代的自然出產品。後來五十二回唐閨臣論注《禮》之家，以鄭玄注為最善，也是這個道理。至於全書說的那些海外國名，——都有來歷；那些異獸奇花仙草的名稱，也都各有所本（參看錢靜方《小說叢考》捲上，頁六八—七二）；這種博覽古書而不很能評判古書之是否可信，也正是那個時代的特別現象。

四　《鏡花緣》是一部討論婦女問題的書

現在我們要回到《鏡花緣》的本身了。

《鏡花緣》，第四十九回，泣紅亭的碑記之後，有泣紅亭主人的總論一段，說：

以史幽探、哀萃芳冠首者，蓋主人自言窮探野史，嘗有所見，惜淹沒無聞，而哀群芳之不傳，因筆志之。……結以花再芳、畢全貞者，蓋以群芳淪落，幾至澌滅無聞，今賴斯而得不朽，非若花之再芳乎？所列百人，莫非瓊林琪樹，合璧駢珠，故以全貞畢焉。

這是著者著書的宗旨。我們要問，著者自言「窮探野史，嘗有所見」，究竟他所見的是什麼？

我的答案是：李汝珍所見的是幾千年來忽略了的婦女問題。他是中國最早提出這個婦女問題的人，他的《鏡花緣》是一部討論婦女問題的小說。他對於這個問題的答案是，男女應該受平等的待遇，平等的教育，平等的選舉制度。

這是《鏡花緣》著作的宗旨。我是最痛恨穿鑿附會的人，但我研究《鏡花緣》的結果，不能不下這樣的一個結論。

我們先要指出，李汝珍是一個留心社會問題的人。這部《鏡花緣》的結構，很有點像司威夫特（Swift）的《海外軒渠錄》（*Guliver. s Travels*），是要想借一些想像出來的「海外奇談」來譏評中國的不良社會習慣的。最明顯的是第十一、第十二回君子國的一大段；這裡凡提出了十二個社會問題：

（1）商業貿易的倫理問題（第十一回）。

（2）風水的迷信（以下均第十二回）。

（3）生子女後的慶賀筵宴。

（4）送子女入空門。

（5）爭訟。

（6）屠宰耕牛。

（7）宴客的餚饌過多。

（8）三姑六婆。

（9）後母。

（10）婦女纏足。

（11）用算命為合婚。

（12）奢侈。

這十二項之中，雖然也有迂腐之談，——如第一，第五，諸項——但有幾條確然是很有見解的觀察。內中最精彩的是第十和第十一兩條。

第十條說：

吾聞尊處向有婦女纏足之說。始纏之時，其女百般痛苦，撫足哀號，甚至皮腐肉敗，鮮血淋漓。當此之際，夜不成寐，食不下嚥；種種疾病，由此而生。小子以為此女或有不肖，其母不忍置之於死，故以此法治之。誰知係為美觀而設！若不如此，即為不美！試問鼻大者削之使小，額高者削之使平，人必謂為殘廢之人。何以兩足殘缺，步履艱難。

卻又為美？即如西子、王嬙皆絕世佳人，當時又何嘗將其兩足削去一半？況細推其由，與造淫具何異？此聖人之所必誅，賢者之所不取。

第十一條說：

婚姻一事，關係男女終身，理宜慎重，豈可草草？既要聯姻，如果品行純正，年貌相當，門第相對，即屬絕好良姻，何必再去推算？……尤可笑的，俗傳女命，北以屬羊為劣，南以屬虎為凶。其說不知何意，至今相沿，殊不可解。人值未年而生，何至比之於羊？寅年而生，又何至竟變為虎？且世間懼內之人，未必皆系屬虎之婦。況鼠好偷竊，蛇最陰毒，那屬鼠屬蛇的豈皆偷竊陰毒之輩？牛為負重之獸，自然莫苦於此；

豈醜年所生都是苦命？此皆愚民無知，造此謬論。往往讀書人亦染此風，殊為可笑。總之，婚姻一事，若不論門第相對，不管年貌相當，唯以合婚為準，勢必將就勉強從事，雖有極美良姻，亦必當面錯過，以致日後兒女抱恨終身，追悔莫及。為人父母的倘能洞察合婚之謬，唯以品行年貌門第為重，至於富貴壽考，亦唯聽之天命，即日後別有不虞，此心亦可對住兒女，兒女似亦無怨了。

　　這兩項都是婦女問題的重要部分；我們在這裡已可看出李汝珍對於婦女問題的熱心了。

　　大凡寫一個社會問題，有抽象的寫法，有具體的寫法。抽象的寫法，只是直截指出一種制度的弊病，和如何救濟的方法。君子國裡的談話，便是這種寫法，正如牧師講道，又如教官講《聖諭廣訓》，扯長了面孔講道理，全沒有文學的趣味，所以不能深入人心。李汝珍對於女子問題，若單有君子國那樣乾燥枯寂的討論，就不能算是一個文學家了。《鏡花緣》裡最精彩的部分是女兒國一大段。這一大段的宗旨只是要用文學的技術，詼諧的風味，極力描寫女子所受的不平等的、慘酷的、不人道的待遇。這個女兒國是李汝珍理想中給世間女子出氣伸冤的烏托邦。在這國裡，

　　歷來本有男子；也是男女配合，與我們一樣。其所異於人的，男子反穿衣裙，作為婦人，以治內事；女子反穿靴帽，作為男人，以治外事。

　　唐敖看了那些男人，說道：

　　九公，你看他們原是好婦人，卻要裝作男人，可謂矯揉造作了。

多九公笑道：

唐兄，你是這等說。只怕他們看見我們，也說我們放著好好婦人不做，卻矯揉造作，充作男人哩。

唐敖點頭道：

九公此話不錯。俗語說的，習慣成自然，我們看他們雖覺異樣，無如他們自古如此，他們看見我們，自然也以我們為非。

這是李汝珍對於婦女問題的根本見解：今日男尊女卑的狀況，並沒有自然的根據，只不過是「自古如此」的「矯揉造作」，久久變成「自然」了。
請看女兒國裡的婦人：

那邊有個小戶人家，門內坐著一箇中年婦人，一頭青絲黑髮，油搽的雪亮，真可滑倒蒼蠅；頭上梳一盤龍鬆兒，鬢旁許多珠翠，真是耀花人眼睛；耳墜八寶金環，身穿玫瑰紫的長衫，下穿蔥綠裙兒；裙下露著小小金蓮，穿一雙大紅繡鞋，剛剛只得三寸；伸著一雙玉手，十指尖尖，在那裡繡花；一雙盈盈秀目，兩道高高蛾眉，面上許多脂粉，再朝嘴上一看，原來一部鬍鬚，是個絡腮鬍子。

這位絡腮鬍子的美人，望見了唐敖、多九公，大聲喊道：

你面上有須，明明是個婦人，你卻穿衣戴帽，混充男人。你也不管男女混雜。你明雖偷看婦女，你其實要偷看男人。你這臊貨，你去照照

鏡子，你把本來面目都忘了。你這蹄子也不怕羞！你今日幸虧遇見老娘，你若遇見別人，把你當作男人偷看婦女，只怕打個半死哩！

以上寫「矯揉造作」的一條原理，雖近於具體的寫法，究竟還帶一點抽象性質。第三十三回寫林子洋選作王妃的一大段，方才是富於文學趣味的具體描寫法。那天早晨，林之洋說道：

幸虧俺生中原。若生這裡，也教俺纏足，那才坑死人哩。

那天下午，果然就「請君入甕」！女兒國的國王看中了他，把他關在宮裡，封他為王妃。

早有宮娥預備香湯，替他洗浴，換了襯褲，穿了衫裙，把那一雙大金蓮暫且穿了綾襪，頭上梳了鬏兒，搽了許多頭油，戴上鳳釵，搽了一臉香粉，又把嘴唇染的通紅，手上戴了戒指，腕上戴了金鐲，把床帳安了，請林之洋上坐。

這是「矯揉造作」的第一步。第二步是穿耳：

幾箇中年宮娥走來，都是身高體壯，滿嘴鬍鬚。內中一個白鬚宮娥，手拿針線，走到床前跪下道：「察娘娘，奉命穿耳。」早有四個宮娥上來，緊緊扶住。那白鬚宮娥上前，先把右耳用指將那穿針之處碾了幾碾，登時一針穿過。林之洋大叫一聲「痛殺俺了！」望後一仰，幸虧宮娥扶住。又把左耳用手碾了幾碾，也是一針直過。林之洋只痛的喊叫連聲。兩耳穿過，用些鉛粉塗上，揉了幾揉，戴了一幅八寶金環。白鬚宮娥把事辦畢退去。

第三步是纏足：

接著，有個黑鬚宮人，手拿一匹白綾，也向床前跪下道：「稟娘娘，奉命纏足。」又上來兩個宮娥，都跪在地下，扶住金蓮，把綾襪脫去。那黑鬚宮娥取了一個矮凳，坐在下面，將白綾從中撕開，先把林之洋右足放在自己膝蓋上，用些白礬灑在腳縫內，將五個腳指緊緊靠在一處，又將腳面用力曲作彎弓一般，即用白綾纏裹。才纏了兩層，就有宮娥拿著針線上來密密縫口。一面狠纏，一面密縫。林之洋身旁既有四個宮娥緊緊靠定，又被兩個宮娥把腳扶住，絲毫不能轉動。及至纏完，只覺腳上如炭火燒的一般，陣陣疼痛，不覺一陣心酸，放聲大哭道：「坑死俺了！」兩足纏過，眾宮娥草草做了一雙軟底大紅鞋替他穿上。林之洋哭了多時。

林之洋——同一切女兒一樣——起初也想反抗。他就把裹腳解放了，爽快了一夜。次日，他可免不掉反抗的刑罰了。一個保母走上來，跪下道：「王妃不遵約束，奉命打肉。」

林之洋看了，原來是個長鬚婦人，手捧一塊竹板，約有三寸寬，八尺長，不覺吃了一嚇道：「怎麼叫做打肉？」只見保母手下四個微鬚婦人，一個個膀闊腰粗，走上前來，不由分說，輕輕拖翻，褪下中衣。保母手舉竹板，一起一落，竟向屁股大腿一路打去。林之洋喊叫連聲，痛不可忍。剛打五板，業已肉綻皮開，血濺菌褥。

「打肉」之後，

　　林之洋兩只金蓮被眾宮人今日也纏，明日也纏，並用藥水薰洗，未及半月，已將腳面彎曲，折作凹段，十指俱已腐爛，日日鮮血淋漓。

　　他——她——實在忍不住了，又想反抗了，又把裹腳的白綾亂扯去了。這一回的懲罰是：「王妃不遵約束，不肯纏足，即將其足倒掛梁上」。

　　林之洋此時已將生死付之度外，即向眾宮娥道：「你們快些動手，越教俺早死，俺越感激。只求越快越好。」於是隨著眾人擺布。

　　好一個反抗專制的革命黨！然而——

　　誰知剛把兩足用繩纏緊，已是痛上加痛。及至將足吊起，身子懸空，只覺眼中金星亂冒，滿頭昏暈，登時疼的冷汗直流，兩腿痠麻。只得咬牙忍痛，閉口闔眼，只等早早氣斷身亡，就可免了零碎吃苦。吊了片時，不但不死，並且越吊越覺明白，兩足就如刀割針灸一般，十分痛苦。咬定牙關，左忍右忍。那裡忍得住！不因不由殺豬一般喊叫起來，只求國王饒命。保母隨即啟奏，放了下來。從此只得耐心忍痛，隨著眾人，不敢違拗。眾宮娥知他畏懼，到了纏足時，只圖早見功效，好討國王歡喜，更是不顧死活，用力狠纏。屢次要尋自盡，無奈眾人日夜提防，真是求生不能，求死不得。不知不覺那足上腐爛的血肉都已變成膿水，業已流盡，只剩幾根枯骨，兩足甚覺瘦小。

　　一個平常中國女兒十幾年的苦痛，縮緊成幾十天的工夫，居然大功告成了！林之洋在女兒國御設的「矯揉造作速成科」畢業之後，

到了吉期，眾宮娥都絕早起來，替他開臉梳裏，搽脂抹粉，更比往日加倍殷勤。那雙金蓮雖覺微長，但纏的彎彎，下面襯了高底，穿著一雙大紅鳳頭鞋，卻也不大不小，身上穿了蟒衫，頭上戴了鳳冠，渾身玉珮叮噹，滿面香氣撲人；雖非國色天香，卻是裊裊婷婷。

不多時，有幾個宮人手執珠燈，走來跪下道：「吉時已到，請娘娘先升正殿，伺候國主散朝，以便行禮進宮。就請升輿。」林之洋聽了，倒像頭頂上打了一個霹靂，只覺耳中嚶的一聲，早把魂靈嚇的飛出去了。眾宮娥不由分說，一齊攙扶下樓，上了鳳輿，無數宮人簇擁來到正殿。國王業已散朝，裡面燈燭輝煌，眾宮人攙扶，林之洋顛顛巍巍，如鮮花一枝，走到國王面前，只得彎著腰兒拉著袖兒，深深萬福叩拜。

幾十天的「矯揉造作」，居然使一個天朝上國的堂堂男子，向那女兒國的國王，顛顛巍巍地「彎著腰兒，拉著袖兒，深深萬福叩拜」了！

幾千年來，中國的婦女問題，沒有一人能寫得這樣深刻，這樣忠厚，這樣怨而不怒。《鏡花緣》裡的女兒國一段是永遠不朽的文學。

女兒國唐敖治河一大段，也是寓言，含有社會的、政治的意義。請看唐敖說那處河道的情形：

以彼處形勢而論，兩邊堤岸高如山陵而河身既高且淺，形象如盤，受水無多，以至為患。這總是水大之時，唯恐衝決漫溢，且顧目前之急，不是築堤，就是培岸。及至水小，並不預為設法挑挖疏通。到了水勢略大，又復培壅，以致年復一年，河身日見其高。若以目前形狀而論，就如以浴盆置於屋脊之上，一經漫溢，以高臨下，四處皆為受水之區，平地即成澤國。若要安穩，必須將這浴盆埋在地中，盆低地高，既不畏其衝決，再加處處深挑，以盤形變成釜形。受

水既多，自然可免漫溢之患了。

　　這裡句句都含有雙關的意義，都是暗指一個短見的社會或短見的國家，只會用「築堤」、「培岸」的方法來壓制人民的能力，全不曉得一個「疏」字的根本救濟法。李汝珍說的雖然很含蓄，但他有時也很明顯：

　　多九公道：「治河既如此之易，難道他們國中就未想到麼？」唐敖道：「昨日九公上船安慰他們，我喚了兩個人役細細訪問。此地向來銅鐵甚少，兼且禁用利器，以杜謀為不軌。國中所用，大約竹刀居多。唯富家間用銀刀，亦甚希罕，所有挑河器具一概不知。……

　　這不是明明的一個秦始皇的國家嗎？他又怕我們輕輕放過這一點，所以又用詼諧的寫法，叫人不容易忘記：

　　多九公道：「原來此地銅鐵甚少，禁用利器。怪不得此處藥店所掛招牌，俱寫『咬片』、『咀片』。我想好好藥品，自應切片，怎麼倒用牙咬？醃臢姑且不論，豈非舍易求難麼？老夫正疑此字用的不解。今聽唐兄之言，無怪要用牙咬了。……

　　請問讀者，如果著者沒有政治的意義，他為什麼要在女兒國裡寫這種壓制的政策？女兒國的女子，把男子壓伏了，把他們的腳纏小了，又恐怕他們造反，所以把一切利器都禁止使用，「以杜謀為不軌」。這是何等明顯的意義！
　　女兒國是李汝珍理想中女權伸張的一個烏托邦，那是無可疑的。但他又寫出一個黑齒國，那又是他理想中女子教育發達的一個烏托邦了。

　　黑齒國的人是很醜陋的：

　　其人不但通身如墨，連牙齒也是黑的。再加一點朱唇，兩道紅眉，一身黑衣，其黑更覺無比。

　　然而黑齒國的教育制度，卻與眾不同。唐敖、多九公一上岸便看見一所「女學塾」。據那裡的先生說：

　　至敝鄉考試歷來雖無女科，向有舊例，每到十餘年，國母即有觀風盛典。凡有能文處女，俱準赴試，以文之優劣，定以等第，或賜才女匾額，或賜冠帶榮身，或封其父母，或榮及翁姑，乃吾鄉勝事。因此，凡生女之家，到了四五歲，無論貧富，莫不送塾攻書，以備赴試。

　　再聽林之洋說：

　　俺因他們臉上比炭還黑，俺就帶了脂粉上來。那知，這些女人因搽脂粉反覺醜陋，都不肯買，倒是要買書的甚多。俺因女人不買脂粉，倒要買書，不知甚意；細細打聽，才知道這裡向來分別貴賤就在幾本書上。
　　他們風俗，無論貧富，都以才學高的為貴，不讀書的為賤。就是女人也是這樣，到了年紀略大，有了才名，方有人求親。若無才學，就是生在大戶人家，也無人同他配婚。因此，他們國中不論男女，自幼都要讀書。

　　這是不是一個女學發達的烏託邦？李汝珍要我們特別注意這烏託邦，所以特別描寫兩個黑齒國的女子，亭亭和紅紅，把天朝來的那位多九公考的「目瞪口呆」，「面上紅一陣，白一陣，頭上只管出汗」。那女

學堂的老先生，是個聾子，不聽見他們的談論，只當多九公怕熱，拿出汗巾來替他揩，說道：

斗室屈尊，致令大賢受熱，殊抱不安。但汗為人之津液，也須忍耐少出才好。大約大賢素日喜吃麻黃，所以如此。今出這場痛汗，雖痾癧之症，可以放心，以後如麻黃發汗之物，究以少吃為是。

後來，多九公們好容易逃出了這兩個女學生的重圍，唐敖道：

小弟約九公上來，原想看他國人生的怎樣醜陋。誰知只顧談文，他們面上好醜我們還未看明今倒反被他們先把我們腹中醜處看去了。

這樣恭維黑齒國的兩個女子，只是著者要我們注意那個提倡女子教育的烏託邦。

李汝珍又在一個很奇怪的背景裡，提出一個很重大的婦女問題：他在兩面國的強盜山寨裡，提出男女貞操的「兩面標準」（Doublestandard）的問題。兩面國的人，「個個頭戴浩然巾，都把腦後遮住，只露一張正面」；那浩然巾的底下卻另「藏著一張惡臉，鼠眼鷹鼻，滿面橫肉」（第二十五回）。他們見了穿綢衫的人，也會「和顏悅色，滿面謙恭」；見了穿破布衫的人，便「陡然變了樣子，臉上的笑容也收了，謙恭也免了」（第二十五回）。這就是一種「兩面標準」。然而最慘酷的「兩面標準」卻在男女貞操問題的裡面。男子期望妻子守貞操，而自己卻可以納妾嫖娼；男子多妻是禮法許可的，而婦人多夫卻是絕大罪惡；婦人和別的男子有愛情，自己的丈夫若寬恕了他們，社會上便要給他「烏龜」的尊號；然而丈夫納妾，妻子卻「應該」寬恕不妒，妒是婦人的惡德，社會上便要給他

「妒婦」、「母夜叉」等等尊號。這叫做「兩面標準的貞操」。在中國古史上，這個問題也曾有人提起，例如謝安的夫人說的「周婆制禮」。和李汝珍同時的大學者俞正燮，也曾指出「妒非婦人惡德」。但三千年的議禮的大家，沒有一個人能有李汝珍那樣明白爽快的。《鏡花緣》第五十一回裡，那兩面國的強盜想收唐閨臣等作妾，因此觸動了他的押寨夫人的大怒。這位夫人把他的丈夫打了四十大板，還數他的罪狀道：

　　既如此，為何一心只想討妾？假如我要討個男妾，日日把你冷淡，你可歡喜？你們作男子的，在貧賤時，原也講些倫常之道。一經轉到富貴場中，就生出許多炎涼樣子，把本來面目都忘了；不獨疏親慢友，種種驕傲，並將糟糠之情也置度外，這真是強盜行為，已該碎屍萬段。你還只想置妾，那裡有個忠恕之道？我不打你別的：我只打你只知道有己不知有人。把你打的驕傲全無，心裡冒出一個忠恕來，我才甘心。今日打過，嗣後我也不來管你。總而言之，你不討妾則已，若要討妾，必須替我先討男妾，我才依哩。我這男妾，古人叫做「面首」。面哩，取其貌美；首哩，取其髮美。這個故典，並非是我杜撰，自古就有了。

　　讀者應該記得，這一大段訓詞是對著那兩面國的強盜說的。在李汝珍的眼裡，凡一切「只知有己，不知有人」的男子，都是強盜，都是兩面國的強盜，都應該「碎屍萬段」，都應該被他們的夫人「打的驕傲全無，心裡冒出一點忠恕來」。——什麼叫做「忠恕之道」？推己及人，用一個單純的貞操標準：男所不欲，勿施於女；所惡於妻，毋以取於夫：這叫做「忠恕之道」！

　　然而女學與女權，在我們這個「天朝上國」，實在不容易尋出歷史制度上的根據。李汝珍不得已，只得從三千年的歷史上挑出武則天的十五

年（六九〇—七〇五）做他的歷史背景。三千年的歷史上，女後垂簾聽政的確然不少，然而婦人不假借兒子的名義，獨立做女皇帝的，卻只有呂后與武后兩個人。呂后本是一個沒有學識的婦人，她的政治也實在不足稱道。武則天卻不然；她是一個有文學天才並且有政治手腕的婦人，她的十幾年的政治，雖然受了許多腐儒的誣謗，究竟要算唐朝的治世。她能提倡文學，她能提倡美術，她能賞識人才，她能使一班文人政客拜倒在她的冕旒之下。李汝珍抓住了這一個正式的女皇帝，大膽的把正史和野史上一切汙衊武則天人格的謠言都掃的乾乾淨淨。《鏡花緣》裡，對於武則天，只有褒詞，而無謗語：這是李汝珍的過人卓識。

李汝珍明明是借武則天皇帝來替中國女子出氣的。所以在他的第四十回，極力描寫他對於婦女的德政。他寫的那十二條恩旨是：

（1）旌表賢孝的婦女。

（2）旌獎「悌」的婦女。

（3）旌表貞節。

（4）賞賜高壽的婦女。

（5）「太后因大內宮娥，拋離父母，長處深宮，最為淒涼，今命查明，凡入宮五年者，概行釋放，聽其父母自行擇配。嗣後採選釋放，均以五年為期。其內外軍民人等，凡侍婢年二十以外尚未婚配者，令其父母領回，為之婚配。如無父母親族，即令其主代為擇配。」

（6）推廣「養老」之法，「命天下郡縣設造養媼院。凡婦人四旬以外，衣食無出，或殘病衰頹，貧無所歸者，準其報名入院，官為養贍，以終其身。」

（7）「太后因貧家幼女，或因衣食缺之，貧不能育，或因疾病纏綿，醫藥無出，非棄之道旁，即送入尼庵，或賣為女優，種種苦況，甚為可

憐，今命郡縣設造育女堂。凡幼女自襁褓以至十數歲者，無論疾病殘廢，如貧不能育，準其送堂，派令乳母看養。有願領回撫養者，亦聽其便。其堂內所有各女，候年至二旬，每名酌給妝資，官為婚配。」

（8）「太后因婦人一生衣食莫不倚於其夫，其有夫死而孀居者，既無丈夫衣食可恃，形隻影單，饑寒誰恤？今命登勘，凡嫠婦苦志守節，家道貧寒者，無論有無子女，按月酌給薪水之資，以養其身。」

（9）「太后因古禮女子二十而嫁，貧寒之家往往二旬以外尚未議婚，甚至父母因無力妝奩，貪圖微利，或售為侍妾，或賣為優娼，最為可憫，今命查勘，如女年二十，其家實系貧寒無力妝奩，不能婚配者，酌給妝奩之資，即行婚配。」

（10）「太后因婦人所患各症，如經癸帶下各疾，其症尚緩，至胎前產後，以及難產各症，不獨刻不容緩，並且兩命攸關，故孫真人著《千金方》，特以婦人為首，蓋即《易》基乾坤，《詩》首《關雎》之義，其事豈容忽略？無如貧寒之家，一經患此，既無延醫之力，又乏買藥之資，稍為耽延，遂至不救。婦人由此而死者，不知凡幾。亟應廣沛殊恩，命天下郡縣延訪名醫，各按地界遠近，設立女科。並發御醫所進經驗各方，配合藥料，按症施捨。」

（11）（略）

（12）（略）

這十二條之中，如（5）、（7）、（10）都是很重要的建議。第（10）條特別注重女科的醫藥，尤其是向來所未有的特識。

但李汝珍又要叫武則天創辦男女平等的選舉制度。注意，我說的是選舉制度，不單是一個兩個女扮男裝的女才子混入舉子隊裡考取一名科第。李汝珍的特識在於要求一種制度，使女子可以同男子一樣用文學考

取科第。中國歷史上並不是沒有上官婉兒和李易安，只是缺乏一種正式的女子教育制度；並不是沒有木蘭和秦良玉，呂雉和武則天，只是缺乏一種正式的女子參政制度。一種女子選舉制度，一方面可提倡女子教育，一方面可引到女子參政。所以李汝珍在黑齒國說的也是一種制度，在武則天治下說的也只是一種制度。這真是大膽而超卓的見解。

他擬的女子選舉制度，也有十二條，節抄於下：

（1）考試先由州縣考取，造冊送郡，郡考中式；始於部試；部試中式，始與殿試。……

（2）縣考取中，賜文學秀女匾額，準其郡考。郡考取中，賜文學淑女匾額，準其部試。部試取中，賜文學才女匾額，準其殿試。殿試名列一等，賞女學士之職，二等賞女博士之職，三等賞女儒士之職，俱赴紅文宴，準其年支俸祿。其有情願內廷供奉者，俟試俸一年，量材擢用。……

（3）殿試一等者，其父母翁姑及本夫如有官職在五品以上，各加品服一級。在五品以下，俱加四品服色。如無官職，賜五品服色榮身。二等者賜六品服色，三等者賜七品服色。餘照一等之例，各為區別，女悉如之。

（4）試題，自郡縣以至殿試，俱照士子之例，試以詩賦，以歸體制（因為唐朝試用詩賦）。

（5）凡郡考取中，女及夫家，均免徭役。其赴部試者，俱按程途遠近，賜以路費。

但最重要的宣言，還在那十二條規例前面的諭旨：

大周金輪皇帝制曰：朕唯天地英華，原不擇人而畀；帝王輔翼，何妨破格而求？丈夫而擅詞章，固重圭璋之品；女子而嫻文藝，亦增蘋藻

之光。中國家儲才為重，歷聖相符；朕受命維新，求賢若渴。闢門籲俊，桃李已屬春官；《內則》遺才，科第尚遺閨秀。郎君既膺鶚薦，女史未遂鵬飛，奚見選舉之公，難語人才之盛。昔《帝典》將墜，伏生之女傳經；《漢書》未成，世叔之妻續史。講藝則紗廚綾帳，博雅稱名；吟詩則柳絮椒花，清新獨步。群推翹秀，古今歷重名媛；慎選賢能，閨閣宜彰曠典。況今日靈秀不鐘於男子，貞吉久屬於坤元。陰教咸仰敷文，才藻益徵競美。是用博諮群議，創立新科。於聖歷三年，命禮部諸臣特開女試。……從此珊瑚在網，文博士本出宮中；玉尺量才，女相如豈遺苑外？王煥新猷，幸昭盛事。布告中外，咸使聞知！

前面說「天地英華，原不擇人而界」，後而又說「況今日靈秀不鐘於男子」（此是用陸象山的門人的話），這是很明顯地指出男女在天賦的本能上原沒有什麼不平等。所以又說：「郎君既膺鶚薦，女史未遂鵬飛，奚見選舉之公，難語人才之盛。」這種制度便是李汝珍對於婦女問題的總解決。

有人說，「這話未免太恭維李汝珍了。李汝珍主張開女科，也許是中了幾千年科舉的遺毒，也許仍是才子狀元的鄙陋見解。不過把舉人進士的名稱改作淑女才女罷了。用科舉虛榮心來鼓勵女子，算不得解決婦女問題。」

這話固也有幾分道理。但平心靜氣的讀者，如果細讀了黑齒國的兩回，便可以知道李汝珍要提倡的並不單是科第，乃是學問。李汝珍也深知科舉教育的流毒，所以他寫淑士國（第二十三四回）極端崇拜科舉，——「凡庶民素未考試的，謂之遊民」——而結果弄的酸氣遍於國中，酒保也帶著儒巾，戴著眼鏡，嘴裡哼著之乎者也！然而他也承認科舉的教育究竟比全無教育好得多多，所以他說淑士國的人：

自幼莫不讀書。雖不能身穿藍衫，名列膠癢，只要博得一領青衫，戴個儒巾，得列名教之中，不在遊民之內。從此讀書上進固妙，如或不能，或農或工，亦可各安事業了。

人人「自幼莫不讀書」，即是普及教育！他的最低限度的效能是：

讀書者甚多，書能變化氣質；遵著聖賢之教，那為非作歹的，究竟少了。

況且在李汝珍的眼裡，科舉不必限於詩賦，更不必限於八股、他在淑士國裡曾指出：

試考之例，各有不同。或以通經，或以明史，或以詞賦，或以詩文，或以策論，或以書啟，或以樂律，或以音韻，或以刑法，或以歷算，或以書畫，或以醫卜，要精通其一，皆可取得一頂頭巾，一領青衫。若要上進，卻非能文不可。至於藍衫，亦非能文不可得。

這豈是熱中陋儒的見解！

況且我在上文曾指出，女子選舉的制度，一方面可以提倡女子教育，一方面可以引導女子參政。關於女子教育一層，有黑齒國作例，不消說了。關於參政一層，李汝珍在一百年前究竟還不敢作徹底的主張，所以武則天皇帝的女科規例裡，關於及第的才女的出身，偏重虛榮與封贈，而不明言政權，至多隻說「其有情願內廷供奉者，俟試俸一年，量才擢用」。內廷供奉究竟還只是文學侍從之官，不能算是徹底的女子參政。

　　然而我們也不能說李汝珍沒有女子參政的意思在他的心裡。何以見得呢？我們看他於一百個才女之中，特別提出陰若花、黎紅紅、盧亭亭、枝蘭音四個女子；他在後半部裡尤其處處優待陰若花，讓她回女兒國做國王，其餘三人都做她的大臣。最可注意的是她們臨行時亭亭的演說：

　　亭亭正色道：「……愚姊志豈在此？我之所以歡喜者，有個緣故。我同他們三位，或居天朝，或回本國，無非庸庸碌碌虛度

　　一生。今日忽奉太后敕旨，伴送若花姊姊回國，正是千載難逢際遇。將來若花姊姊做了國王，我們同心協力，各矢忠誠，或定禮制樂，或興利剔弊，或除暴安良，或舉賢去佞，或敬慎刑名，或留心案牘，扶佐他做一國賢君，自己也落個女名臣的美號。日後史冊流芳，豈非千秋佳話！……」

　　這是不是女子參政？

　　三千年的歷史上，沒有一個人曾大膽的提出婦女問題的各個方面來作公平的討論。直到十九世紀的初年，才出了這個多才多藝的李汝珍，費了十幾年的精力來提出這個極重大的問題。他把這個問題的各方面都大膽的提出，虛心的討論，審慎的建議。他的女兒國一大段，將來一定要成為世界女權史上的一篇永永不朽的大文；他對於女子貞操，女子教育，女子選舉等等問題的見解，將來一定要在中國女權史上占一個很光榮的位置：這是我對於《鏡花緣》的預言。也許我和今日的讀者還可以看見這一日的實現。

十二年，　二月至五月，　陸續草完

關於《鏡花緣》的通訊

佳訊先生：

今天在《秋野》第二卷第五期裡得讀你的《〈鏡花緣〉補考》，我很高興，又很感謝。高興的是你尋得了許多海州學者的遺著，把這位有革新思想的李松石的歷史考得更詳細了；感謝的是你修正了我的許多錯誤。但我還有兩個小請求：

（1）你的《補考》，將來可否許我收到《〈鏡花緣〉的引論》的後面作個附錄？倘蒙你允許，請將《秋野》所登之稿中的排印錯誤代為校正，以便將來照改本付印。

（2）吳魯星先生的《考證》，不知載在什麼雜誌裡，你能代索一份賜寄嗎？

匆匆道謝，並祝你好

胡適。十七，十一，廿一

附錄一　孫佳訊先生回信

適之先生：

接讀你的信，使我十二分喜悅；我那篇《補考》，僅是零碎的雜記，不意竟引起先生的注意！海屬傳說中《鏡花緣》的作者，有數種說法：

（一）二許兄弟所作；

（二）二許、二喬與李氏湊趣而作；

（三）李氏有一書，與許氏《鏡花緣》交換而署名的；

（四）二許賣版權與李氏的；

（五）被李氏詐去的；

（六）二許匿名藉李氏以傳；

（七）系一無名人所作，為二許兄弟所改正者。

這些傳說，都是沒有根據的。李氏作此書時，容或取材於當時朋友談笑的數據，書成時，也容許有就正二許的地方。吾鄉有位老先生曾在板浦看見一本破舊的手寫的筆記本子，內有一條云，《鏡花緣》某回某處為許桂林所增削。他說這本東西，還未出板浦，但恐怕已不易找了。現在欲知傳說之謬誤與否，當先搜求二許遺書，研究其思想，與《鏡花緣》對證，此為最好的方法。我曾將許桂林《穀梁釋例》與《鏡花緣》講《春秋》處相對照，發現有極背馳的地方。這種傳說，若不當許氏遺書容易搜求，許氏事跡容易訪問時，詳加研究；再過數十年，《鏡花緣》的作者，便成了不易解決的疑案。這種工作，我們力量太薄弱，還請先生多多地加以幫助。

今夏在雲臺山，有王老說他家從前有《鏡花緣》木刻本，四十卷，無繡像，眉頭有二許的批評，現流落在灌雲南鄉。我疑其為初刻本，託他找回，不知能否如願？吳魯星君的《考證》，鄭西諦先生曾允許登入

《中國文學研究》，叫他重抄一過，迨寄去時，《中國文學研究》已出版了。現原稿存在我處。我雖不滿意於他的證據和結論，但材料甚豐富，可供參考處極多。當與之函商，能否寄給先生一閱！

　　許桂林《七嬉》在海州已不易找，望先生向劉半農先生借閱，其中或者還有考證《鏡花緣》的材料。

　　先生想將我的《補考》收為《引論》的附錄，我非常願意，現將排印錯誤處改正如下。（勘誤表從略）

孫佳訊上

附錄二　《鏡花緣》補考──呈正於胡適之先生

　　自從胡適之先生發表《〈鏡花緣〉的引論》後，海屬人頗有注意於《鏡花緣》的作者；因海屬多傳說此書為許喬林、許桂林兄弟所作，與李汝珍毫無關係。吾友吳魯星遂本此廣收證據，成《〈鏡花緣〉考證》一篇，確認《鏡花緣》的作者為許氏兄弟。他將所有與《鏡花緣》有關係的書借給我看，我也繼續得到許氏兄弟所著的幾本書，研究的結果，頗不以吳君之結論為然。此篇零碎的札記，可正胡適之先生《〈鏡花緣〉的引論》幾處的鉎誤，並將李氏的事跡，多考出一點來；關於駁正吳君的《〈鏡花緣〉考證》，當先解釋海屬《鏡花緣》傳說的成因，將來當為一文，與之商榷。──現在就說到本題了。

　　「乾隆四十七年壬寅（一七八二），李汝珍的哥哥汝璜（字佛雲）到江蘇海州做官，他跟到任所。那時候歙縣凌廷堪家在海州，李汝珍從他受業。」（見胡氏原文）四十八年癸卯（一七八三）李汝璜任板浦場鹽課司大使（據《海州志·職官表》「鹽官」類），嘉慶四年己未（一七九九）李汝璜卸鹽大使任（仍據《海州志》）。以後二年，據許桂林《北堂永慕記》（附《易確》後）云：「己未秋，自宿遷移家歸海州之板浦。……明年（即嘉慶五年庚申，一八〇〇），……先君病。……是年，……桂林客板浦場鹽課司大使李佛雲汝璜處。……癸亥春（即嘉慶八年，一八〇三），應歲試，桂林旋歸取婦。是秋，隨李佛雲之淮南草堰場。」足見李汝璜卸職後，仍住在板浦，至嘉慶八年秋，方與板浦告別。這時李汝珍呢？他已於嘉慶六年辛酉（一八〇一）到河南做縣丞去了。許喬林自編的《弇榆山房詩略》系編年體，嘉慶辛酉年中，有《送李松石縣丞汝珍之官河南》，時喬林方在家，詩錄於下：

治水無全策，賈讓僅

得半；況今河屢遷，治法亦宜變。

古稱東南下，利導乘勢便！上展與下展，反壞聚尺寸。

河身日漸高，衍溢由淤澱，靡費水衡錢，往往至巨萬。

安瀾亦歲修，膏腴利巧宦，補苴果何益，張皇事修繕。

必有潘靳才，始可奏清晏。河南天下中，黃河經流貫，

地脊據上游，宣防重守扞；丞尉雖小官，汛地有分段，

塞莢及下竹，亦可著廉干。近來吏道卑，闒冗何足算，

錙銖欲分潤，風雨輒心憚，治河事大難，倉卒乃倚辦。

今茲河又決，蹈陸勢浩瀚，數十萬民夫，約束資將弁；

此輩皆遊民，易集亦易散，寬猛既相防，趨事恐撓悍！

工賑策誠佳，緩急亦可患。況聞漢江北，義勇正團練，

隔岸即楚氛，王師急轉戰；寇窮防豕突，人眾或蜂煽，

此雖杞人憂，當局未可玩。吾子經世才，及時思自見，

熟讀《河渠書》，古方用宜善！下談話大計，侵官亦將擅，

且須聽堂鼓，循分逐曹椽，一命可濟物，慎勿負初願。

憶昔先大夫，（其父名階亭，著有《河防祕要》。）宦跡滿淮甸，

乾隆辛丑年，洪澤漲高堰；王尊以身祝，辛苦泥沒骭，

河工二十載，人有清官嘆。家世記舊聞，願為吾子勸。

契分既已深，定不嗤風漢。二防與四守，供職勿辭倦，

河官遷轉易，自有特疏薦。他年談河事，閱歷得確驗；

毋誇裘馬都，空教市兒羨。

我們從此詩可得出以下幾點：

（一）李汝珍自乾隆四十七年，至嘉慶六年，皆在板浦一帶。

（二）李汝珍確於嘉慶六年，到河南做過官的。

（三）《鏡花緣》三十五回唐敖談治河一段，確是李汝珍的經驗，許喬林頗期「他年談河事，閱歷得確驗」。可算得到確驗了。

（四）李汝珍那時意氣極勝〔盛〕，初任縣丞，故喬林懇切勉之。

有了這首詩做為根據，再拿石文煃嘉慶十年所作的《李氏〈音鑒〉序》參照一下，又可得到一點的材料。序中說：「往歲餘客燕關，先生遊淮北；迨餘至淮北，先生又往淮南；聞名而不相識也。今來朐浹月，⋯⋯今松石行將官中州矣，臨別屬序於餘。」可見李汝珍約於嘉慶九年由官所至淮北，這時他哥哥李佛雲正在淮南草堰場，所以要去瞧瞧；繼而到朐訪友，時許桂林已回家，不久，上司又要李汝珍到中州做官。嘉慶十二年，他大概還在河南。許桂林《〈音鑒〉後序》有云：「今所著《音鑒》將出問世，遠以見寄」；此時許桂林在離板浦七里的中正（我的家鄉）教書，序說：「遠寄」，李汝珍當然不在海屬附近的地方。

適之先生說：「自乾隆四十七年至嘉慶十年，凡二十三年，李汝珍只在江蘇省內，或在淮北或在淮南。⋯⋯嘉慶十年石文煃序中說：『今松石行將官中州矣。』但嘉慶十九年，他仍在東海（《音鑒》題詞跋），似乎他不曾到河南做官。」這幾句話可說是錯了。

嘉慶十九年，他既然在東海與許桂林同讀俞杏林的《傳聲正宗》，他什麼時候不做河南的官，而來到東海呢？我們要解答此問題，便要考出他《鏡花緣》的著作時期。適之先生曾假定：

「約一八一○──一八二五為《鏡花緣》著作的時期」。

「約一八二五（即道光五年）《鏡花緣》成書」。

我們試細察胡先生的假定有否錯誤，先舉出一點證明。

　　棲雲野客《七嬉洗炭橋》（劉復先生曾將此一篇抄入《雜覽》，見《語絲》四卷五期。）開首一段中，有云：「……頃見松石道人作《鏡花緣演義》，初稿已成，將付剞劂。……」棲雲野客究竟是誰的別號呢？洪有徵《厓修山館詩略》有一序文，末署棲雲野客許桂林。又《許積村遺文》中，有《八嬉小序》，（按《八嬉》即《七嬉》，將來另為文說明。）開端云：「《八嬉》者，許月南，（桂林字）遊戲之文，亦寓意之作。……」可見棲雲野客即是許桂林。

　　東海滕氏家藏有道光二十一年芥子園藏板《鏡花緣》，（現存吳魯星處，曾郵示鄭振鐸先生。）第一回，「且說天下名山，除王母所住崑崙之外，海島有三座名山」。眉頭上有署名菊如之批語云：「順便點出王母，為下文祝壽地步，凡類此伏筆，蔬庵、月南、書圃詔（疑作諸）君，各於本條，以圈點標出。」

　　案許桂林死於道光元年，他已替《鏡花緣》圈點過，他記述雲臺山神話《洗炭橋》時已說過：「松石道人作《鏡花緣演義》，初稿已成，將付剞劂，如何能說道光五年才成書呢？《七嬉》不知作於何年，許積村序又無年月可考，我們只能說《鏡花緣》成於道光元年以前了。胡適之先生據孫吉昌《題詞》認定「《鏡花緣》是李汝珍晚年不得志時作的」，本書三十五回已談到治河的經驗，作書時當在治河以後；孫氏《題詞》有「乃不擁皋比」之句，可想見他已不做官了。許喬林序說他「以十餘年之力成之」，他自己在本書結尾也說：「消磨了一十餘年，層層心血，算不得大千世界。」從道光元年以前，上推十年，為嘉慶十六年；「十餘年」約為嘉慶十四五年。由此可知道李汝珍不在河南做官，約在嘉慶十三四年；而《鏡花緣》著作時期，自嘉慶十四五年起，至嘉慶末年為止，約十餘年。

　　自此以後，李汝珍住家於海州與否，我們不敢確定，但他的死年，

於許喬林道光十一年所編的《胸海詩存‧凡例》內，可得到一點材料。《凡例》共二十四則，其第四則云：「……文章公是公非，定於身後，凡其人見存者，雖皓首騷壇，概不登選。」此則說生人的詩稿不入選。第七則云：「……夫十步之內，必有芳蘭，豈必借才異地乎？此集於流寓之詩，採之綦謹，如張堯峰、楊鐵星、李松石、吳子野諸君，雖久作寓公，詩名藉甚，概所不錄。」假使李松石這時還活著，《凡例》第四則已宣告「凡其人見存者，雖皓首騷壇，概不登選」，第七則又何必特別宣告不錄李汝珍的詩呢？於此可見李汝珍於道光十一年前已經死了。胡先生假定他死於道光十年，大概是不錯的。

《胸海詩存》流寓欄內有凌廷堪詩，為什麼不錄李汝珍的詩呢？《詩存》二集卷九，程椿年名下，系以《筆談》云：「不必借才異地，會其孫將書籍於斯，以遺集來請，愛甄錄數篇。」這是說流寓之子孫入籍於胸海者，其先人之詩，得入選。凌廷堪墳墓雖在歙縣，卻老於海州。（今灌雲伊盧山下，有其故居，後人多業農。）由此可見李汝珍與其後人，並未入海州籍貫。

很零碎地寫了這一篇補考，但懸案仍是不少；為參考與能力有限，只有待諸將來了。作此文時，得吳魯星君所供獻之意見很多，如嘉慶辛酉李汝珍之官河南，許桂林圈點《鏡花緣》，李汝珍的死年在道光十一年以前等，謹志於此，並表示十二分的謝忱。

孫佳訊

十七年中秋前後草於海中

第十篇
《老殘遊記》考證

《老殘遊記》序

一　作者劉鄂的小傳

　　《老殘遊記》的作者自己署名為「洪都百煉生」；他的真姓名是劉鄂，字鐵雲。羅振玉先生的《五十日夢痕錄》裡有一篇《劉鐵雲傳》，記敘他的事實和人品都很詳細；我們沒有更好的材料，所以把這篇轉錄在這裡：

羅振玉的《劉鐵雲傳》

　　予之知有殷虛文字，實因丹徒劉君鐵雲。鐵雲，振奇人也，後流新疆以死。鐵雲交予久，其平生事實，不忍沒之，附記其略於此。

　　君名鄂，生而敏異。年未逾冠，已能傳其先德子恕觀察（成忠）之學，精疇人術，尤長於治河。顧放曠不守繩墨，而不廢讀書。予與君同寓淮安；君長予數歲。予少時固已識君，然每於衢路聞君足音，輒逡巡避去，不欲與君接也。是時君所交皆井裡少年；君亦薄世所謂規行矩步者，不與近。已乃大悔，閉戶斂跡者歲餘。以岐黃術游上海，而門可羅雀。則又棄而習賈；盡傾其資，乃復歸也。

　　光緒戊子（一八八八），河決鄭州。君慨然欲有以自試，以同知往投效於吳恆軒中丞。中丞與語，奇之，頗用其說。君則短衣匹馬，與徒役雜作；凡同僚所畏憚不能為之事，悉任之。聲譽乃大起。河決既塞，中丞欲表其功績，則讓與其兄渭清觀察（夢熊）而請歸讀書。中丞益異之。時方測繪三省黃河圖，命君充提調官。河圖成，時河患移山東，吾鄉張勤果公（曜）方撫岱方。吳公為揚譽，勤果乃檄君往東河。

　　勤果故好客，幕中多文士，實無一能知河事者。群議方主賈讓不與

河爭地之說，欲盡購濱河民地，以益河身。上海善士施少卿（善昌）和之，將移海內賑災之款助官力購民地。君至則力爭其不可，而主束水刷沙之說。草《治河七說》，上之。幕中文士力謀所以阻之，苦無以難其說。

時予方家居，與君不相聞也；憂當世之所以策治河者如是，乃著論五千餘言，以明其利害，欲投諸施君，揭之報紙，以警當世。君之兄見而大韙之，錄副寄君。君見予文，則大喜，乃以所為《治河七說》者郵君之兄以詒予，且附書曰：「君之說與予合者十八九。群盲方競，不意當世尚有明目如公者也！但尊論文章淵雅，非肉食者所能解。吾文直率如老嫗與小兒語，中用王景名，幕僚且不知為何代人，烏能讀揚、馬之文哉？」時君之玩世不恭尚如此。

歲甲午（一八九四），中東之役起，君方丁內艱歸淮安，予與君相見，與君預測兵事。時諸軍皆扼守山海關，以拱京師。予謂東人知中國事至熟，恐陽趨關門而陰搗旅大以覆我海軍，則我全域性敗矣。儕輩聞之，皆相非難。君之兄且引法越之役法將語，謂旅、大難拔，以為之證。獨君意與予合，憂旅、大且旦夕陷也。乃未久竟驗。於是同儕皆舉予與君齒，謂二人者智相等，狂亦相埒也。

君即服闋，勤果卒官，代之者福公，（潤）以奇才薦。乃徵試於京師，以知府用。君於是慨然欲有所樹立。留都門者二年，謂扶衰振敝當從興造鐵路始，路成則實業可興，實業興而國富，國富然後庶政可得而理也。上書請築津鎮鐵路，當道頗為所動。事垂成，適張文襄公請修京鄂線，乃罷京鎮之議。而君之志不少衰，投予書曰：「篙目時艱，當世之事百無一可為。近欲以開晉鐵謀於晉撫，俾請於朝。晉鐵開則民得養，而國可富也。國無素蓄，不如任歐人開之，我嚴定其制，令三十年而全礦路歸我。如是，則彼之利在一時，而我之利在百世矣。」予答書曰：

「君請開晉鐵,所以謀國者則是矣,而自謀則疏。萬一幸成,而姜斐日集,利在國,害在君也。」君之不審。於是而君「漢奸」之名大噪於世。

庚子(一九　)之亂,剛毅奏君通洋,請明正典刑。以在滬上,倖免。時君方受廩於歐人,服用豪侈。予亟以危行遠害規君。君雖韙之,不能改也。聯軍入都城,兩宮西幸。都人苦饑,道饉相望。君乃挾資入國門,議振恤。適太倉為俄軍所據,歐人不食米,君請於俄軍,以賤價盡得之,糶諸民,民賴以安。君平生之所以惠於人者實在此事,而數年後柄臣某乃以私售倉粟罪君,致流新疆死矣。

當君說晉撫胡中丞奏開晉鐵時,君名佐歐人,而與訂條約,凡有損我權利者,悉託政府之名以拒之,故久乃定約。及晉撫入奏,言官乃交劾,廷旨罷晉撫,由總署改約。歐人乘機重賄當道,凡求之晉撫不能得者,至是悉得之,而晉礦之開乃真為國病矣。

……至於君既受廩於歐人,雖顧惜國權,卒不能剖心自明於人,在君烏得無罪?而其所以致此者,則以豪侈不能自潔之故,亦才為之累也。噫,以天生才之難,有才而不能用,執政之過也。懷才而不善自養,致殺身而喪名,吾又焉能不為君痃哉?書畢,為之長嘆。

我們讀了這篇傳,可以想像劉鶚先生的為人了。他是一個很有見識的學者,同時又是一個很有識力和膽力的政客。當河南初發現甲骨文字的時候,許多學者都不信龜甲獸骨能在地中儲存幾千年之久。劉先生是最早賞識甲骨文字的一位學者。他的一部《鐵雲藏龜》要算是近年研究甲骨文字的許多著作的開路先鋒。羅振玉先生是甲骨文字之學的大師;他也是因為劉先生的介紹方才去研究這些古物的。只可惜近二十年來研究甲骨文字的大進步是劉先生不及見的了。

劉鶚先生最自信的是他對於治河的主張。羅先生說他,在鄭州河工

上「短衣匹馬，與徒役雜作」；我們讀《老殘遊記》中描寫黃河與河工的許多地方，也可以知道他的治河主張是從實地觀察得來的。羅《傳》中記劉先生在張曜幕府中辯論治河的兩段也可以和《老殘遊記》相參證。張曜即是《遊記》中的莊宮保。第三回中老殘駁賈讓「不與河爭地」的主張，說：

> 賈讓只是文章做得好，他也沒有辦過河工。

劉先生自己是曾在河工上「與徒役雜作」的，所以有駁賈讓的資格了。當時張曜卻已行過賈讓的主張了。羅《傳》中的施善昌大概即是《遊記》第十四回的史觀察。他的主旨載在第十四回裡。這回試行「不與河爭地」，「廢了民埝，退守大堤」的結果是很可慘的。《遊記》第十三回和第十四回在妓女翠環的口裡，極力描寫那回的慘劫很能教人感動。老殘的結論是：

> 然創此議之人卻也不是壞心，並無一毫為己私見在內；只因但會讀書，不諳世故，舉手動足便錯。……豈但河工為然？天下大事壞於奸臣者十之三四，壞於不通世故之君子者倒有十分之六七也！
>
> （十四回）

劉先生自己主張王景的法子。老殘說：

> 他（王景）治河的法子乃是從大禹一脈下來的，專主「禹抑洪水」的「抑」字。……他是從「播為九河，同為逆河」，「同」、「播」兩個字上悟出來的。
>
> （三回）

這就是羅《傳》說的「束水刷沙」的法子。劉鶚先生自信此法是有大功效的，所以他在《遊記》第一回楔子裡說一段黃瑞和渾身潰爛的寓言。黃瑞和即是黃河，「每年總要潰幾個窟窿；今年治好這個，明年別處又潰幾個窟窿」。老殘「略施小技」，「說也奇怪，這年雖然小有潰爛，卻是一個窟窿也沒有出過。」他說：

別的病是神農、黃帝傳下來的方法，只有此病是大禹傳下來的方法；後來唐朝有個王景得了這個傳授，以後就沒有人知道此方法了。

這段話很可以看出他對於此法的信仰了。

我們拿羅振玉先生做的那篇《傳》來和《老殘遊記》對照著看，可以知道這部小說裡的老殘即是劉鶚先生自己的影子。他號鐵雲，故老殘姓鐵。他是丹徒人，寄居淮安；老殘是江南人，他的老家在江南徐州（三回）。羅《傳》中說劉先生曾「以岐、黃術游上海，而門可羅爵」；老殘也會「搖個串鈴，替人治病，奔走江湖近二十年」。最明顯的是治河的主張；在這一方面老殘完全是劉鶚，毫沒有什麼諱飾。

劉鶚先生一生有四件大事：一是河工；二是甲骨文字的承認；三是請開山西的礦；四是賤買太倉的米來賑濟北京難民。為了後面的兩件事，他得了許多譏謗。太倉米的案子竟叫他受充軍到新疆的刑罰，然而知道此事的人都能原諒他，說他無罪。只有山西開礦造路的一案，當時的人很少能了解他的。他的計劃是要「嚴定其制，令三十年而全礦路歸我。如是則彼之利在一時，而我之利在百世矣」。這種辦法本是很有遠識的。但在那個昏憒的時代，遠見的人都逃不了惑世誤國的罪名，於是劉先生遂被人叫做「漢奸」了。他的老朋友羅振玉先生也不能不說：「君既受稟於歐人，雖顧惜國權，卒不能剖心自明於人，在君烏得無罪？」一

個知己的朋友尚且說他烏得無罪,何況一般不相知的眾人呢?

《老殘遊記》的第一回「楔子」便是劉先生「剖心自明於人」的供狀。這一回可算得他的自敘或自傳。老殘同了他的兩個至友德慧生與文章伯——他自己的智慧、道德、文章,——在蓬萊閣上眺望天風海水,忽然看見一隻帆船「在那洪波巨浪之中,好不危險」。那隻帆船便是中國。

船主坐在舵樓之上,樓下四人專管轉舵的事。前後六枝桅杆,掛著六扇舊帆;又有兩枝新桅,掛著一扇簇新的帆,一扇半新不舊的帆。

四個轉舵的是軍機大臣,六枝舊桅是舊有的六部,兩枝新桅是新設的兩部。

這船雖有二十三四丈長,卻是破壞的地方不少;東邊有一塊,約有三丈長短,已經破壞,浪花直灌進去;那旁,仍在東邊,又有一塊,約長一丈,水波亦漸漸浸入;其餘的地方,無一處沒有傷痕。

二十三四丈便是二十三四個行省與藩屬。東邊那三丈便是東三省;還有那東邊一丈便是山東。

那八個管帆的卻是認真的在那裡管,只是各人管各人的帆,彷彿在八隻船上似的,彼此不相關照。那水手只管在那坐船的男男女女隊裡亂竄,不知所做何事。用遠鏡仔細看去,方知道他在那裡搜他們男男女女所帶的乾糧,並剝那些人身上穿的衣服。

老殘和他的朋友看見這種怪現狀，氣得不得了。德慧生和文章伯問老殘怎樣去救他們，老殘說：

依我看來，駕駛的人並未曾錯，只因兩個緣故，所以把這船就弄得狠狽不堪了。怎麼兩個緣故呢？一則他們是走「太平洋」的，只會過太平日子，若遇風平浪靜的時候，他駕駛的情狀亦有操縱自如之妙，不意今日遇見這大的風浪，所以都毛了手腳。二則他們未曾預備方針，平常晴天的時候，照著老法子去走，又有日月星辰可看，所以南北東西尚還不大很錯。這就叫做「靠天吃飯」。那知遇了這陰天，日月星辰都被雲氣遮了，所以他們就沒了依傍。心裡不是不想望好處去做，只是不知東南西北，所以越走越錯。為今之計，依章兄法子駕只漁艇追將上去，他的船重，我們的船輕，一定追得上的。到了之後，送他一個羅盤，他有了方向，便會走了。再將這有風浪與無風浪時駕駛不同之處告知船主，他們依了我們的話，豈不立刻就登彼岸了嗎？

這就是說，習慣的法子到了這種危險的時候，就不中用了；須有個方針，認清了方向，作個計劃，方才可行。老殘提議要送給他們「一個最準的向盤，一個紀限儀並幾件行船要用的對象」。

但是他們趕到的時候，就聽見船上有人在那裡演說，要革那個掌舵的人的命。老殘是不贊成革命的，尤其不贊成那些「英雄只管自己斂錢，叫別人流血的」。他們跳上船，把向盤、紀限儀等項送給大船上的人。

正在議論，哪知那下等水手裡面忽然起了咆哮，說道：「船主！船主！千萬不可為這人所惑！他們用的是外國向盤，一定是洋鬼子差遣來的漢奸！他們是天主教！他們將這只大船已經賣與洋鬼子了，所以才有

這個向盤！請船主趕緊將這三人綁去殺了，以除後患；倘與他們多說幾句話，再用了他的向盤，就算收了洋鬼子的定錢，他就要來拿我們的船了！」

誰知這一陣嚕囔，滿船的人俱為之震動。就是那演說的英雄豪傑也在那裡喊道：「這是賣船的漢奸！快殺！快殺！」

船主舵工聽了，俱猶疑不定。內中有一個舵工，是船主的叔叔，說道：「你們來意甚善，只是眾怒難犯，趕快去罷。」

三人垂淚，趕忙回了小船。那知大船上人，餘怒未息，看三人上了小船，忙用被浪打碎了的斷椿破板打下船去。你想，一隻小小漁船怎禁得幾百個人用力亂砸？頃刻之間，將那漁船打得粉碎，看著沉下海中去了。

劉先生最傷心的是「漢奸」的喊聲不但起於那些「下等水手」裡面，並且出於那些「演說的英雄豪傑」之口！一班「英雄豪傑」只知道鼓吹革命是救國，而不知道獻向盤與紀限儀也是救國，冒天下之大不韙來借債開礦造鐵路也是救國！所以劉鶚「漢奸」的罪是決定不可改的了，他該充軍了，該死在新疆了。

二 《老殘遊記》裡的思想

《老殘遊記》有光緒丙午（一九〇六）的自敘，作者自述這部書是一種哭泣；是一種「其力甚勁，其行彌遠，不以哭泣為哭泣」的哭泣。他說：

> 吾人生今之時，有身世之感情，有家國之感情，有社會之感情，有種教之感情。其感情愈深者，其哭泣愈痛；此洪都百煉生所以有《老殘遊記》之作也。棋局已殘，吾人將老；欲不哭泣也得乎？

　　這是很明顯地說，這部小說是作者發表他對於身世、家國、種教的見解的書。一個調儻不羈的才士，一個很勇於事功的政客，到頭來卻只好做一部小說來寄託他的感情見解，來代替他的哭泣：這是一種很可悲哀的境遇，我們對此自然都有無限的同情。所以我們讀《老殘遊記》應該先注意這書裡發揮的感情見解，然後去討論這書的文學技術。

　　《老殘遊記》二十回只寫了兩個酷吏：前半寫一個玉賢，後半寫一個剛弼。此書與《官場現形記》不同：《現形記》只能撫拾官場的零星罪狀，沒有什麼高明或慈祥的見解；《遊記》寫官吏的罪惡，始終認定一箇中心的主張，就是要指出所謂「清官」之可怕。作者曾自己說：

　　贓官可恨，人人知之；清官尤可恨，人多不知。蓋贓官自知有病，不敢公然為非；清官則自以為不要錢，何所不可，剛愎自用，小則殺人，大則誤國。吾人親目所見，不知凡幾矣。試觀徐桐、李秉衡，其顯然者也。廿四史中，指不勝屈。作者苦心願天下清官勿以不要錢便可任性妄為也。歷來小說皆揭贓官之惡；有揭清官之惡者，自《老殘遊記》始。

（十六回原評）

　　這段話是《老殘遊記》的中心思想。清儒戴東原曾指出，宋明理學的影響養成一班愚陋無用的理學先生，高談天理人慾之辨，自以為體認得天理，其實只是意見；自以為意見不出於自私自利便是天理，其實只是剛愎自用的我見。理是客觀的事物的條理，須用虛心的態度和精密的方法，方才尋得出。不但科學家如此，偵探訪案，老吏折獄，都是一樣的。古來的「清官」，如包拯之流，所以能永久傳誦人口，並不是因為他們清廉不要錢，乃是因為他們的頭腦子清楚明白，能細心考查事實，能判斷獄訟，替百姓伸冤理枉。如果「清官」只靠清廉，國家何不塑幾

個泥像，雕幾個木偶，豈不更能絕對不要錢嗎？一班迂腐的官吏自信不要錢便可以對上帝，質鬼神了，完全不講求那些搜求證據，研究事實，判斷是非的法子與手段，完全信任他們自己的意見，武斷事情，固執成見，所以「小則殺人，大則誤國」。劉鄂先生眼見毓賢、徐桐、李秉衡一班人，由清廉得名，後來都用他們的陋見來殺人誤國，怪不得他要感慨發憤，著作這部書，大聲指斥「清官」的可恨可怕了。

《老殘遊記》最稱讚張曜（莊富保），但作者對於治河一案，也很有不滿意於張曜的話。張曜起初不肯犧牲那夾堤裡面幾萬家的生產，十幾萬的百姓，但他後來終於聽信了幕府中人的話，實行他們的治河法子。《遊記》第十四回裡老殘評論此事道：

> 創此議之人卻也不是壞心，並無一毫為己私見在內；只因但會讀書，不諳世故，舉手動足便錯。……豈但河工為然？天下大事壞於奸臣者十之三四，壞於不通世故之君子者倒有十分之六七也！

這不是很嚴厲的批評嗎？

他寫毓賢（玉賢）更是毫無恕詞了。毓賢是庚子拳匪案裡的一個罪魁，但他做山東曹州知府時，名譽很好，有「清官」、「能吏」之稱。劉先生偏要描寫他在曹州的種種虐政，預備留作史料。他寫於家被強盜移贓的一案，上堂時，

> 玉大人拿了失單交下來，說：「你們還有得說的嗎？」於家父子方說得一聲「冤枉」，只聽堂上驚堂一拍，大嚷道：「人贓現獲，還喊冤枉？把他站起來！去！」左右差人連拖帶拽拉下去了。

（四回）

「站」就是受「站籠」的死刑。

這邊值日頭兒就走到公案面前，跪了一條腿，回道：「稟大人的話：今日站籠沒有空子，請大人示下。」那玉大人一聽，怒道：「胡說！我這兩天記得沒有站什麼人，怎會沒有空子呢？」值日差回道：「只有十二架站籠，三天已滿。請大人查薄子看。」

玉大人一查薄子，用手在薄子上點著說：「一，二，三，昨兒是三個。一，二，三，四，五，前兒是五個。一，二，三，四，大前兒是四個。沒有空，到也不錯的。」差人又回道：「今兒可否將他們先行收監？明天定有幾個死的，等站籠出了缺，將他們補上，好不好？請大人示下。」

玉大人凝了一凝神，說道：「我最恨這些東西！若要將他們收監，豈不是又被他多活了一天去了嗎？斷乎不行。你們去把大前天站的四個放下，拉來我看。」差人去將那四人放下，拉上堂去。大人親自下案，用手摸著四人鼻子，說道：「是還有點遊氣。」復行坐上堂去，說：「每人打二千板子，看他死不死！」那知每人不消得幾十板子，那四個人就都死了。

這是一個「清官」的行為！

後來於家老頭子先站死了，於學禮的妻子吳氏跪倒在府衙門口，對著於學禮大哭一場，拔刀自刎了。這件事感動了三班差役，他們請稿案師爺去求玉大人把她的丈夫放了，「以慰烈婦幽魂」。玉大人笑道：

你們倒好！忽然的慈悲起來了！你會慈悲於學禮，你就不會慈悲你主人嗎？……況這吳氏尤其可恨：他一肚子覺得我冤枉了他一家子！若

不是個女人，他雖死了，我還要打他二千板子出出氣呢！

　　於是於家父子三人就都死在站籠裡了。

　　剛弼似是一個假名，只借「剛愎」的字音，卻不影射什麼人。賈家的十三條命案也是臆造出來的。故出事的地方名叫齊東鎮，「就是周朝齊東野人的老家」；而苦主兩家，一賈，一魏，即是假偽的意思。這件命案太離奇了，有點「超自然」的色彩，可算是這部書的一個缺點。但其中描寫那個「清廉得格登登的」剛弼，卻有點深刻的觀察。魏家不合請一位糊塗的胡舉人去行賄，剛弼以為行賄便是有罪的證據，就嚴刑拷問賈魏氏。她熬刑不過，遂承認謀害了十三命。

　　白耆覆審的一回（十八回）只是教人如何撇開成見，研究事實，考察證據。他對剛弼說：

　　老哥所見甚是。但是兄弟……此刻不敢先有成見。像老哥聰明正直，凡事先有成竹在胸，自然投無不利。兄弟資質甚魯，只好就事論事，細意推求，不敢說無過，但能寡過已經是萬幸了。

　　「凡事先有成竹在胸」，這是自命理學先生剛愎自用的態度。「就事論事，細意推求」，這是折獄老吏的態度，是偵探家的態度，也就是科學家尋求真理的態度。

　　覆審的詳情，我們不用說了。定案之後，剛弼還不明白魏家既無罪何以肯花錢。他說：「卑職一生就沒有送過人一個錢。」白公呵呵大笑道：

　　老哥沒有送過人的錢，何以上臺也會契重你？可見天下人不全是見錢眼開的喲。清廉人原是最令人佩服的，只有一個脾氣不好，他總覺得

天下人都是小人，只他一個人是君子。這個念頭最害事的。把天下大事不知害了多少！老兄也犯這個毛病，莫怪兄弟直言。至於魏家花錢，是他鄉下人沒見識處，不足為怪也。

　　有人說：李伯元做的是《官場現形記》，劉鐵雲做的是做官教科書。其實「就事論事，細意推求」，這八個字何止是做官教科書？簡直是做學問做人的教科書了。

　　我的朋友錢玄同先生曾批評《老殘遊記》中間桃花山夜遇璵姑、黃龍子的一大段（八回至十二回）神祕裡夾雜著不少舊迷信，他說劉鄂先生究竟是「老新黨頭腦不清楚」。錢先生的批評固然是很不錯的。但這一大段之中卻也有一部分有價值的見解，未可完全抹煞。就是那最荒謬的部分也可以考見一個老新黨的頭腦，也未嘗沒有史料的價值。我們研究思想史的人，一面要知道古人的思想高明到什麼地步，一面也不可不知道古人的思想昏謬到什麼地步。

　　《老殘遊記》裡最可笑的是「北拳南革」的預言。一班昏亂糊塗的妄人推崇此書，說他「關心治亂，推算興亡，秉史筆而參易象之長」（坊間偽造四十回本《老殘遊記》錢啟猷序）；說他「於筆記敘事之中，具有推測步算之妙，較《推背圖》、《燒餅歌》諸數書尤見明晰（同書膠州傅幼圃序）。這班妄人的妄言，本不值一笑。但這種「買櫝還珠」的謬見未免太誣衊這部書了，我們不能不說幾句辨正的話。

　　此書作於庚子亂後，成於丙午年，上距拳匪之亂凡五年，下距辛亥革命也只五年。他說拳禍，只是追記，不是預言。他說革命，也只是根據當時的趨勢，作一種推測，也算不得預言。不過劉鶚先生把這話放在黃龍子的口裡，加上一點神祕的空氣，不說是事理上的推測，卻用干支來推算，所以裝出預言的口氣來了。若作預言看，黃龍子的推

測完全是錯的。第一，他只看見甲辰（一九〇四）的變法，以為科舉的廢止和五大臣出洋等事可以做到一種立憲的君主政治，所以他預定甲寅（一九一四）還有一次大變法，就是憲政的實行。「甲寅之後，文明大著，中外之猜嫌，滿漢之疑忌，盡皆銷滅」。這一點他猜錯了。第二，他猜想革命至庚戌（一九一〇）而爆發，庚戌在辛亥革命前一年，這一點他幾乎猜中。然而他推算庚戌以後革命的運動便「潛消」了，這又大錯了。第三，他猜測「甲寅以後為文明華敷之世，……直至甲子（一九二四）為文明結實之世，可以自立矣」。這一點又大錯了。

總之，《老殘遊記》的預言無一不錯。這都是因為劉先生根本不贊成革命，「北拳南革都是阿修羅部下的妖魔鬼怪」，運動革命的人「不有人災，必有鬼禍」，——他存了這種成見，故推算全錯了。然而還有許多妄人把這書當作一部最靈的預言書！妄人之妄，真是無藥可醫的！

然而桃花山中的一夕話也有可取之處。璵姑解說《論語》「攻乎異端」一句話，說「端」字當「起頭」講，執其兩端是說執其兩頭；她批評「後世學儒的人，覺得孔孟底道理太費事，不如弄兩句關佛老的口頭禪，就算是聖人之徒。……孔孟的儒教被宋儒弄的小而又小，以至於絕了」（九回）。這話雖然表示作者缺乏歷史眼光，卻也可以表示作者懷疑的態度。後來

子平聞了，連連讚歎，說：「今日幸見姑娘，如對明師！但是宋儒錯會聖人意旨的地方，也是有的，然其發明正教的功德，亦不可及。即如『理』、『欲』二字，『主敬』、『存誠』等字，雖皆是古聖之言，一經宋儒提出，後世實受惠不少。人心由此而正，風俗由此而醇。」

那女子嫣然一笑，秋波流媚，向子平睇了一眼。子平覺得翠眉含嬌，丹唇啟秀；又似有一陣幽香沁入肌骨，不禁神魂飄蕩。那女子伸出一雙白如玉軟如棉的手來，隔著炕桌子，握著子平的手，握住了之後，

說道：「請問先生：這個時候比你少年在書房裡貴業師握住你手『撲作教刑』的時候何如？」

　　子平默無以對。女子又道：「憑良心說，你此刻愛我的心，比愛貴業師何如？聖人說的，『所謂誠其意者，毋自欺也。如惡惡臭，如好好色。』孔子說：『好德如好色。』孟子說：『食色，性也。』子夏說：『賢賢易色。』這好色乃人之本性。宋儒要說好德不好色，非自欺而何？自欺欺人，不誠極矣！他偏要說『存誠』，豈不可恨！聖人言情言禮，不言理欲，刪詩以《關雎》為首。試問『窈窕淑女，君子好逑』，『求之不得』，至於『輾轉反側』，難道可以說這是天理，不是人慾嗎？舉此可見聖人絕不欺人處。《關雎》序上說道：『發乎情，止乎禮義』。發乎情，是不期然而然的境界。即如今夕嘉賓惠臨，我不能不喜，發於情也。先生來時，甚為困憊，又歷多時，宜更憊矣，乃精神煥發，可見是很喜歡，如此亦發乎情也。以少女中男，深夜對坐，不及亂言，止乎禮義矣。此正合聖人之道。若宋儒之種種欺人，口難罄述。然宋儒固多不是，然尚有是處；若今之學宋儒者，直鄉願而已，孔孟所深惡而痛絕者也！」

（九回）

　　這是很大膽地批評。宋儒的理學是從中古的宗教裡滾出來的。中古的宗教——尤其是佛教——排斥肉體，禁遏情慾，最反乎人情，不合人道。宋儒用人倫的儒教來代替出世的佛教，固然是一大進步。然而宋儒在不知不覺之中受了中古禁慾的宗教的影響，究竟脫不了那排斥情慾的根本態度，所以嚴辨「天理」、「人慾」的分別，所以有許多不人道的主張。戴東原說宋儒的流弊遂使後世儒者「以理殺人」；近人也有「吃人的禮教」的名言，這都不算過當的判斷。劉鶚先生作這部書，寫兩個「清

官」自信意見不出於私慾，遂固執自己的私見，自以為得理之正，不惜殺人破家以執行他們心目中的天理：這就是「以理殺人」的具體描寫。璵姑的一段話也只是從根本上否認宋儒的理欲之辨。她不惜現身說法，指出宋儒的自欺欺人，指出「宋儒之種種欺人，口難罄述」。這雖是一個「頭腦不清楚」的老新黨的話，然而在這一方面，這位老新黨卻確然遠勝於今世恭維宋明理學為「內心生活」、「精神修養」的許多名流學者了。

三 《老殘遊記》的文學技術

但是《老殘遊記》在中國文學史上的最大貢獻卻不在於作者的思想，而在於作者描寫風景人物的能力。古來作小說的人在描寫人物的方面還有很肯用氣力的；但描寫風景的能力在舊小說裡簡直沒有。《水滸傳》寫宋江在潯陽樓題詩一段要算很能寫人物的了；然而寫江上風景卻只有「江景非常，觀之不足」八個字。《儒林外史》寫西湖只說「真乃五步一樓，十步一閣；一處是金粉樓臺，一處是竹籬茅舍；一處是桃柳爭妍，一處是桑麻遍野」。《西遊記》與《紅樓夢》描寫風景也都只是用幾句爛調的四字句，全無深刻的描寫。只有《儒林外史》第一回裡有這麼一段：

王冕放牛倦了，在綠草地上坐著。須臾，濃雲密布，一陣大雨過了，那黑雲邊上鑲著白雲，漸漸散去，透出一派日光來，照耀得滿湖通紅。湖邊上山，青一塊，紫一塊，綠一塊。樹枝上都像水洗過一番的，尤其綠得可愛。湖裡有十來枝荷花，苞子上清水滴滴，荷葉上水珠滾來滾去。

在舊小說裡，這樣的風景畫可算是絕無而僅有的了。舊小說何以這樣缺乏描寫風景的技術呢？依我的愚見看來，有兩個主要的原因。第一，是由於舊日的文人多是不出遠門的書生，缺乏實物實景的觀察，所

以寫不出來，只好借現成的詞藻充充數。這一層容易明白，不用詳細說明瞭。第二，我以為這還是因為語言文字上的障礙。寫一個人物，如魯智深，如王鳳姐，如成老爹，古文裡的種種爛調套語都不適用，所以不能不用活的語言，新的詞句，實地作描寫的功夫。但一到了寫景的地方，駢文詩詞裡的許多成語便自然湧上來，擠上來，擺脫也擺脫不開，趕也趕不去。人類的性情本來多是趨易避難，朝著那最沒有抵抗的方向走的；既有這許多現成的語句，現成的字面，何必不用呢？何苦另去鑄造新字面和新詞句呢？我們試讀《紅樓夢》第十七回賈政父子們遊大觀園的一大段裡，處處都是用這種現成的詞藻，便可以明白這種心理了。

《老殘遊記》最擅長的是描寫的技術；無論寫人寫景，作者都不肯用套語爛調，總想熔鑄新詞，作實地的描畫。在這一點上，這部書可算是前無古人了。

劉鄂先生是個很有文學天才的人；他的文學見解也很超脫。《遊記》第十三回裡他借一個妓女的嘴罵那些爛調套語的詩人。翠環道：

> 我在二十里鋪的時候，過往的客人見的很多，也常有題詩在牆上的。我最喜歡請他們講給我聽。聽來聽去，大約不過這個意思。……因此我想，做詩這件事是很沒有意思的，不過造些謠言罷了。

奉勸世間許多愛做詩的人們，千萬不要為二十里鋪的窯姐所笑！

劉鄂先生的詩文集，不幸我們沒有見過。《遊記》有他的三首詩。第八回裡的一首絕句，嘲諷聊城楊氏海源閣（書中改稱東昌府柳家）的藏書，雖不是好詩，卻也不是造謠言的。第六回裡的一首五言律詩，專詠玉賢的虐政，有「殺民如殺賊，太守是元戎」的話，可見他做舊律詩也還能發議論。第十二回裡的一首五古，寫凍河的情景，前六句云：

地裂北風號，長冰蔽河下。

後冰逐前冰，相陵復相亞。

河曲易為塞，嵯峨銀橋架。

　　這總算是有意寫實了。但古詩體的拘束太嚴了，用來寫這種不常見的景物是不會滿人意的。試把這六句比較這一段散文的描寫：

　　老殘洗完了臉，把行李鋪好，把房門鎖上，也出來步到河堤上看，見那黃河從西南上下來，到此卻正是〔河〕的灣子，過此便向正東去了，河面不甚寬，兩岸相距不到二里。若以此刻河水而論，也不過百把丈寬的光景。只是面前的冰插的重重疊疊的，高出水面有七八寸厚。再望〔往〕上游走了一二百步，只見那上流的冰還一塊一塊的漫漫價來，到此地被前頭的攔住，走不動，就站住了。那後來的冰趕上他，只擠得嗤嗤價響。後冰被這溜水逼的緊了，就竄到前冰上頭去。前冰被壓就漸漸低下去了。看那河身不過百十丈寬，當中大溜約莫不過二三十丈，兩邊俱是平水。這平水之上早已有冰結滿。冰面卻是平的，被吹來的塵土蓋住，卻像沙灘一般。中間的一道大溜卻仍然奔騰澎湃，有聲有勢，將那走不過去的冰擠的兩邊亂竄。那兩邊平水上的冰被當中亂冰擠破了，往岸上跑。那冰能擠到岸上有五六尺遠。許多碎冰被擠的站起來，像個小插屏似的。看了有點把鐘功夫，這一截子的冰又擠死不動了。

　　這樣的描寫全靠有實地的觀察作根據。劉鶚先生自己評這一段道：

　　止水結冰是何情狀？流水結冰是何情狀？小河結冰是何情狀？大河結冰是何情狀？河南黃河結冰是何情狀？山東黃河結冰是何情狀？須知

前一卷所寫是山東黃河結冰。

（十三回原評）

這就是說，不但人有個性的差別，景物也有個性的差別。我們若不能實地觀察這種種個性的分別，只能有籠統浮泛的描寫，絕不能有深刻的描寫。不但如此，知道了景物各有個性的差別，我們就應該明白：因襲的詞章套語絕不夠用來描寫景物，因為套語總是浮泛的，籠統的，不能表現某地某景的個別性質。我們能了解這段散文的描寫何以遠勝那六句五言詩，便可以明白白話文學的真正重要了。

《老殘遊記》裡寫景的部分也有偶然錯誤的。蔡子民先生曾對我說，他的女兒在濟南時，帶了《老殘遊記》去遊大明湖，看到第二回寫鐵公祠前千佛山的倒影映在明湖裡，她不禁失笑。千佛山的倒影如何能映在大明湖裡呢？即使三十年前明湖沒有被蘆田占滿，這也是不可能的事。大概作者有點誤記了罷？

第二回寫王小玉唱書的一大段是《遊記》中最用氣力的描寫：

王小玉便啟朱唇，發皓齒，唱了幾句書兒。聲音初不甚大，只覺入耳有說不出來的妙境：五臟六腑裡像熨斗熨過，無一處不伏貼；三萬六千個毛孔，像吃了人參果，無一個毛孔不暢快。唱了十數句之後，漸漸的越唱越高，忽然拔了一個尖兒，像一線鋼絲拋入天際，不禁暗暗叫絕。那知他於那極高的地方，尚能迴環轉折。幾轉之後，又高一層，接連有三四疊，節節高起，恍如由傲來峰西面攀登泰山的景象：初看傲來峰削壁千仞，以為上與天通，及至翻到傲來峰頂，才見扇子崖更在傲來峰上；及至翻到扇子崖，又見南天門更在扇子崖上：——愈翻愈險，愈險愈奇！那王小玉唱到極高的三四疊後，陡然一落，又極力騁其千迴百折的精神，如一條飛蛇

在黃山三十六峰半中腰裡盤旋穿插，頃刻之間，周匝數遍。從此以後，愈唱愈低，愈低愈細，那聲音漸漸的就聽不見了。滿園子的人都屏氣凝神，不敢少動。約有兩三分鐘之久，彷彿有一點聲音從地底下發出。這一出之後，忽又揚起，像放那東洋煙火，一個彈子上天，隨化作千百道五色火光，縱橫散亂。這一聲飛起，即有無限聲音俱來並發。那彈弦子的亦全用輪指，忽大忽小，同他那聲音相和相合，有如花塢春曉，好鳥亂鳴。耳朵忙不過來，不曉得聽那一聲的為是。正在撩亂之際，忽聽霍然一聲，人弦俱寂。這時臺下叫好之聲轟然雷動。

這一段寫唱書的音韻，是很大膽的嘗試。音樂只能聽，不容易用文字寫出，所以不能不用許多具體的物事來作譬喻。白居易、歐陽修、蘇軾都用過這個法子。劉鶚先生在這一段裡連用七八種不同的譬喻，用新鮮的文字，明瞭的印象，使讀者從這些逼人的印象裡感覺那無形象的音樂的妙處。這一次的嘗試總算是很有成功的了。

《老殘遊記》裡寫景的好文字很多，我最喜歡的是第十二回打冰之後的一段：

抬起頭來看那南面的山，一條雪白，映著月光分外好看。一層一層的山嶺卻不大分辨得出。又有幾片白雲夾在裡面，所以看不出是雲是山，及至定神看去，方才看出那是雲那是山來。雖然雲也是白的，山也是白的，雲也有亮光，山也有亮光，只因為月在雲上，雲在月下，所以雲的亮光是從背面透過來的。那山卻不然：山上的亮光是由月光照到山上，被那山上的雪反射過來，所以光是兩樣子的。然只就稍近的地方如此，那山往東去，越望越遠，漸漸的天也是白的，山也是白的，雲也是白的，就分辨不出什麼來了。

這種白描的功夫真不容易學。只有精細的觀察能供給這種描寫的底子；只有樸素新鮮的活文字能供給這種描寫的工具。

民國八年（一九一九）上海有一家書店忽然印出一部號稱「全本」的《老殘遊記》，凡上下兩卷，上卷即是原本二十回；下卷也是二十回，說是「照原稿本加批增注」的。書尾有「著述於清光緒丙申年山東旅次」一行小字。這便是作偽的證據。丙申（一八九六）在庚子前五年，而著者原序的年月是丙午之秋，豈不是有意提早十年，要使「北拳南革」都成預言嗎？

四十回本之為偽作，絕對無可疑。別的證據且不用談，單看後二十回，寫老殘遊歷的許多地方，可有一處有像前二十回中的寫景文章嗎？看他寫泰安道上

　　一路上柳綠桃紅，春光旖旎；村姑野婦聯袂踏青；紅杏村中，風飄酒幟；綠楊煙裡，人戲鞦韆；或有供麥飯於墳前，焚紙錢於陌上。……

列位看官在《老殘遊記》前二十回裡可曾看見這樣醜陋的寫景文字嗎？這樣大膽妄為的作偽小人真未免太侮辱劉鄂先生了！真未免太侮辱社會上讀小說的人們了！

四　尾聲

今年我作《三俠五義》序的時候，前半篇已付排了，後半篇還未脫稿。上海有一位女士，從她的未婚夫那邊看見前半篇的排樣，寫信來和我討論《三俠五義》的標點。她提出許多關於標點及考證的問題；她的熱誠和細心都使我十分敬仰。她的未婚夫——一位有志氣的少年，——投身在印刷局裡做校對，所以她有機會先讀亞東標點本的各種小說的校

樣。她給我作了許多校勘表。我們通了好幾次的信。六月以後，她忽然
沒有信來了。我這回到了上海，就寫信給她，問她什麼時候我可以去看
她和她的未婚夫。過了幾天，她的未婚夫來看我，我才知道她已於七月
八日病死了。這個訊息使我好幾天不愉快。我現在寫這篇《老殘遊記》
序，心裡常常想到這篇序作成時那一位最熱誠的讀者早已不在人間了！
所以我很誠敬地把這篇序貢獻給這位不曾見過的死友，——貢獻給龔羨
章女士！

十四，十一，七， 作於上海

第十一篇
《醒世姻緣傳》考證

《醒世姻緣傳》考證

亞東圖書館標點重印的《醒世姻緣》，已排好六七年了；他們把清樣本留在我家中，年年催我作序。我因為不曾考出這書的作者「西周生」是誰，所以六七年不能動手作這篇序。我很高興，這幾年之中，材料漸漸增添，到今天我居然可以放膽解答「《醒世姻緣》的作者是誰」的一個難題了。

這個難題的解答，經過了幾許的波折，其中有大膽的假設，有耐心的搜求證據，終於得著我們認為滿意的證實。這一段故事，我認為可以做思想方法的一個實例，所以我依這幾年逐漸解答這問題的次序，詳細寫出來，給將來教授思想方法的人添一個有趣味的例子。正是：

鴛鴦繡取從君看，要把金針度與人。

一　我的假設

《醒世姻緣》刻本首卷有「西周生輯著，然黎子校定」兩行字；又有一篇弁語，末尾寫著：

環碧主人題
辛丑清和望後午夜醉中書

這都不能供給我們什麼考據的材料。辛丑也不能定為那一個辛丑；我們又無從知道這篇弁語是著書人的自序，還是刻書人的手筆。

書中的事跡託始於明朝英宗正統年間，直到憲宗成化以後，都在

十五世紀（約一四四〇──一五〇〇）。但我們看這部書裡面的事實，就可以知道這部書絕不是明朝中期的作品。有幾條證據：第一，書中屢次提到楊梅瘡。我們知道楊梅瘡是西洋人從美洲帶回歐洲，又從歐洲流傳到中國的。在中國進口的地方是廣東，所以楊梅瘡在這書裡又叫做廣東瘡。哥倫布發見美洲在弘治五年（一四九二），已在十五世紀的末年了；所以我們猜想《醒世姻緣》應該是十七世紀的書，或是明末，或是清初，不會更早的了。第二，書中屢次提到《水滸傳》、《西遊記》的典故（如第八十七回的牛魔王夫人，地煞星、顧大嫂、孫二娘等；如第九十八回林沖、武松、盧俊義等），可見這書的著作在《水滸傳》、《西遊記》的定本已很風行之後，這也應該在明末清初的時代了。

我為此事，曾去請教董綬金（康）、孟心史（森）兩位先生。孟先生曾給我一封長信，他主張此書大概是清初的作品。我後來推想楊梅瘡推行到北方應該需時更久，所以我也傾向於這一說。

但西周生究竟是誰呢？這個問題的解決應該從那一點下手呢？我研究全書的內容，總覺得這部書的結構很像《聊齋志異》裡的《江城》一篇。《醒世姻緣》的結構是一個兩世的惡姻緣：

（一）前生

晁源射死了一隻仙狐，又把狐皮剝了。他又寵愛他的妾珍哥，把他的妻計氏逼的上吊自殺。

（二）今生

晁源託生為狄希陳，死狐託生為他的妻薛素姐，計氏託生為他的妾童寄姐。狄希陳受他的妻妾的種種虐待，素姐的殘暴凶悍更是慘無人理。後來幸得高僧胡無翳指出前生的因果，狄希陳唸了一萬遍《金剛經》，才得銷除冤業。

作者在「引起」裡指出這一條可怕的通則：

大怨大仇，勢不能報，今世皆配為夫妻。

他又有詩道：

……名雖伉儷緣，實是冤家到。前生懷宿仇，撮合成顯報。同床睡大蟲，共枕棲強盜。此皆天使命，順受兩毋躁。

全書末回裡，胡無翳對狄希陳說：

這是你前世裡種下的深仇，今世做了你的渾家，叫你無處可逃，才好報復得茁實。如要解冤釋恨，除非倚仗佛法，方可懺罪消災。

我們試把這兩個結構來比較《江城》的故事，就可以看出這兩個故事是同樣的。《江城》的故事是這樣的：

（一）前生
一個士人誤殺了一個長生鼠。

（二）今生
士人託生為高蕃，死鼠託生為樊江城，兩人幼小時相戀愛，結婚後，江城忽變成奇悍，高蕃受了種種奇慘的虐待。後來他的母親夢中見一位老人告訴她道：「此是前世因，……今作惡報，不可以人力為也。每早起，虔心誦《觀音咒》一百遍，必當有效。」高家父母都依夢中的話去行，兩月餘之後，江城果然悔悟了，竟成為賢婦人。這兩個故事太相同了，不能不使我注意。相同之點，可以列舉出來作一張對照表：

《醒世姻緣》	《江城》
（1）狄希陳前生殺一只仙狐	高蕃前生殺一只長生鼠
（2）仙狐托生為妻（素姐），凌唐狄生	死鼠托生為妻（江城），凌虐高生
（3）素姐之父借住狄翁的房屋。	江城之父借住高翁的房屋
（4）素姐未嫁時性情良善，嫁後性情大變	江城也是嫁後「反眼若不相識」
（5）素姐氣死翁姑父母。	江城的父母也因氣憤病死
（6）狄希陳的朋友相于廷因笑謔被素姐戲弄	高生的朋友王子雅因笑謔被江城暗害
（7）高僧胡無翳指出前生因果。	老僧用水喂江城，指出她的前生
（8）狄希陳念《金剛經》一萬遍，冤業才得銷除	高氏父母每日念《觀音咒》一百遍，竟悔悟了

《江城》篇有附論，說：

人生業果，飲啄必報。而唯果報之在房中者，如附骨之疽，其毒尤慘。

《醒世姻緣》的「引起」也說：

大怨大仇，勢不能報，今世皆配為夫妻。……那夫妻之中，就如頭脖項上廔袋一樣，去了愈要傷命，留著大是苦人。日間無處可逃，夜間更是難受。……將一把累世不磨的鈍刀在你頸上鋸來鋸去，教你零敲碎受。這等報復，豈不勝如那閻王的刀山劍樹，碓搗磨挨，十八重阿鼻地獄？

這兩段議論可算是同一個意思，不過古文翻成了白話罷了。

《醒世姻緣》的作者問題，好像大海裡撈針，本來無可下手處。可是

《江城》的故事使我得著一個下手的地點了。所以我在四五年前就提出一個假設的理論，說：

　　《醒世姻緣》和《聊齋志異》的《江城》篇太相像了，我們可以推測《醒世姻緣》的作者也許就是《聊齋》的作者蒲松齡，也許是他的朋友。

二　內證

　　我有了這個假設，就想設法證實他，或者否證他。不曾證實的假設，只是一種猜測，算不得定論。

　　證實的工作很困難。我在前幾年只能用《聊齋志異》和《醒世姻緣》兩部書作比較的研究，想尋出一些「內證」。這些「內證」也有很值得注意的：

　　第一，《聊齋》的作者十分注意夫婦的問題，特別用氣力描寫悍婦的凶殘。這一點正是《醒世姻緣》最注意的問題。《聊齋·江城》篇附論說：

　　每見天下賢婦十之一，悍婦十之九，亦以見人世之能修善業者少也。

《醒世姻緣》也說：

　　但從古來賢妻不是容易遭著的，這也即如「王者興，名世出」的道理一般。

　　《聊齋》寫悍婦的故事有好幾篇；《江城》之外，有《馬介甫》篇（卷十）的尹氏，《孫生》篇（卷十四）的辛氏，《大男》篇（卷三）的申氏，《張誠》篇（卷二）的牛氏，《呂無病》篇（卷十二）的王氏，《錦瑟》篇（卷十二）的蘭氏，《邵女》篇（卷七）的金氏。十幾卷書裡寫了這麼多的奇悍婦人，這還不夠表示作者的特別注意這個問題嗎？《聊齋》還有一篇《夜叉國》（卷五），寫一個母夜叉和人配合，生二子一女；後來一個兒子立了戰功，封男爵，那位夜叉母親也封夫人。附論說：

　　夜叉夫人，亦所罕聞。然細思之，亦不罕也。家家床頭有個夜叉在。

　　最奇怪的是，人見了那位真夜叉雖然「無不顫慄」，然而究竟因為她受的人類文明的薰染還不很深，她還夠不上悍婦的資格。比起上面列舉的各位太太們來，這位道地的母夜叉真可以算是一位賢德夫人了！

　　《醒世姻緣》和《聊齋志異》同樣注意描寫那些沒有人理的悍婦，這一點使我更疑心兩部書是同一個人作的。

　　第二，《醒世姻緣》的偉大，雖然不是《聊齋》的短篇所能比擬的，然而《聊齋》裡的一些悍婦，好像都是薛素姐和童寄姐的草稿子，好像先有了這些炭畫的小稿本，——正面的幾幅，背面的又幾幅，工筆的幾幅，寫意的又幾幅，——然後聚精會神，大筆淋漓，綜合成《醒世姻緣》裡的兩幅偉大的寫真。《聊齋》裡的悍婦，一個一個都是具體而微的薛素姐、童寄姐，不過因為是古文的短篇，只寫得一個小小的方面，不能描寫的淋漓盡致。但有許多處的描寫，實在太像《醒世姻緣》了，使我們不能認作偶然的巧合，使我們不能不認作稿本與定本的關係。

　　《聊齋志異》寫悍婦，往往用「虛寫」的法子，就是不詳細寫一個婦人凶悍的事實，只說她的丈夫忍受不住了，只好逃走躲開。如《大男》

篇寫申氏，只說她「終日嘵聒」，使她的丈夫「恆不聊生，忿怒亡去」。如《呂無病》篇寫王天官的女兒的驕悍，只說她「數相斗鬩」，她的丈夫「患苦之，……不能堪，託故之都，逃婦難也」。寫丈夫「逃婦難」，正是用虛筆反映悍婦的可怕。在《錦瑟》篇裡，作者更盡力運用這種虛寫方法：王生的妻子蘭氏驕悍極了，「常庸奴其夫」，王生有一次對她說：

> 所遭如此，不如死。

太太更生氣了，就問他預備何時死，怎樣死法，並且給他一條索，讓他好去上吊。

> 王生忿投羹碗，敗婦顙；生含憤出，自念良不如死，遂懷帶入深壑，至叢樹下，方擇枝繫帶，……

他遇見鬼仙了。他剛入門，

> 有橫流湧注，氣類溫泉。以手探之，熱如沸湯，亦不知其深幾許。疑即鬼神示以死所，遂踴身入，熱透重衣，膚痛欲糜……

他極力爬抓，才得上岸，又

> 有猛犬暴出，齕衣敗襪。

這些痛苦，他都不怕，他只怕回家。他對那女鬼說：

我願服役，實不以有生為樂。

女鬼說：

吾家無他務，唯淘河，糞除，飼犬，負屍。作不如程，則剝耳劓鼻，敲刖脛趾，君能之乎？

那位「求死郎」說，「能之。」但他

回首欲行，見屍橫牆下，近視之，血肉狼藉。〔婢〕曰，「半日未負，已被狗咋。」即使生移去之。生有難色。〔婢〕曰，「君如不能，請仍歸享安樂。」生不得已，負置祕處。

《錦瑟》一篇是最用氣力的虛寫法，但寫丈夫這樣冒死「逃婦難」，就可以使我們想像悍婦之苦真「勝如那閻王的刀山劍樹，碓搗磨挨，十八重阿鼻地獄」。

但反面的虛寫究竟不好懂，不如正面的實寫。《聊齋》實寫悍婦的罪惡，有《江城》、《邵女》、《馬介甫》等篇。《邵女》篇的金氏的悍狀是：

(1) 虐待妾，一年而死。

(2) 虐待妾林氏，逼她吊死。

(3) 鞭妾邵女。「燒赤鐵，烙女面，欲毀其容。又以針灸脅二十餘下」。

丈夫娶妾，太太逞威，這還在情理之中，所以作者自己也說：

女子狡妒，天性然也，而為妾媵者又復炫美弄機以增其怒，嗚呼，禍所由來矣。

《馬介甫》篇寫楊萬石妻尹氏的悍狀就比金氏更不近情理了。

（1）她「奇悍，少忤之，輒以鞭撻從事」。

（2）她的公公「年六十餘而鰥，尹以齒奴隸數。楊與弟萬鐘常竊餌翁，不敢令婦知。頹然衣敗絮，恐貽訕笑，不令見客」。

（3）妾王氏有妊五月，她知道了，剝了她的衣裳，痛打幾頓，把胎打墮。

（4）她「喚萬石跪受巾幗，操鞭逐出。……觀者填溢」。馬介甫拉住楊萬石，替他解下女裝，「萬石聳身定息，如恐脫落。馬強脫之，而坐立不安，猶懼以私脫加罪」。

（5）她要用廚刀在她丈夫的心口畫幾十下。

（6）她撕毀她公公的衣服，「批頰而摘翁髭」。

（7）她逼死她的小叔楊萬鐘。

（8）她逼嫁萬鐘之妻，虐待他的孤兒，日夜鞭打他。

（9）她虐待她公公，「翁不能堪，宵遁，至河南隸道士籍。萬石亦不敢尋」。

這位楊尹氏可算是奇悍了。但那位高家江城的凶悍比她更來的奇怪。江城和高蕃本是小朋友，從小就相憐愛，高蕃執意要娶她為妻。結婚之後，她的脾氣漸漸發作，「反眼若不相識」。她的悍狀有這些：

（1）她鞭撻她丈夫，「逐出戶，闔其扉。生喔喔門外，不敢叩關，抱膝宿簷下」。

（2）「其初長跪猶可以解。漸至屈膝無靈。」

（3）「牴觸翁姑，不可言狀。」

（4）「一日，生不堪撻楚，奔避父所。女橫撻追入，竟即翁側，捉而箠之。翁姑沸噪，略不顧瞻。撻至數十，始悻悻以去。」

（5）她的父母氣憤不過，先後病死。

（6）她裝作陶家婦，哄騙高蕃，試出了他的私情，捉他回家，「以針灸兩股殆遍。乃臥以下床，醒則數罵之。……生日在蘭麝之鄉，如犴狴中人仰獄吏之尊也。」

（7）她恨她姊姊，帶了木杵去，槌她一頓，打的她「齒落唇缺，遺矢溲便」。

（8）高生的同窗王子雅偶然嘲笑他，江城偷聽得了，就暗中把巴豆下在湯裡，使他大吐大瀉，幾乎病死。

（9）王子雅邀高生飲酒，招了妓女謝芳蘭來陪酒，同座的人故意讓她和高生並坐私語。江城扮了男子在鄰座偵察，逼他回家，「伏受鞭撲。從此益禁錮之，吊慶皆絕」。

（10）她疑高生與婢女有私情，「以酒罈囊婢首而撻之。已而縛生及婢，以繡剪剪腹間肉，互補之。釋縛令其自束。月餘，補處竟合為一」。

（11）「江城每以白足踏餅，拋塵土中，叱生摭食之。」

（12）她夜間睡醒，令她丈夫捧進溺盆。

（13）她每「聞門外鉦鼓，輒苗發出，憨態引眺，千人共指，不為怪」。「有老僧在門外宣佛果，觀者如堵。女奔出，見人眾無隙，命婢移行床，翹登其上。眾目集視之，女為弗覺也者。」

這幾篇的寫法都是正面的實寫。實寫的是工筆細描，虛寫的是寫意傳神。凡此諸篇，或正面，或反面，或虛寫，或實寫，都可以表見《聊齋志異》的作者用十分氣力描寫夫婦之間的苦痛。

《醒世姻緣》的作者正是十分用氣力描寫夫婦之間的苦痛。我們若用兩部書裡描寫悍婦的詳細節目來比較，就可以看出這兩部書的描寫方法

很有相同之點；就可以看出《聊齋志異》的寫法全都採用在《醒世姻緣》的後六十回裡，只不過放大了，集中了，更細密了，更具體了，使人更覺得可怕了。

《醒世姻緣》裡的描寫，兼用虛實兩種筆法。薛素姐和童寄姐的凶悍，都有詳細的描寫，凡《聊齋志異》裡實寫的悍狀，幾乎沒有一件不曾被採入這部「悍婦大全」裡去。（最明顯的例外，只有《江城》篇裡割肉互補一條。）我們不能逐條引證，只可舉一些最明白的例子：

（1）江城的氣死父母，忤逆翁姑，尹氏的虐待公公，在《醒世姻緣》裡都寫在素姐一人身上。狄翁因庇護兒子，被素姐氣的風癱，氣的病死。有一次，她竟放火燒屋。婆婆氣死在素姐手裡。公公納了妾，素姐怕妾生子，總想把公公閹割了。公公病危了，素姐日夜監視，不許他對家人說一句祕密話。素姐的父親和嫡母也都被她氣死。

（2）尹氏和江城的鞭撻丈夫，也都是素姐的家常便飯。江城用針遍刺丈夫的兩股，金氏用針灸邵女的兩脅。素姐把丈夫拴在床腳上，用納鞋底的大針遍身扎刺（第五十二回）。有一次她用嘴咬丈夫的手臂，咬下一大塊肉，咬的他滿地打滾。（第七十三回）這都不算重刑。有一次，她用一個大棒椎，關起門來打丈夫，打了六百四十棒椎，只剩一絲油氣！（第九十五回）

（3）江城夜間要丈夫捧進溺盆，那也是狄希陳的孝順工作。一天早起他忘了把溺盆端出去，捱了一頓臭罵，還被他老子教訓他道：「你可也是個不肯動手的人！你問娘，我不知替他端了多少溺盆子哩！你要早替他端出，為什麼惹他咒這們一頓？」（第五十九回）

（4）江城的丈夫每夜「如在犴狴之中，仰獄吏之尊」。狄希陳是常坐監的。半步寬的馬桶間，一根繩子作界線，一幅門簾作獄門，他就「條條貼貼的坐在地上，就如被張天師的符咒禁住了的一般，氣也不敢聲

喘」。晚上還得「上押」，用麻繩捆在凳上。(第六十回) 還得上「拶子」，把雙手拶在竹管做的拶指裡，使界尺敲著兩邊。還得上火焰山，使煙燻他的兩眼。(第六十三回)

(5) 江城用腳踏餅，拋在塵土裡，叫他丈夫拾去吃。素姐把丈夫關在監牢裡，「連牢食也斷了他的」。(第六十三回)

(6)《邵女》篇的金氏用燒紅的烙鐵，烙邵女的臉。素姐候狄希陳穿了吉服，把一熨斗的炭火盡數倒在他的衣領裡，燒的他要死不活，脊梁上足夠蒲扇一塊胡焦稀爛。(第九十七回)

(7) 金氏虐妾至死，江城也虐待婢女，尹氏也虐打有妊的妾，把胎打掉。童寄姐虐待小珍珠，逼她吊死。(第七十九至八十回) 素姐也毒打小玉蘭，虐待調羹母子。幸而她的丈夫不敢在家娶妾，娶的妾又比她更辣，所以在這一方面她的威風使不出來，只好把怨毒都結在丈夫身上，下了三次毒手，最後一次用箭把丈夫幾乎射死。(第九十五至一百回)

(8) 江城扮娼婦試探丈夫的私情，童寄姐也假裝婢女小珍珠試探丈夫的私情。(第七十九回) 這兩件事的寫法是一樣的。

(9)《江城》篇的妓女謝芳蘭一段，和《醒世姻緣》的妓女小嬌春一段 (第六十六回) 的寫法是一樣的。《江城》篇寫高生「顏色慘變，不遑告別，匆匆便去。」《醒世姻緣》裡簡直把這幾句補翻成了白話：

> 狄希陳唬的個臉彈子瑩白的通長沒了人色，忘了作別，披著衣裳往外飛跑。

這樣的字句相同，難道是偶然的巧合嗎？這些例子，都可以供我們作比較的研究，都可以使我們相信《醒世姻緣》和《聊齋志異》有很密切的關係。

此外還有一個很可以注意的例子，《聊齋志異》卷十四有《孫生》篇，寫一個辛氏女，嫁給孫生，初入門就不肯和丈夫同床，用種種防衛的方法，使孫生不敢親近她。一個多月之後，有人教他用酒醉的方法。

敬以酒煮烏頭，置案上。入夜，孫釀別酒，獨酌數觥而寢。如此三夕，妻終不飲。一夜，孫臥移時，視妻猶寂坐，孫故作鼾聲。妻乃下榻，取酒煖爐上。既而滿飲一杯，又復酌，約至半杯許，以其餘仍納壺中，拂榻遂寢。久之無聲，而燈煌煌尚未滅也。疑其尚醒，故大呼「錫檠熔化矣！」妻不應。再呼，仍不應。……

孫生的方法和《醒世姻緣》第四十五回「薛素姐酒醉疏防」的一大段完全相同。

狄希陳假做睡著，漸漸的打起鼾睡來，其實瞇縫了一雙眼看她。只見素姐只道狄希陳果真睡著，叫小玉蘭拿過那尊燒酒，剝著雞子，喝茶鐘酒，吃個雞蛋，吃的甚是甜美。吃完了那一尊酒，方才和衣鑽進被去。睡不多時，鼾鼾的睡著去了。狄希陳又等了一會，見他睡得更濃，還恐怕他是假裝，揚說道：「這早上冷，我待要床上睡去。」一谷碌坐起來，也不見他動彈。……

這種相同的寫法，也不會是完全偶然的巧合罷？

三 第一次證實

我有了這個大假設，到處尋求證據，但總尋不著有力的證據。民國十八年，我回到北京，買了一部鄧文如先生（之誠）的《骨董瑣記》，在第七卷裡見到一條「蒲留仙」，其文如下：

《聊齋志異》，乾隆三十一年萊陽趙起杲守睦州，以稿本授鮑以文廷博刊行。餘蓉裳集時客於趙，為之校讎是正焉。鮑以文云：留仙尚有《醒世姻緣》小說，實有所指。書成為其家所訐，至褫其衿。易簣時自知後身即平陽徐崑，字後山，登鄉榜，撰《柳崖外編》。乾隆庚子其孫某所述如此。……

我看了這一條，高興的直跳起來。但我細細讀了這一段文字，又不免感覺失望。鄧文如先生引的鮑廷博的話，究竟到那一句為止呢？鮑廷博的話見於何書呢？「其孫某」是蒲留仙的孫子，還是徐崑的孫子呢？鄧先生此條文字的眉目不清，容易使人誤讀誤解。即如此條所記「易簣時自知後身為平陽徐崑」一節，完全出於後人的傳說，只是一種神話，全無根據。聊齋臨死時並無「自知後身為平陽徐崑」的事。乾隆晚年有個妄人徐良，字後山，摹仿《聊齋志異》的短篇文字，作了一部《柳崖外編》，自稱為蒲留仙的後身。《柳崖外編》有一篇博陵李金枝的序，年代為乾隆五十六年辛亥（一七九一），李金枝自稱「時年八十有二」，序中說徐崑是蒲留仙的後身，捏造出一大串神話。但李金枝自稱「憶餘少師蒲柳泉先生，柳泉歿，泫然無所向」。殊不知蒲留仙死在康熙五十四年（一七一五），見於張元所作《蒲留仙墓表》。從康熙五十四年到乾隆五十六年，凡七十六年，蒲留仙死時，李金枝只有六歲，那能做他的

弟子，又那能「汩然無所向」呢！此種神話不值得一笑，也會混入鄧先
生的札記中，又好像是的廷博說的，又好像是「乾隆庚子其孫某所述如
此」，真叫人莫知其妙了。

　　我當時讀了這段札記，就託合肥闞霍初先生（鐸）去問鄧文如先生
究竟鮑廷博的話是出於何書，有何根據。鄧先生回信說是聽見繆荃孫說
的。後來孫楷第先生又去當面問過鄧先生，鄧先生說鮑廷博的話是繆荃
孫親聽見丁晏說的，曾記在繆先生的《雲自在龕筆記》的稿本裡，但這
部稿本已不可見了。

　　丁晏和繆荃孫都是一代的大學者，他們的記載應該可以相信。只可
惜鄧文如先生當日太疏忽了一點，不曾把繆荃孫的筆記原文全抄下來。
我對於此條記載雖然不很滿意，但我承認鮑廷博的話，是一個極重要的
證據。因為鮑廷博絕不會像我這樣從《醒世姻緣》和《聊齋志異》的內
容上去推想蒲留仙為《醒世姻緣》的作者，他當時既從萊陽趙家得著《聊
齋》的稿本，他也許從趙家得著關於《醒世姻緣》的傳說。鮑刻《聊齋》，
已在蒲留仙死後五十年之後，這個傳說已不完全可信了。如說「書成為
其家所許，至褫其衿」，是不可信的。蒲留仙是一個老秀才，到他七十二
歲時才補歲貢生（見《淄川縣誌》），決沒有被革去秀才衣衿的事。但當
時鮑廷博聽見的傳說必是從山東傳來的，雖有小小訛誤，還可證實當時
確有人知道《醒世姻緣》是蒲松齡作的。

　　我憑空設想的一個推論，在幾年之後，居然得著這樣一條古傳說的
證明，我不能不感謝鄧文如先生的幫助了。

四 孫楷第先生的證據

十九年的夏天，我又到了北平，在中海見到孫楷第先生；我知道他是最研究小說的掌故的，就請他幫我搜查關於《醒世姻緣》的材料。隔了幾個月，孫楷第先生寄給我一封長信，報告他研究的結果。他的長信的全文，讀者可以參看。他的方法是用《醒世姻緣》所記的地理、災祥、人物三項，來和濟南府屬各縣的地誌參互比較，證明

（1）書中的地理實是章邱、淄川兩縣。

（2）著書的時代在崇禎、康熙時，至早不得過崇禎。

（3）作者似是蒲留仙，否則也必是明清之間的章邱人或淄川人。

孫先生證明書中的繡江縣即是章邱，證據確鑿，毫無可疑。他在人物的考證，指出書中三十一回所記的救荒好官李粹然是實有的人物，書中說他是河南河內人，丙辰進士，都是事實。這也是很重要的發現。他又特別注意書中第二十七，第二十九，第三十一回記載的種種災異。他用《濟南府志》、《淄川縣誌》、《章邱縣誌》的災祥部來比較，斷定書中所記水旱災荒大都是崇禎、康熙年間淄川的實事。這時候，我和孫先生都不曾見到蒲松齡的全集。後來我們見了《聊齋文集》的幾種本子，讀了集中紀災的詩和幾篇紀載康熙四十二三年淄川災荒的文字，更相信孫先生的方法是很有見識的。我試舉一個例，可以補充孫先生的研究。《聊齋文集》有《紀災前編》，記康熙四十二年的淄川災情，開篇就說：

> 癸未（一七〇三）四月天雨，二麥歉收。五月二十四日甲子，雨竟日，自此霪霖不休，農苦不得耨，草迷疆界，與稼爭雄長。六月十九日始晴，遂不復雨。低田水沒脛，久晴不涸，經烈日，湯若煮，禾以盡稿。高田差耐潦，然多蜚，蜚奇臭，族集禾籜……禾被囓，以枯以秕，

盡臭，牛馬不食。……

此次因官不肯報災，所以「淄未成災」，不見於《淄川縣誌》，所以孫楷第先生也不曾記錄。但這一段記載的文字頗和《醒世姻緣》的考證有關係。《醒世姻緣》第九十回記成化十四年武城縣的災情如下：

……誰知到了四月二十前後，麥有七八分將熟的光景，可可的甲子日下起雨來，整日的無夜無明，傾盆如注，一連七八日不住點。剛得住，住不多一時，從新又下。…只因淫雨不晴，將四鄉的麥子連稭帶穗弄得稀爛，臭不可當。

這兩處寫災情，都注重「甲子日」的大雨，這不是偶然的。我們可以推想兩處的記載是出於蒲松齡一個人的手筆。又可以推想《醒世姻緣》第九十回記的災情，是康熙四十二三年的淄川災情。這不但可以考證此書的作者，又可以考見此書的著作到康熙四十二三年（一七○三─一七○四）──蒲松齡六十四五歲時──還沒有完成。這是很重要的一個證據。

五 《聊齋》的白話韻文的發現

當這個時候，我的朋友們對於我的假設最懷疑的一點就是：《聊齋志異》的古文作者是不是寫得出《醒世姻緣》那樣生動白描的俗話文學？這個問題若沒有圓滿的解答，我的假設還算不得已證實了。

民國十八年，北平樸社印出了一冊《聊齋白話韻文》，是淄川馬立勛先生從淄川一個親戚家得來的。這一冊共有六篇鼓詞：

一、《問天詞》

二、《東郭外傳》

三、《逃學傳》

四、《學究自嘲》

五、《除日祭窮神文》

六、《窮神答文》

我看了這些白話的鼓詞，高興極了，因為這些鼓詞使我們知道蒲松齡能作極好的白話文學。這六篇之中，最妙的是《東郭外傳》，演唱《孟子》「齊人有一妻一妾」一章，我抄寫一兩段在這裡：

這婦人們是極好哄的。聽了這話，把個齊婦喜的是心花俱開，說道：「好！你竟有這樣朋友！人生在世，不過是個虛臉；家裡的好歹，誰家見來？屬驢屎彈子的，全憑外面光。咱家裡雖然是沒有什麼嗹，那眾位老爺們全憑俱合你相與，別人誰還不奉承呢？可知人不在富貴，全在創？創出漢子來，就是漢子。」

齊人說：

「自然麼！這富貴人家的酒食，豈是容易給人吃的？全在有點長處，弄到他那拐窩裡，才中用。我不才，行動款段段的，言語文番番的，這就是創百家門子抓鱉鈎子呢。所以這城裡的鄉官打上鏢來的合咱相與。一見面，高拱手，短作揖，你兄我弟，實在大弄天下之臉！那些黎民小戶，也有大些老榖搬的，究竟是『狗啃骨頭乾嚥沫』，如何上的堆呢？」

單這兩段散文的說白，已可以表現那詼諧的風趣，活現的土白，都和《醒世姻緣》的風格最接近。

馬立勳先生在《聊齋白話韻文》的序文裡曾說，他還有三篇曲詞，

不幸失落了。我去年到北平，見到馬先生，才知道他又搜了十一種的
《聊齋》遺著，其中一種《牆頭記》長篇鼓詞，他已在《新晨報》上發表
了。承他的好意，這十一種我都讀了，目錄如下：

　　七、《和先生攬館》

　　八、《俊夜叉曲》

以上兩種和前六種同為短篇鼓詞。

　　九、《牆頭記》（長篇鼓詞）。

　　十、《幸雲曲》（長篇鼓詞，寫正德皇帝嫖院的故事。）

　　十一、《蓬萊宴》（長篇鼓詞，寫吳綵鸞韻事。）

　　十二、《寒森曲》（《聊齋·商三官》故事。）

　　十三、《慈悲曲》（《聊齋·張誠》故事。）

　　十四、《姑婦曲》（《聊齋·珊瑚》故事。）

　　十五、《翻魘殃》（《聊齋·仇大娘》故事。）

　　十六、《富貴神仙》（《聊齋·張鴻漸》故事。）

　　十七、《禳妒咒》（《聊齋·江城》故事。）

濟南王培荀的《鄉園憶舊錄》曾說：

　　蒲柳泉先生……就所作《誌異》中擇《珊瑚》，《張訥》，《江城》，
編為小曲，演為傳奇，使老嫗可解，最足感人。

　　王培荀自序在道光乙巳（一八四五），他在當時已知道蒲松齡有這幾
種「老嫗可解」的小曲與傳奇了。這幾種之中，《江城》一種（《禳妒咒》）
是純粹對話體的戲劇；其餘各種都是鼓詞。所以王培荀說，「編為小曲，
演為傳奇」，是很正確的。

　　這些曲本之中，《江城》獨是戲劇體，這也可見作者特別看重這個

悍婦故事。全書共分三十三回，約有七萬字。《江城》故事的原文只有二千九百字，演成了戲曲，就拉長了二十四倍了。在「開場」一回裡，作者極力演說老婆是該怕的：

〔山坡羊〕不怕天，不怕地，單單怕那「秋胡戲」。性子發了要殺人，進了屋門沒了氣。盡他作精盡他制，放不出個狗臭屁。頂尖漢子全不濟，這裡使不的錢合勢。

殺了人，放了火，十萬銀子包裹裡，一直送到撫院堂，情管即時開了鎖。唯獨娘子起了火，沒處藏，沒處躲，這個衙門罷了我！……

他說一個大將軍戚繼光怕老婆的故事，唱道：

〔皂羅袍〕戚將軍忽然反叛，一聲聲叫殺連天，進去家門氣不全，到房中不覺聲音變，鶯聲一口，跪倒床前。——那軟弱書生越發看的見！

這已可見蒲松齡的詼諧風趣了。全部劇本的情節是依照《聊齋志異》的故事編排的，事實的次序，人物的姓名，幾乎完全沒有改動。但因為體裁自由多了，篇幅闊大多了，文體活潑多了，所以《禳妒咒》曲本中，有許多絕妙的文字，是原來的古文短篇萬不能有的。如高生見了江城，交換了汗巾，回家要娶她，他的父母不肯，他就病了。古文故事只有「生聞之，悶然嗌不容粒」九個字，曲本裡就大不同了：

〔長命挂杖上雲〕
腰為相思瘦，帶圍長一指。
若不得江城，此生唯一死。

〔白〕自從見了江城，覺著這三魂出竅，好一似身在半空。那不體情的爺娘，又嫌他貧賤。這兩日酒飯不能下嚥，難道說就死了罷？

〔還鄉韻〕好難害的相思病！也不是癢癢，也不是疼。這口說不出那裡的症，情可是大家的情。——怎麼丟些相思，叫俺自家哇哼！那茶不知是啊味，那飯也是腥。顛顛倒倒，睡裡是江城，夢裡也是江城。江城呀，我為你送了殘生命！

劇中第十五回「裝妓」，是演江城假裝陶家婦，黑夜裡去哄騙她的丈夫，高生點燈一照，才知道是江城：

〔點起燈來一照，唬了一跌，把燈吊在地下。江城說〕這來見了你那可意人兒，怎麼不看了？〔公子跪下說〕我再不敢了。〔江城說〕你就沒怎敢罷呢！

〔蝦蟆曲〕哄我自家日日受孤單，你可給人家夜夜做心肝！（強人呀）只說我不好，只說我不賢！不看你那般，只看你這般，沒人打罵，你就上天！（強人呀）你那床上吱吱呀呀，好不喜歡！

過來，跟了我去，不許你在沒人處胡做！

〔前腔〕我只是要你合我在那裡羅，我可又不曾叫你下油鍋。（強人呀）俺漫去蒐羅，你漫去快活，今日弄出這個，明日弄出那個：——這樣可恨，氣殺閻羅！（強人呀）俺也叫人家「哥哥呀哥哥」，你心下如何！

這樣的乾脆漂亮的曲詞，在明清文人的傳奇裡絕不多見，在聊齋的曲本裡幾乎每頁都可以見到。蒲松齡有了這十幾種曲本，即使沒有那更偉大的《醒世姻緣》小說，他在中國的活文學史上也就可以占一席最高的地位了。

六　從《聊齋》的白話曲詞裡證明《醒世姻緣》的作者

這十幾部白話曲詞，固然可以證明蒲松齡是能夠著作白話文學的了。但是，我們要問，我們能從這些曲詞裡尋出文字學上的證據來證明這些曲詞和《醒世姻緣》是同一個人的作品嗎？

這種文字學上的考證是很困難的，但我在初見《聊齋白話韻文》六種時，就想試做這種比較的研究。當時因為那六種短篇的材料太少，所以我不敢下手。後來見了那十七種的曲詞全文，字數不下三四十萬，我就決定要做這種研究。

這種研究的方法是要把《醒世姻緣》裡最特別的土話列舉出來作為標準，然後去看那些聊齋曲本裡有沒有同樣的土話：如有同樣的土話，意義是不是相同，用法是不是相同。

這種研究方法和在別種普通文學書上，是不很可靠的。因為兩種書裡文字上的相同也許是彼此互相鈔襲模仿。例如元曲裡用「兀的不」，明人清人作曲子也會用「兀的不」。又如《水滸傳》用「唱喏」、「剪拂」，後人作小說也會套用「唱諾」、「剪拂」。但是，這種危險在《醒世姻緣》的研究裡是不會發生的。第一，《醒世姻緣》用的是一種最特別的土話，別處人都看不懂，所以坊間的翻印本往往任意刪改了。看不懂的土話，絕不會有人模仿。若有人模仿沿用，必定要鬧笑話。（例如《晉書》用的土話「寧馨」、「阿堵」，後人沿用都是大錯的。）第二，《醒世姻緣》不是很著名的小說，不會有人模仿書中的土話。第三，聊齋的白話韻文都是未刻的舊寫本，決沒有人先預料到某年某月有個某人要用他們來考證《醒世姻緣》，就先模仿《醒世姻緣》的土話，作出這些絕妙曲文來等候我們的考證。第四，聊齋的白話文學被埋沒了二百多年，絕不會有人模仿聊齋的未刻曲文裡的土話來做一部長篇的小說。

　　所以我們如果能夠尋出《醒世姻緣》和聊齋的白話曲詞有文字學上的關係；如果這部小說的特別土話，別處人不能懂，別的書裡見不著，而獨獨在聊齋的白話曲文裡發現出了同樣的字句和同樣的用法，——那麼，我們很可以斷定這部小說和那些曲文是出於一個作者的手筆了。

　　今年我的朋友胡鑒初先生住在我家中，重新校讀《醒世姻緣》的標點本，同時又校讀那十幾種的聊齋白話曲文。他是最細心的人，所以我勸他注意這些書裡的特別土話。有許多奇特的土話，很不容易懂，只好用歸納的方法，把同類的例子全列舉出來，比較著研究，方才可以確定他們的意義。鑒初先從《醒世姻緣》裡搜求這樣的例子，然後從那些白話曲文裡尋求有無相同的例子。這方法一面可以歸納出這些奇怪土話的意義，一面又可以同時試探這部小說和那些曲文有沒有關係。

　　我從鑒初的筆記裡摘出這些最有趣又最驚人的例子：

　　〔例一〕「待中」（快要）

　　（《醒世姻緣》）（例子太多，略舉五條）

　　（1）天又待中下雨。（四十一回，頁4）

　　（2）爹待中往坡裡看著耕回地來，娘待中也絡出兩個越子來了。（四五，5）

　　（3）這是五更麼？待中大飯時了。（四五，6）

　　（4）大嫂把小玉蘭丫頭待中打死了。（四八，9）

　　（5）沒人幫著你咬人，人也待中不怕你了。（五三，15）

（《幸雲曲》）

（1）那客來到家，急敢展淨了茶壺，那客待中去了。

（2）就待中入閣了。

（3）待中死矣，還賺什麼命！

（《慈悲曲》）

不必找他，他待終來家吃晌飯哩。（《禳妒咒》）

我若是通你通呵，你待中惱了。（九回）

［例二］「中」（好）

（《醒世姻緣》）（例子太多，僅挑了三條）

（1）叫小廝們外邊流水端果子滷菜，中上座了。（二一，19）

（2）做中了飯沒做？中了拿來吃。（四十，16）

（3）拇量著，中睡覺的時節才進屋裡去。（五八，9）

（《東郭外傳》）

單說他小婆子在家裡，做中了飯，把眼把眼的等候訊息。

（《姑婦曲》）

中了飯，二成端給他吃了。

[例三]「魔駝」（遲延）

（《醒世姻緣》）

你們休只管魔駝。中收拾做晌後的飯，怕短工子散的早。（十九，10）

（《牆頭記》）

我這裡沒做你的飯。磨陀會子饑困了，安心又把飯碗端。

（《翻魔殃》）

你從此疾忙回去罷，休只顧在外頭魔陀。

[例四]「出上」（拼得）

（《醒世姻緣》）

（1）汪為露發作道：「你也休要去會試，我合你到京中棋盤街上，禮部門前，我出上這個老秀才，你出上你的小舉人，我們大家了當！」（一五，17）

（2）程大姐道：「我也不加爐火，不使上鋼，出上我這兩片不濟的皮，不止你郝尼仁一個，……你其餘的十幾個人，一個個的齊來，……我只吃了一個的虧，也算我輸！」（七三，8）

（《牆頭記》）

李氏說：「呸，放屁！俺莊裡多少好漢子，那裡找著你爹並骨！」
張大笑道：「出上你挑選那好的並去！」（《寒森曲》）
大不然人已死了，還覺哩麼？出上就抬了去！（《幸雲曲》）
（1）沒有金錢，出上我就不叫他。
（2）也只說有名無實，出上他不嫖就是了。
（3）是皇帝不是皇帝，出上就依他說。（《姑婦曲》）
好合歹難出口，出上個不說話。（《禳妒咒》）
過了門兩家不好，出上俺再不上門。（五回）

[例五]「探業」（孫楷第先生說是「安分」）
（《醒世姻緣》）

你要不十分探業，我當臭屎似的丟著你；你穿衣，我不管；
你吃飯，我也不管；漢子不許離我一步：這是第二等的相處。
（九五，3）

（《牆頭記》）

天不教我死了！這肚子又不探業，這不是天還不曾晌午，早晨吃了
兩碗糊突，兩泡尿已是溺去了，好餓的緊！

［例六］「流水」（馬上，一口氣）

（《醒世姻緣》）

不長進的孽種，不流水起來往學裡去，你看我掀了被子，趁著光定（腚一臀）上打頓鞋子給你。（三三，19）

（《寒森曲》）

那驢夫只當還要掀，恐防跌著，流水抱下驢來。（《牆頭記》）
好歪貨，不流水快走，再近前噁心的我慌。

（《姑婦曲》）

一個拿著鍬，一個抗著钁，流水先去刨去。（《富貴神仙》）
誰與我勸勸打更人，也叫他行點好，流水把更打盡。

（《翻魘殃》）

大姐見他吐了血，流水應承著。

（《禳妒咒》）

咱流水走罷，我還待家裡等我那老相厚的哩。（十四回）

［例七］「頭信」，「投信」，「投性」（爽性，索性）

（《醒世姻緣》）

（1）咱頭信很他一下，己（給）他個翻不得身。（十五，9）

（2）放著這戌時極好，可不生下來，投性等十六日子時罷。（廿一，7）

（3）投信不消救他出來，叫他住在監裡。（十八，6）

（《幸雲曲》）

這奴才們笑我，我頭信妝一妝村給他們看看。（《禳妒咒》）

割了頭，碗那大小一個疤，投信我掘他媽的，要死就死，要活就活。（十回）

［例八］「善查」，「善茬」（好對付的人）

（《醒世姻緣》）

（1）那個主子一團性氣，料得也不是個善查。（三九，7）

（2）俗那媳婦不是善茬兒，容他做這個？（七，6）（字典上「茬」字音槎，與查字同音。）

（3）大爺也拊量那老婆不是個善茬兒，故此叫相公替他上了谷價。（十，20）

（《富貴神仙》）

原來那方二相公也不是個善查。

（《慈悲曲》）

看著那趙家姑姑也不是善查。

［例九］「老獾叨」（嘮叨）
（《醒世姻緣》）

（1）只是俺公公那老獾叨的唠唠嘮嘮，我受不的他瑣碎。（六四，10）
（2）我咬了他下子，老獾兒叨的。還嗔我咬了他兒。（七三，18）

（《牆頭記》）

王銀匠，老獾叨，合咱爹，久相交，頭髮根兒盡知道。

［例十］「扁」，「貶」（偷藏，暗藏）
（《醒世姻緣》）

（1）連那三成銀子盡數扁在腰裡。（七十，6）
（2）糧食留夠吃的，其餘的都糶了銀錢，貶在腰裡。（五三，17）

（《牆頭記》）

老頭子節的緊，我看他扁了那裡去。

（《翻魘殃》）

果然著他糶一石，他就糶三石，大腰貶著錢去賭博。

[例十一]「偏」，「謫」（誇耀）
（《醒世姻緣》）

這臘嘴養活了二三年，養活的好不熟化。情管在酒席上偏（原注「上聲」）拉，叫老公公知道，要的去了。（七十，12）

（《幸雲曲》）

（1）這奴才不彈琵琶，光謫他的汗巾子，望我誇他。
（2）這奴才又謫他的扇子哩。

[例十二]「乍」（狂）
（《醒世姻緣》）

素姐說：「小砍頭的！我乍大了，你可叫我怎麼一時間做小服低的？」（九八，17）

（《俊夜叉曲》）

老婆不要仔顧乍！（《幸雲曲》）
（1）跌了個仰不碴，起不來，就地扒，王龍此時才不乍。
（2）秀才說話就恁麼乍。

（《寒森曲》）

當堂說了幾句話，歪子詐的頭似筐，一心去告人命狀。

[例十三]「照」，「朝」（擋，招架）

（《醒世姻緣》）

（1）你又是個單身，照他這眾人不過。（廿，1）

（2）我們有十來個人，手裡又都有兵器，他總然就是個人，難道照不過他？（二八，8）

（3）要是中合他照，陳嫂子肯抄著手，陳哥肯關著門？（八九，15）

（《幸雲曲》）

（1）不是我誇句海口，調嘴頭也照住他了。

（2）寶客王龍朝不住，常往手裡去奪車。（《寒森曲》）

（1）你若不能把他朝，還得我去替你告。

（2）摸著嗓子只一刀，他還賺命把我照。（《姑婦曲》）

您婆婆宜量什麼好！不照著他，他就乍了毛！

[例十四]「長嗓黃」（噎了喉嚨）

（《醒世姻緣》）

（1）你兩個是折了腿出不來呀，是長了嗓黃言語不的？（九四，16）

（2）不叫我去，你可也回我聲話，這長嗓黃一般不言語就罷了麼？（九七，14）

（《幸雲曲》）

你好似長嗓黃，把個屍丟在床，不知你上那裡撞。

胡鑒初先生舉的例子還多著哩。但我想這十四組的例子，很夠用了。

有人說，這些例子至多只可以證明《醒世姻緣》的作者是蒲松齡的同鄉，未必就能證明《醒世姻緣》也是蒲松齡作的。

我不承認這個說法。大凡一個文人用文字把土話寫下來時，遇著不常見於文字的話頭，就隨筆取同音的字寫出來，在一個人的作品裡，尚且往往有前後不一致的痕跡；今天用的字，明天記不清了，往往用上同音不同形的字。今天用了「王八」，明天也許用「忘八」；今天用了「媽媽虎虎」，明天也許用「麻麻糊糊」；今天用「糊塗」，明天也許用「胡塗」，後天也許用「鶻突」。一個人還不容易做到前後一致，何況兩個不同的作家的彼此一致呢？我們研究《醒世姻緣》裡的一些特別土語，在這一部近百萬字的大書裡，也偶然有前後不一致的寫法，如「待中」偶然寫作「待終」；「魔駝」偶然寫作「魔陀」。這都可見統一的困難。然而我們把這幾十條最特別的例子合攏來看，我們可以看出這些土語的寫法在《醒世姻緣》和那十幾種聊齋曲文裡都可以說是彼此一致的。最可注意的有兩點：（一）最不好懂的奇特土話卻有彼此最一致的寫法，如「乍」，如「出上」，如「老獾叨」，如「長嗓黃」，如「探業」。（二）《醒世姻緣》裡如有兩三種不同的寫法，聊齋曲文裡也有兩三種不同的寫法，如《醒世姻緣》裡「扁」

或作「貶」，曲文裡也有「扁」、「貶」兩種寫法；如《醒世姻緣》裡「頭信」或作「投信」，或作「投性」，曲文裡也有「頭信」、「投信」兩種寫法；如《醒世姻緣》裡「遭子」（一會兒的意思；此例上文未舉）或作「造子」，曲文裡也有「遭子」和「噪子」兩種寫法。這種彼此一致的寫定土話，絕不是偶然的，也絕不是兩個人彼此互相抄襲的，也絕不是兩個人同抄一種通行的土話文學的。偶然的暗合絕不能解釋這麼多的例子的一致。一部不風行的小說和十幾種未刻的曲文決沒有彼此互相抄襲的可能。（在蒲松齡未死時，《醒世姻緣》大概還沒有刻本；那麼兩組未刻的作品更沒有互抄的可能了。）在蒲松齡以前，並沒有淄川土話文學的通行作品，所以《醒世姻緣》和聊齋曲文的土話的寫法決非同是根據已有的土話文學的。（我們試用那山東白話的《金瓶梅》來作比較的研究，就可以知道我們所舉的例子沒有一個是《金瓶梅》裡有過的。）

　　把這些可能的結論都一一排除之後，我們不能不下這個結論：從《醒世姻緣》和聊齋的十幾種曲文裡的種種文字學上的證據看來，從這兩組作品裡的最奇特的土話的一致寫法看來，我們可以斷定《醒世姻緣》是蒲松齡的著作。

七　餘論

　　我在四五年前提出的一個大膽的假設，說《醒世姻緣》的作者也許就是蒲松齡，也許是他的朋友。幾年來的證據都幫助我證明這書是蒲松齡作的。這些證據是：

　　（1）《醒世姻緣》寫的悍婦和《聊齋志異》寫的一些悍婦故事都很像有關係。尤其是《江城》篇的命意與布局都和《醒世姻緣》相符合。

　　（2）《骨董瑣記》引鮑廷博（生一七二八，死一八一四）的話，說蒲留仙「尚有《醒世姻緣》小說，實有所指」。

（3）孫楷第先生用《濟南府志》及淄川、章邱兩縣的縣誌來研究《醒世姻緣》的地理和災荒，證明這部小說的作者必是淄川或章邱人，他的時代在崇禎與康熙之間。蒲松齡最合這些條件，他用章邱來寫淄川，和吳敬梓在《儒林外史》裡用天長、五河來寫全椒是同樣的心理。

（4）新發現的聊齋白話曲本證明蒲松齡是能做寫實的土話文學的作家。

（5）胡鑒初先生用聊齋的十幾種曲本的特別土話來比較《醒世姻緣》裡的特別土話，使我們能從文字學上斷定《醒世姻緣》的作者必是蒲松齡。

這些證據，我認為很夠的了。我們現在可以嘗試推測蒲松齡著書的用意。

蒲松齡那樣注意怕老婆的故事，那樣賣力氣敘述悍婦的故事，免不得叫人疑心他自己的結婚生活也許很不快樂，也許他自己就是吃過悍婦的苦痛的人。但我們現在讀了他的妻子《劉孺人行實》，才知道她是一個賢惠婦人，他們的結婚生活是同甘苦的互助生活，他們結婚五十六年，她先死兩年（一七一三），聊齋先生不但給她作佳傳，還作了許多很悲慟的悼亡詩。詩中有云：

……分明荊布搴幃出，彷彿頻呻入耳聞。
五十六年琴瑟好，不圖此夕頓離分。

又云：

燭影昏黃照舊幃，衰殘病痛復誰知？
傷心把盞澆愁夜，苦憶連床說夢時。

無可奈何人似槿，不能自己淚如絲。
生平曾未開君篋，此日開來不忍窺。

又云：

邇來倍覺無生趣，死者方為快活人。

又有《過墓作》云：

……欲喚墓中人，班荊訴煩冤。百叩不一應，淚下如流泉。
汝墳即我墳，胡乃先著鞭？只此眼前別，沉痛摧心肝。

又有詩云：

午睡初就枕，忽荊人入，見餘而笑。急張目，則夢也。
一自長離歸夜臺，何曾一夜夢君來。
忽然含笑搴幬入，賺我朦朧睡眼開。

這種老年的哀悼可以使我們相信他們夫妻之間的感情和好。

但《劉孺人行實》一篇也可以使我們知道蒲家門裡確有一兩位不賢的婦人，是聊齋先生少年時代親自領略過的。《行實》說：

〔孺人〕入門最溫謹，樸訥寡言，不及諸宛若慧黠，亦不似他者與姑勃溪也。太孺人謂其有赤子之心，頗加憐愛，到處逢人稱道之。塚婦益恚，率娣姒若為黨，疑姑有偏私，頻偵察之。而太孺人素坦白，即庶

子亦撫愛如一，無瑕可蹈也。然時以虛舟之觸為姑罪，呶呶者競長舌無
已時。處士公曰，「此鳥可久居哉！」乃析著授田二十畝；時歲歉，茲
五閱粟三閱。雜器具，皆棄朽敗，爭完好者，而孺人嘿若痴。兄弟皆得
夏屋，羹舍閒房皆具，松齡獨異居，唯農場老屋三間，曠無四壁，小樹
叢叢，蓬篙滿之。孺人薙荊榛，覓傭作堵，假伯兄一白板扉，聊分外內；
出逢入者，則避扉後，俟入之乃出。……

　　這段文章寫劉孺人的賢勞，同時也寫出了聊齋先生的大嫂（塚婦）
的可怕。這位大嫂大概已被她的小叔子搜進《醒世姻緣》裡配享去了。

　　但蒲家的塚婦絕不是江城和素姐的真身，因為聊齋先生曾留下一封
書札，使我們知道素姐的真身是一位王家的太太。去年我得讀三種本子
的《聊齋文集》，一種是坊間的石印本，一種是清華大學藏的舊抄本，一
種是馬立勳先生抄本。清華本有一篇《與王鹿瞻》的書札，是很嚴厲的
責備的話，全文如下：

　　客有傳尊大人彌留旅邸者，兄未之聞耶！其人奔走相告，則親兄愛
兄之至者矣。謂兄必泫然而起，匍匐而行，信聞於帷房之中，履及於寢
門之外。即屬訛傳，亦不敢必其為妄。何漠然而置之也！兄不能禁獅吼
之逐翁，又不能如孤犢之從母，以致雲水茫茫，莫可問訊，此千人之所
共指，而所遭不淑，同人猶或諒之。若聞親訃，猶俟棋終，則至愛者不
能為兄諱矣。請速備材木之資，戴星而往，扶櫬來歸，雖已不可以對衾
影，尚冀可以掩耳目。不然，遲之又久，則骸骨無存，肉葬虎狼，魂迷
鄉井，興思及此，俯仰何以為人！聞君諸舅將有問罪之師，故敢漏言於
君，乞早自圖之。若俟公函一到，則惡名彰聞，永不齒於人世矣。涕泣
相道，唯祈原宥不一。

這封信裡可以看出王鹿瞻的妻子是一個很可怕的悍婦，鬧的把他的父親趕出門去，「雲水茫茫，莫可問訊」，使他成為「千人之所共指」；有人來報說他父親死在客中，他還不敢去奔喪！所以蒲松齡寫這封極嚴屬的責問書，警告他將有「惡名彰聞，永不齒於人世」的危險。這位王鹿瞻明明是《馬介甫》篇的楊萬石的真身，也就是高蕃、狄希陳的影子。

王鹿瞻的事實已不可考了，但我們知道他是蒲松齡的好朋友，他們都是郢中詩社的創始社員。《聊齋文集》（清華藏本與馬氏抄本）有《郢中社序》云：

> 餘與李子希梅寓居東郭，與王子鹿瞻，張子歷友諸昆仲一埤堄之隔，故不時得相晤，晤時瀹茗傾談，移晷乃散。因思良朋聚首，不可以清談了之，約以晏集之餘晷作寄興之生涯。聚固不以時限，詩亦不以格拘，成時共載一卷。遂以郢中名社。……

這樣看來，王鹿瞻也是一個能作詩的文人，能和李堯臣（希梅）張篤慶（歷友）蒲松齡一班名士往來倡和，絕不像狄希陳那樣不通的假秀才。大概他的文學地位近於《江城》篇的高蕃，逐父近於《馬介甫》篇的楊萬石，而怕老婆的秀才相公則是兼有高蕃、楊萬石、狄希陳三位的共同資格了。

大概蒲松齡早年在自己家庭裡已看飽了他家大嫂的悍樣，已受夠了她的惡氣；後來又見了他的同社朋友王鹿瞻的夫人的奇悍情形，實在忍不住了，所以他發憤要替這幾位奇悍的太太和她們壓的不成人樣的幾個丈夫留下一點文學的記錄。他主意已定，於是先打下了幾幅炭畫草稿，在他的古文《誌異》裡試寫了一篇，又試一篇；虛寫了幾位，又實寫了幾位。他寫下去，越寫越進步了；不光是描寫悍婦了，還想出一種理論

上的解釋來了。

我們試取《馬介甫》、《邵女》、《江城》三篇來作比較。《馬介甫》篇大概是為王鹿瞻的家事做的；一班淄川名士看著王鹿瞻怕老婆怕的把老子也趕跑了，他們氣憤不過，紛紛議論這人家的怪事。於是蒲松齡想出這篇文章來，造出一個狐仙馬介甫來做些大快人心的俠義行為，又把那悍婦改嫁給一個殺豬的，叫她受種種虐待。這班秀才先生看了這篇，都拍手叫痛快。但一位名士畢世持還不滿足，說這篇文章太便宜了那位楊萬石了，所以他又在末尾添上幾行，把那位怕老婆的丈夫寫的更不成個人樣。這樣一來，這班秀才相公們對於王鹿瞻家的「公憤」總算發洩了。

但蒲松齡先生還不滿足，他想把這種事件當作一個社會問題看，想尋出一個意義來：為什麼一個女人會變成這樣窮凶極惡呢？為什麼做丈夫的會忍受這樣凶悍的待遇呢？這種怪現狀有什麼道理可解釋呢？這種苦痛有什麼法子可救濟呢？

《邵女》一篇就是小試的解釋。在這一篇裡，聊齋認定悍妒是命定的，是由於「宿報」的，是一點一滴都有報應的。如金氏虐殺兩妾，都是「宿報」；她又虐待邵女，邵女無罪，故一切鞭撻之刑，以及一烙二十三針，都得一一抵償。在邵女的方面，她懂得看相，自己知道「命薄」，所以情願作妾，情願受金氏的折磨，「聊以洩造化之怒耳」。這都是用命定和宿報之說來解釋這個問題。

但《邵女》一篇的解釋還不能叫讀者滿意。金氏殺兩妾是「宿報」，宿報就不算犯罪了嗎？邵女自知「命薄」，這是命定的；她卻能用自由意志去受折磨，讓金氏「烙斷晦紋」，薄命就成了福相了。究竟人生福祿是在「命」呢？還是在「相」呢？邵女能不能自己烙斷自己的晦紋呢？邵女命薄該受罪，那麼，金氏虐待她有何罪過呢？豈不是替天行「命」嗎？金氏替邵女烙斷了晦紋，把薄命變成福命，又豈不是有功於她嗎？為什

麼還得抵償種種虐待呢？

《江城》一篇，就大不同了。作者似乎把這個問題想通徹了，索性只承認「宿報」一種解釋。故《江城》的解釋只是「此是前世因，今作惡報，不可以人力為也。」篇末結論云：

> 人生業果，飲啄必報。而唯果報之在房中者，如附骨之疽，其毒尤慘。
>
> 每見天下賢婦十之一，悍婦十之九，亦以見人世之能修善業者少也。

這竟是定下了一條普遍的原則，把人世一切夫婦的關係都歸到了「果報」一個簡單原則之內。這竟成了一種婚姻哲學了！

這個解釋，姑且不論確不確，總算是最簡單、最徹底、最容易叫人了解，所以可說是最滿意的解釋。蒲松齡自己也覺得很得意，所以他到了中年，又把那篇不滿三千字的《江城》故事放大了二十四倍，演成了一部七萬字的戲曲，題作《禳妒咒》。他到了晚年，閱歷深了，經驗多了，更感覺這個夫婦問題的重要，同時又更相信他的簡單解釋是唯一可能的解釋，於是又把這個《江城》故事更放大了，在那絕大的人生畫布上，用老練的大筆，大膽的勾勒，細緻的描摹，寫成了一部百萬字的小說，題作《醒世姻緣傳》，比那原來的古文短篇放大了三百三十倍！

他作《禳妒咒》時，還完全沿用《江城》故事，連故事裡的人物姓名都完全不曾改動。但他改作《醒世姻緣》小說時，他因為書中有些地方的描寫未免太細膩了，未免太窮形盡相了，所以他決心不用他的真姓名。他用了「西周生」的筆名，所以他不能不隱諱此書與《聊齋志異》的關係了。況且這書中把前後兩世的故事都完全改作過了，也有重換人物姓名的必要。所以《江城》故事裡的人物姓名一個也不存留了。

　　然而《江城》的故事，經過一番古文的寫法，又經過一番白話戲曲的寫法，和作者的關係太深了，作者就要忘了他，也忘不了。所以他把《江城》故事的人物改換姓名時，處處都留下一點彼此因襲的痕跡。試看：

　　江城姓樊，而《醒世姻緣》的主角是薛素姐，豈不是暗拆「樊素」的姓名？江城的丈夫名高蕃，而素姐的丈夫名狄希陳。狄希陳字友蘇，固然是暗指蘇東坡的朋友，那位怕老婆的陳季常；但「希陳」也許原來是因高蕃而想到陳蕃哩。

　　高蕃的父親名高仲鴻。而狄希陳的父親名狄賓梁，豈不是暗拆「梁鴻」的姓名呢？

　　高蕃戀一妓女，名謝芳蘭，而狄希陳最初戀愛的妓女名孫蘭姬，似乎也不無關係。

　　《江城》故事裡的人物，有姓名的只有五個（其一為王子雅），而四個都像和《醒世姻緣》裡相當的人物有因襲演變的關係，這也許不全是偶然的巧合，也許都是由於心理上一種很自然的聯想吧？

　　《醒世姻緣》的人物雖然改了姓名，換了籍貫，然而這部大書的全部結構仍舊和那短篇的《江城》故事是一樣的，也完全建築在同樣一個理論之上。江城的奇悍是由於前世因，素姐的奇悍也是由於前世因。在兩書裡，這種前世冤業同是無法躲避的，是不能挽救的，只有祈求佛力可以解除。《醒世姻緣》的引起裡說：

　　這都儘是前生前世的事，冥冥中暗暗造就，定盤星半點不差（參看本文第一節）。

這是多麼簡單的一個宗教信仰！然而這位偉大的蒲松齡，從中年到晚年，終不能拋棄這個迷信，始終認定這個簡單的信仰可以滿意地解答一切美滿的姻緣和怨毒的家庭。那些和好的夫妻都是

前世中或是同心合意的朋友，或是恩愛相合的知己，或是義俠來報我之恩，或是負逋來償我之債，或前生原是夫妻，或異世本來兄弟。

那些仇恨的夫妻都是因為

前世中以強欺弱，弱者飲恨吞聲；以眾暴寡，寡者莫敢誰何；或設計以圖財，或使奸而陷命；大怨大仇，勢不能報，今世皆配為夫婦。

這個根本見解，我們生在二百多年後的人不應該訕笑他，也不應該責怪他。我們應該保持歷史演化的眼光，認清時代思潮的絕大勢力；無論多麼偉大的人物，總不能完全跳出他那時代的思想信仰的影響。何況蒲松齡本來不是一個有特別見識的思想家呢？

蒲松齡（生於一六四〇，死於一七一五）雖有絕高的文學天才，只是一個很平凡的思想家。他的《聊齋志異·自序》裡曾說他自己「三生石上，頗悟前因」，因為，他說：

松懸弧時，先大人夢一病瘠瞿曇偏袒入室，藥膏如錢，圓貼乳際。寤而松生，果符墨志。且也少羸多病，長命不猶；門庭之棲止則冷淡如僧，筆墨之耕耘則蕭條似缽。每搔首自念，毋亦面壁人果是吾前生耶？

他自信是一個和尚來投生的，所以他雖是儒生，卻深信佛法，尤其

相信業報之說，和唸佛解除災怨之說。一部《聊齋志異》裡，說鬼談狐，說仙談佛，無非是要證明業報為實有，佛力為無邊而已。難怪他對於夫婦問題也用果報來解釋了。

其實《醒世姻緣》的最大弱點正在這個果報的解釋。這一部大規模的小說，在結構上全靠這個兩世業報的觀念做線索，把兩個很可以獨立的故事硬拉成一塊，結果是兩敗俱傷。其實晁、狄兩家的故事都可以用極平常的、人事的、自然的事實來作解釋。因為作者的心思專注在果報的迷信，所以他把這些自然的事實都忽略過了；有時候，他還犯了一樁更大的毛病：他不顧事實上的矛盾，只顧果報的靈驗。例如晁源的父親是一個貪官，是一個小人，他容縱一個晚年得來的兒子，養成他的種種下流習性，這是一件自然的事實。晁源的母親，在這小說的開端部分，並不見得是一個怎樣賢明的婦人；如第一回說「其母溺愛」；又說晁源小時不學好，「晁秀才夫婦不以為非」；第七回竟是大書「老夫人愛子納娼」了。這也是很自然的事實。但作者到了後來，漸漸把這位晁夫人寫成了一個女中聖賢，做了多少好事，得著種種福報。這樣一個女聖人怎麼會養成晁源那樣壞兒子呢？這就成了一件不自然的怪事了。

關於狄家的故事，作者也給了我們無數的自然事實，儘夠說明這家人家的歷史了。狄希陳本來就是一個不能叫人敬重的男人：家庭教育不高明，學堂教育又撞在汪為露一流的先生的手裡，他的資質最配做個無賴，他的命運偏要他做個秀才，還要他做官！他的秀才，誰不知道是別人替他中的？偏不湊巧，他的槍手正是他的未婚夫人的兄弟。這樣一隻笨牛，學堂裡的笑柄，考棚裡的可憐蟲，偏偏娶了一位美貌的，恃強好勝的，敢作敢為的夫人。他還想受她的敬重嗎？他還想過舒服日子嗎？素姐說：

我只見了他，那氣不知從那裡來！

447

她若是知道了一點「心理分析」，她就會明白那氣是從那裡來的了。氣是從她許配狄家「這們個杭杭子」起的。狄婆子不曾說嗎？

守著你兩個舅子，又是妹夫，學給你丈人，叫丈人丈母惱不死麼？

兩個舅子也許不敢學給薛教授聽，可是他們一定不肯放過他們的姐姐，天天學他們姐夫的尊樣給她聽，取笑她，奚落她，叫她哭不得，笑不得，回嘴不得，只好把氣往自己胸脯裡咽。她不咽，有什麼法子呢？她好向爹娘提議退親嗎？嚥住罷，總有出這口氣的一天！

其實連心理分析都用不著，只消一點點「遺傳」的道理就夠了。薛素姐自己罵她婆婆道：

「槽頭買馬看母子」，這們娘母子也生的出好東西來哩？（五二回，頁十）

這就是遺傳的道理。素姐自己的生母龍氏是一個下賤的丫頭，她的女婿這樣形容她：

我見那姓龍的撒拉著半片鞋，歪拉著兩只蹄膀，倒是沒後跟的哩！要說那姓龍的根基，笑吊人大牙罷了！（四八回，頁十二）

她生的兩個大兒子，稟受母性的遺傳還少，又有賢父明師的教育，所以都成了好人。素姐是個女兒，受不著教育的好處，又因長在家門裡，免不了日夜受她那沒根基的生母的薰陶。遺傳之上加了早年的惡劣薰染，造成了一個暴戾的薛素姐：這是最自然的解釋。

薛教授說的最中肯：

叫我每日心昏，這孩子可是怎麼變得這們等的？原來是這奴才（龍氏）把著口教的！你說這不教他害殺人麼！要是小素姐罵婆婆打女婿問了凌遲，他在外頭剮，我在家裡剮你這奴才！（四八回，18）

這個自然的解釋，比蒲松齡的果報論高明多了。作者在這書裡曾經好幾次用氣力描寫龍氏的怪相。（四八回，17—18；五二回，14，又21；五六回，7—9；五九回，10，又22；六十回，9—12；六三回，10—11，又13；六八回，18；七三回—七四回。）我們若要懂得薛素姐，必須先認識這位龍姨。我們看她的盛妝：

龍氏穿著油綠縐紗衫，月白湖羅裙，紗白花藤褲，沙藍納扣的滿面花彎弓似的鞋，從裡邊羞羞澀澀的走出來。（五九，10）

我們聽她的嬌聲：

「賊老強人割的！賊老強人吃的！賊老天殺的！怎麼得天爺有眼死那老砍頭的！我要吊眼淚，滴了雙眼！從今以後，再休指望我替你做活！我拋你家的米，撒你家的面，我要不豁鄧的你七零八落的，我也不是龍家的丫頭！」（四八，18）

我們聽狄員外對她說：

你家去罷！你算不得人呀。（七三，21）

這還不夠解釋狄希陳的令正嗎？還用得著那前世業報的理論嗎？

　　童寄姐的為人，更容易解釋了。她也正是那黑心的童銀匠和那精明能幹的童奶奶的閨女，碰著了狄希陳那樣顢頇的男子，她不欺負他，待欺負誰！這還用得著前世的冤孽嗎？

　　話雖如此說，我們終不免犯了「時代倒置」的大毛病。我們錯怪蒲松齡了。這部書是一部十七世紀的寫實小說，我們不可用二十世紀的眼光去批評他。徐志摩說的最好：

　　這書是一個時代（那時代至少有幾百年）的社會寫生。……我們的蒲公才是一等寫實的大手筆！

　　他要是談遺傳，談心理分析，就算不得那個時代的寫生了。那因果的理論的本身也就是那個時代的社會生活的最重要部分。我們的蒲公是最能了解這個夫妻問題的重要的；他在「引起」裡告訴我們，孟夫子說君子有三件至樂之事，比做皇帝還快樂；可是孟老先生忽略一個更基本的一樂：依作者的意見，

　　還得再添一樂，居於那三樂之前，方可成就那三樂之事。若不添此一樂，總然父母俱存，攪亂的那父母生不如死；總然兄弟無故，將來必竟成了仇讎；也做不得那仰不愧天俯不怍人的品格，也教育不得那天下的英才。——你道再添那一件？第一要緊再添一個賢德妻房，可才成就那三件樂事。

　　這樣承認賢德妻房的「第一要緊」，不能不說是我們的蒲公的高見。然而這位高見的蒲公把這個夫妻問題提出來研究了一世的功夫，總覺得這個問題太複雜了，太奇怪了，太沒有辦法了；人情說不通，法律管不了，聖賢經傳也幫不得什麼忙。他想了一世，想不出一個滿意的解釋

來，只好說是前世的因果；他寫了一百多萬字的兩部書，尋不出一個滿意的救濟方案來，只好勸人忍受，只好勸人唸佛誦經。

這樣不成解釋的解釋，和這樣不能救濟的救濟方案，都正是最可注意的社會史料、文化史料。我們生在二百多年後，讀了這部專講怕老婆的寫實小說，都忍不住要問：為什麼作者想不到離婚呢？是呀！為什麼狄希陳不離婚呢？為什麼楊萬石不離婚呢？為什麼高蕃休了江城之後不久又復收她回來，為什麼她回來之後就無人提議再休她呢？為什麼《聊齋志異》和《醒世姻緣》裡的痛苦丈夫都只好「逃婦難」而遠遊，為什麼想不到離婚呢？現今人人都想得到的簡單辦法，為什麼那時代的人們都想不到，或不敢做，或不肯做呢？

《醒世姻緣》裡有幾處地方提到「休妻」的問題，都是社會史料。第一是晁源要休計氏（八回），理由是說她「養和尚道士」。晁源對他丈人說：

> 你女諸凡不賢惠，這是人間老婆的常事，我捏著鼻子受。你的女兒越發乾起這事（養和尚道士）來了。……請了你來商議，當官斷己（給）你也在你，你悄悄領了他去也在你。

這一番話很可注意。依明朝的法律：

> 凡妻無應出及義絕之狀而出之者，杖八十。雖犯七出，有三不去，而出之者，減二等（杖六十），追還完聚。

又有條例說：

> 妻犯七出之狀，有三不出之理，不得輒絕。犯奸者不在此限。

清朝初年修《大清律例》，全依此文。七出之條雖然很像容易出妻，但是有了「三不去」的消極條件，（一，曾經夫家父母之喪；二，夫家先貧賤，後富貴；三，女人嫁時有家，出時已無家可歸。）那七出之條就成了空文了。晁源家正犯了三不去的第二條，所以不能休妻，只有「犯奸」一項罪名可以提出，想不到計氏是個有性氣的婦人，不甘冒這惡名，所以寧可自殺，不肯被休。

第二件是薛素姐在通仙橋上受了一班光棍的欺辱，又把狄希陳的手臂咬去了一大塊肉，狄員外氣極了，要他兒子休妻。（七三回）可是後來狄員外又對龍氏說：

要我說你閨女該休的罪過，說不盡！說不盡！如今說到天明，從天明再說到黑，也是說不了的。從今日休了，也是遲的！只是看那去世的兩位親家情分，動不的這事。剛才也只是氣上來，說說罷了。

素姐並沒有三不去的保障，然而狄員外顧念死友的「情分」，終不肯走這一條路。

第三是龍氏要她兒子薛如兼休妻（七三回），她兒子回答道：

休不休也由不得你，也由不得我。這是俺爹娘與我娶的，他替爹合娘（嫡母）持了六年服，送的兩個老人家入了土，又不打漢子，降妯娌，有功無罪的人，休不得了！

這是說他媳婦「無應出及義絕之狀」，所以是「休不的了」。

第四是更可注意的一件事。素姐打了狄希陳六七百棒槌，又用火燒他的背脊，兩次都幾乎送了他的性命。成都府太尊知道了，叫狄希陳

來，逼他補一張呈子，由官斷離，遞解回籍。（九八回）這真是狄友蘇先生脫離火坑的絕好機會了。然而他回到衙門裡，託幕賓周相公起呈稿，周相公是每日親自看見狄家的慘劇的，偏偏堅決的不肯起稿，說：

這是斷離的呈稿，我是必然不肯做的。天下第一件傷天害理的事是與人寫休書，寫退婚文約，合那拆散人家的事情。

他說出了一大串不該休妻不該替人寫休書的理由，最後的結論是：

如此看來，這妻是不可休的，休書也是不可輕易與人寫的。這呈稿我斷然不敢奉命。

按《大明律》（《大清律》同），離婚不是不可能的，並且法律有強迫離婚的條文：

若犯義絕應離而不離者，亦杖八十。若夫妻不相和諧，而兩願離者，不坐。

從表面上看來，這條文可算是鼓勵離婚了。但這條文細看實在很有漏洞。「不相和諧」即可以離婚，豈非文明之至？然而必須「兩願離」方才不犯法。在那個女子無繼承財產權又無經濟能力的時代，棄婦在母家是沒有地位的，在社會是不齒於人類的，所以「兩願離」是絕對不可能的事，除非女家父母有錢並且願意接她回家過活。兩願離既不可能，只好一方請求離婚，由官斷離了。然而怎樣才算是「義絕」呢？律文並無明文，只有注家曾說：

義絕而可離可不離者，如妻毆夫，及夫毆妻至折傷之類。義絕而不許不離者，如縱容抑勒與人通姦，及典僱與人之類。（《大清律例輯注》）

夫毆妻「非折傷，勿論」，所以此條必須說「夫毆妻至折傷」。至於「妻毆夫」，一毆就犯大罪了。律文說：

凡妻妾毆夫者，杖一百。夫願離者，聽。至折傷以上，各加凡鬥傷三等。至篤疾者，絞。死者，斬。

依此律文，素姐不但應該斷離，還可以判定很重的刑罰。所以周相公對她說：

太尊曉得，……差了人逼住狄友蘇，叫他補呈要拿出你去，加你的極刑，也要叫你生受，當官斷離，解你回去。

這並不是僅僅嚇騙她的話。所以素姐也有點著慌了，她只好說好話，賭下咒誓，望著狄希陳拜了二十多年不曾有過的兩拜，認了「一向我的不是」。居然這件斷離案子就這樣打消了。

這件案子的打消，第一是因為周相公的根本反對休妻，第二是因為素姐自認改悔，但還有第三個原因，就是童寄姐說的：

你見做著官，把個老婆拿出官去當官斷離，體面也大不好看。

其實這才是真正重要的原因。痛苦是小事，體面才是大事！豈但狄經歷一個人這樣想？天下多少丈夫不是這樣想的嗎？

　　所以《醒世姻緣》真是一部最有價值的社會史料。他的最不近情理處，他的最沒有辦法處，他的最可笑處，也正是最可注意的社會史實。蒲松齡相信狐仙，那是真相信；他相信鬼，也是真相信；他相信前生業報，那也是真相信；他相信「妻是休不得的」，那也是真相信；他相信家庭的苦痛除了忍受和唸佛以外是沒有救濟方法的，那也是真相信。這些都是那個時代的最普遍的信仰，都是最可信的歷史。

　　讀這部大書的人，應該這樣讀，才可算是用歷史眼光去讀古書。有了歷史的眼光，我們自然會承認這部百萬字的小說不但是志摩說的中國「五名內的一部大小說」，並且是一部最豐富又最詳細的文化史料。我可以預言：將來研究十七世紀中國社會風俗史的學者，必定要研究這部書；將來研究十七世紀中國教育史的學者，必定要研究這部書；將來研究十七世紀中國經濟史（如糧食價格、如災荒、如捐官價格等等。）的學者，必定要研究這部書；將來研究十七世紀中國政治腐敗、民生苦痛、宗教生活的學者，也必定要研究這部書。

一九三一年，十二月十三日

後記一

我本想在這篇序裡，先考證作者是誰，其次寫一篇蒲松齡的傳記，其次討論這書的文學價值，其次討論這書的史料價值。不料我單做考證，就寫了三萬字，其餘的部分都不能做了。

關於蒲松齡的傳記，將來我大概可以補作。現在我先把幾件傳記材料抄在後面作附錄。關於《醒世姻緣》的文學價值，徐志摩先生在他的長序裡已有很熱心並且很公平的評判了。志摩這篇序，長九千字，是他生平最長的、最謹嚴的議論文字。今年七月初，我把他關在我家中，關了四天，他就寫成了這篇長序。可惜他這樣生動的文字，活潑的風趣，聰明的見解，深厚的同情，我們從此不能再得了！我痴心妄想這篇長文不過是志摩安心做文學工作的一個小小的開始；誰也料不到我的考證還不曾寫到一半，他已死了！

回想八年前（一九二三），我們同住在西湖上，他和我約了一同翻譯曼殊斐兒的小說，我翻了半篇，就擱下了。那是我們第一次的合作嘗試。這一次翻印《醒世姻緣》，他做文學的批評，我做歷史的考據，可算是第二次的合作，不幸竟成了最後一次的合作了！

志摩死後二十四日， 適之

後記二

我從前曾引鄧之誠先生的《骨董瑣記》一條，記鮑廷博說蒲松齡是《醒世姻緣》小說的作者。我當時曾寫信去問鄧先生鮑廷博的話見於何書，鄧先生已不記得了。

今年八月，我的朋友羅爾綱先生從廣西貴縣寄信來，說，鄧先生那一條瑣記的娘家被他尋著了，原來在《昭代叢書》癸集楊復吉的《夢闌瑣筆》裡（頁五三），全文如下：

> 蒲留仙《聊齋志異》脫稿後百年，無人任剞劂。乾隆乙酉（一七六五）丙戌（一七六六）楚中浙中同時授梓。楚本為王令君某，浙本為趙太守起果所刊。鮑以文云，留仙尚有《醒世姻緣》小說，蓋實有所指；書成，為其家所訐，至褫其衿。易簀時，自知其託生之所。後登乙榜而終。（原註：「留仙後身平陽徐讜，字後山，登鄉榜，撰有《柳崖外編》。亦以文云。」）歲庚子，（乾隆四五，一七八 ）趙太守之子曾與留仙之孫某遇於棘闈，備述其故；且言《誌異》有未刊者數百餘篇，尚藏於家。

此中關於蒲留仙的後身一段神話，我在考證裡已指出他的謬誤了。蒲留仙被人告訐，至於革去秀才，這一段也不可信，我也說過了。但是這一條記載的重要在於證明鮑廷博確指蒲留仙為《醒世姻緣》的作者。鮑廷博是代趙起杲刻《聊齋志異》的人，他的話一定是從趙起杲得來的。趙是山東萊陽人，這話至少代表山東人在當時的傳說。

《夢闌瑣筆》的著者楊復吉是震澤人，字列歐，號慧樓，乾隆庚寅（一七七〇）舉人，辛卯（一七七一）進士，曾續輯《昭代叢書》的丁、

戊、己、庚、辛五集。據《疑年補錄》，他生於乾隆十二年（一七四七）死於嘉慶二十五年（一八二〇），與鮑廷博（生一七二八，死一八一四）正同時，又是很相熟的朋友。《瑣筆》中兩次記乾隆壬寅（一七八二）鮑廷博到他家中去訪他。他記的話應該是他親自聽鮑廷博說的，其時去蒲松齡死時（一七一五）不過六十多年，雖然其中已夾有神話的成分，還可算是很重要的證據，我很感謝羅爾綱先生替我尋著這一件很重要的材料。

一九三二，八，二十夜

筆墨背後的故事：
胡適的中國章回小說考證

作　　者：胡適

發 行 人：黃振庭

出 版 者：複刻文化事業有限公司

發 行 者：複刻文化事業有限公司

E-mail：sonbookservice@gmail.com

粉 絲 頁：https://www.facebook.com/
　　　　　sonbookss/

網　　址：https://sonbook.net/

地　　址：台北市中正區重慶南路一段六十一
　　　　　號八樓 815 室

Rm. 815, 8F., No.61, Sec. 1, Chongqing S.
Rd., Zhongzheng Dist., Taipei City 100,
Taiwan

電　　話：(02)2370-3310

傳　　真：(02)2388-1990

印　　刷：京峯數位服務有限公司

律師顧問：廣華律師事務所 張珮琦律師

定　　價：580 元

發行日期：2023 年 12 月第一版

◎本書以 POD 印製

Design Assets from Freepik.com

國家圖書館出版品預行編目資料

筆墨背後的故事：胡適的中國章回
小說考證 / 胡適 著 . -- 第一版 . --
臺北市：複刻文化事業有限公司
2023.12
面；　公分
POD 版
ISBN 978-626-7403-40-2(平裝)
1.CST: 中國小說 2.CST: 章回小說
3.CST: 文學評論
827.2　　112019528

電子書購買

臉書

爽讀 APP